ZACH HINES

NEUN

ZACH HINES

NEUN

ROMAN

Aus dem Amerikanischen
von Kristof Kurz

heyne>fliegt

Die Originalausgabe erscheint unter dem Titel *Nine*
bei Harper Teen, HarperCollins Publishers, New York

MIX
Papier aus verantwortungsvollen Quellen
FSC® C083411

Verlagsgruppe Random House FSC® N001967

Redaktion: Christine Schlitt
Umschlaggestaltung: Das Illustrat, München,
nach einem Originalentwurf von © Craig Shields
Satz: Uhl + Massopust, Aalen
Druck und Bindung: CPI books GmbH, Leck
Printed in Germany

ISBN: 978-3-453-27235-4

Für alle, die schon viele Leben gelassen haben
und doch noch leben.

Im Sommer des Jahres 1808 kam es in einer Welt wie der unseren zu einer Sonneneruption. Dann färbte sich der Himmel orange, und Wolken zogen auf. Es folgte monatelanger sintflutartiger Regen. Dieser »Sommer der Stürme« veränderte die Gesellschaft für immer.

Die Menschen entdeckten, dass sie nun nicht mehr nur ein, sondern neun Leben hatten. Um Überbevölkerung und Hungersnöte zu verhindern, führten die Regierungen der Welt ein Eliminierungssystem ein, das jeden belohnte, der seine zusätzlichen Leben aufgab. Eines nach dem anderen …

… bis nur noch eines übrig war.

TEIL 1

KAPITEL 1

Julian hatte keine Vorstellung davon, wie sich der Tod anfühlte.

Natürlich nicht. Woher auch?

Und doch war er mitgekommen.

Molly hatte ihn zu dieser Party überredet. Die Feier fand in einer schönen, auf einer Anhöhe gelegenen Villa statt, die Gloria Merriweathers Eltern gehörte. Da sich diese jedoch in ihrem Erstwohnsitz in Magnolia Crescent aufhielten, hatten die Jugendlichen das Haus an diesem Abend ganz für sich.

Es war der perfekte Ort zum Sterben. Abgelegen. Ein Pool. Eine leichte Brise. Man konnte die Sterne sehen.

Die Party war bereits seit ein paar Stunden im Gange, und alle außer Julian hatten schon mehrere Drinks intus – immerhin mussten sie sich Mut für die Hauptattraktion des Abends antrinken. Die Auslöscher – wie immer ganz in Weiß gekleidet – wiesen den Anwesenden ihre Plätze zu. Einer von ihnen, ein mondgesichtiger Junge mit weißem Blazer und roter Strähne im pechschwarzen Haar, teilte Molly der Gruppe zu, die am Kamin Kuss oder Schluss spielte.

»Letzte Chance«, sagte Molly zu Julian. »Willst du wirklich nicht mitmachen?«

Molly war Julians beste Freundin – und mehr oder weniger seine einzige. Er betrachtete die auf ihren Hals tätowierte Zwei und berührte dabei unbewusst die Eins an seinem eigenen. Die Vorstellung, ohne sie auf der Party zu sein, gefiel ihm nicht, aber er würde auf keinen Fall Kuss oder Schluss mit ihr spielen. Das unverhohlene, geradezu perverse Entzücken in den Augen der Auslöscher bekräftigte ihn nur noch in seinem Entschluss.

»Ja, ganz sicher«, sagte Julian. »Ich weiß nicht, warum ich überhaupt mitgekommen bin. Ich will dir den Abend nicht verderben.«

»Kein Problem«, sagte Molly.

Molly würde ihn nicht drängen. Sie hatte Verständnis dafür. Und sie verstand *ihn* – das glaubte er zumindest. Trotzdem schämte er sich ein bisschen, sie einfach so zurückzulassen.

»Holst du mich dann ab? Wie versprochen?«, sagte Molly.

»Klar«, sagte Julian. Der Junge mit der roten Haarsträhne führte Molly zum Kamin. Julian wartete einen Moment, dann folgte er den beiden in einigem Abstand. Er stellte sich ganz hinten in die Ecke, während sich Molly zu einer Gruppe von sechs oder sieben Teenagern am Kamin gesellte. Sie saßen auf einer dünnen, auf dem weißen Teppichboden ausgebreiteten Plastikplane.

Die Auslöscherin – Constance, ein äußerst attraktives Mädchen in einem schicken weißen Blazer – musterte Molly eingehend. »Du kommst gerade rechtzeitig zur nächsten Runde.« Constance zündete ein Räucherstäbchen an, schaltete die Stereoanlage ein und legte elektronische Entspannungsmusik auf. Dann strich sie ihr langes schwarzes Haar mit einer unnötig theatralischen Geste nach hinten und wies Molly einen Platz unter ihren Jüngern zu.

»Mein Kreis, meine Regeln«, erklärte Constance. »Zum Glück habe ich aber nur eine: keine Hemmungen. Egal, wie dunkel eure geheimsten Wünsche sind – ich will, dass ihr euch ihnen stellt und sie annehmt. So läuft Kuss oder Schluss bei mir.« Ihre roten Lippen verzogen sich zu einem Lächeln.

Constances Mitspieler saßen wie zum Flaschendrehen in einem Kreis. Aber statt einer Flasche lag eine 9-mm-Pistole in ihrer Mitte. Constance holte ein volles Magazin aus ihrer Handtasche, lud mit einer geübten, selbstsicheren Bewegung einmal durch und entsicherte die Waffe. Dann reichte sie sie an Molly weiter. »Du bist dran.«

Julian beobachtete, wie Molly die Pistole behutsam vor sich auf den Boden legte und in Drehung versetzte. Als sie zum Stillstand kam, zeigte der Lauf auf Constance, deren Gesicht sich zu einem verschlagenen Lächeln verzog.

»So, so«, sagte Constance. Alle im Kreis unterdrückten ein nervöses Kichern. »Du forderst mich also gleich in deiner ersten Runde heraus. Also …« – sie sah Molly tief in die Augen – »… Kuss oder Schluss?«

Molly nahm die Waffe und drückte den Lauf gegen Constances Stirn. Julian sah, wie seine beste Freundin die Augen schloss und schluckte. Wie immer, wenn sie nervös war, zuckten ihre Mundwinkel.

Molly, dachte er, du willst sie doch küssen. Was ist denn los mit dir?

Verwundert stellte Julian fest, dass Molly anscheinend plötzlich Geschmack daran gefunden hatte, im Mittelpunkt zu stehen.

Molly biss sich auf die Lippe und lief rot an. Die Hand, in der sie die Pistole hielt, zitterte.

Julian hielt den Atem an und verließ den Raum. Er wollte nicht mit ansehen, was als Nächstes geschah.

Im Badezimmer am anderen Ende des Flures stieß er auf Clayton Maxwell, den er aus dem Matheunterricht kannte. Clayton saß mit Bademütze und Schwimmbrille in der vollen Wanne und trank sein eigenes Badewasser mit einem langen Strohhalm.

»Keine Sorge«, sagte er. »Das ist Wodka. Ich trinke, bis ich dran ersaufe! Lust auf einen Shot?« Clayton lachte und nahm einen kräftigen Schluck.

»Nein, danke.« Julian verließ hastig den Raum.

Was für eine Zeitverschwendung. Was für eine Verschwendung von Leben.

Natürlich wusste Julian, dass es bei einer Auslöschungsparty ja genau darum ging, sein Leben auf möglichst dämliche Art zu verlieren. Aber wie er es auch drehte und wendete, er verstand einfach nicht, was daran Spaß machen sollte. Wo war der Witz, wenn am Ende der Nacht niemand mehr da war, um darüber zu lachen?

Ich sollte gehen, dachte er. Die Party war ja noch schlimmer als gedacht.

Julian stellte den Kragen auf, um die Eins an seinem Hals zu verdecken, und drängte sich durch die ausgelassenen Teenager. Sie waren betrunken oder high und konnten es gar nicht erwarten, etwas unglaublich Dummes zu tun. Ein Schüler mit weißem T-Shirt und im Auslöscherstil schwarz gefärbten Haaren taumelte ins Wohnzimmer und zeigte allen stolz die Machete, die in seinem Bauch steckte. Jubel. Seine Kumpels klatschten ihn ab, zwei Mädchen in extrakurzen Shorts griffen nach der Klinge, woraufhin er ihnen spielerisch auf die Finger schlug. Sein Blick war irr, die Pupillen in seinen aufgerissenen Augen geweitet.

»Vorsicht«, sagte er. »Wenn sie herausfällt, verblute ich. Sie ging unheimlich leicht rein, wie durch … Butter.« Blut färbte das weiße T-Shirt um die Stichwunde herum dunkel. Der Junge zwinkerte den kichernden Mädchen zu. Dann wurde sein Gesicht bleich, und auf seinem Körper bildete sich ein dünner Schweißfilm. Die starke Betäubung, unter der er offenbar gestanden hatte, ließ nach.

Julian verzog das Gesicht und drängte dann weiter durch die Menge zum Ausgang.

An der Tür zur Veranda fing ihn ein Junge namens Logan ab. Er hatte irgendein Amphetamin eingeworfen und textete Julian völlig euphorisch mit seinem Plan voll, einen Heißluftballon zu mieten und von diesem aus in den See zu springen. Er hörte gar nicht mehr auf zu reden. »Aus. Über. Tausend. Meter. Höhe!«, schrie er und riss die Augen hinter den dicken Brillengläsern vor lauter Entzücken über die eigene Schlauheit weit auf.

»Cool«, erwiderte Julian ohne die geringste Begeisterung. »Viel Erfolg.« Dann verdrückte er sich, während Logan den nächsten mit seinem genialen Plan nervte.

Julian wollte zu seinem in der Auffahrt geparkten Auto hinübergehen, blieb dann aber einen Moment lang beim Pool im Garten stehen. Über dem Wasser baumelten Dutzende Toaster, Mixer und andere elektronische Geräte an Verlängerungskabeln.

Mehrere Jungs in Badeshorts und Mädchen im Bikini standen auf dem Dach und machten sich bereit zum Sprung. Die kalte Nachtluft brachte sie zum Zittern. Sie hielten ein langes Kabel in den Händen, an dem die elektrischen Geräte fixiert waren, die hoch über dem Wasser hingen.

In der Mitte stand Nicholas Hawksley, der Anführer der Gruppe. Er würde das Signal zum Sprung geben. Er hatte sein pechschwarzes Haar zu einem akkuraten Seitenscheitel gegelt, sein Nummerntattoo – eine Fünf – zeichnete sich scharf auf der blassen Haut ab.

Julian lief es kalt den Rücken herunter. Was manche Leute alles für einen Post auf DeadLinks taten …

Auf dem Dach wurden Shots verteilt. Die Jugendlichen waren mittlerweile stark betrunken – und das würden sie auch sein müssen. Ihre Blicke waren wie gebannt auf Nicholas gerichtet. Selbst als sie die Köpfe zurücklegten, um die Drinks zu kippen, ließen sie ihn keine Sekunde aus den Augen. Er schritt mit einem – mal engelsgleichen, mal furchteinflößenden – Lächeln vor ihnen auf und ab. Sein Blazer flatterte steif im Wind. Alle warteten andächtig auf sein Kommando.

Eigentlich hatte Julian so schnell wie möglich zwischen den Hecken verschwinden und zu seinem Auto laufen wollen. Weg von hier. Aber irgendetwas an Nicholas fesselte seine Aufmerksamkeit.

Nicholas' Stimme war so laut, dass ihn jeder, ob drinnen oder draußen, hören konnte.

»Nun kommen wir endlich zum eigentlichen Ziel der *Nacht der lästigen Zweien!* Als Zweien seid ihr nun ja keine Todesjungfrauen mehr. Den Anfang habt ihr also schon mal gemacht. Gratuliere!«

Hurrarufe.

»Aber die Drei ist der wahre Meilenstein«, sagte er. »Erst mit der Drei seid ihr würdig, selbst Auslöscher zu werden. Und das Erste, was ihr dafür lernen müsst, ist … euch mit Stil auszulöschen.«

Peng!

Im Haus fiel ein Schuss. Alle zuckten zusammen. Julian dachte an Molly und verzog das Gesicht. Nicholas ließ den Knall verhallen, bevor er weitersprach.

»Wir nehmen den Tod an. Und wir zeigen allen, wie lächerlich er ist«, sagte er. »Der Tod? Er ist ein Witz!« Die Jugendlichen pflichteten ihm mit lauten Rufen bei.

Nicholas hob die Hand, und alle verstummten.

»Auf mein Kommando«, sagte er und musterte sein Publikum eingehend. Dann ballte er die Faust und sah dabei nacheinander in jedes nervöse Gesicht, bevor er den Arm sinken ließ. »Banzai!«

Die Jugendlichen schrien ebenfalls »Banzai!« und sprangen in den Pool. Die elektronischen Geräte fielen mit ihnen ins Wasser, über das im nächsten Moment elektrische Entladungen wie blaue Skelettfinger tanzten.

Schreckensschreie, Schmerzenslaute, ein tödliches Zischen. Julian sah mit rasendem Herzen und trockenem Mund aus dem Schatten der Hecke heraus zu.

Peng, peng, peng, peng, peng!

Aus dem Haus drang nun ein Stakkato von Schüssen, sie klangen wie Feuerwerk. Julian hielt sich die Ohren zu. Es folgte eine Pause und schließlich noch ein einzelnes, letztes *Peng*.

Dann herrschte Stille. Gerade eben war hier noch alles voller Leben gewesen, voller Aktivität, voller dummer Kids. Jetzt bewegte sich nichts mehr.

Dann hörte Julian ein Stöhnen hinter dem Pool.

Er wagte sich aus seinem Versteck und näherte sich dem Schwimmbecken. Die Körper der toten Jugendlichen trieben auf dem Wasser. Ein Junge in Surfershorts – Jeffrey aus seiner Geschichtsklasse – war auf dem Betonstreifen neben dem Pool gelandet und hatte sich den Schädel aufgeschlagen. Nun lag er da wie eine verdrehte Puppe. Julian sah kurz einen schleimigen Schimmer, ein Anblick, auf den er gut hätte verzichten können. Schnell wandte er sich ab. Jeffrey stöhnte erstickt, kämpfte um ein paar letzte Worte. Wollte er seiner Reue oder einer düsteren, unaussprechlichen Ekstase Ausdruck verleihen? Julian verstand nicht, was Jeffrey zu sagen versuchte, und er wollte es auch nicht wissen.

Der metallische Geruch des Bluts verursachte Julian Übelkeit, aber es gelang ihm, seinen Brechreiz zu unterdrücken.

Molly.

Vielleicht hatte sie abgebrochen? Vielleicht hatte sie sich doch eines Besseren besonnen und sich gesagt: *Julian hat recht, sich auszulöschen ist bescheuert.* Vielleicht wartete sie ja darauf, dass er zurückkehrte und sie mitnahm.

Julian rannte zurück ins Haus und dann ins Wohnzimmer. Eine Wolke aus Räucherwerk und Schießpulver schlug ihm entgegen, als er die Tür öffnete. Alle Mitspieler von Kuss oder Schluss lagen nebeneinander auf dem Boden. Manchen fehlte der Hinterkopf. Julian bemühte sich, nicht hinzusehen, aber er konnte die dunklen Blutlachen auf der Plastikplane nicht ignorieren. Die seltsame Entspannungsmusik lief immer noch.

Er stieg vorsichtig über die Körper. Constance lag in der Mitte des Kreises mit weit geöffneten Augen auf dem Rücken. Der Schuss hatte ihre Schläfe durchschlagen, das Blut war fächerförmig auf der anderen Seite herausgespritzt. Die Pistole hielt sie immer noch fest umklammert.

Julian wandte sich von ihr ab, sah Molly halb auf einem Sitzsack liegen und drehte sich schnell weg.

Er konnte sich nicht überwinden, sie noch einmal anzuschauen. Also schloss er die Augen und stand einen Moment lang einfach nur da. Das Herz schlug ihm bis zum Hals. »Molly?«, sagte er, ohne die Augen zu öffnen. Keine Antwort.

Ich muss es mit eigenen Augen sehen, dachte er.

Weshalb bin ich denn sonst überhaupt noch hier?

Schau einfach hin.

Er öffnete die Augen.

Mitten auf Mollys Stirn war ein roter Punkt, aus dem ein dünner Blutfaden rann. Julian atmete auf. Es hätte viel schlimmer sein können. Zum Glück war ihr Hinterkopf nicht zu sehen.

Er schaltete die Musik aus und setzte sich neben Mollys Leichnam. Vor dem Haus verhallten die letzten Todesröchler, dann herrschte absolute Stille.

Nun gab es niemanden mehr, der über irgendetwas hätte lachen können.

Die Party hatte ein jähes Ende gefunden.

KAPITEL 2

Einen fantastischen Moment lang spürte Molly Terra weißglühende, absolute Glückseligkeit. Sie trieb in einer weichen, gallertartigen Substanz, losgelöst und frei von der Person, die sie einmal gewesen war. Ekstase erfasste sie in Wellen. Dann öffneten sich plötzlich ihre Augen und füllten sich mit Wasser. Im gleichen Moment wurde das Glücksgefühl von einer anderen, weitaus primitiveren Empfindung verdrängt: Todesangst.

Molly trat um sich. Ihr Mund öffnete sich reflexhaft zu einem Schrei, sie schluckte Wasser und spürte, wie es ihre Lunge füllte. Sie würgte und geriet in Panik, dann wurde ihr klar, wo sie sich befand: Sie war im See.

Beruhige dich, befahl sie sich, du weißt, was du zu tun hast. Du hast es schon einmal getan.

Molly begann zu paddeln, kämpfte sich nach oben. Schließlich erreichte sie die Oberfläche, spuckte Wasser und sog die Luft mit tiefen Atemzügen in ihre Lunge. Sie strampelte mit den Beinen, bis sie einigermaßen die Fassung wiedererlangt hatte. Das Glücksgefühl, das sie gerade noch empfunden hatte, war einer seltsamen Leere gewichen. Molly rieb sich die Augen und sah sich um.

Ein gespenstischer Nebel lag über dem See. In einiger Entfernung leuchtete ein helles Licht zweimal auf, gefolgt von einem dröhnenden, an ein Nebelhorn erinnernden Alarmton. *Folge dem Licht, folge dem Signalton.* Ihr Kopf war mittlerweile wieder einigermaßen klar. Sie versuchte, sich das tragische Ereignis in Erinnerung zu rufen, das sie hierhergeführt hatte, aber da war nichts. Sie wusste nur noch, dass Julian sie zu einer Party abgeholt hatte. Was war passiert? Wie war sie von dort hierhergekommen?

Diese Erinnerungslücke machte ihr Angst, bis ihr die Symptome des Wiedergeburtssyndroms einfielen. Nur wenige erinnerten sich an die Ereignisse kurz vor ihrem Ableben. Und der tatsächliche Moment des Sterbens blieb für immer in Nebel gehüllt.

Aber das spielte jetzt ja auch keine Rolle mehr.

Wichtig war, dass sie im See wiedergeboren worden war. So wie beim ersten Mal und so, wie es auch beim nächsten Mal sein würde. Schwerfällig und desorientiert schwamm sie durch das lauwarme Wasser zum Ufer, unaufhaltsam einer höheren Lebensnummer und damit der Zukunft entgegen.

Molly wurde erwachsen.

Kurze Zeit später spürte sie den seidenweichen Schlamm des Seegrundes unter ihren Füßen. Bald reichte ihr das Wasser nur noch bis zu den Schultern. Je näher sie dem Ufer kam, desto weiter tauchte ihr nackter Körper aus dem flacher werdenden Wasser auf. Anfangs versuchte sie noch, ihre Blöße mit den Händen zu bedecken, doch dann gab sie auf. Es war völlig in Ordnung, nackt zu sein. Immerhin war das eine Wiedergeburt.

Andere Personen tauchten im Nebel um sie herum auf. Molly erkannte Constance und sah zu ihr hinüber, aber Constance wandte sich ab. Molly spürte, wie Scham in ihr aufstieg. Hatte sie etwas falsch gemacht? Sie errötete, stapfte aber tapfer weiter Richtung Ufer.

Am Ufer wurde sie von den Wächtern in der unverwechselbaren taubenblauen Tracht in Empfang genommen. Die ganze Prozedur lief professionell und unpersönlich ab. Wortlos reichte eine Wächterin Molly ein Handtuch und ein Krankenhaushemd aus Papier.

»Ist viel los?«, fragte Molly und wischte sich das Gesicht ab. Ohne zu antworten führte die Wächterin Molly zu einem imposanten weißen Backsteingebäude, in dem sich die Menge in mehreren Warteschlangen drängte. Manche der soeben erst Wiedergeborenen waren jung, andere alt, doch alle trugen dieselben Krankenhaushemden und warteten nun auf ihre Abfertigung.

Molly spürte, wie sie Stück für Stück ins Leben zurückkehrte – wie ein Fernsehbild, das allmählich aus dem weißen Rauschen auftaucht. Die Aufsichtsbeamten erinnerten die Wartenden an die Vorschriften: »Bleiben Sie in der Schlange. Gedulden Sie sich bitte. Nehmen Sie Rücksicht auf Ihre Mitbürger.«

Molly betrachtete die nassen Gesichter um sich herum und erkannte viele Mitschüler. Sie unterhielten sich, lachten …

Die Party. *Die lästigen Zweien.* Anscheinend kamen sie alle von da. Als sie die anderen lachen hörte, hatte sie plötzlich das Gefühl, etwas verpasst zu haben.

Sie verdrehte die Augen. Hast du wirklich Angst, etwas verpasst zu haben, weil du tot warst? Selten dämlich, Molly.

Die Schlange führte im Zickzack durch eine Absperrung wie vor der Sicherheitskontrolle an einem Flughafen. Auf einem Podium am anderen Ende des Raumes stand ein Mann in einer purpurnen Robe. Kopf und Gesicht waren von den dicken Lagen seines Zeremonialtuchs verhüllt, eine einschüchternde schwarze Brille verdeckte die Augen.

Der Seeprälat.

Der oberste Wächter, der traditionell anonym blieb. Seine blau gekleideten Untergebenen sorgten dafür, dass jeder der Wiedergeborenen in seiner Schlange blieb, während der Prälat wiederum dafür sorgte, dass kein Wächter aus der Reihe tanzte. Zu diesem Zweck tippte er Befehle in sein Tablet, woraufhin Signallichter in seltsamen Mustern aufleuchteten, die nur die Wächter verstanden.

Nach ungefähr einer halben Stunde war Molly an der Reihe und wurde von einem Wächter in eine kleine Kabine geführt. Der Mann schloss den Vorhang und bedeutete ihr, den Arm zu heben. Dann nahm er einen kleinen stiftähnlichen Apparat und setzte ihn unterhalb ihres Ellbogens an. Der Stift war heiß, und es fühlte sich wie ein Bienenstich an. Sie zuckte zusammen.

»Au, das tut weh. Eine kleine Vorwarnung wäre nett gewesen!«

»Entspann dich«, sagte der Beamte ebenso desinteressiert wie ungeduldig.

Dann steckte er den Stift in sein Tablet und überprüfte das Ergebnis des Verifikations-Gentests. Molly schaute heimlich auf das Display, auf dem ihr Name, ihr Alter und ihre Lebensnummer (»ehemals: 2, aktuell: 3«) eingeblendet waren. Dann nahm der Beamte ein anderes, an ein Smartphone erinnerndes Gerät von seinem Gürtel. Die Nummerierungspistole. Ein kleines blaues Licht blinkte auf, als er sie einschaltete.

»Neue Nummer und neuer Chip«, sagte er. Jetzt fiel Molly auch wieder ein, dass mit jedem neuen Tattoo ein winziger Chip implantiert wurde, um die Echtheit der Lebensnummer zu gewährleisten. »Noch einmal entspannen, bitte.«

Er drückte das Gerät gegen Mollys Hals. Sie spürte einen weiteren heißen Stich. Als der Beamte den Apparat wieder wegnahm, warf sie einen kurzen Blick in den Spiegel.

An ihrem Hals prangte eine schwarze Drei.

Molly unterdrückte einen Freudenschrei.

Haltung, bitte.

Schließlich war sie nun eine Drei.

Molly ging zum Busbahnhof und sah dort auf die Uhr: Es war 5.30 Uhr morgens. Wiedergeburten fanden fast immer dreißig bis vierzig Minuten nach dem Eintritt des Todes im nächstgelegenen See statt (manchmal dauerte es sogar nur zehn Minuten). Warum? Die wissenschaftliche Erforschung der Wiedergeburt hatte dazu bisher nicht mehr als ein paar Theorien hervorgebracht. Dennoch wusste Molly, dass man sich auf diesen zeitlichen Ablauf verlassen konnte. Die Abfertigung hatte etwa drei Stunden gedauert, also musste sie um etwa zwei Uhr nachts gestorben sein.

Die Busfahrt nahm weitere zwei Stunden in Anspruch. Sie hatte Julian auf dem Weg zur Party gebeten, sie um etwa halb acht Uhr morgens abzuholen.

Sie hatte gar nicht schlecht geschätzt.

Und auf Julian konnte sie sich ebenfalls verlassen.

Der Wind, der durch die Hügel um den See herum pfiff, gewann an Geschwindigkeit und fuhr durch das Terminal, wobei er Müll aufwirbelte. Wenigstens war es für September noch immer ziemlich warm. Eine Böe spielte mit Mollys Krankenhaushemd. Sie hielt es sich vor die Beine, als sie zur Haltestelle für den Bus nach Lakeshore ging. Dort stellte sie sich mit anderen Wiedergeborenen – Dreien, Vieren, Fünfen – in eine Schlange und wartete.

Sie alle waren wunderschön, jeder die beste physische Version seiner selbst. Zumindest aus Mollys Sicht. Das war der Teil der Wiedergeburt, auf den sie sich am meisten gefreut hatte: der neue Körper. Man kam in exakt demselben Alter wieder, in dem man gestorben war, aber als *perfekte* Version seiner selbst, mit einem vollkommenen Körper – abgesehen natürlich von der hohen Wahrscheinlichkeit eines Wiedergeburtsfehlers. Aber das war meist nur ein kleiner Makel: eine Allergie, ein Muttermal, eine leichte Veränderung der Interessen oder des Gemütszustandes.

Molly strich über die Stelle, an der ihr verhasstes Doppelkinn gewesen war, und konnte es kaum fassen: Die kleine Fettschicht war verschwunden. Vergiss die Fitnessstudios! Sport und Diäten waren ein Witz gegen die Wiedergeburt!

Molly trank einen Schluck aus dem kleinen Saftkarton, den sie im Empfangszentrum erhalten hatte, und blickte aus dem Fenster, während der Bus die Straße entlangholperte. Die Lake Road wand sich durch einen dichten Ulmenwald, der Lakeshore und seine Vororte vom See trennte. Die Bäume wurden immer höher und dichter, je näher man dem See kam. Ihre knorrigen Äste umschlangen einander so fest, dass kein Sonnenlicht bis zu den uralten, tiefschwarzen Schatten im Unterholz drang.

Aber Mollys Aufmerksamkeit galt etwas ganz anderem. Sie betrachtete ihr Spiegelbild: ihr Kinn, die Drei auf ihrem Hals, das nun tiefe und glänzende Braun ihrer Haare. Wie üppig ihre Brust sich unter dem Krankenhaushemd wölbte. Sie bewunderte sich selbst, wie sie eine schöne Unbekannte bewundern würde, die ihr zufällig auf der Straße begegnete.

So, jetzt hast du deine Zwei ausgelöscht. Das ist dein neues Ich, Molly. Du bist diese Frau, deren Spiegelbild du gerade siehst. Nett, dich kennenzulernen. Du hast tolles Haar. Und du bist eine Drei. Mach was draus. Sie wiederholte den letzten Teil leise, wie ein Mantra. »Mach was draus.«

Schließlich erreichte der Bus die Haltestelle Lake Road, und Molly, immer noch im Krankenhaushemd, stieg aus. Julian war schon da und lehnte gegen sein in die Jahre gekommenes, kaputtes Auto. Guter alter Julian. Die Eins an seinem Hals war ihr noch nie so deutlich ins Auge gestochen wie in diesem Moment. Und es überraschte sie, wie sehr sie dieser Anblick störte.

Aber wie auch immer: Er war da, wie versprochen. Sie lächelte und überquerte die Straße.

KAPITEL 3

»*Seltsam?* Du fühlst dich ›seltsam‹? Das ist alles?«

Natürlich hatte Julian in der Schule gelernt, wie eine Wiedergeburt funktionierte und was man tun musste, wenn man im See aufwachte. Aber er wollte wissen, wie es sich *anfühlte*.

»Ja, seltsam. Zuerst fühlt es sich an wie … als ob jeder Teil deines Körpers kommt. Gleichzeitig«, sagte Molly.

»Was?« Julian drehte sich zu ihr um und versuchte dabei, die Straße im Auge zu behalten. »Moment. Du meinst, wie … wie ein *Orgasmus*?«

»Ja, ein Ganzkörper-Orgasmus«, sagte Molly. »Es war so gut, dass es fast wehtat. Und als es aufgehört hat, war es, als ob … als ob ich nicht mehr ich bin. Ich komme mir immer noch nicht *normal* vor. Als hätte ich meinen Körper verlassen und müsste mich erst einmal wieder darin zurechtfinden. Es ist schwer zu beschreiben.«

»Wow, also spaßig klingt das nicht gerade«, sagte Julian. »Schreckliche Schmerzen, Wahnvorstellungen, Verwirrung … das ist doch das genaue Gegenteil von Spaß. Wie nennt man das doch gleich? Ach ja, genau: Folter.«

Molly betrachtete sich in Julians Rückspiegel. »Von nichts kommt nichts, oder?«

»Vielleicht bin ich ja verrückt, aber mir ist eine ununterbrochene körperliche Existenz lieber.«

Molly beschloss, die Bemerkung zu ignorieren. Sie strich sich über das Gesicht. »Hey, sehe ich fett aus?«, fragte sie stattdessen.

»Wie bitte? Das ist alles, was dich gerade beschäftigt?«

»Im Ernst. Sehe ich fett aus?«

»Nein, aber so fett warst du doch auch vorher schon nicht.«

Molly zog eine Augenbraue hoch. »›So fett‹?«

»Entschuldige, so war's nicht gemeint. Naja, du siehst irgendwie … fitter aus. Deine Muskeln sind definierter und so weiter. Versuchs doch mal bei den Kunstturnerinnen, die suchen noch Nachwuchs.«

Molly boxte ihm spielerisch gegen den Arm. »Du willst mich ja nur in so einem engen Trikot sehen, stimmt's?«

»Der neue Körper macht dich ein bisschen größenwahnsinnig, kann das sein?«

Obwohl … unwillkürlich erschien das Bild von Mollys neuem durchtrainierten Körper in einem hautengen Outfit vor seinem geistigen Auge. Schnell verscheuchte er diesen Gedanken.

Molly schnaubte verächtlich, konnte sich dabei aber das Lachen kaum verkneifen.

Sie war irgendwann in der letzten Woche zu dem Entschluss gekommen, dass es an der Zeit war, die Zwei hinter sich zu lassen.

Julian und Molly gehörten zu einer Handvoll Unterklasse-Kids, die mit einem Stipendium an die Lakeshore Academy, die Eliteschule von Lakeshore, gekommen waren. Sie hatten sich an ihrem ersten Schultag beim Ausfüllen der Stipendiumsformulare im Büro des Schuldirektors kennengelernt. Aber wirklich zusammengeschweißt hatte sie die Tatsache, dass sie beide die einzigen Einsen an der gesamten Schule gewesen waren – bis vor etwa einem Jahr.

Auch wenn er es ihr nie gesagt hatte, Julian war insgeheim stolz darauf gewesen, dass sie dem Druck nicht nachgegeben hatten. Es waren nur sie beide gegen den Rest der Welt gewesen. Sie beide, die von oben herab ihren Klassenkameraden dabei zugesehen hatten, wie sie blindlings in die Fallen tappten, die die Welt für sie bereithielt: Hausaufgaben. Football. Cheerleader-Truppe. Auslöschung.

Wie selbstherrlich er gewesen war. Wenn er jetzt an diese Zeit zurückdachte, schämte er sich für seine Dummheit.

Molly hatte ihre Eins in aller Heimlichkeit ausgelöscht. Letztes Jahr hatte sie sich an einem ganz gewöhnlichen Morgen durch die Menge zu ihrem Platz im Klassenzimmer gedrängt, als er die Zwei an ihrem Hals gesehen hatte. Sie war seinem Blick ausgewichen, und da hatte er begriffen, dass er nun komplett allein auf der Welt war. Fassungslos hatte er sie nach der Schule angeschrien: »Wie kannst du nur so bescheuert sein!«

Molly hatte den Mund geöffnet, um zu antworten, war dann aber stumm geblieben. Wie hätte sie etwas in Worte fassen können, was sich nicht in Worte fassen ließ: Warum sie nun genau das tat, worüber sie beide sich immer aufgeregt hatten. Und weil sie es nicht erklären konnte, hatte sie den Mund einfach wieder geschlossen, sich umgedreht und war zum Parkplatz gegangen. Danach hatten sie eine Woche lang kein Wort miteinander gesprochen.

Diesmal hatte sie Julian sofort von dem Entschluss erzählt, ihre Zwei auszulöschen. Sie hatte sich morgens im Klassenzimmer noch vor dem Unterricht bei Schuldirektor Denton zu ihm vorgebeugt und ihm mitgeteilt, dass sie vorhatte, zur *Nacht der lästigen Zweien* zu gehen. Dabei hatte sie gespannt seine Reaktion beobachtet.

Julian, der sich vorgenommen hatte, das nächste Mal erwachsener zu reagieren, schloss die Augen und brachte ein halbwegs aufrichtiges und gelassenes Lächeln zustande. Dieses Mal hatte er nicht das Gefühl, verraten worden zu sein. Er war auch nicht wütend. Er verspürte nur diesen mittlerweile vertrauten Eindruck von Verlassenheit. »Keine Sorge, alles okay«, sagte er zu Molly.

Alles okay.

Doch in der Nacht nach Mollys Ankündigung lag Julian lange wach und starrte an die Decke seines dunklen Zimmers. Eine schreckliche Einsamkeit streckte ihre langen Finger nach ihm aus. Hätte er nicht schon vor langer Zeit den Entschluss gefasst, nie mehr zu weinen, dann wäre er jetzt in Tränen ausgebrochen. Also lag er einfach nur da und starrte so lange an die Decke, bis die langen Finger aufgaben und verschwanden.

Er war mit Molly zu den *Lästigen Zweien* gegangen … als moralische Unterstützung, aber auch in der vagen Hoffnung, den eigenen Widerstand aufzugeben. Dazuzugehören, so wie Molly. Ein Rädchen im gut geölten Getriebe des Highschool-Lebens zu sein. Dann wären sie beide wieder vereint gewesen, nicht gegen die Welt, sondern als angepasster Teil davon.

Aber das war natürlich nicht passiert.

Julian hielt vor Mollys Haus an.

»Tut mir leid, ich bin noch etwas neben mir. Ich fühle mich, als ob ich hinter meinem eigenen Echo herjage«, sagte sie. »Ich brauche ein bisschen Zeit, um meinen Kopf und meinen Körper wieder zusammenzubringen. Aber danke fürs Mitnehmen. Du bist ein echter Freund, Jules. Ich weiß, dass du keine Lust auf die Party hattest.«

»Schon gut«, sagte Julian. »Dazu sind Freunde ja da. Du weißt schon, wenn man mal eine Begleitung braucht oder stirbt und abgeholt werden muss und so weiter.«

Molly lächelte und stieg aus. Sie wollte schon zur Haustür gehen, drehte sich dann aber noch einmal um und lehnte sich durch das offene Beifahrerfenster in den Wagen.

»Sag mal, haben die Auslöscher danach eigentlich aufgeräumt?«

»Ich glaube schon. Aber so lange bin ich nicht geblieben.«

»Es wird also keine Trauerfeier geben oder so …?«

»Igitt. Hättest du deine eigene Leiche sehen wollen?«, fragte er.

»Nein. Also … Ich wollte nur … Ich wollte nur wissen, was überhaupt passiert ist.«

Julian verzog das Gesicht, als er an Mollys Leiche dachte. Schnell verscheuchte er das Bild aus seinen Gedanken.

»Du hast mit Constance Kuss oder Schluss gespielt«, sagte Julian. »Aber ich weiß nicht, wie es passiert ist. Ich war draußen, und als ich wieder reingekommen bin, waren alle tot.«

Molly schwieg einen Moment lang und dachte nach. »Du hast nicht zufällig ein paar Fotos gemacht?«, fragte sie schließlich.

»Also weißt du«, Julian versuchte, sich nicht anmerken zu lassen, wie sehr ihn diese Vorstellung anwiderte. »Auf die Idee bin ich wirklich nicht gekommen.«

Molly seufzte. »Schon okay, du hast recht. Ich würde sie auch gar nicht sehen wollen.« Julian sah ihr nach, als sie zur Tür ging und dann im Haus verschwand.

Er ließ das Auto noch eine Zeit lang in ihrer Einfahrt, saß einfach nur da und schnupperte den Duft der wiedergeborenen Molly, der noch im Wagen hing: der modrige Geruch des Sees, ein bisschen wie Schlamm direkt nach dem Regen, dazu die leichte Chlornote des mit Desinfektionsmittel behandelten Krankenhaushemds. Er betrachtete seine Hände auf dem Lenkrad. Sie waren dünn und blass. Seine Daumen wirkten seltsam unproportional, sie waren zu klein im Vergleich zu seinen anderen Fingern. Er blickte aus dem Fenster. Das Sonnenlicht wurde vom Asphalt des Bürgersteigs reflektiert und blendete ihn. Staub tanzte in der Luft wie trauriges, verirrtes Konfetti.

Er würde auf keinen Fall weinen.

KAPITEL 4

Julian wohnte auf einem kleinen Hügel oberhalb eines Autoschrottplatzes. Der Schrottplatz war vor etwa zehn Jahren gebaut worden, woraufhin die Grundstückspreise auf dem Hügel in den Keller gefallen waren.

Im ersten Jahr, nachdem der Schrottplatz den Betrieb aufgenommen hatte, waren die meisten Nachbarn weggezogen. Auch Julians Familie hatte umziehen wollen. Julians Mutter, die bei der Wiedergeburtsbehörde gearbeitet hatte, war gerade befördert worden. Mit der Gehaltserhöhung hätte sie ihm sogar die Lakeshore Academy finanzieren können, ganz ohne Stipendium. Aber seitdem hatte sich vieles verändert, und ein Umzug stand nun nicht mehr zur Debatte.

Die rostigen Scharniere der Tür quietschten, als Julian eintrat. Er warf seine Tasche auf einen Stuhl. Sein kleiner Bruder Rocky saß am Küchentisch und machte seine Hausaufgaben. Er ging in die dritte Klasse.

»Kommt Molly auch?«, fragte Rocky.

»Heute nicht, Rock. Sie fühlt sich nicht gut.«

»Hast du sie geküsst oder was?«, sagte Rocky.

Julian zeigte seinem achtjährigen Bruder scherzhaft den Mittelfinger. »So ist das nicht mit Molly. Sie steht nicht auf Jungs«, sagte Julian.

Rocky zuckte mit den Schultern. »Vielleicht steht sie ja auf beides.«

Julian verdrehte die Augen und fragte sich gleichzeitig, woher sein kleiner Bruder sich so gut mit den sexuellen Neigungen seiner Freunde auskannte. Dann holte er einen Kochtopf und machte sich daran, das Abendessen vorzubereiten.

Rocky wandte sich wieder seinen Hausaufgaben zu. »Molly wäre eine coole Mom«, sagte er.

Julian ließ den Topf scheppernd auf den Tisch fallen.

Mom.

Rocky war Meister darin, ihn aus der Fassung zu bringen.

Bei Rockys Geburt war ihre Mutter mitten in ihrem fünften Leben gewesen. Sie war Beamtin im höheren Dienst bei der Wiedergeburtsbehörde gewesen und hatte nur so vor Energie gestrotzt, ihr gemeinsames Zuhause mit Leben erfüllt und Julian, Rocky und ihren Vater immer auf Trab gehalten, ob es nun um die Schule, Partys oder Sport ging. Sie war die treibende Kraft ihrer Familie gewesen.

Ein paar Jahre später hatte sie – praktisch über Nacht, wie es Julian vorgekommen war – ihr siebtes Leben begonnen. Sie veränderte sich so schnell und so dramatisch, als hätte man sie durch eine andere Person ersetzt. Was ja gewissermaßen auch der Fall gewesen war, jedenfalls, was ihren Körper betraf.

Kurz nachdem sie als Sieben nach Hause gekommen war, stellte sich heraus, dass sie der Retrogression zum Opfer gefallen war. Einen so schweren Fall hatten die Ärzte noch nie erlebt. Sie fehlte regelmäßig bei der Arbeit. Sie vergaß ganze Lebensabschnitte. Sie verlor ihr Lachen und ihre Lebensfreude – und damit auch ihre Persönlichkeit. Sie vergaß, wo sie wohnte. Vergaß, dass sie ein kleines Kind hatte, um das sie sich kümmern musste …

»War Mom auch so cool wie Molly?«, fragte Rocky.

»Ja«, sagte Julian. »Mom war cool.«

Während ihres achten Lebens blieb ihre Mutter über eine Woche lang verschwunden. Als Julian seinen Dad fragte, wo sie war, bekam er keine richtige Antwort. »Mach dir keine Sorgen. Sie kommt bald zurück«, sagte sein Vater, ohne dabei von der Werkbank aufzublicken, als wagte er nicht, Julian in die Augen zu sehen. »Und jetzt sprechen wir nicht mehr darüber.«

Genau, Dad, wir sprechen einfach nicht mehr über sie. Vergessen wir sie einfach, so wie sie uns vergessen hat.

Ein Vorfall hatte sich mit jedem einzelnen schrecklichen Detail in Julians Gedächtnis eingebrannt: Es war mitten in der Nacht gewesen, seine Mutter war seit Tagen nicht nach Hause gekommen. Das Geräusch von zersplitterndem Glas hatte Julian geweckt, und er schlich sich nach unten in den Flur und spähte um die Ecke. Doch statt eines Einbrechers sah er dort die geisterhafte Gestalt seiner Mutter in einem Krankenhaushemd und mit einer auf den Hals tätowierten Neun. Er ging vorsichtig auf sie zu, in der Hoffnung, dass sie ihn erkennen und in den Arm nehmen, dass sie wieder seine Mutter sein würde. Aber stattdessen sah sie ihn an und schrie: »Du! Du bist an allem schuld! *Du Stück Scheiße!*«

Dann ging sie auf ihn los. Plötzlich, wie aus dem Nichts, erschien sein Vater und hielt sie fest, noch bevor sie Julian erreichte.

»Geh in dein Zimmer, und schließ die Tür ab!«, rief er Julian zu.

Julian rannte in sein Zimmer und knallte die Tür zu, hinter der er nun gedämpft seinen Vater mit tiefer Stimme schreien hörte. Er hörte, wie die Haustür zugeknallt wurde. Hörte, wie Schläge auf Haut klatschten, hörte die Schmerzensschreie seiner Mutter durch die Nacht hallen. Dann folgte eine plötzliche Stille, die noch entsetzlicher als alles davor war.

Als Julian es schließlich wagte, aus dem Fenster zu spähen,

sah er seine Mutter in Richtung Schrottplatz davonlaufen. Doch nach etwa zehn Metern blieb sie abrupt stehen, drehte sich um und schaute zu seinem Fenster hinauf. Sie sah *ihn* an. Der Blick aus den leuchtend grünen Augen durchbohrte ihn, so durchdringend und intensiv, als würde er sich direkt in seine Seele brennen. Dieses Gefühl würde er nie vergessen. Dann brach die Verbindung ab, und seine Mutter verschwand im Dunkel der Nacht.

Das war das letzte Mal, dass er sie lebend gesehen hatte.

Nach dieser Nacht lernte Julian, die wahre Bedeutung eines Wortes zu verstehen, das er bis dahin nur aus Schulbüchern gekannt hatte. Ein Wort, das nur selten ausgesprochen wurde, und wenn, dann nur von besorgten Erwachsenen im ernsten Flüsterton.

Permatod.

»Jules, kannst du mir helfen?«, fragte Rocky. »Mrs. Landon macht mir in Mathe die Hölle heiß. Sie sagt, sie mag meine ›Einstellung‹ nicht.« Er machte Anführungszeichen mit den Fingern.

»Naja, Sarkasmus hilft dir dabei auch nicht weiter. Und Faulheit erst recht nicht«, sagte Julian. »Bei den Malaufgaben brauchst du meine Hilfe doch gar nicht. Das Einmaleins kannst du schon. Außerdem muss ich mich um das Abendessen kümmern.«

»Wirklich? Aber es ist doch schon so spät. Wollen wir nicht einfach ein Sandwich essen?«

»Sorry, aber ich habe es Dad versprochen. Auch wenn er Doppelschichten arbeitet, möchte er, dass wir alle zusammen was Anständiges zu Abend essen.«

»Aber bis er da ist, muss ich schon längst im Bett sein«, protestierte Rocky. »Und Dad will doch auch, dass ich genug Schlaf bekomme. Wegen ihm muss ich ja auch immer so früh aufstehen.«

»Was? Du willst mich mit ihm allein lassen, wenn er von einer

Zwölfstundenschicht nach Hause kommt? Was ist mit ein bisschen brüderlicher Solidarität?«

Rocky stöhnte. »Na gut, aber dafür schuldest du mir was.«

»Ich stehe in der Schuld eines Achtjährigen …« Julian schüttelte den Kopf.

»Ja, also hilf mir mit den Mathehausaufgaben.«

»Okay, okay«, sagte Julian. Er schüttete den Inhalt einer Konservendose in den Topf und ging zu seinem Bruder hinüber.

»Siehst du, brüderliche Solidarität«, sagte Rocky. Julian verdrehte die Augen.

Julians Vater kam noch später heim als erwartet. Es war schon fast halb zehn. »Verdammter Verkehr, von Retro Row bis zur Lake Road war alles dicht«, sagte er und ließ seine Arbeitstasche neben der Tür fallen.

Dann setzten sie sich und aßen pflichtbewusst den faden und mittlerweile kalten Tofu-Eintopf. Im Hintergrund lief leise der Fernseher. In den Nachrichten wurde über ein Seeterritorium in der Ukraine berichtet, wo man das Kriegsrecht verhängt hatte, nachdem es aufgrund der Lebensmittelknappheit zu Aufständen gekommen war. Dann wechselte der Nachrichtensprecher zu lokalen Themen. Julian setzte sich auf, als ein DeadLinks-Video gezeigt wurde, auf dem »offensichtlich der Tod einiger Dutzend Minderjähriger bei einer Party in Lakeshore zu sehen ist«.

Es wurden nur wenige Szenen daraus gezeigt, doch Julian erkannte die Party sofort wieder. Er war erstaunt, dass sie es ins Fernsehen geschafft hatte. Dann bekam er Angst, dass er auch in dem Video zu sehen sein könnte. Hatte ihn jemand unbemerkt gefilmt? Julian schaltete den Fernseher aus, bevor sein Vater etwas mitbekam. Das Letzte, was er jetzt brauchen konnte, war eine weitere Diskussion über seine Eins.

Das Abendessen verlief wie immer: Dad sprach nur wenig, und wenn, dann ging es um die Arbeit, die Schule oder die mangelnde Disziplin seiner beiden Söhne – die heilige Dreifaltigkeit der unangenehmen Themen.

»Julian«, sagte er, »ich habe heute bei der Arbeit mit Marcus gesprochen.« Seine Stimme hatte nun den allzu vertrauten strengen, betont rationalen Klang, den sie immer dann annahm, wenn er seine Familie mit der harten Realität des Lebens konfrontieren musste. »Einem Freund von ihm gehört das Tasty's südlich von Retro Row.«

Julian schluckte einen Bissen herunter und schloss die Augen. Er wusste bereits, was als Nächstes kommen würde.

»Da ist eine Stelle frei geworden, und er könnte dir mit deiner … Situation entgegenkommen. Du sollst morgen nach der Schule gleich zum Vorstellungsgespräch vorbeikommen.«

»Was? Fast Food?« Julian war entsetzt.

»Naja, immer noch besser als Zeitarbeit im Staubhaus, oder?«, sagte Julians Vater.

»A-aber, sollte ich nicht …«, stammelte Julian. Vor seinem geistigen Auge sah er sich bereits in einer albernen Uniform an einer Kasse stehen und Essensbestellungen entgegennehmen … Wenn er das zuließ, wenn er unter die Räder dieser Welt geriet, würde er sicher auch bald mit dem Auslöschen anfangen.

»Solltest du nicht was?«, fragte sein Vater.

»Naja … Sollte ich mich dieses Jahr nicht auf meine College-Bewerbungen konzentrieren?«

Sein Vater kaute und betrachtete ihn dabei mit zu Schlitzen verengten Augen, bis er heruntergeschluckt hatte.

»College-Bewerbungen?« Er sprach das Wort in einem Tonfall aus, als hätte Julian behauptet, es gebe Leben auf einem weit entfernten Planeten. »Mein Sohn, ich weiß, es ist hart ohne …« – er blickte zu Rocky hinüber – »... ohne deine Mutter. Aber es wird nun langsam Zeit, dass du dir Gedanken darüber machst, was aus dir werden soll.«

Julian starrte in sein Essen. Auf dem Eintopf hatte sich eine gummiartige Haut gebildet.

»Sicher, es gibt auch ein paar liberale Colleges«, fuhr sein Vater fort. »Aber wenn du wirklich auf eine gute Schule willst, dann musst du ...«

»Ich weiß, Vater«, sagte Julian, »du brauchst Geld.« Er stach mit dem Löffel in die Haut auf seinem Eintopf.

Sein Vater zog wütend die Augenbrauen zusammen und hatte mit einem Mal doppelt so viele Falten im Gesicht. Dann knallte er den Löffel mit einem lauten Scheppern auf den Tisch, holte tief Luft und beugte sich mit plötzlich todernster Miene zu Julian vor. »*Wir.* Wir brauchen Geld.« Er sprach jedes einzelne Wort langsam und überdeutlich aus. »Wenn du eine bessere Idee hast, dann raus damit.«

Julian wich dem Blick seines Vaters aus. Er wusste, was nun kommen würde: die Lebensbilanz ihrer Familie, die sich aus der Gesamtzahl aller getilgten Leben innerhalb eines Haushalts errechnete. Je besser die Bilanz, desto mehr staatliche Unterstützung.

Die Lebensbilanz ihrer Familie fiel trotz der zahlreichen vorzeitigen Tilgungen, die Julians Mutter hatte vornehmen lassen, sehr schlecht aus. Schuld war Julian, die Eins, die längst keine mehr sein sollte.

»Okay«, sagte er und starrte seinen Teller an. »Bewerbungsgespräch morgen. Danke, Dad.«

Das Gesicht seines Vaters entspannte sich. Er lehnte sich in seinem Stuhl zurück und atmete tief und lang aus. »Könnten wir nun wieder unser gemeinsames Abendessen genießen, bitte?«

Doch Julian stand abrupt auf und stellte seinen Teller ins Spülbecken.

»Ich bin fertig«, sagte er.

»Julian, du tust so, als ob das meine Schuld wäre«, sagte sein Dad.

»Schon okay«, antwortete Julian. »Ich bin einfach nur müde.«

Julian ging in sein Zimmer und schloss die Tür hinter sich. Der Raum war sehr klein, eigentlich war er nicht einmal ein richtiges Zimmer, sondern ein an das Wohnzimmer angeschlossener begehbarer Schrank. Nach dem Tod seiner Mutter hatte Julian auf ein eigenes Zimmer bestanden, und dies war der einzige freie Raum gewesen. Julian hatte die Werkzeuge darin weggeräumt, die Regale entfernt, eine Matratze auf Betonklötzen hineingelegt und die Wände mit Postern zugekleistert. Die meisten zeigten Landschaften. Vor allem war ihm wichtig, dass keine Menschen darauf zu sehen waren. Savannen. Dschungel. Weite Aussichten von Klippen auf das Meer. Er hatte sich eine Oase aus menschenleeren Landschaften geschaffen, einen Ort, an dem er für sich sein konnte.

Seine wertvollsten Besitztümer befanden sich in einem Schuhkarton unter dem Bett. An diesem Abend zog er ihn hervor. Dann saß er eine Weile mit dem Karton auf dem Schoß da und überlegte, ob er ihn öffnen sollte.

Schließlich entschied er sich dafür.

In dem Karton befanden sich ein eselsohriges Comicheft, etwas Bargeld, ein paar alte Zeichnungen von Comicfiguren. Zuoberst lag der von der Wiedergeburtsbehörde ausgestellte Ausweis seiner Mutter mit einem Foto. Sie lächelte, ihre tiefgrünen Augen leuchteten. Das war seine Mutter, seine wahre Mutter. Nicht die Frau, die auf ihn losgegangen war. Nicht die Frau, die ihre Leben ausgelöscht hatte, bis nichts mehr von ihr übrig war.

Seine Augen brannten, und seine Kehle schnürte sich zu.

Okay, genug für heute.

Er schloss den Karton und stellte ihn wieder an seinen Platz unter dem Bett. Dann legte er sich hin und starrte die Decke an, von der die kreideweiße Farbe abblätterte. Er schob alle Gedanken an seine Mutter, an Fast-Food-Restaurants und Lebensbilanzen beiseite und sah auf sein Handy.

Er hatte eine Menge DeadLinks-Meldungen erhalten – die meisten führten zu Videos von den *Lästigen Zweien*. Ein sorgfältig arrangiertes Bild zeigte Constance, die als Femme fatale mit Pistole posierte. Das Gesicht mit den durchdringenden blaugrauen Augen wurde von zwei tiefschwarzen Haarsträhnen umrahmt. 477 Kommentare. Er schloss die Liste, um die schleimigen Blödsinnsbeiträge nicht lesen zu müssen, und scrollte weiter. Es folgten mehrere Bilder von den Jugendlichen, die vom Dach gesprungen waren und anschließend tot im Pool gelegen hatten. Er scrollte weiter.

Dann ein Bild von Molly.

Seine beste Freundin, wie sie halb auf dem Sitzsack lag. Tot.

Jetzt war sie eine von *ihnen*.

Seine Augen brannten. Er hatte einen Kloß im Hals.

Er schloss DeadLinks, und zum Vorschein kam eine App, die er immer geöffnet hielt: ein Satellitenbild von einem grünen Eiland, das einsam im klaren, blauen Wasser lag. Die afrikanische Insel Mauritius.

Julian zoomte näher heran und bewegte den Bildausschnitt dabei weg von den Städten und hin zur Spitze eines Berges in einem abgelegenen Teil der Insel. Er zoomte noch näher heran, bis er das Gesuchte fand: eine kleine Hütte ganz oben auf dem Berg, völlig abgeschieden, auf einer einsamen Insel mitten im Ozean. Dieser Anblick beruhigte ihn.

Dann verkleinerte er die Ansicht wieder, bis die Insel nur noch ein winziger Fleck mitten im Blau des Ozeans war. Er stellte sich vor, dass er im Vergleich zu dieser blauen Welt nicht mehr als ein mikroskopischer, unbedeutender Punkt war, kleiner als ein Sandkorn.

Durch die dünnen Wände hörte er, wie sein Vater Rocky ins Bett brachte und im Haus Türen und Fenster schloss. Julian aber konzentrierte sich weiter auf die Karte, zoomte die Insel näher heran, dann wieder heraus, und versuchte dabei, sich vorzustellen, wie sich das Nichts anfühlte. Schließlich war der Akku leer, und der Bildschirm wurde abrupt schwarz.

Julian hängte das Telefon an das Ladekabel und machte das Licht aus. Dann schloss er die Augen. Der Kloß in seinem Hals hatte sich aufgelöst, und bald fiel er in die Leere eines tiefen, traumlosen Schlafs.

KAPITEL 5

Franklin hasste den frühen Morgen. Viel natürlicher hätte er es gefunden aufzustehen, wenn der Körper von selbst wach wurde, und sich hinzulegen, wenn der Körper schlafen wollte. Aber die Schule, das Auslöschen, der Tod – all der Mist hielt ihn davon ab, das zu tun, was nur natürlich war.

Und den heutigen Morgen hasste Franklin ganz besonders, denn er musste sich das aufgeblasene Gelaber von Nicholas Hawksley anhören.

Nicholas, der amtierende Gold Star der Auslöscher, war voll in Fahrt. Vom Platz des Silver Star aus sah Franklin dabei zu, wie Nicholas im Orchesterraum der Schule auf und ab ging. Sein Haar saß auch um 7.30 Uhr morgens bereits perfekt, und er verströmte koffeinbefeuerte Energie.

»Nehmt eure eigene Sinnlosigkeit an«, sagte Nicholas in selbstsicherem Tonfall, während er den Blick über seine weiß gekleideten Anhänger schweifen ließ, allesamt Kinder der Superreichen und mit den besten Beziehungen ausgestattet – diejenigen Schüler der Academy, die bereit waren, alles zu tun, um cool zu sein.

Die Auslöscher trugen ausnahmslos weiße Blazer. Die Lakeshore Academy erlaubte es ihren Schülern theoretisch zwar, zwischen den beiden Schulfarben Weiß und Marineblau zu wählen, praktisch trugen aber nur die Auslöscher Weiß. Das Löscher-Outfit wurde außerdem durch einen subtilen, aber gut sichtbaren roten Akzent komplettiert (»ein Blutfleck, der die schöne

Fassade verunziert«, hieß es in der Auslöscherbibel). Die meisten kamen dieser Pflicht mit einem roten Button am Rucksack oder roten Anstecknadeln am Kragen nach. Franklin trug ein unauffälliges rotes Armband. So leistete er der Forderung Genüge, ohne dass es groß ins Auge fiel. Er mochte keine Prahlerei.

An diesem Morgen war das Treffen besser besucht als sonst, was an dem Zustrom neuer Anwärter lag, die im hinteren Teil des Raumes Platz genommen hatten: Es waren die frisch wiedergeborenen Dreien, inspiriert von ihrem Tod bei den *Lästigen Zweien* und getrieben von der Hoffnung, irgendwann selbst einmal den weißen Blazer zu tragen oder vielleicht sogar mit Nicholas auf dem Podium zu stehen.

»Ich weiß, dass viele von euch gerne unserer exklusiven kleinen Gemeinschaft beitreten möchten«, sagte Nicholas und wies dabei mit einer Handbewegung auf die hinteren Sitzreihen. »Bei der *Nacht der lästigen Zweien* – an dieser Stelle Dank an Gloria Merriweather für ihre Gastfreundschaft – habt ihr einen Vorgeschmack auf das Auslöscherleben bekommen.« Er nickte einer kleinen dunkelhaarigen jungen Frau in der ersten Reihe zu.

»Achtzehn Löschungen waren es an diesem Abend. Macht sich gut auf DeadLinks. Wir sind sogar in die Lokalnachrichten gekommen. Das ›kleine Haus der großen Schrecken‹ haben sie es getauft.« Nicholas ging in genau abgezirkelten Bewegungen hinter dem Podium auf und ab. »Ich habe meine Beziehungen spielen lassen. Alle Leichen waren bereits abtransportiert und beseitigt, als die Polizei am Morgen eintraf.«

Franklin schauderte bei der Erinnerung an diese Nacht, die er damit verbracht hatte, die Leichen aus dem Pool zu fischen und sie auf der Müllhalde zu verbrennen. Da er mit auf der Bühne saß, widerstand er so gut es ging dem Drang, sein Gesicht zu verziehen.

Franklin wusste, wie wichtig es war, den *Glamour* des Todes nicht zu zerstören. Von dem Blut und der Gallenflüssigkeit, von dem Geruch und dem Schleim, von der schweren *Arbeit*, die es letztlich machte, die Leichen an dem Körperteil hinter sich herzuzerren, der noch am ehesten mit dem Torso verbunden war … Von solchen Details wollte niemand etwas hören.

Nicholas ging wieder zum Podium. »Diese Nacht wird auf DeadLinks ewig währen. Und einmal mehr sind wir den Behörden entschlüpft. Das ist die Macht der Auslöscher.« Er griff nach dem Pult und ließ den Blick durch die Menge schweifen. »Eines Tages werden wir eine Party ausrichten, die *viermal so groß* ist.« Er nickte voller Eifer, um seiner Ankündigung mehr Gewicht zu verleihen.

»Die Auslöscher verdienen ein Ende mit Glanz und Gloria! In einem absurden Feuerball sollten wir sterben, meine Freunde. Nicht in einer Tilgungsklinik mit Wartezimmer und Zeitschriften und Wächtern, denen scheißegal ist, wer man ist oder was man schon im Leben geleistet hat.«

Dann schien eine Veränderung in Nicholas vorzugehen, er sammelte sich, und sein Blick wurde ernst.

»Aber eins nach dem anderen. Vor Glanz und Gloria müsst ihr erst einmal Löscher werden.« Seine Augen verengten sich zu Schlitzen, als er die Menge musterte. »Dafür braucht ihr zwei Dinge: Mut und mentale Stärke. Denn wir erwarten respektlose, *tollkühne* Auslöschungen von euch.

Und täuscht euch nicht, früher oder später werdet ihr gedemütigt werden. Wir löschen uns öffentlich aus und haben keinen Einfluss darauf, was andere von uns denken. Was in unseren Augen herrlich und absurd zugleich ist, finden andere dumm und kriminell. Wenn ihr nicht die nötige mentale Stärke habt, wird euch das zusetzen. Ihr werdet versucht sein, alles hinzuschmeißen. Aber ihr müsst zu eurer eigenen Sinnlosigkeit stehen. Sie annehmen. An sie glauben. So sind die Auslöscher: Sie stellen sich der Sinnlosigkeit der Welt und nehmen sie an.«

Franklin betrachtete die Menge. Die Anwärter lauschten konzentriert. Er dagegen musste ein Gähnen unterdrücken.

»Sinnlosigkeit ist der Kern, die Essenz von allem«, Nicholas machte eine Pause, um das Gesagte wirken zu lassen. »Wir leben, und wir sterben. Neun Mal. Warum? Hat das irgendein Schöpfergott so beschlossen? Wer weiß das schon. Und wen interessiert's?

Ich weiß nur eines mit Sicherheit: Vielleicht werdet ihr in einem eurer späteren Leben komplett vergessen, wer ihr überhaupt seid. Weil ihr an aggressiver lenitischer Retrogression erkrankt. Angeblich kommt sie ja sehr selten vor, und ihr denkt vielleicht ›*mich* wird es schon nicht treffen‹. Aber da liegt ihr falsch. Denn es kann so leicht passieren. Auf viele von uns wartet im Alter die Retrogression. Und deshalb sollten wir unsere Leben – und unsere Tode – genießen, solange wir es können. Wir bringen uns ja *nicht einfach so*« – er sprach die Worte überdeutlich aus – »*für nichts* um.

Wisst ihr, was noch schlimmer ist, als seine Sechs erst mit sechzig Jahren auszulöschen, wenn man bereits von der Retrogression gebeutelt ist?«, fuhr er fort. »Schlimmer ist, alle seine Leben verschwendet zu haben, ohne dabei etwas … *Spaß* gehabt zu haben.«

Nicholas reckte seinen Kopf in Richtung des Publikums in den hinteren Reihen, sodass die Fünf an seinem Hals deutlich zu sehen war.

»Die Welt will uns zwingen, unsere Leben nach einem genauen Plan zu tilgen, den sich irgendwelche Statistiker ausgedacht haben. Das ist keine Auslöschung. Das ist einfach nur Sterben«, sagte er und schüttelte den Kopf.

Uns wird gesagt, wir sollen es ›zu etwas bringen‹. Wir sollen immer nur lernen und die Nächte durchmachen, damit wir unser Examen bestehen, dann einen guten Job ergattern und alles an die nächste Beförderung setzen. Aber das ist eine Falle. Wenn wir es dann ›zu etwas gebracht haben‹, geht es uns nur noch um unser Weiterkommen, unseren Aufstieg. Alles an unseren neun Leben *und* Toden ist geplant, standardisiert, voller Verbote und …«

Franklin sprach die Pointe lautlos mit: »… so furchtbar ernst.« Er musste sich beherrschen, nicht die Augen zu verdrehen.

»Wir Auslöscher feiern die Sinnlosigkeit unserer multiplen Leben, indem wir die Sinnlosigkeit unserer multiplen Tode annehmen.«

Er strich sich mit den Händen durch die Haare, ordnete die bereits perfekte Frisur. Dann fuhr er sich mit der Zunge über die Zähne und setzte ein breites Grinsen auf.

»Wir sind Auslöscher. Wir weigern uns, diesen Lebensplänen zu folgen. Wir gehen nicht in die Tilgungskliniken.

Die Welt will, dass wir uns auslöschen? Na bitte, tun wir doch! Aber nach unseren eigenen Regeln. Und mit jedem Leben, das wir auslöschen, zeigen wir ihr den Mittelfinger!« Nicholas sah die Menge zufrieden an.

Er strich über ein in weißes Leder gebundenes Buch, das auf dem Podium lag – die Auslöscherbibel –, und nickte Franklin zu, der mit seinem Bürostuhl zu seinem Laptop hinüberrollte und ein paar Befehle eingab.

Über dem Dirigentenpodest fuhr eine Leinwand herunter, und ein Beamer wurde eingeschaltet. Franklin klickte eine Slideshow mit Bildern toter Schüler an, die er von DeadLinks heruntergeladen hatte. Eines zeigte einen Jugendlichen in weißen Gewändern, der an einem Strick von der alten Ulme vor dem

Schulgebäude baumelte. Ein anderer rannte als Feuerball mit Beinen über den Rasen. Im nächsten Bild waren zwei sich umarmende, aneinander gefesselte Schüler im Schulbrunnen zu sehen. Nicholas betrachtete die Gesichter der Anwärter, während Franklin sich durch die makabre Slideshow klickte.

»Wenn ihr einer von uns werden wollt, müsst ihr euch kreativ, stilvoll und mutig auslöschen«, sagte Nicholas zu den Anwärtern in den hinteren Reihen. »Das ist die Pflicht. Aber die Kür ist eigentlich noch wichtiger. Dieses kleine fiese, nicht zu beschreibende gewisse Etwas, das einen genau hier berührt.« Nicholas tippte sich an die Brust. »Ich nenne es *mort.*«

Natürlich hatten die Anwärter die DeadLinks-Videos, aus denen die Bilder stammten, schon alle gesehen. Sie wurden immer gleich in der Schule herumgeschickt und sofort neu gepostet, wenn eines gelöscht wurde. Ihre Titel waren legendär: *Spencers Spontane Selbstentzündung in der siebten Stunde. Felicitys Mordsspaß mit Mixern*… Franklin schauderte, als er an die etwas… kleinteiligeren Ansichten von *Kathys verrückter Käsereibe* dachte. (Er hatte sich klugerweise dazu entschlossen, davon kein Bild in der heutigen Präsentation zu zeigen. Es war schließlich erst halb acht Uhr morgens.)

»Alle Löschungen werden minutiös in der Bibel festgehalten«, erklärte Nicholas und tätschelte das Buch, während er sprach. »Natürlich haben wir auch die Videoaufnahmen, aber die Aufzeichnungen in der Bibel reichen bis zum Jahr 1910 und der ersten Auslöschergeneration zurück.

Als Gold Star ist es meine heilige Pflicht, unsere Absurdität für alle Zeiten aufzuzeichnen. Irgendwann haben wir alle nur noch ein Leben übrig. Dann sind wir Neunen, und womöglich hat uns die Retrogression bereits erwischt. Vielleicht wissen wir nicht einmal mehr, wer wir sind, und schließlich… puff, sind wir weg. Aber hier drin« – er legte seine Hand auf das Buch – »werden unsere Auslöschungen für immer weiterleben.« Nicholas fuhr mit der Hand über das alte, rissige Leder des Einbandes und musterte dabei die Gesichter seiner Zuhörer.

Im Raum war es bis auf ein oder zwei nervöse Huster still geworden. Diejenigen, die schon länger dabei waren, saßen mit verschränkten Armen da. Sie kannten diese Rede, doch ihre Augen verrieten, dass sie von Nicholas' Worten trotzdem genauso fasziniert waren wie die Neulinge.

Franklins Blick blieb an Constance in der ersten Reihe hängen. Sie kaute Kaugummi und lächelte leicht im Licht des Projektors. Sie hatte wirklich ein verdammt hübsches Lächeln.

Nicholas wandte seinen Blick wieder der Bibel zu. »Vor fünf Jahren war Georgie Vander der Gold Star. Ihr habt vielleicht von ihm gehört. Oder zumindest seinen Namen auf den Trophäen im Schrank gelesen.«

Franklin sah auf.

Aha, dahin ging die Reise. Er würde wieder mit Georgie Vander anfangen.

Nicholas Hawksley war der Sohn von David Hawksley, dem Direktor der hiesigen Wiedergeburtsbehörde, der für den See sowie alle zugehörigen Einrichtungen und Wächter in der gesamten Region zuständig war. Franklin vermutete, dass Nicholas mit seinem obsessiven Zwang, sich mit Georgie zu messen, vor allem seinen Vater beeindrucken wollte.

»Georgie Vanders Löscher haben vierundvierzig Auslöschungen in einem einzigen Jahr geschafft. Das sind mehr als jemals davor oder danach«, sagte Nicholas und warf seinem Publikum diese Aussage wie einen Köder hin. »*Vier-und-vierzig*«, wiederholte er mit überdeutlicher Betonung. Franklin runzelte die Stirn und sah Nicholas interessiert an. Das war nicht der übliche Text. Ob sie Nicholas heute in seine Pläne einweihen würde?

»Vierundvierzig? Das werden wir um ein Vielfaches übertreffen«, sagte Nicholas mit einem breiten Grinsen. »Wir werden die Auslöschungen von Georgie Vander übertreffen. Wir alle hier« – er breitete die Arme aus – »werden die größte in dieser Bibel von 1910 bis heute verzeichnete Leistung hinterlassen. Also, all ihr Möchtegernlöscher da hinten, all ihr frischgeborenen Dreien: Werdet mal kreativ. Wir werden nämlich Geschichte schreiben.«

Nicholas nickte Franklin noch einmal zu. Franklin nahm einen Stapel Mappen aus seiner Tasche und verteilte sie an die Anwesenden.

»Und in diesem Geiste werden wir heute die sinnlose Ehre haben, einer Auslöschung unseres neuesten Mitglieds, Amit Sandoval, beiwohnen zu dürfen«, fuhr Nicholas fort.

Überraschtes Gemurmel. Manche drehten sich zu Amit um, der mit einem finsteren Ausdruck auf dem teigigen Gesicht dasaß und versuchte, die Blicke zu ignorieren.

Niemand hätte es für möglich gehalten, dass der dicke Amit das Zeug zum Auslöscher hatte. Doch er hatte geradezu darum gebettelt, beitreten zu dürfen, und so hatte sich Nicholas eine ganz besonders peinliche und demütigende Schikane ausgedacht, die er hatte ertragen müssen, um sich als würdig zu erweisen: Es war ein ziemlich unappetitlicher Abend mit einem nackten, eingeölten Amit, einem Tisch voller Tofu und einem Kessel mit kochendem Wasser geworden, in dem ein Stuhl gestanden hatte. *Amits Miso Spezial.* Amit hielt durch, und schließlich hatte Nicholas ihn aufgenommen.

Und nun hatte Amit ein Exposé für eine Auslöschung mit dem Titel *Flucht aus dem Irrenhaus* kreiert. Die Löscher blätterten es durch und …

»Puh.«

»Ach du Scheiße.«

Luftschnappen, überraschte Ausrufe.

»Was immer man von Amit halten mag – er hat jedenfalls gelernt, seine Sinnlosigkeit anzunehmen«, sagte Nicholas. »Die Auslöschung, die er hier für sein drittes Leben vorschlägt – also, mir fällt da nichts Vergleichbares ein. Und ich kenne jede Auslöschung, die jemals vorgenommen wurde. Mich zu beeindrucken ist nicht leicht.«

Nicholas grinste süffisant und zog eine Augenbraue hoch.

Er gab Franklin einen kleinen Beutel mit zehn roten Stiften. Franklin verteilte sie. »Das sind die Stifte, die für Amits Plan nötig sind«, sagte Nicholas. »Jeder bekommt einen. Eure Instruktionen stehen im Exposé. Der Höhepunkt der Auslöschung wird nach der Mittagspause während Dentons Ansprache zum Herbstquartal stattfinden. *Und jetzt gut aufgepasst.*« Nicholas machte eine Pause. Diese Formulierung gehörte zu seinen Markenzeichen. Mit ihr kündete er stets den Höhepunkt seiner großen Reden an.

»Wir müssen alle sterben. Neun Mal. Jeder von uns. So ist das nun mal. Aber wir werden dafür sorgen, dass jeder einzelne Tod *zählt*. Ihr Anwärter in den hinteren Reihen: Passt gut auf, was heute passiert. Weggetreten.«

Die Löscher standen auf und unterhielten sich leise miteinander, während sie in den Schulflur hinausströmten. Die Anwärter folgten ihnen mit blassen Gesichtern, tief beeindruckt von Nicholas' leidenschaftlichem Vortrag.

Während der Raum sich leerte, schleuderte Franklin Amits Exposé auf den Tisch.

»Hat sich das wirklich der Dicke ausgedacht?«

Nicholas sah Franklin an, als ob das die dümmste Frage wäre, die er jemals gehört hatte.

»Dieser Idiot?«, sagte Nicholas. »Natürlich nicht. Ich habe es geschrieben.«

Nicholas ließ sich mit dramatischer Geste in einen der Stühle fallen.

»Aber in der Bibel steht, dass jede Auslöschung selbst ausgedacht sein muss«, sagte Franklin. »›Aus der eigenen inneren Sinnlosigkeit geboren‹, du weißt schon. Das ist nicht …«

Nicholas unterbrach ihn. »Wenn die Leute glauben, dass der dicke dumme Amit plötzlich so was zustande bringt, dann wachen sie vielleicht endlich auf und denken sich auch mal was Interessantes aus. Und außerdem: Amit glaubt ja selbst, dass es seine Idee war. Er steht total dahinter. Also verstoßen wir technisch gesehen nicht gegen die Regeln.«

Nicholas inspizierte den Ärmel seines Blazers und entdeckte dabei einen kleinen dunklen Fleck. Er runzelte die Stirn.

»Unsere Auslöscher sind eine Ansammlung von bemitleidenswerten, langweiligen Losern«, sagte er. »Ich schwöre bei Gott, wenn ich auch nur noch ein Exposé lesen muss, in dem jemand eine Autodefenestration vorschlägt … Und sie können ›Defenestration‹ nicht einmal richtig buchstabieren!«

Er befeuchtete einen Finger und den Daumen mit der Zunge und rieb dann wütend an dem Fleck herum. »Wenn es die Partys nicht gäbe – deren Organisation mich übrigens unheimlich viel Zeit kostet –, wer weiß, wie viele von ihnen sich überhaupt auslöschen würden. Und ich sag dir eins: Die Auslöschungspartys werden auch nicht für immer interessant bleiben. Der Bericht in den Nachrichten war gerade mal neunzig Sekunden lang. Wir brauchen etwas Virales.«

Eine angespannte Pause entstand, während Franklin dabei zusah, wie Nicholas weiter versuchte, den Fleck von seinem Ärmel zu entfernen.

»Vielleicht müssen wir als Anführer mehr tun«, sagte Franklin schließlich. »Sie inspirieren.«

Nicholas sah von seinem Ärmel auf. Seine Augenbrauen hatten sich bedrohlich zusammengezogen.

»Franklin, entweder du trägst etwas Konstruktives bei, oder du hältst die Klappe.«

Franklin verzog das Gesicht.

»Lass uns mal annehmen, dass ein echtes Wunder geschieht und Amit das heute wirklich zustande bringt – wofür es ja keine Garantie gibt«, fuhr Nicholas fort. »Es könnte in einer Farce enden. Wie Claytons Automobil-Parasailing-Plan«, sagte Nicholas und schüttelte den Kopf.

Franklin erinnerte sich, dass Clayton einen Telefonmast gekappt und dann mit einem gebrochenen Rückgrat im Krankenhaus gelandet war. Dort war er dann schließlich völlig unglamourös hinter verschlossenen Türen gestorben.

»Aber lass uns mal davon ausgehen, dass Amit vor versammelter Schule stirbt, ohne sich dabei zu blamieren«, sagte Nicholas. »Dann stellt sich die Frage: Was kommt als Nächstes? Irgendwelche Ideen, Franklin?«

Franklin gab sich geschlagen. Er klappte seinen Laptop zu, verstaute ihn in seinen Rucksack und packte dann den Rest seiner Sachen zusammen. »Wir machen weiter und löschen auch alle anderen aus?«, sagte er einfach nur tonlos. Er schaute nicht von seiner Tasche auf, während er weiter zusammenpackte.

»Nein«, sagte Nicholas. »Du denkst in zu kleinen Dimensionen. Wir müssen uns immer wieder übertreffen. Den *mort*-Quotienten erhöhen. Mit etwas Großem. Etwas wirklich Großem.« Anscheinend hatte bereits ein verrückter Plan in Nicholas' Kopf Gestalt angenommen.

»Dir wird schon was einfallen«, sagte Franklin.

Nicholas sah ihn durchdringend an. »Schon passiert.«

Er nahm eine Mappe aus seiner Tasche und reichte sie Franklin. Seine Lippen verzogen sich dabei zu einem dünnen Lächeln, das die perfekten weißen Zähne sehen ließ.

Franklin öffnete die Mappe und las den Titel. *Beim ersten Mal tut's noch weh.* Darunter eine kurze Biografie der einzigen Eins der Schule: Julian Dex.

KAPITEL 6

»Bislang hab ich noch keinen Wiedergeburtsfehler entdeckt«, sagte Molly und riss den Deckel von ihrem Fertigschokopudding. »Aber manchmal dauert das eine Weile. Meine Schwester hat erst nach einem Jahr in ihrem vierten Leben gemerkt, dass sie keine Blumen mehr riechen kann. In ihrem fünften Leben ist sie dann taub aufgewacht. Man weiß eben nie …«

Julian nickte. Sie saßen an einem der hinteren Tische in der Cafeteria.

»Viel wichtiger ist aber, dass ich jetzt mehr Selbstbewusstsein habe«, sagte Molly.

»*Diese Art* Selbstbewusstsein?«, fragte Julian und sah zum Eingang der Cafeteria hinüber.

Constance trat durch die Sicherheitstür. Mit ihrer perfekten Figur und ihrem langen schwarzen, geradezu unnatürlich glatten Haar war sie zweifellos das attraktivste Mädchen der Schule. Sie hatte ein hübsches Gesicht, das unter bestimmten Umständen jedoch schnell einen teuflischen Ausdruck annehmen konnte. Und ihre Kleidung war immer ganz knapp davor, gegen den Dresscode der Schule zu verstoßen. Julian fand sie zwar objektiv schön, hatte aber kein Interesse an ihr. Sie war einfach *zu attraktiv* – nahezu unerreichbar. Zumindest für eine Eins wie Julian.

Heute hatte sich Constance für sündig roten Lippenstift entschieden und bedachte jeden, der sie auch nur etwas länger ansah, mit einem Schmollmund. Sie hatte einen roten Stift in der Hand, den sie mit einer übertriebenen Geste in den Mund steckte, als einer der Sicherheitsleute der Schule, ein Mann in den mittleren Jahren mit einem traurigen, dünnen Schnauzbart – eine Sechs – sie bat, die Arme zu heben, damit er sie mit dem Metalldetektor scannen konnte.

»Schön wär's«, sagte Molly und musterte Constance. »Verdammt, da sind wirklich viele hübsche Mädchen bei den Löschern.«

Julian sah Molly mit einer Mischung aus Trauer und Frust an. »Ein Grund mehr …«

»Grund wofür?«

»Ich bitte dich, Molly. Warum bewirbst du dich nicht endlich?«, fragte Julian sie nun ganz direkt.

»Jules …« Molly wirkte empört. »Ja, ich hab meine Zwei ausgelöscht, aber jetzt ist Schluss damit, also lass es einfach gut sein.« Sie klang wenig glaubwürdig. »Meine Familie bekommt eine höhere staatliche Unterstützung, und ich muss kein Leben mehr auslöschen, bis ich laut Lebensplan dran bin. Das ist in …« – sie rechnete kurz nach – »acht Jahren. An meinem fünfundzwanzigsten Geburtstag.«

»Ja, sicher«, sagte Julian und bemühte sich gar nicht erst, seine Verbitterung zu verbergen.

Molly verzog das Gesicht. »Alles okay?«

»Bei mir schon«, sagte er. »Ich weiß, woran ich glaube und dass ich recht habe. Und so werde ich auch leben.«

Molly schloss einen Moment lang die Augen. Sie war fassungslos.

»Es geht also um meine Drei? Ich mache dieses Jahr meinen Abschluss. Ich versuche, mein Leben auf die Reihe zu bekommen«, erwiderte sie.

»Ja, klar, am besten bekommt man sein Leben geregelt, indem man sich umbringt. Seltsame Vorstellung.«

»So funktioniert die Welt nun mal, Julian. Was ist denn dein Plan?«

»Plan wofür?« Julian nahm sein Notizbuch zur Hand und blätterte eine Seite um.

»Fürs Leben. Wir machen nächsten Frühling unseren Abschluss«, sagte Molly genervt. »Du musst doch ein Ziel haben.«

Julian sah auf.

»Okay«, sagte er. »Hier ist der Plan. Im Indischen Ozean gibt es eine Insel namens Mauritius mit weißen Stränden, einem Vulkan ... und keinem einzigen See.«

»Keinen See? Wo werden die Leute denn dann wiedergeboren?«

»Der nächstgelegene See befindet sich fast zweitausend Kilometer entfernt in Afrika. Also ist Wiedergeburt auf Mauritius nicht besonders populär. Sie tun es einfach nicht.«

»Ach Quatsch, das ist doch nur so eine bescheuerte urbane Legende.«

Julian sah Molly mit zusammengekniffenen Augen an. »Du hast mich gefragt, und das ist mein Plan.« Er wandte sich wieder seinem Notizbuch zu, spürte aber, dass Molly ihn anstarrte.

»Das ist dein Plan?«, wiederholte Molly. »Eine Insel irgendwo im Nichts?«

Julian sah nicht auf.

»Jetzt spiel nicht das Arschloch, Jules. Du bist siebzehn Jahre alt. Das war eine berechtigte Frage.«

»Ich will damit nur sagen, dass dieser Scheiß hier nichts für mich ist. Okay, vielleicht weiß ich ja wirklich noch nicht, was ich machen soll, aber ich werde auf keinen Fall länger hierbleiben, als ich unbedingt muss.«

»Mit ›hier‹ meinst du Lakeshore?«, fragte Molly verwirrt.

»Ja«, sagte er knapp.

»Ach Blödsinn, du gehst doch nicht nach Mauritius oder sonst wo hin. Wenn das wirklich so ist, dass es dort keine Wiedergeburten gibt, dann lassen sie da eh keinen rein. So viele Menschen können die gar nicht ernähren. Schon gar nicht auf einer Insel.«

»Vielleicht, aber davon will ich mich mit eigenen Augen überzeugen«, sagte er.

Molly lachte. »Du wirst für den Rest deines Lebens eine Trauerkloß-Emo-Eins sein, dich in Lakeshore herumdrücken und Fantasien nachjagen. Und dabei so tun, als ginge dich der Rest der Welt nichts an.«

»Wow, danke für die aufbauenden Worte, Molly«, sagte Julian.

»Tut mir leid, aber die Leute reden schon über dich. Alle denken, dass mit dir etwas nicht stimmt … du bist mein Freund, und trotzdem denke sogar *ich* manchmal, dass mit dir was nicht stimmt«, fügte sie leise hinzu.

Julian sah von seinem Notizbuch auf.

»Und was passiert, wenn ich es einfach nicht tue? Überhaupt nicht?«, sagte er leise.

»Wenn du was nicht tust? Wenn du dem Lebensplan nicht folgst?«

»Ja, wenn ich dem Lebensplan einfach nicht folge?«

»Du musst in deinem zweiten Leben sein, wenn du deinen Abschluss machst«, sagte Molly. »Kein College nimmt eine Eins auf. So ist das in der realen Welt.«

»So ist das aber nicht bei mir«, sagte Julian.

Molly runzelte die Stirn. »Julian, denk doch mal nach – wenn wir alle unsere neun Leben so leben würden, wie es uns gerade in den Kram passt, dann würde die Menschheit verhungern. Du weißt, was in Indien passiert ist. Das ganze Land ist mittlerweile Sperrgebiet. Dort herrscht die Hölle auf Erden.«

»Wie kannst du dir da so sicher sein? Du warst nie da. Das weißt du nur aus dem Fernsehen«, sagte Julian.

Molly sah ihn scharf an, als sie bemerkte, wie er ihren Hals anstarrte.

»Gib's zu, du bist neidisch.«

»Neidisch?«

»Ja, neidisch, weil du zu feige bist, es zu tun.«

Julian brachte ein sarkastisches Lachen hervor. »Ich bin nicht neidisch. Ich bin … ich bin enttäuscht. Ich hätte nie gedacht, dass du einmal zu diesen Idioten gehörst.«

»Arschloch«, sagte Molly und stand auf. Sie sah ihn wütend an.

Julian schüttelte den Kopf. »Es tut mir leid. Wirklich. Ich habe es nicht so gemeint. Es ist nur … es war furchtbar, dich tot in Glorias Haus liegen zu sehen. Ich … ach, ich weiß nicht. Da ist mir klargeworden, dass …«

»Dass das die Realität ist?« Molly wartete seine Antwort nicht ab. »Ja, das ist die Realität. Ob dir das nun gefällt oder nicht. Du kannst nicht für immer eine Eins bleiben. Es ist illegal, es ist nicht normal, und es ist auch unfair. Tu dir selbst einen Gefallen, und *werd endlich erwachsen.*«

Und dann sah Julian zum zweiten Mal in ebenso vielen Jahren dabei zu, wie sich Molly von ihm abwandte.

Er knallte sein Notizbuch zu und betrachtete die Schüler in der Cafeteria, wie sie auf ihren Soja-Protein-Fertignuggets herumkauten und ihren Saccharinpudding schluckten. Wie sie quatschten, lachten, ihre Lebensnummern erhöhten und es kaum erwarten konnten, endlich die Schule zu verlassen, in die Welt hinauszugehen und dort ihren Weg an die Spitze anzutreten.

Vielleicht hatte Molly recht. Vielleicht würde er für immer in Lakeshore festsitzen und alle seine neun Leben sinnlos in diesem Dreckloch verschwenden.

Während er noch in düsteren Gedanken versunken dasaß, fiel sein Blick auf Constance, die hinten in der Cafeteria mit dem Schuldirektor sprach. Denton unterschrieb etwas für sie und benutzte dafür ihren roten Stift. Constance lächelte dazu ihr teuflisches, sexy Lächeln.

Er beobachtete sie weiter, während sie sich einen Platz am Tisch der weiß gekleideten Auslöscher ganz hinten in der Cafeteria suchte. Plötzlich wurde ihm klar, warum er nicht auf Constance stand. Sie verkörperte genau die Art von Schönheit, die er begehrenswert finden *sollte*. Die Welt erwartete von ihm, *zu allem bereit zu sein*, nur um eine Chance bei ihr zu haben – und sorgte gleichzeitig dafür, Leute wie ihn so weit wie möglich von ihr fernzuhalten.

Tja… er weigerte sich, einer von diesen Idioten zu werden.

KAPITEL 7

Zwischen den Schulgebäuden und der Sporthalle der Lakeshore Academy erstreckte sich eine sorgfältig manikürte, von einer Steinmauer umschlossene Rasenfläche, in deren Mitte eine zweihundert Jahre alte Ulme stand. An diesem Nachmittag strömten alle Schüler der Schule auf ihrem Weg zur Ansprache des Direktors in der Sporthalle an dem altehrwürdigen Baum vorbei.

Im Gegensatz zu den Schulgebäuden aus mit Efeu bewachsenem rotem Backstein war die neuere Sporthalle in derselben eintönigen Architektur wie das Empfangszentrum am See errichtet: weißer und grauer Backstein vom Boden bis zur Decke, als hätte man das Gebäude so nüchtern und langweilig wie möglich gestalten wollen. Doch es gab eine Ausnahme: Eine stets wachsende Zahl von Graffiti bedeckte die Nordwand des Gebäudes. Unter den Schülern hatte sich der Brauch eingebürgert, die Wand über das Jahr hinweg mit ihren Werken zu dekorieren und sie zum Beginn jedes neuen Schuljahres wieder von allen Graffiti zu befreien. Zuvor wurden jedoch von einigen dieser Kunstwerke Schablonen oder Kopien angefertigt, die dann an bestimmte Kunstliebhaber mit hoher Lebensnummer verkauft wurden. So erzählte man es sich zumindest. Diese sogenannte »kreative Destruktionskunst« stellte das Paradebeispiel jener lebhaften Fantasie dar, die die Menschen mit höheren Lebensnummern zunehmend einbüßten. Wenn die Gerüchte stimmten, erklärten sie vielleicht auch, warum einige der etwas kontroverseren Tags – *Scheiß in den See* ☺ war ein gutes Beispiel dafür – viel länger an der Wand bleiben durften als erwartet.

Die Schüler setzten sich auf die Tribünen der großen Sporthalle. Zwei Sicherheitsleute hatten sich am Eingang postiert und bedachten alle Ankommenden mit einem prüfenden Blick. Mit ihren in den Gürtel gehakten Daumen wirkten sie dabei wie Figuren aus einem Actionfilm.

Julian ging auf der Suche nach Molly durch die Sitzreihen. Er hoffte auf eine Entschuldigung, schließlich wusste sie doch, dass die Auslöschung ein heikles Thema für ihn war. Sie hatte seine Mutter noch gekannt – und trotzdem hatte sie einmal mehr davon angefangen.

Oder sollte er sich bei ihr entschuldigen? Wäre das ein erwachsenerer Umgang mit der Angelegenheit?

Julian konnte sie nirgends entdecken, sah dafür aber die Auslöscher, die als einheitlich weiße Gruppe ganz vorne saßen. Er setzte sich in die Reihe hinter ihnen. Sie waren seltsam still, einige von ihnen beobachteten die Menge, waren offensichtlich auf der Suche nach etwas. Julian bemerkte, wie manche unruhig mit den Füßen scharrten oder nervös mit den Fingern trommelten – und ausnahmslos jeder spielte mit einem roten Stift in seiner Hand. Franklin wirkte abwesend. Er schien gar nicht zu merken, dass er hektisch mit dem Bein zuckte. Nicholas neben ihm wirkte so ruhig und gelassen und cool wie immer.

»Ruhe, bitte.« Die Stimme des Schuldirektors knackte in den Lautsprechern. Das künstliche Licht verlieh seinem kahlen Kopf einen kränklichen Glanz.

Nach und nach wurde es still.

»Alle Anwesenden …«

Denton hielt inne und räusperte sich, bevor er weitersprach.

»*Fast* alle Anwesenden hier haben bereits ihre ersten Schritte auf dem heiligen Weg zu den höheren Lebensnummern gemacht. Durch die Wiedergeburt seid ihr auf dem Weg zu Reife und Weisheit. Und das sind die notwendigen Zutaten, um es in der Welt zu etwas zu bringen.«

Julian spürte, wie ihm die Schamesröte ins Gesicht stieg. Hatte Denton gerade vor versammelter Mannschaft mit dem Finger auf ihn gezeigt? Er sank tiefer in seinen Sitz und zog die Schultern hoch, wie um die Eins auf seinem Hals zu verbergen.

»Für alle, die bereits genügend Leben vorweisen können, habe ich eine Ankündigung zu machen.« Denton blätterte in seinem Notizbuch eine Seite weiter. »Ab dem nächsten Monat können diejenigen, die bereits in ihrem dritten Leben sind, an Förderkursen teilnehmen und so schon jetzt Punkte fürs College sammeln. Alle, die dafür infrage kommen …« Denton verlor den Faden und verstummte, als ein seltsamer roter Tropfen auf seinem Notizbuch landete.

Er sah nach oben, und alle taten es ihm gleich.

Auf der Anzeigetafel, die hoch über der Mitte der Sporthalle hing, stand … Amit? Er trug eine weiße Zwangsjacke, in die zwei Löcher hineingeschnitten waren, aus denen seine Arme ragten. Er war blass und schwankte leicht, unter einem Ellbogen klebte ein Druckverband. In den Händen hielt er einen Packen aus gefaltetem, weißem Stoff. Als er ihn fallen ließ, entrollte er sich zu einem riesigen Banner, das die Anzeigetafel verdeckte.

Auf das Banner waren mit Blut die Worte »Entflieht dem Irrenhaus! Nehmt die Sinnlosigkeit an!« geschmiert.

»Achtung! Dieses Banner habe ich mit meinem Blut geschrieben!«, schrie Amit.

Die verwirrte Menge schwieg. Das Mikrofon rauschte kurz, als Denton sich über das Podium beugte, um nach oben zu sehen.

»Und die Unterrichtsbefreiungen wurden mit meinem Blut unterschrieben!«

In diesem Moment standen alle Auslöscher auf und hielten ihre roten Stifte und Zettel – die Unterrichtsbefreiungen – in die Höhe. Oh Gott, dachte Julian. Die roten Stifte …

Amits Blut.

»Hiermit erkläre ich den morgigen Tag zum Tag der Auslöschung!«, rief Amit.

Dann riss er den Druckverband von seinem Arm, sodass Blut aus einem tiefen dunklen Schnitt in der Arterie spritzte und in dicken Tropfen auf das Podium darunter fiel. Denton stolperte unbeholfen zur Seite und konnte den Blutstropfen nur knapp ausweichen.

Hier und da waren Schreie in der Menge zu hören.

Als der Blutstrom aus seinem Arm zu einem kleinen Rinnsal versiegte – hatte er etwa eine riesige Fontäne erwartet? –, wich die Farbe aus Amits Gesicht. Er verdrehte die Augen, kippte nach vorne und fiel wie ein nasser Sack nach unten, um schließlich mit einem dumpfen Laut auf der Bühne zu landen.

Einen Moment lang war es still.

Dann brach die Menge in Jubel aus.

Die Wachen rannten zu Denton, dieser aber drängte zurück zum Mikrofon und versuchte, die Kontrolle über die Menge zurückzuerlangen.

»Ruhe! Ruhe!«, schrie er, aber niemand hörte ihn durch den donnernden Applaus hindurch.

Julian stand inmitten der tosenden Menge. Aber er jubelte nicht. Er kannte Amit aus dem Geschichtsunterricht. Ein stiller Junge, der sich nie meldete.

Und jetzt war Amit anscheinend plötzlich fähig zu … so etwas? Was immer das auch gewesen sein sollte. Cool? *Spaß*? Eine Botschaft? In Julians Augen war das Ganze einfach nur die erbärmliche Verschwendung eines Lebens.

Julian sah sich in der hysterisch johlenden Menge um. Es gab noch jemanden, der nicht jubelte. Und das war Nicholas, der in der ersten Reihe zwischen seinen Löscher-Kollegen stand.

Nicholas filmte alles mit seinem Handy. Er jubelte nicht. Aber er lächelte.

KAPITEL 8

Der Verkehr in Retro Row war komplett zum Erliegen gekommen. Hinter der nächsten Kurve stieg Rauch auf, und der beißende Gestank brennender Reifen drang trotz der geschlossenen Fenster in Julians Auto. Es war ein vertrauter Geruch in dieser Gegend. Ein brennendes Auto konnte alle möglichen Ursachen haben, vielleicht war es ein Unfall oder ein ungeschickt ausgeführter Selbstmord. Stellte dies eventuell eine gute Entschuldigung dar, um das Bewerbungsgespräch bei Tasty's sausen lassen zu können? Julian dachte drüber nach, aber er steckte so oder so im Verkehr fest, und seinem Vater erklären zu müssen, warum er nicht hingegangen war, würde noch schlimmer werden als das Gespräch selbst.

Julian betrachtete die Gebäude neben der Straße, die sich am Fuß des Hügels entlangschlängelte. Der Stadtteil Retro Row – dessen offizielle Bezeichnung Cypress Flats lautete – war das heruntergekommenste Viertel von Lakeshore. Die Lage im Tal sowie die Nähe zum See hatten zur Folge, dass dort im Sommer ein Sumpfklima herrschte. Mückenplagen waren die Folge, doch besonders berüchtigt war Retro Row wegen einer bestimmten Zikadenart, die es nur dort gab und die im Gegensatz zu ihren Artgenossen selbst die kältesten Winter überstand. Die Zikaden paarten sich in den Ulmenwäldern rund um den See, anschließend ruhten die Puppen eine lange Zeit in Erdlöchern im Tal. Alle achtzehn Jahre begann dann der Boden zu beben, und Zehntausende Zikaden krochen aus der Erde, fanden sich in Schwärmen zusammen und erfüllten das Tal mit ihren ohrenbetäubenden Zirplauten. Die Bewohner von Retro Row mussten ihre Türen und Fenster versiegeln, damit es nicht auch noch in ihren Häusern von den fast acht Zentimeter langen Insekten wimmelte.

Aber Retro Row war noch für etwas weitaus Schlimmeres bekannt: Hier lebten diejenigen, die die Retrogression so hart getroffen hatte, dass sie kein normales Leben mehr führen konnten. Wer Glück hatte, kam in den leerstehenden Gebäuden unter, die eine Dekade des wirtschaftlichen Niedergangs hinterlassen hatte, die anderen Retrograden mussten sich mit selbstgezimmerten Unterkünften entlang des Flusses begnügen. Durch das Zusammenleben so vieler Retrograder auf einem Fleck potenzierten sich allerdings auch ihre Probleme – jeder Versuch der Gemeinde, sie wieder in die Gesellschaft zu integrieren, scheiterte an der Sturheit und vor allem an der tiefsitzenden Angst der Retrograden vor den Seen, den Wächtern, der Auslöschung …

Mit der Zeit akzeptierten die meisten Menschen diese Haltung und waren letztendlich froh, die Wiedereingliederungsversuche nicht fortsetzen zu müssen. Schließlich waren diese Retrograden ja diejenigen, die am schwersten unter Wiedergeburtsfehlern litten. Sie hatten alles verloren, also sollten sie zumindest ihre Ruhe haben, hatte die Gemeinde von Lakeshore schließlich einvernehmlich beschlossen. Lasst ihnen Retro Row. Die anständigen Bürger von Lakeshore waren froh, wenn die Retrograden dort hinter einer imaginären, aber klar gezogenen Grenze blieben und sie sich nur mit ihnen befassen mussten, wenn ihnen keine andere Wahl blieb.

Heute hatte Julian keine andere Wahl.

Während er im Stau stand, beobachtete er, wie sich Dutzende

von Katzen vor einem Lebensmittelladen um eine Vertiefung im Boden drängten. Sie umkreisten das Loch mit lautem Gejammer und rangelten um die besten Plätze. Die großen, dicken Tiere mit dem dichten, verfilzten Fell – auch »Seekatzen« genannt – hausten im dunklen Ulmenwald in der Nähe und waren wilder und unberechenbarer als normale Hauskatzen. Sie buddelten in dem Loch, zogen kleine weiße Bissen daraus hervor und schlangen sie herunter.

Julian sah genauer hin, um herauszufinden, was sie da fraßen. Es waren Zikadenpuppen mit blassen weißen Flügeln und fest gegen den kleinen formlosen Körper gepressten Beinchen. Ihm drehte sich fast der Magen um, während er beobachtete, wie die Katzen sich um ihre Beute stritten. Dann fiel ihm eine schwarze Katze mit einem weißen Fleck rund um das rechte Auge auf. Sie saß auf einer alten Holzkiste und interessierte sich überhaupt nicht für die leckere Insektenmahlzeit oder die anderen Katzen, die sich zu ihren Füßen darum balgten. Stattdessen schien sie ihre ganze Aufmerksamkeit auf Julian zu richten, was diesen völlig aus der Fassung brachte. Die Katze starrte ihn an, ihre Schwanzspitze pendelte dabei wie ein bedrohliches Metronom im Takt hin und her.

Plötzlich hupte es hinter ihm. Der Verkehr war wieder in Gang gekommen. Julian fuhr weiter und behielt dabei die Katze im Rückspiegel im Blick. Die Augen in dem weißfleckigen Gesicht schienen ihm zu folgen.

Das Tasty's befand sich an der Grenze zwischen der Row und Elmwood, einem weiteren billigen Wohnviertel. Julian hielt davor an und stieg aus. Er schlug den Kragen hoch, um die Eins an seinem Hals zu verbergen, und ging in das Lokal. Der Kassierer bat ihn, an einem der Tische im typischen Diner-Look zu warten, und rief den Manager, einen gewissen Mr. Mitchell. Julian sah zu, wie ein Pärchen gegenüber von ihm seine Mahlzeit auspackte – der Mann rührte eine braune Paste in seinen weißen Milchshake, die Frau wickelte währenddessen ein äußerst würzig duftendes Wurstbrötchen aus. Sie roch daran und inhalierte tief, bevor sie davon abbiss.

»Bist du der Sohn von Miles Dex?« Julian drehte sich zu der rauen Stimme hinter ihm um. Sie gehörte einem Mann mittleren Alters mit über die Glatze gekämmten Haaren. Seine rot-weiße Tasty's-Weste spannte über dem dicken Bauch.

»Ja. Ich bin Julian«, sagte er. Er hatte den festen Vorsatz, sich bei diesem Bewerbungsgespräch so gut wie möglich zu schlagen.

Mr. Mitchell begrüßte Julian mit einem festen Händedruck und setzte sich neben ihn.

»Wie ich höre, bist du ein tüchtiger Junge auf der Suche nach einem Nebenjob?«

Julian faltete die Hände auf dem Tisch. »Ja, Sir«, sagte er und imitierte dabei die »Ich-meine-es-ernst«-Stimme seines Vaters.

»Das Tasty's ist mehr als nur ein Fast-Food-Restaurant«, sagte Mr. Mitchell bedeutungsvoll. »Wir sind auf Mitgefühl spezialisiert.«

Julian nickte. »Was meinen Sie damit?«

»Der Geschmackssinn verändert sich, wenn man älter wird und schon mehrere Leben hinter sich hat. Wir bei Tasty's sind uns der Tatsache bewusst, dass sich die lenitische Retrogression auf unterschiedliche Weise äußert. Selbst wenn man Salziges oder Süßes nicht mehr schmecken kann oder sogar überhaupt keinen Geschmackssinn mehr besitzt, hat man doch ein Anrecht auf nahrhaftes Essen. Und das mit so viel Geschmack wie nur möglich.«

Julian nickte. Der heruntergeleierte Standardtext deprimierte ihn.

»Hast du Mitgefühl, Julian?«, fragte Mr. Mitchell.

Julian hätte sich am liebsten geschüttelt.

Was, wenn er einfach Nein sagte?

Nö, Mitgefühl kenne ich nicht. Ich interessiere mich nur für mich selbst. War's das dann mit dem Bewerbungsgespräch?

»Ja, Sir, in der Tat«, sagte er stattdessen.

Mr. Mitchell fragte nach Julians Lebenslauf. Julian schob ihm einen gefalteten Papierbogen über den Tisch hinweg zu. Mr. Mitchell entfaltete ihn und sah ihn sich an, wofür er für Julians Geschmack etwas zu lange brauchte. Julian beobachtete ihn, während er las, und bemerkte dabei seine Lebensnummer am Hals: Sieben. Er fragte sich, welche Geschmacksempfindungen Mr. Mitchell in seinen vielen Leben schon eingebüßt hatte.

Mr. Mitchell faltete das Papier wieder zusammen und sah ihn an. Seine feuchten Augen suchten Julians Hals ab und fanden dabei offensichtlich nicht, was sie suchten.

Er runzelte die Stirn.

»Bitte entschuldige, ich hoffe, du nimmst mir die Frage nicht übel – es ist auch nur eine Formsache, aber was ist deine Lebensnummer, Julian?«

Julian wurde rot und schluckte. »Ich bin eine Eins, Sir.«

Mr. Mitchells Augen weiteten sich vor Überraschung. »Eine Eins«, sagte er und stieß einen leisen Pfiff aus. »Eine Eins …«, wiederholte er. Dann senkte er den Blick. »Ach herrje, das tut mir leid, mein Junge.«

Julian schluckte und sah seine Hände an. Er hätte am liebsten einfach gar nichts mehr gesagt, aber die Stille wurde bereits unangenehm. Also fragte er nach, wie es die Gesprächskonventionen verlangten: »Warum?«

»Hätte ich das gewusst«, sagte Mr. Mitchell, »dann hätte ich dich gar nicht erst hergebeten, und du hättest dir den weiten

Weg gespart. Ich bin davon ausgegangen, dass du mindestens eine Zwei bist. Es ist so: Ich habe diese Stelle ausgeschrieben, weil ich staatliche Zuschüsse bekomme, wenn ich Schüler mit niedrigen Lebensnummern einstelle. Aber das gilt nur für Zweien oder höher. Es tut mir leid, mein Junge, aber so sind nun mal die Vorschriften.«

Julian spürte Wut in sich aufsteigen, er schloss die Augen und versuchte, sie herunterzuschlucken. »Das ist schon okay«, sagte er.

Mr. Mitchell schob ihm den Lebenslauf über den Tisch zu. Julian steckte ihn wieder ein. »Ich kann mich nicht einmal mehr daran erinnern, eine Eins gewesen zu sein.« Mr. Mitchell machte ein trauriges Gesicht und schüttelte den Kopf. »Leider. Aber ich wünschte, ich könnte es.«

Julian zwang sich zu einem höflichen Lächeln. »Danke, dass Sie sich Zeit für mich genommen haben.«

»Bestell dir noch was zu essen. Geht aufs Haus«, sagte Mr. Mitchell.

Julian zog seine Jacke wieder an, denn von den Hügeln wehte ein kalter Wind herab. Dann setzte er sich auf die Kühlerhaube seines Autos, deren kühles Metall ihn frösteln ließ, und holte ein Knoblauch-Soja-Nugget aus seiner Tasty's-Tüte.

Er sah zum See hinunter, der im Mondlicht funkelte. In einiger Entfernung war das Empfangszentrum am Ufer zu erkennen. Als er genauer hinsah, konnte er ein paar Menschen ausmachen, die gerade wiedergeboren wurden. Sie waren kaum mehr als ein paar dunkle Punkte im Wasser, kleine Figuren auf ihrem Weg zum Ufer.

Rund um den See hatte man im Abstand von einigen Metern zum Ufer einen über vier Meter hohen Stacheldrahtzaun gezogen. Der Zutritt wurde streng überwacht. Unmittelbar vor dem Zaun brannte ein kleines Lagerfeuer, an dem sich zwei Personen aufhielten. Zuerst dachte Julian, dass es sich bei ihnen um Retrograde handelte, aber ihre Bewegungen wirkten völlig normal. Als sich seine Augen an die Dunkelheit gewöhnt hatten, erkannte er, dass es zwei Jugendliche in seinem Alter waren.

Eine Gruppe Katzen hatte sich ebenfalls um das Feuer versammelt. Der Größere der beiden Jugendlichen fütterte sie mit kleinen Happen aus einem Beutel. Die andere Gestalt – ein Mädchen mit Pferdeschwanz – schrieb etwas in ein Notizbuch.

Julian spielte kurz mit dem Gedanken, zu ihnen hinüberzugehen und Hallo zu sagen, entschied sich dann aber dagegen – er hätte sich vorstellen müssen, und früher oder später hätten sie seine Eins bemerkt und Fragen gestellt: Ist die echt? Wie hast du das geschafft? Bist du überhaupt nicht neugierig auf die Auslöschung?

Er sah auf sein Handy. Es war erst zehn Uhr. Es würde mindestens noch eine Stunde dauern, bis sein Vater schlafen ging, und Julian wollte ihm nicht noch heute Abend die schlechte Nachricht überbringen. Er hatte nicht einmal diesen schrecklichen Fast-Food-Job bekommen, den er gar nicht wollte – der seinem Vater aber so furchtbar wichtig war.

Also lehnte Julian sich gegen das kalte Auto und aß noch ein Nugget. Überwältigender Knoblauchgeschmack machte sich in seinem Mund breit.

Bin ich minderwertig? Unnütz? Nur weil ich nicht das mache, was alle von mir wollen?

»Krass!«

Julian fuhr hoch. Es war die Stimme eines Mädchens, auch wenn sie beinahe jungenhaft klang.

»Für dich kann es wohl gar nicht genug Knoblauch sein!«

Vor ihm tauchten die beiden Jugendlichen vom Lagerfeuer auf: ein großer, stämmiger Junge und ein Mädchen mit einem grauen Kapuzenpulli und einem Fernglas um den Hals. Waren sie extra den ganzen Weg vom Lagerfeuer unten am Zaun zu ihm heraufgelaufen?

»Bekommen wir vielleicht auch was ab?«, fragte das Mädchen. Eine Lockenmähne umrahmte den Kopf des fülligen Jungen. Das Mädchen nahm die Kapuze ihres Pullis ab. Julian hatte noch nie jemanden mit derart vielen Sommersprossen gesehen. Im Dämmerlicht wirkte ihr Haar dunkelorange, ihre großen Augen lagen tief in den Höhlen. Sie hatte ein seltsames, aber auch faszinierendes und sehr blasses Gesicht.

»Also?«, sagte sie. Julian zwang sich, seine Augen von ihrem Gesicht loszureißen, und griff nach der Tüte mit den Nuggets. »Klar, bedient euch«, sagte er. »Das sind aber echte Knoblauchbomben.«

Sie nahmen beide je ein Nugget und kauten.

»Ziemlich kalt hier oben, oder?«, sagte das Mädchen mit vollem Mund.

»Ja.«

»Ist ja auch die ideale Nacht dafür, allein in der Kälte vor seinem Auto zu stehen und Knoblauchnuggets zu mampfen«, sagte sie.

Julian schnaubte verächtlich, verschluckte sich dabei fast an seinem Nugget und musste den folgenden Hustenreiz unterdrücken – was ihm zum Glück auch einigermaßen gut gelang.

Aber nicht gut genug. Das Mädchen grinste ihn trotzdem belustigt an.

»Warum kommst du nicht zu uns ans Feuer?«, fragte sie.

Julian überraschte die Einladung. Nein, für so etwas hatte er heute einfach keinen Nerv.

»Ich wollte nur ein bisschen Zeit totschlagen, bevor ich mich auf den Heimweg mache«, sagte er.

Das Mädchen nickte und wedelte mit der Hand vor ihrem Mund herum. »Mann, das ist aber … igitt«, sagte sie. »Hast du Probleme mit dem Geschmackssinn?«

»Nein«, sagte Julian und zog unwillkürlich die Schultern hoch, um seine Eins zu verbergen.

Der Junge machte einen Schritt auf ihn zu. »Ich bin Glen.«

»Julian.«

Nun kam auch das Mädchen näher und streckte seine Hand aus. Ihre Finger waren lang und zart. Und warm.

»Cody«, sagte sie, als sie sich die Hand gaben.

»Gehst du etwa auf die Lakeshore Academy oder so?«, fragte Glen. »Ich hab dich hier noch nie gesehen.«

»Korrekt.«

»Tja, wir sind nur der Pöbel von der Poplar Public High«, erklärte Cody und wies mit der Hand grob in Richtung Poplar Heights, einer weiteren Stadt am Seeufer, die hinter dem Ulmenwald lag. »Was Football angeht, sind wir zwar Todfeinde, aber das heißt ja nicht, dass du nicht zu uns ans Feuer kommen kannst«, sagte Cody. »Wir füttern nur ein bisschen die Katzen. Die Winter hier sind wirklich kalt, sie haben es nicht leicht.«

»Danke«, sagte Julian und dachte über ihr Angebot nach. Sie schienen nett zu sein, aber … er hatte ihre Nummern bereits bemerkt: Cody war eine Drei, Glen eine Vier. Damit wollte er sich heute Abend einfach nicht mehr auseinandersetzen.

»Aber lieber nicht«, sagte Julian. Cody kam näher und nahm seinen Hals in Augenschein.

»Wow, Mr. Julian. Bist du etwa eine Eins?«, fragte sie unverblümt.

Julian schluckte und zog die Schultern ein. »Ja«, sagte er

knapp. Die beiden schwiegen in Erwartung einer Erklärung, aber Julian hatte nicht vor, sich vor Fremden zu rechtfertigen.

»Du bist die älteste Eins, die ich je getroffen habe«, sagte Cody schließlich und brach damit das Schweigen.

Julian sah sie scharf an und hoffte, dass sie merkte, wie unangenehm ihm die ganze Situation war.

»Ja, also … Ich bin eben, was ich bin«, erklärte er schließlich.

Hatte er das wirklich gerade gesagt?

»Du bist, was du bist«, sagte sie und lachte leise in sich hinein.

Dann sah sie ihn prüfend an, und Julian fühlte, dass seine Hände trotz der Kälte schweißnass wurden.

»Gut, wenn du keine Lust hast, musst du uns natürlich keine Gesellschaft leisten«, sagte sie. »Es ist schließlich ein freies Land, jedenfalls, was das Leben angeht. Beim Tod sieht's da schon anders aus.«

Sie schaute ihn erwartungsvoll an.

»Okay«, sagte Julian verwirrt und unsicher.

Cody legte den Kopf schief. »Weißt du«, sagte sie, »ich finde Leute wie dich interessant.«

»Einsen, meinst du?«, sagte Julian schroff.

Cody nickte. »Genau, Einsen. Verweigerer. Menschen, die sich nicht an den Lebensplan halten.«

Julian sah das eigenartige Mädchen, das ganz seltsame Dinge von sich gab, misstrauisch an.

»Bist du sicher, dass du nicht doch zu uns ans Feuer kommen möchtest? Wir sind gerade am Beobachten.« Sie griff nach dem Fernglas, das um ihren Hals hing.

»Am Beobachten? Was denn?«

»Zum Beispiel, was mit den Tieren passiert, wenn sie mit dem See in Berührung kommen. Oder mit den Leuten, die versuchen, über den Zaun zu steigen. Solche Sachen halt.«

Ja, sie redete wirklich seltsames Zeug.

»Danke«, sagte Julian. »Aber ich muss jetzt wirklich nach Hause.«

»Na gut, alles klar.« Cody nickte.

Dann holte sie ihr Handy aus der Tasche.

»Gibst du mir deine Nummer? Am ersten Oktober findet eine Party statt, die jemanden wie dich sicher interessieren dürfte.«

Julian sah sie einen Moment lang irritiert an. Wollte ihn dieses Mädchen wirklich zu einer Party einladen?

»Also?«, fragte sie ungeduldig.

»Ja, vielleicht hab ich Zeit«, sagte er.

Er holte sein Handy aus der Tasche, und sie tauschten Nummern aus. »Erster Oktober, übernächster Mittwoch«, sagte sie. »Ich will das Ganze nicht an die große Glocke hängen. Wenn aus deinem ›Ja, vielleicht‹ ein ›Geht klar!‹ werden sollte, gib mir rechtzeitig Bescheid, okay?«

»Okay«, sagte Julian und steckte sein Handy wieder ein.

»Danke für die Nuggets«, sagte Glen.

»Ja, danke«, sagte Cody. Dann sah sie ihn mit einem seltsamen Blick an, so als ob sie ein exotisches Tierchen studierte. »Na dann, alles Gute … wer auch immer du sein magst, Mr. Julian.« Sie lächelte und entblößte dabei ihre leicht schief stehenden Zähne.

Er sah ihr nach, wie sie den Hügel hinunterging, und ihm fiel auf, dass sein Herz schneller schlug. Seine Hände waren klamm. Während er beobachtete, wie die Silhouetten der beiden immer kleiner wurden, tat es Julian plötzlich leid, dass er ihr Angebot ausgeschlagen hatte. Warum war er nicht mitgegangen? Was hielt ihn davon ab?

Wer bist du überhaupt, Mr. Julian?

KAPITEL 9

Schuldirektor Denton wischte sich mit einem Taschentuch den Schweiß von der Glatze und fuhr sich mit der Zunge über die Lippen. Das Abwischen der Glatze war Routine und ohne besondere Bedeutung – er schwitzte immer stark, was sicher vor allem daher rührte, dass er beständig mit Zweien und Dreien im Teenageralter in dieser Schule zusammengepfercht war. Das Befeuchten der Lippen hingegen war für die Momente reserviert, in denen er kurz davor war, das zu tun, was er am liebsten tat: seine Macht demonstrieren.

Nicholas Hawksley saß Denton gegenüber und beobachtete in aller Ruhe, wie der alte Mann mit der Zunge über die rissigen Lippen fuhr. Nach dem Vorfall mit Amit hatte das Sicherheitspersonal der Schule Nicholas festgenommen und die Polizei gerufen. Die Cops hatten ihn stundenlang schmoren lassen, aber das war für Nicholas kein Grund zur Beunruhigung gewesen. Er hatte fest damit gerechnet, dass Denton alle Hebel in Bewegung setzen würde, damit er wieder auf freien Fuß kam. Das gehörte alles zum Plan. Und tatsächlich – so sicher wie auf das Leben der Tod und auf den Tod das Leben folgte, hatte ihn Denton nach Schulschluss aus dem Wachraum geholt und in sein Büro gebracht.

»Hawksley, heute habe ich dir einen Dienst erwiesen. Die Polizei hätte dich nur zu gerne über Nacht mitgenommen.«

Nicholas betrachtete wieder den dunklen Fleck auf seinem

Ärmel. Er war mittlerweile verblasst, hatte aber einen leichten, kaum wahrnehmbaren Schatten hinterlassen, der sicher niemandem außer Nicholas selbst aufgefallen wäre. Er befeuchtete einen Finger und bearbeitete den Fleck, während er darauf wartete, dass Denton zur Sache kam.

»Du weißt, dass Tilgungen gesetzlich geregelt sind«, sagte Denton, »und dass sie in eigens dafür lizenzierten Tilgungskliniken durchgeführt werden müssen.«

Tilgungen. Denton würde niemals »Auslöschung« sagen. Und er würde auch niemals das Wort »Auslöscher« in den Mund nehmen. Die Auslöscher waren natürlich kein offizieller Schülerclub, auch wenn ungefähr alle zehn Jahre ein frischgebackener Gold Star vergeblich versuchte, das zu ändern. Tilgungen mussten nach Recht und Gesetz ablaufen, das hieß: unter Überwachung, in einer Klinik.

»Diese *Eskapade,* wenn ich mich mal so ausdrücken darf …«

Nicholas unterbrach ihn und ergriff zum ersten Mal, seit Denton ihn befreit hatte, das Wort. »Ich gebe zu, dass es auf dem Papier beeindruckender geklungen hat.« Er schüttelte den Kopf. »Wegen der Armlöcher war die Zwangsjacke gar nicht mehr als solche zu erkennen. Und deshalb kam das ganze Irrenhaus-Selbstmord-Thema auch nicht so richtig rüber.«

Denton verzog das Gesicht, als hätte er in eine Zitrone gebissen. »Wie auch immer, dieser Vorfall stellt einen ungeheuerlichen Verstoß gegen eines unserer wichtigsten Gesetze dar. Und es hat mich – eine Sechs – ohne Not in Gefahr gebracht. Das ist ein schweres Vergehen, Nicholas. Ich habe Amit bereits für eine Woche vom Unterricht suspendiert, aber es ist ja klar, dass er hier nicht der Drahtzieher war.«

»War das so offensichtlich?« Nicholas seufze laut. Das Ganze war eine furchtbare Zeitverschwendung.

Denton sah ihn finster an. »Du hast ein Problem damit, Autoritäten zu respektieren. Und das liegt daran, dass du nicht verstehst, was Autorität bedeutet.«

Nicholas unterdrückte eine höhnische Bemerkung. Denton lag meilenweit daneben. Autorität war in der Tat genau die eine Sache, die Nicholas wirklich verstand und respektierte. Vor allem seine eigene. Wodurch er manchmal in Konflikt mit *anderen* Autoritäten geriet. Daher rührte wohl auch Dentons Missverständnis.

Dieser war jedoch ganz offensichtlich der Meinung, diesen Punkt noch weiter ausführen zu müssen: »Ich bin dir gegenüber in der Position, Autorität auszuüben. Aber Autorität bedeutet nicht einfach nur, Macht auszuüben. Wahre Autorität bedeutet, andere zu führen und in eine bestimmte Richtung zu lenken, um die eigenen Vorhaben durchzusetzen. Vorhin habe ich das Wachpersonal angewiesen, dich gehen zu lassen, und dir damit mehrere Wochen gemeinnützige Arbeit erspart. Das bedeutet, dass du nun mir gegenüber verpflichtet bist, mich bei der Durchsetzung meiner Vorhaben zu unterstützen.«

»Sie glauben also, ich bin Ihnen etwas schuldig«, fiel ihm Nicholas ins Wort.

Denton leckte sich wütend über die Lippen.

»Deine *Organisation* …«, begann Denton, »erfüllt an dieser Schule eine wichtige Funktion, auch wenn sie verboten ist. Ich werde dir erklären, warum du dich weiterhin frei durch diese Schule bewegen darfst. Warum dir gestattet wird, jeden Morgen den Orchesterraum in Beschlag zu nehmen. Das ist nicht dein Verdienst, das verdankst du allein mir und meiner … Großzügigkeit.«

Na klar.

Nicholas lehnte sich im Stuhl zurück und grinste selbstgefällig.

»In diesem Fall, Sir, möchte ich mich aufrichtig und von ganzem Herzen bei Ihnen bedanken.«

Nicholas streckte sich und verschränkte die Arme hinter dem Kopf. Denton kam nun endlich auf den Punkt. Und der Punkt war, dass Denton *ihn* brauchte.

Denton zog die Mundwinkel nach unten, woraufhin sein Gesicht zu einer schlaffen Masse zusammensackte, als hätte man es mit Säure übergossen. »An der Lakeshore Academy waren noch nie so viele Schüler wie heute«, sagte er. »Und dieses Problem haben nicht nur wir. Die Bevölkerung von Lakeshore wie auch die des gesamten Landes wächst einfach zu schnell.«

»Ja«, sagte Nicholas. »Die langen Schlangen in der Cafeteria sind ungemein lästig.«

»Das ist kein Scherz, Hawksley. Unsere herkömmlichen Methoden – finanzielle Anreize, staatliche Unterstützung und so weiter – müssen angepasst werden, um wirksam darauf zu reagieren. Das sage ich schon immer, und stets bin ich damit auf taube Ohren gestoßen. Die Vorschläge, die in der Aufsichtsbehörde diskutiert werden, sind unbrauchbar, und ich habe mir erlaubt, den entsprechenden Stellen meine Kritik daran mitzuteilen.«

»Also, Sir, was genau kann ich für Sie tun?«, fragte Nicholas laut.

Denton sah ihn wütend an, sein geschlossener Mund zitterte, während er mit der Zunge darin herumfuhrwerkte.

»Wir müssen die Lebensbilanz der Schule verbessern«, sagte er. »Da ist noch Luft nach oben.«

Die Bilanz der Schule verbessern? Das hieß, mehr Kids schneller zu höheren Lebensnummern zu bringen. Mehr Jugendliche auszulöschen – *das* klang interessant.

»Sehr viel Luft sogar, da bin ich ganz Ihrer Meinung«, sagte Nicholas in einem entspannten, geradezu kollegialen Tonfall.

»Sie wollen also die Bilanz der Schule aufbessern. Und gleichzeitig behaupten Sie, dass ich in Ihrer Schuld stehe?«

»Du verstehst schon, worauf ich hinauswill«, erwiderte Denton. »Du bist vieles, aber kein Idiot.«

Nicholas legte sich mit einer theatralischen Geste die Hand auf die Brust. »Das ist das Netteste, was Sie jemals zu mir gesagt haben.«

»Damit wollte ich dir ganz sicher kein Kompliment machen«, sagte Denton. »Und noch etwas ...« Denton beugte sich über seinen Schreibtisch zu Nicholas vor. Seine Zunge fuhr schnell über die Lippen.

»Ich bin mir sicher, dass eine Verbesserung unserer Bilanz die Aufmerksamkeit vieler Menschen erregen würde, die wesentlich einflussreichere Positionen innehaben als ich. Menschen wie dein Vater zum Beispiel.«

Nicholas sah Denton mit einem wütenden Blick an. Nur zu gerne hätte er etwas erwidert, das bei Denton die gleiche Wut auslöste wie bei ihm die Erwähnung seines Vaters.

»Ich werde sehen, was ich für Sie tun kann, um mich für Ihren Gefallen ... erkenntlich zu zeigen«, sagte er einfach nur.

Denton lehnte sich zurück und nickte.

Nicholas beugte sich wieder vor. Er würde eine solche Gelegenheit nicht ungenutzt verstreichen lassen, schon gar nicht, wenn er dafür Dentons Sticheleien über sich ergehen lassen musste. »Dürfte ich Sie dann im Sinne unserer Zusammenarbeit um Einsicht in die Personalakten der Schüler bitten?«, fragte er in verschwörerischem Tonfall. »Ich würde mich sehr gerne über einen ganz bestimmten Schüler informieren.«

Denton sah Nicholas lange prüfend an. Dann leckte er sich über die Lippen und lächelte.

KAPITEL 10

»Rock, jetzt komm mal in die Gänge, wir müssen los.« Rocky saß mit seinen Mathehausaufgaben am Küchentisch. Mal wieder.

»Aber das Frühstück ist die wichtigste Mahlzeit des Tages. Und ich hatte noch keins!«, protestierte Rocky.

»Moment mal, du machst *jetzt* deine Hausaufgaben? Warst du nicht gestern Abend schon fertig damit?«

»Ich … Da habe ich wohl ein bisschen übertrieben«, sagte Rocky und lachte.

Julian nahm einen Toast und schob ihn seinem lachenden Bruder in den Mund.

»Du solltest den Mund nicht immer so voll nehmen.«

Julians Vater kam in die Küche und sah Julian an. »Kann ich dich kurz sprechen?«

Julian seufzte und schob Rocky zur Tür. »Warte im Auto auf mich, ich bin in zwei Minuten da«, befahl er seinem kleinen Bruder. Rocky packte mit dem Toast im Mund seine Hausaufgaben zusammen und ging nach draußen zum Auto. Julian folgte seinem Vater in die Werkstatt.

»Ich habe dich gestern Abend gar nicht mehr gesehen«, sagte sein Vater.

»Ja, tut mir leid. Ich kam erst spät zurück und wollte dich nicht wecken«, erklärte Julian verlegen.

Sein Vater nickte. »Und?«

»Ich habe den Job nicht bekommen, Dad«, sagte Julian und

spürte, wie sich seine Kiefermuskeln verkrampften. »Sie dürfen keine Einsen einstellen.«

Sein Vater setzte sich auf einen Stapel aus alten Reifen. Er wirkte erschöpft. »Verdammt«, murmelte er und fuhr sich mit der Hand durch das schüttere Haar.

»Warum bist du noch hier?«, fragte Julian. »Gehst du heute nicht zur Arbeit?«

»Sie brauchen mich heute nicht«, sagte sein Vater. »Zu viele Mechaniker, zu wenig Arbeit. Jules, wir müssen reden, es lässt sich nicht länger aufschieben.«

Julian spürte, wie der mittlerweile schon vertraute Ärger in ihm aufstieg. Seit sechs Jahren, seit dem Tod seiner Mutter, musste er den voranschreitenden Verfall seines Vaters mitansehen. Ein trauriger Anblick. Jedes Jahr wurde das Geld knapper, und sein Vater war einfach nicht in der Lage, einen Weg aus dieser Abwärtsspirale zu finden. Und nun würde er Julian die Schuld für alle Probleme dieser Familie geben. Julian wollte das nicht hören. Nicht heute.

»Dad, ich muss zur Schule«, sagte er, warf sich den Rucksack über die Schulter und ging zur Tür.

»Nur fünf Minuten«, sagte sein Vater mit tiefer, ernster Stimme. »Es fällt mir schwer, das Thema überhaupt zur Sprache zu bringen. Nur fünf Minuten. Hier geht es um uns alle, auch um deinen kleinen Bruder.«

Julian hielt inne und drehte sich um. »Was ist los?«

Sein Vater starrte die Wand an. »Unsere Situation ist schlimmer, als du ahnst«, sagte er. »Wenn ich die nächste Rate nicht zahlen kann, werden wir das Haus verlieren.«

»Das Haus? Dad …«

Sein Vater sah ihn wieder mit ernster Miene an. Tiefe Falten überzogen sein Gesicht.

»Wir könnten Unterstützung beantragen, um die Schulden zu begleichen, aber dafür ist unsere Lebensbilanz zu schlecht. Ich respektiere deine Einstellung, mein Sohn, bei Gott, das tue ich wirklich. Ich verstehe, wie du dich fühlst – nach allem, was die Regression mit deiner Mutter …«

»Bitte hör auf«, sagte Julian. Er wollte nicht länger über dieses Thema sprechen.

»Ich sage ja nur, dass ich mir für dich wünsche, dass du deine Leben leben kannst, wie du es willst – und wann du willst. Aber manchmal geht es nicht darum, was man will, manchmal muss man Opfer bringen. Für andere.«

»Dad, es ist einfach … ich kann das nicht tun. Ich hab's versucht. Glaub mir. Ich habe an diesem Abgrund gestanden und hinuntergeschaut. Und ich habe versucht, den Schritt zu machen. Aber dann sehe ich sie wieder vor mir … Mom.« Julian atmete aus.

Sein Vater machte ein unglückliches Gesicht. »Ich würde es ja selbst tun, aber ich bin schon eine Sechs. Ich müsste auf eine Acht kommen, vielleicht sogar auf eine Neun, um die staatliche Unterstützung beantragen zu können. Ich glaube nicht, dass das gut wäre … Rocky ist doch noch so klein.«

Julians Herz raste. Ihm war nur zu bewusst, wie das Prinzip der Lebensbilanz funktionierte. Seine Leben zählten mehr, weil er jünger und seine Lebensnummer niedriger war. Je älter man wurde und je mehr Wiedergeburtsfehler man hatte, desto weniger zählte ein Leben.

»Es tut mir leid, mein Sohn. Ich weiß nicht mehr weiter«, sagte sein Vater.

Julian schloss entsetzt die Augen.

»Wie viele?«, fragte er leise.

»Zwei«, sagte sein Vater. »Du musst innerhalb eines Monats in deinem dritten Leben sein.«

»Und es gibt keine andere Möglichkeit?«

Sein Vater schüttelte den Kopf. »Ich weiß, dass du jetzt denkst, dass die Welt verrückt geworden ist und sich alles gegen dich verschworen hat. Ich habe das auch einmal gedacht. Dass alles unfair ist. Ungerecht. Und weißt du was? Die letzten Jahre waren manchmal die Hölle für mich. Aber eines Tages habe ich einfach beschlossen, deswegen nicht mehr wütend zu sein und mich den Tatsachen zu stellen.«

Er stand auf und wischte sich die ölverschmierten Hände an seinem Overall ab.

»Sehr aufbauend, Dad. Danke«, sagte Julian und wandte sich zum Gehen. Er wollte seinem Vater nicht in die Augen sehen, und so irrte sein Blick durch die Werkstatt. Hier gab es nichts, was Rettung versprach, nur altes Werkzeug und seinen alten Vater.

»Ich muss zur Schule.«

Sein Vater sah ihn mit versteinerter Miene an. Julian wusste, dass er auf eine Antwort wartete, eine Erklärung, eine Reaktion, irgendetwas … Aber aus Julians Sicht gab es nichts mehr zu sagen, deswegen drehte er sich einfach um und ging.

Er stieg ins Auto. Sein Bruder saß auf dem Beifahrersitz und war immer noch mit seinen Hausaufgaben beschäftigt. »Du bist spät dran«, sagte Rocky.

»Ich weiß.«

Julian wendete den Wagen und beobachtete im Rückspiegel, wie das Haus immer kleiner wurde.

KAPITEL 11

Der von den Löschern ausgerufene Tag der Auslöschung begann wie ein ganz gewöhnlicher Schultag – wenn man von der Tatsache absah, dass in den Fluren und Klassenzimmern der Schule keine weiß gekleideten Schüler zu sehen waren. Erst zur Mittagszeit wurde klar, was die Auslöscher im Schilde führten. Constance kam in die Cafeteria, stieg auf einen der Tische und verkündete, dass Amits Auferstehungsparty an diesem Abend in dem alten Farmhaus hinter dem Footballfeld stattfinden würde. Alle waren eingeladen.

Julian sah, wie sich Molly nach dem Mittagessen mit Constance unterhielt. Sie verzogen sich in eine Ecke der Cafeteria und tuschelten mit ernster, verschwörerischer Miene. Wollte Molly etwa den Auslöschern beitreten? Dafür gab es noch einen weiteren eindeutigen und unmissverständlichen Hinweis: Molly trug einen weißen Blazer. Sie würde sicher zur Party kommen – doch Auslöscher hin oder her, Julian brauchte dringend jemanden, mit dem er reden konnte.

Als Julian am Abend beim Farmhaus eintraf, war es passend zum Thema wie eine Irrenhaus-Disko dekoriert. Essen und Getränke standen auf Krankenbahren, an der Decke waren Monitore angebracht, auf denen Amits DeadLinks-Video in Endlosschleife lief. Wieder und wieder fiel er auf Dentons Podium. Es gab roten Punsch. Julian roch daran – Kirsche und viel Alkohol – und stellte das Glas wieder zurück.

Um acht fuhr Franklin mit dem Auto vor. Er hatte Amit dabei. Als dieser in seinem neuen, vierten Körper unsicher aus dem Auto stieg, brach die Menge in »Amit! Amit!«-Rufe aus.

Der neue Körper des einst dicken Jungen war schlank. Beim Eintreten klatschte er bereitwillig alle ab, geriet dabei aber ins Stolpern. Er sah sich orientierungslos und fragend um, als wüsste er nicht so recht, wo er sich gerade befand.

In der Mitte des Wohnzimmers lag Amits Dreier-Körper auf einer Bahre, an der ein Schild mit der Aufschrift »Hier ruht Amit. Er gab sein Leben für einen Tag schulfrei« hing. Kurz nach Amits Eintreffen ließ Nicholas die Auslöscher antreten. Einer nach dem anderen erwies dem Toten die Ehre in Form scherzhafter Beleidigungen. Als Letzter war Amit selbst an der Reihe. Er betrachtete seine Leiche, sagte aber nichts, sondern atmete nur schwer.

Als Nicholas einen Trinkspruch auf Amit ausbrachte, verdrückte sich Julian nach draußen. Vor dem Bierfass hielten mehrere Jungs einen ihrer Kumpel unter den Zapfhahn: »Totsaufen! Totsaufen!«, riefen sie. Andere machten sich einen Spaß daraus, kreischende Mädchen mit Bier zu bespritzen.

Im Angesicht all dieser Dummheit und Verschwendung machte sich eine große Leere in Julian breit. Nicht nur die Verschwendung von Leben machte ihn traurig, auch die Verschwendung des synthetischen Biers und sogar die des Wassers, das für seine Herstellung gebraucht worden war und nun im Dreck versickerte. Er fühlte, wie tief in seinem Inneren etwas zu brodeln begann.

Zweimal musste er die ganze Party absuchen, bevor er Molly endlich fand. Sie stand mit Constance und ein paar anderen Anwärterinnen am Lagerfeuer und trank.

»Julian?« Molly war erstaunt. »Ich hatte nicht erwartet, dich hier zu treffen.«

»Ja, das hier ist nicht so ganz meine Welt.«

»Menschen, die sich *amüsieren*«, mischte sich Constance ein. »Das muss wirklich was komplett Neues für dich sein.«

Julian sah Molly fragend an. »Sie macht sich lustig über mich, obwohl ich direkt vor ihr stehe?«

Molly nahm ihn am Arm. »Lass uns woanders weiterreden.«

Sie führte ihn außer Hörweite der anderen Anwärterinnen.

»Was ist los, Molly? Ist es dir peinlich, dass dich deine neuen Freunde zusammen mit mir sehen?«

»So langsam schon, ehrlich gesagt. Warum bist du überhaupt hier?«

Weil ich nicht weiß, was ich tun soll. Weil ich gerade einen Freund brauche. Weil ich Angst davor habe, so wie alle hier zu werden. Das alles wollte Julian sagen.

Aber stattdessen sagte er nur: »Naja, nur, weil … Es ist was Blödes passiert, aber du löschst dich jetzt aus wie alle anderen, und …«

»Julian, bitte nicht noch ein Streit deswegen, okay? Nicht jetzt.« Molly sah über die Schulter zu Constance hinüber.

Plötzlich formte sich in Julians Brust ein schwerer, dunkler Schmerz und breitete sich dann in seinem ganzen Körper aus.

»Okay, ist wohl der falsche Moment«, sagte er und wandte sich zum Gehen.

»Moment, warte mal. Sag schon, was los ist. Aber ohne wieder auf mir rumzuhacken, wenn's geht«, sagte Molly und hielt ihn an der Schulter fest.

Julian schüttelte sie ab.

»Nein, viel Spaß noch mit deinen *Freunden*«, sagte er und ging.

Er war schon fast bei seinem Auto, als Franklin ihn entdeckte und an der Schulter antippte.

»Nicholas Hawksley will mit dir sprechen«, sagte Franklin.

»Mit mir?«, fragte Julian überrascht.

»Ja, mit dir.«

Einen Moment lang konnte Julian keinen klaren Gedanken fassen. Er stand einfach nur da und starrte Franklin an: Er hatte militärisch kurz geschnittenes Haar, sein Gesichtsausdruck wirkte hart und kompromisslos, eine einzige senkrechte Falte zeichnete sich auf seiner Stirn ab.

»Aber ich wollte gerade gehen«, sagte Julian.

»Du solltest dir anhören, was er zu sagen hat«, beharrte Franklin.

Julian hätte einfach verschwinden können, doch irgendetwas hielt ihn davon ab, ein neues und übermächtiges Gefühl. Er musste herausfinden, was zum Teufel Nicholas ausgerechnet von ihm wollte. Eine seltsame Kraft zog an ihm, genau jene Kraft, die ihn zu den *Lästigen Zweien* getrieben hatte …

Ich muss herausfinden, was es damit auf sich hat.

»Okay«, sagte Julian nach einer langen Pause.

Er folgte Franklin zurück ins Haus. Mehrere Mädchen auf der Veranda beobachteten ihn, während sie einen Joint kreisen ließen. Julian hatte plötzlich das Gefühl, seinen Körper verlassen zu haben und sich selbst von Weitem dabei zuzusehen, wie er in eine Falle gelockt wurde.

»Der berüchtigte Julian Dex«, sagte Nicholas, als Julian den Raum betrat. »Die einzige Eins der gesamten Schule.« Nicholas stand mit einem Drink in der Hand neben Amits Leiche.

»Meine Damen und Herren, draußen haben wir zu Amits Ehren eine Schnapsrutsche aufgestellt«, teilte Franklin den wenigen Feiernden mit, die noch im Raum waren. »Viel Spaß damit!«

Langsam leerte sich das Zimmer. Franklin ging mit dem letzten Gast nach draußen und schloss die Tür hinter sich. Nun war Julian mit Nicholas allein. Nicholas ging auf ihn zu und reichte ihm ein Glas mit dem roten, stark alkoholischen Getränk, das Julian unbeholfen entgegennahm. Dann ließ sich Nicholas auf einem Sofa neben Amits Leichnam nieder und bedeutete Julian, sich ebenfalls zu setzen. Julian nahm zögerlich neben ihm Platz. Er war Nicholas so nahe, dass er seine Körperwärme spüren konnte. Ein eigenartiger, blumiger Geruch ging von ihm aus.

»Wir gehen nun schon seit – wie viel? – vier Jahren auf dieselbe Schule«, sagte Nicholas, »und haben noch nie ein Wort miteinander gewechselt.«

»Hin und wieder haben wir schon miteinander gesprochen«, erwiderte Julian.

Nicholas setzte ein trauriges Lächeln auf. »Nun, zuerst einmal – auch wenn ich dieses Thema gerne vermieden hätte – mein tief empfundenes Beileid zum Tod deiner Mutter.«

Julian lief rot an. Ihm wurde heiß.

Wie bitte?

»Du hast mein vollstes Mitgefühl«, sagte Nicholas. »Mit unseren neun Toden sind wir alle vielleicht ein bisschen abgestumpft gegenüber dem Grauen. Aber das, was da mit ihr passiert ist, auch wenn es viele Jahre her ist …« Nicholas wiegte den Kopf mitleidig hin und her. »Das ist einfach unvorstellbar.«

Woher wusste Nicholas das überhaupt? Wussten etwa alle davon?

»Wieso weißt du …? *Woher …?*«, stammelte Julian.

»Nun ja, ich bin nun mal von Natur aus ein neugieriger Mensch. Und ich habe so meine Möglichkeiten«, erwiderte Nicholas gelassen. »Ich gehe gerne der Wahrheit auf den Grund. So auch im Fall deiner armen Mutter.«

»Was willst du damit sagen?«, fragte Julian. Er sprach nun schnell, beinahe hektisch. »Weißt du, was mit ihr passiert ist?«

»Ich weiß nur, dass mehr dahinterstecken muss, als die offiziellen Stellen zugeben wollen. Eine unbescholtene Angestellte der Wiedergeburtsbehörde, die derart schnell zur Retrograden wird? Das ist einfach … zu seltsam.«

Da muss mehr dahinterstecken. Julian schluckte, er hatte einen Kloß im Hals. »Was willst du von mir?«

»Aber, bitte«, sagte Nicholas sanft. »Sei mir nicht böse. Ich will keine alten Wunden aufreißen. Ich wollte dir nur sagen, dass ich Verständnis dafür habe.« Nicholas suchte Julians Blick.

»Verständnis wofür?«, fragte Julian.

»Dafür, dass du so bist, wie du bist. Die Leute reden über dich. ›Ach, er ist die einzige Eins an der Schule, bla, bla, bla, er hat Angst vorm Sterben, bla, bla, bla, er ist eine Spaßbremse, er ist so langweilig‹. Aber das ist natürlich alles Schwachsinn. Wirklich, ich habe großen Respekt vor dir«, sagte Nicholas.

»Du … *respektierst* mich«, wiederholte Julian ungläubig.

»Oh ja, sehr sogar«, sagte Nicholas. »Du verstehst, worum es geht. Du hast die Sinnlosigkeit dieser Welt begriffen. Wie könnte es auch anders sein! Nach allem, was du erlebt hast …«

Plötzlich erinnerte sich Julian an seine Mutter. In den letzten Tagen ihres achten Lebens hatte er nach ihrem Krankenhaushemd gegriffen und sie angefleht, sich an ihn zu erinnern. Aber sie hatte nur mit leeren, geisterhaften Augen auf ihn heruntergesehen. Schnell verdrängte er das Bild aus seinem Kopf. Dann merkte er, dass seine Hände schmerzten. Er hatte sie so fest zu Fäusten geballt, dass sich seine viel zu kleinen Daumen bereits weiß färbten. Am liebsten hätte Julian die Flucht ergriffen, aber dafür war es längst zu spät. Er wusste, dass er das hier nun bis zum Ende durchstehen musste.

Ich muss herausfinden, was es damit auf sich hat.

»Du verstehst es besser als die meisten, die sich Auslöscher schimpfen«, sagte Nicholas. »Die Idee hinter dem Club war ja eigentlich einmal, Stellung zu beziehen. Gegen die lächerliche Art und Weise zu protestieren, wie wir leben und sterben sollen. Aber irgendwann war es dann nicht mehr als eine große Party.« Nicholas deutete auf die Bahre mit Amits totem Dreier-Körper.

Julian schnürte es die Kehle zusammen. Er schluckte schwer.

»Du sollst eines wissen, Julian, und versteh das bitte nicht falsch, denn es ist auf gar keinen Fall respektlos gemeint. Ganz im Gegenteil.«

»Okay«, murmelte Julian.

»Wie gesagt, ich habe Zugang zu allen möglichen Informationen. Du kannst mir also glauben.«

Nicholas beugte sich vor und legte Julian eine Hand auf die Schulter.

»Auch wenn es dir nicht gefällt, Julian: Die Auslöschung ist unvermeidbar. Es gibt kein Entkommen.«

Julian schluckte den Kloß in seinem Hals herunter. »Ich weiß.«

Nicholas lächelte. »Ich hab da ein ganz persönliches Motto ...« Er legte den Arm um Julian. Julian spürte seine Wärme, und der blumige Duft, der ihn umgab, nahm nun eine berauschende, geradezu überreife Note an – wie Rosen, die kurz davor waren, am Strauch zu verwelken.

Nicholas senkte die Stimme »Du musst das Leben am Kragen packen und ihm den Hals umdrehen. Nur so kann man gewinnen.«

Julian wurde heiß, und das Blut pochte in seinen Schläfen. Mit jedem Herzschlag flackerte das ausdruckslose Gesicht seiner Mutter vor seinem geistigen Auge auf. Eine leere Maske mit trüben, blicklosen Augen. Julian musste weg von hier. Jetzt sofort. Er stand auf.

»Danke für deinen Rat, aber ich muss jetzt gehen«, sagte er.

Nicholas stand ebenfalls auf und sah ihn an.

»In Ordnung, aber bevor du gehst, sollte dir eines klar sein: Dass du es geschafft hast, so lange eine Eins zu bleiben … das hat nichts mit Pech, Dummheit oder Feigheit zu tun. Julian, du hast das Zeug dazu, es bei uns ganz nach oben zu schaffen. Du kannst eine große Nummer werden, größer als ich.«

Julian schnappte nach Luft. In seinen Schläfen pochte es.

»Was?«

»Die Auslöscher brauchen jemanden wie dich, Julian. Jemanden, der die Dinge hinterfragt, egal wie hoffnungslos die Suche nach Antworten auch sein mag … nun ja, vielleicht kannst du uns ja auch brauchen. Wir haben einen gewissen Einfluss.« Nicholas wandte sich Amits Dreier-Leichnam zu.

»Dieser tote Körper zum Beispiel sollte eigentlich in der Leichenhalle sein, oder im Staubhaus. Aber er ist hier. Warum? Weil ich Beziehungen habe. Und mit diesen Beziehungen könnte ich vielleicht herausfinden, was mit deiner Mutter passiert ist.«

Julian stand wie erstarrt da.

Nicholas kam näher. »Du musst mir nichts beweisen. Ich weiß, dass du bereit bist. Komm zu mir, wenn du so weit bist.« Nicholas hob sein Glas, als ob er ihm zuprosten wollte, und ging.

Julian konnte keinen klaren Gedanken fassen. Eine dicke, schwarze, schleimige Masse brodelte heiß in seinem Bauch wie Magma, das plötzlich aus der Erde hervorbricht. Er spürte, wie die Hitze in seine Brust stieg und ihm den Atem nahm. Er musste hier weg. Sofort. Er zwang seine Beine zum Gehen.

Er machte sich auf den Weg zum Hinterausgang.

In der Küche traf er Amit. Er war völlig allein und aß einen Kuchen. Nicht ein Stück, sondern den ganzen Kuchen auf einmal. Er schaufelte ihn sich mit beiden Händen in den Mund. Zuerst dachte Julian, dass sich Amit vielleicht zu Tode fressen wollte. Aber Amit weinte, während er aß. Sein tränenüberströmtes Gesicht war mit Kuchenglasur bedeckt.

Als er Julian bemerkte, sah er auf. »Ich schmecke nichts mehr«, sagte er nach einer Weile, immer noch schluchzend. Der Anblick von Amit, der sich so verzweifelt mit Kuchen vollstopfte, machte Julian unendlich traurig. Schnell ging er durch die Küchentür nach draußen und ließ sie geräuschvoll hinter sich zufallen.

Als er im Auto saß und die Scheinwerfer einschaltete, sah er eine Katze vor dem Wagen im Dreck sitzen. Sie war komplett schwarz bis auf einen weißen Fleck rund um das rechte Auge: die Katze aus Retro Row. Sie saß in aller Seelenruhe da, völlig unbeeindruckt von Julians Scheinwerferlicht, und hatte den Kopf mit einem prüfenden Blick zur Seite gelegt. Es wirkte beinahe so, als ob sie Mitleid mit ihm hätte.

Julian hupte, aber die Katze ließ sich nicht aus der Ruhe bringen. Er musste noch einmal und schließlich ein drittes Mal hupen, bevor sie sich davonschlich und im dunklen Ulmenwald verschwand. Die brodelnde schwarze schleimige Masse in seinem Inneren wurde immer heißer, durchdrang jeden Zentimeter seiner Existenz. Nun wurde ihm klar, dass dieses Feuer, das ihn von innen her verzehrte, seine Verzweiflung war – Verzweiflung angesichts dieser sinnlosen Wegwerfwelt.

Die schwarze Masse brodelte weiter in ihm, während er nach Hause fuhr, sich ins Bett legte und nicht einschlafen konnte, als er sich ans Fenster setzte und den Schrottplatz hinter dem Zaun anstarrte, die ausgebrannten Autokarosserien und die Reifenspuren im Dreck, die nirgendwohin führten.

Sie brodelte in ihm, als er in das Schlafzimmer seines Vaters schaute, in dem sein Vater mit Rocky im Arm schlief.

Erst beim Anblick seines schlafenden Bruders ließ seine Verzweiflung endlich nach. Die heiße schwarze Masse kühlte ab, löste sich auf und hinterließ eine plötzliche und einfache Erkenntnis. Julian nahm sie an wie eine große Offenbarung: Erwachsenwerden war, wie die Auslöschung, unausweichlich. Es war immer da und wartete auf dich.

Und es gab nur eines, was man dagegen tun konnte.

Das Leben packen und ihm den Hals umdrehen.

Am nächsten Morgen studierte Julian ein Plakat im Flur vor dem Orchesterraum: *Wiedergeburt ist etwas ganz Natürliches. Machst du dir deshalb Sorgen oder hast du Fragen? Dann sprich mit deinem Vertrauenslehrer.*

Es war sieben Uhr morgens. Julian hatte die ganze Nacht kein Auge zugetan.

»Guten Morgen«, sagte eine Stimme hinter ihm.

Julian drehte sich um. Es war Nicholas.

»Tja, hier bin ich«, sagte Julian.

Nicholas grinste.

»Na, dann komm mal rein. Ich habe gerade Kaffee gemacht.«

KAPITEL 12

Julian saß in einem Van, der durch die Innenstadt von Lakeshore holperte. Er hatte den Kopf an das Fenster gelehnt und konzentrierte sich auf die Straßenlaternen. Der Anblick der Kreise aus fahlem, gelbem Licht auf der dunklen Straße beruhigte ihn. Es war fast elf Uhr abends. Gleich hatten sie den Lake Tower erreicht. Die einzelnen Lichter verwischten zu langen schlierenartigen Linien.

Die Lichtschlieren schimmerten, als würden sie zwischen Traum und Realität oszillieren. Julian ließ sie immer wieder vor seinen Augen verschwimmen, eine kurze Flucht aus dem winzigen, viel zu engen Fahrzeugraum, in dem er mit den anderen saß – den anderen, die er kaum kannte und für die er nichts als Verachtung übriggehabt hatte, bis er sich vor etwas über einer Woche mit Nicholas vor dem Orchesterraum getroffen hatte und den Auslöschern beigetreten war.

Die Lichter weckten eine Erinnerung: Er war noch ein Kind, vielleicht acht oder neun Jahre alt, und befand sich zusammen mit seiner Mutter in der Garage. Dunstiges Nachmittagslicht fiel durch das Fenster. Er sah einen Rattanstuhl vor sich, und auf diesem Stuhl saß eine große schwarze Katze. Das Bild der Katze wurde immer deutlicher …

Sie hatte einen unverwechselbaren weißen Fleck rund um das rechte Auge …

Moment. War das etwa dieselbe Katze, die Julian in der

Row gesehen hatte? Dieselbe Katze, die bei Amits Party auf ihn gewartet hatte?

In seiner Erinnerung saß die Katze auf dem Stuhl und sah den kleinen Julian neugierig an. Ihr Schwanz pendelte hin und her.

Seine Mutter meinte, sie wäre draußen vor ihrem Haus herumgestrichen. »Von allen Katzen, mit denen ich jemals Bekanntschaft machen durfte, ist das hier mit Abstand die schlaueste.« Sie streichelte ihren Kopf. »Sie treibt sich auch immer bei uns am See herum und lässt sich von meinen Kollegen füttern. Aber wie zum Kuckuck ist sie hierhergekommen? Es sind über dreißig Kilometer vom See bis zu uns.«

Sicher hatte seine Mutter noch mehr gesagt, aber die Erinnerung daran war schon vor langer Zeit verblasst. Einzig das Bild der Katze mit dem weißen Fleck im Gesicht, die auf dem Stuhl saß, hatte er noch deutlich vor Augen. Sie hatte Julian mit durchdringendem, gebieterischem Blick beobachtet, als hätte sie damals schon gewusst, dass dies Jahre später das Einzige sein würde, woran er sich erinnerte.

Diese Katze …

Es konnte unmöglich dieselbe sein.

Oder doch?

Julian rieb sich die Augen und wartete, bis frischere Erinnerungen das Bild verscheuchten. Zuerst fiel ihm jener Morgen in der letzten Woche ein, an dem er mit Nicholas den Orchesterraum betreten hatte. Sein erstes Auslöschertreffen …

Selbst jetzt schlug ihm noch das Herz bis zum Hals, als er daran dachte, wie Nicholas ihn hineingeführt und in der ersten Reihe hatte Platz nehmen lassen, und er verspürte immer noch die Angst und Beklemmung, die ihn jedes Mal erfasst hatten, wenn Nicholas ihm während seiner Rede an diesem Morgen einen verschwörerischen Blick zugeworfen hatte. Nicholas hatte über die machtvolle Wirkung einer gut gemachten Auslöschung gesprochen.

Als Nicholas ihm die Hand auf die Schulter gelegt und ihn zu Franklin gebracht hatte, war ihm der Schweiß auf die Stirn getreten. Sie hatten sich zu dritt darüber unterhalten, was für eine Ausnahme Julian als einzige Eins der gesamten Academy darstellte. Es würde die großartigste Auslöschung werden, die die Welt jemals gesehen hatte. »Danach wird jeder unserer Gruppe beitreten wollen«, hatte Nicholas gesagt und gegrinst.

Und dann hatten Nicholas und Franklin mit konspirativer Begeisterung darüber diskutiert, wie sich *Beim ersten Mal tut's noch weh* so dramatisch und ungeheuerlich wie nur möglich inszenieren ließ. Ursprünglich war Julian gegen die Idee mit dem Lake Tower gewesen. Es erschien ihm zu riskant, da sich das Gebäude mitten in der Innenstadt von Lakeshore befand. Außerdem war darin die Hauptverwaltung der Wiedergeburtsbehörde untergebracht, die für die drei Bezirke zuständig war, die sich den hiesigen See teilten – und damit auch für beinahe zwei Millionen Menschen. Doch Nicholas erschien dieser Ort gerade deswegen die perfekte Bühne für ihr Vorhaben zu sein.

Okay, hatte Julian gesagt, aber die Innenstadt ist voller Siebenen, Achten, Neunen … In Gegenden, in denen vor allem Menschen mit höheren Lebensnummern lebten, wurden Straftaten wesentlich härter geahndet.

Anstelle einer Antwort hatte Nicholas den Arm um Julians Schulter gelegt. »Vertrau mir, alles wird prima klappen«, hatte er mit leiser, beruhigender Stimme zu ihm gesagt.

Und damit war es beschlossene Sache. Denn inmitten all der Aufregung um Julians Auslöschung hatte Nicholas sein Wort gegeben, Julian dabei zu helfen, die Wahrheit über den Tod seiner Mutter herauszufinden. »Wahrheit gegen Vertrauen.«

Das war der Deal. Und Julian hatte ihn akzeptiert.

Es folgten finsteres Pläneschmieden, heimliche Unterredungen, morgendliche Treffen und abendliche konspirative Zusammenkünfte auf den Zuschauerrängen des Sportplatzes. Das Ergebnis war, dass Julian in diesem Augenblick in genau diesem Van saß, den Kopf auf den Arm gelegt hatte, dabei zusah, wie verschwommene Lichter an ihm vorbeizogen, und sich fragte, wie es bloß dazu gekommen war, dass er jetzt hier war. Wie hatte es passieren können, dass der Junge, der sich nicht hatte auslöschen wollen, gleich die spektakulärste Auslöschung in der Geschichte der Lake Academy abliefern würde?

Der Van hielt in einer schmalen Gasse zwischen dem Tower und dem Gebäude der Adirondack-Bank. Franklin saß auf dem Fahrersitz, Nicholas neben ihm, Clayton und Julian im Fond. Alle waren ganz in Schwarz gekleidet. Die beiden hinteren Sitzbänke des Vans waren herausgenommen worden. Clayton und Julian hatten sich während der unbequemen Fahrt entweder gegen ein Fenster drücken oder am Türgriff festhalten müssen.

Julian starrte den Wagenboden an, auf dem die Sitzbänke montiert gewesen waren. Schon bald würde hier sein Leichnam liegen. Er fuhr sich mit der Hand über die Brust, die einzige Brust, die er jemals gehabt hatte. Sein einziger Körper. Bald würde er … zerschmettert sein. In Fetzen gerissen. Nicht mehr erkennbar als das, was er gewesen war – als *der Mensch*, der er in diesem Augenblick noch war.

Wie sollte er das schaffen?

War es das erste Mal am schwersten?

Wurde es später leichter, seine Leben auszulöschen?

Alle zogen ihre Skimasken über und machten sich bereit, ihren Plan, den sie bei ihren Treffen entworfen hatten, in die Tat umzusetzen. Bevor er sich die Maske vors Gesicht zog, sah Nicholas

Julian an und lächelte. »Unerlaubtes Eindringen. Eine aufregende Sache, oder?«

Julian öffnete den Mund, um etwas zu sagen, brachte aber keinen Ton heraus.

Nicholas und Clayton gingen mithilfe der Straßenkarte auf Nicholas' Handy noch einmal durch, wo sie die Kameras im gegenüberliegenden Park aufstellen würden. Als alles zu seiner Zufriedenheit geklärt war, drehte sich Nicholas mit einem spöttischen Grinsen zum Rest der Gruppe um. »Gleich heißt's: Banzai.«

Nicholas, Franklin und Clayton sprangen aus dem Wagen. Julian zögerte und folgte ihnen erst, als Nicholas ihn aus dem Van winkte und ihm dabei aufmunternd zulächelte.

Der Gestank von Müll und ranzigem Öl war unerträglich. Die Gewissheit, dass dies die letzten Momente in seinem Körper sein würden, schärfte Julians Sinne. Die hohen, dunklen Gebäude der Innenstadt türmten sich bedrohlich über ihm auf. Das entfernte Rauschen des Verkehrs wurde in seinem Kopf zu einem lauten Tosen. Mondlicht fiel durch die Lücken zwischen den Gebäuden und erhellte einige Abschnitte der Gasse, die sie zu einem Hintereingang des Towers führte. Licht spiegelte sich in den durch die Luft tanzenden Staubpartikeln. Julian kam es so vor, als könne er jedes einzelne Staubkorn genau wahrnehmen.

Clayton, der eine Tasche voller Kameras geschultert hatte, versteckte sich in den Schatten an der Hauptstraße. Sobald die Luft rein war, sprintete er in den Park hinüber.

Dann holte Nicholas den entscheidenden Gegenstand hervor, von dem ihr gesamter Plan abhing: eine Chipkarte der Wiedergeburtsbehörde. Da Nicholas' Vater Direktor der Behörde von Lakeshore war, wunderte sich niemand, wie er an sie gekommen war. Nicholas schien eben nichts unmöglich.

Er zog die Karte durch das Lesegerät. Ein Zischen verriet ihnen, dass die pneumatische Verriegelung geöffnet wurde. Die Tür schwang auf und gab den Blick auf ein von grellen Neonröhren erleuchtetes Treppenhaus frei. Das Licht war so hell wie die Sonne, sodass sich Julian abwendete. Zwei raue Hände – Franklin – packten seine Schultern und schoben ihn hinter Nicholas ins Treppenhaus.

Dann ging es dreißig Stockwerke nach oben. Zuerst nahmen sie dabei noch zwei Treppenstufen auf einmal, aber schon nach der Hälfte des Wegs wurden sie deutlich langsamer. Schweißgeruch hüllte die kleine Gruppe ein. Julians Waden schmerzten. Er japste wie ein erschöpfter Hund nach Luft, was Nicholas keuchend mit den Worten »Von einem Spaziergang war auch keine Rede« kommentierte.

Schließlich erreichten sie die Tür zum Dach und stießen sie auf. Keuchend sogen die Jungen die kühle Nachtluft in ihre Lunge. Julian spürte, wie sich ein vertrauter Arm um ihn legte und ihn behutsam umdrehte.

Nicholas grinste breit, seine Zähne leuchteten im Dunkel des Nachthimmels, der Wind drückte ihm das Haar in die Stirn. »Nicht nachdenken, einfach springen.« Vier Worte, leise und sanft ausgesprochen.

Sie standen auf dem größten und bekanntesten Gebäude des Bundesstaats. Wie in Zeitlupe führte Nicholas Julian an den Rand des Daches. Julian spürte nichts mehr außer seiner Brust, die sich im Rhythmus der Schritte in Richtung Abgrund hob und senkte. Die Zeit schien sich ins Endlose auszudehnen, und als er über die Gebäudekante spähte, wurde sie zu einer zähen Masse, die ihn einschloss und die aufmunternden Rufe von Nicholas und Franklin in dumpfe, unverständliche Laute verwandelte.

Julian schloss die Augen und versuchte, an seine Mutter zu

denken. Doch sie war nicht mehr als ein Wort: »Mutter«. Nur ein paar Buchstaben. Er versuchte, ihr Bild vor seinem geistigen Auge heraufzubeschwören, aber stattdessen erschien die verdammte Katze, die irgendwann in einer längst verlorenen Vergangenheit auf einem Stuhl in der Garage saß. Und auch jetzt beobachtete sie ihn, als ob ihr Blick durch Zeit und Raum dringen könnte.

Julian verscheuchte das Bild aus seinem Kopf. Wie konnte es sein, dass sein letzter Gedanke in diesem Körper jener Katze galt? Er wollte an etwas Wichtigeres denken, etwas Höheres, Bedeutsameres. Während er in den Abgrund blickte und sich in seinem Kopf vor Schwindel alles drehte, überlegte er fieberhaft. Aber alles, woran er denken konnte, war die Katze mit dem weißen Fleck um das Auge, dem durchdringenden Blick und dem hin und her pendelnden Schwanz.

Nicholas' Hand auf seinem Rücken verstärkte ihren Druck. Er musste es jetzt tun.

Also gut.

Julian hielt den Atem an und beugte sich vor.

Sein Körper wurde schwerelos, und als der Wind gegen sein Gesicht schlug und ihn zwang, die Augen zu schließen, dachte er an gar nichts mehr. Er spürte, wie seine Füße über seinem Kopf zusammenschlugen und seine Eingeweide sich verkrampften, hörte nichts mehr außer dem pfeifenden Geräusch, das seinen Sturz begleitete.

Es folgte ein kurzer, entsetzlicher, überwältigender Schmerz. Unermessliche Qualen. Dann zerriss die Realität. Sein Ich löste sich von seinem Verstand. Die Welt rief ihm ein letztes, durchdringendes »Leck mich« zu.

Und im selben Augenblick war alles vorbei.

Er war nicht mehr da, einfach so.

KAPITEL 13

Julian öffnete die Augen. Sie brannten. Er öffnete den Mund, und er füllte sich mit Wasser. Er strampelte verzweifelt mit den Beinen und richtete den Blick nach oben – dort war es hell, unten war es dunkel, mehr konnte er mit seinen schmerzenden Augen nicht erkennen. Mit kräftigen Stößen schwamm er auf das Licht zu und erreichte schließlich die Wasseroberfläche.

Dort angekommen spuckte er Wasser und bemühte sich, nicht gleich wieder unterzugehen. Gleichzeitig griff er nach seiner Brust. Sie war noch da, und in ihr flatterte sein Herz so wild wie ein gefangener Vogel. Seine Arme waren ebenfalls noch da, genau wie seine Beine. Und alle anderen wichtigen Körperteile ebenfalls. Alles, wirklich *alles* befand sich am richtigen Platz.

Er war hier. In einem neuen Körper.

Ihm wurde fast schwindlig vor Übermut.

Fuck, ich hab's geschafft!

Er war gestorben und wieder auferstanden – in den Augen aller anderen eine völlig alltägliche Sache, die er jetzt ebenfalls hinter sich gebracht hatte.

Ein lauter Signalton erklang, und am Ufer pulsierte ein gelbes Licht. Der Ton und das Licht zeigten einem die Richtung, das lernte jedes Kind in der Grundschule. Er schwamm auf das Ufer zu, und das Vertrauen in seine Arme – seine *neuen* Arme – wuchs mit jeder Bewegung.

Am Ufer angekommen bedeckte er seine Blöße. Allerdings

schämte er sich nicht so sehr, wie er gedacht hatte, denn alle anderen waren ebenfalls nackt. Er sah sich um – es war ein ganz normales Seeufer, abgesehen von den Wächtern, die Wiedergeborene jeden Alters und Aussehens in blassblaue Krankenhaushemden steckten. Von den Wänden des Empfangszentrums blätterte die Farbe ab, darunter wurde der bloße Backstein sichtbar. Die amerikanische Flagge flatterte leicht im schwachen Wind. Das war also der Ort, vor dem er so viel Angst gehabt hatte? Alles sah so … harmlos aus. Langweilig.

Eine Wächterin griff nach seiner Schulter und drehte ihn zu sich herum. Sie trug Latexhandschuhe und reichte ihm mit einem strengen Gesichtsausdruck ein Krankenhaushemd. »Ich würde mich an deiner Stelle beeilen, dann kannst du dich noch vor denen anstellen«, sagte sie und zeigte auf eine Gruppe von etwa zwanzig verwirrt aussehenden älteren Leuten. Gift im Seniorenteller? Ein Gasunfall in einem Altenheim? Er zog das Hemd an und ging den Hügel hinauf.

Sein Mund fühlte sich kribbelig und taub an. Er fuhr sich mit der Zunge über die Zähne. Seit er als Dreijähriger an Halloween hingefallen war, hatte ein Vorderzahn einen kleinen Sprung gehabt. Nun war der Sprung verschwunden. Immer wieder betastete er den Zahn mit der Zunge – er fühlte sich fremd an.

Er berührte seine Arme und seine Brust und strich mit den Händen über seinen neuen Bauch. Er war hart und muskulös, wo sein alter bereits eine kleine, wenn auch kaum wahrnehmbare Fettschicht angesetzt hatte. Dann spannte er seinen Hintern an und griff danach, als niemand hinsah – er war stramm und fest.

Im Inneren des Empfangszentrums lotsten die allesamt mürrischen und ernsten Wächter Julian zur kürzesten Warteschlange. Vor ihm stand ein junger, rothaariger Mann mit einem zuckenden Augenlid. Eine riesige amerikanische Flagge hing von der

Decke herab. Die klinische Bürokratie dieses Ortes wirkte beruhigend. Das hier war *normal.* Die Wiedergeburt war normal.

Aber dann sah Julian den in Purpur gekleideten Wächter am Podium unter der Flagge.

Mit den allmählich zurückkehrenden Erinnerungen fiel ihm auch wieder ein, um wen es sich dabei handelte: das war der Seeprälat.

Der Prälat mit seiner purpurnen Kutte und der einschüchternden schwarzen Brille stand steif da und überwachte sämtliche Abläufe. Versprach die wohlgeordnete Bürokratie einen schwachen Trost, so war der Prälat dagegen eine düstere Mahnung daran, dass Ordnung immer mit Konsequenzen verbunden war und dass alle bestraft wurden, die nicht dem vorgegebenen Kurs folgten. Julian spürte, wie sich das vertraute Gefühl der Angst auch in seinem neuen Körper breitmachte. Er wandte sich vom Prälaten ab.

Eine Wächterin mit einem Klemmbrett in der Hand kam auf ihn zu. »Würden Sie an unserer Umfrage für eine statistische Erhebung teilnehmen?«, fragte sie.

Julian nahm das Clipboard und warf einen Blick auf die aus zehn Multiple-Choice-Fragen bestehende Erhebung.

Mit welchem Wort würden Sie beschreiben, wie sich Ihr neuer Körper anfühlt?

Julian starrte die Antworten an. Für einen Moment verschwammen sie zu einem unlesbaren Buchstabensalat. Er blinzelte, bis die Worte wieder lesbar waren. Dann nahm er den Stift und machte einen Kringel um »(A) Fremd – es fühlt sich noch nicht so an, als ob ich wirklich ich bin«.

Wie lässt sich Ihr derzeitiger Geisteszustand am besten beschreiben?

(A) »Ruhig. Sie fühlen sich eins mit sich und/oder sind zufrieden.«
(B) »Glücklich. Sie freuen sich oder haben ein Hochgefühl.«
(C) »Unglücklich. Sie haben das Gefühl, dass etwas nicht stimmt.«
(D) »Verloren. Sie fühlen sich unsicher und wissen nicht, was gerade vor sich geht.«

Julian machte einen Kringel um »Ruhig«. Sofort kamen ihm Zweifel.

In seinem Kopf drehte sich alles. Er gab der jungen Wächterin das Klemmbrett mit dem Umfragebogen zurück und rieb sich die Augen, als könnte er so seine Verwirrung vertreiben.

Ein Wächter mit dicken Brillengläsern bedeutete ihm, in eine der nummerierten Kabinen zu treten. Julian wollte möglichst erwachsen und erfahren erscheinen und beantwortete alle Fragen – Name, Adresse, Ausweisnummer – schnell und möglichst knapp. Der Wächter drehte ihn um. Er spürte ein kaltes Stethoskop durch das dünne Hemd an seinem Rücken. Zwei Minuten vergingen, in denen der Wächter Julians Atmung abhörte. Julian starrte derweil in einen langen Flur mit vielen verschlossenen Türen. Der Verwaltungstrakt.

Das ist das Empfangszentrum von Lakeshore, dachte er. Hier hat meine Mutter gearbeitet.

Was befand sich hinter diesen Türen? Was waren das für Räume? Seine Mutter hatte es gewusst.

»Wie es aussieht, schlägt dein Herz etwas unregelmäßig. Es setzt jede Minute einmal aus.«

Julian schloss kurz die Augen. »Ist das schlimm?«

»Ein ziemlich gewöhnlicher Wiedergeburtsfehler. Nichts, weswegen du dir Sorgen machen müsstest.«

Nichts, weswegen man sich Sorgen machen muss?

Julian schloss die Augen, als er den kurzen, stechenden Schmerz der Nummerierungspistole an seinem Hals spürte. Seine neue Nummer. Sein altes Leben war nun endgültig Geschichte.

Kurze Zeit später stand Julian vor dem Spiegel auf der Toilette und starrte die Zwei auf seinem Hals an. Er berührte sie. Es war alles so einfach, das wurde ihm nun klar. Abgesehen von diesem vagen unwirklichen Gefühl, das bereits dabei war, sich zu verflüchtigen, schien alles ziemlich schmerzlos.

Bis auf…

Bis auf die Tatsache, dass er sich nicht an die letzten Momente seines ersten Lebens erinnern konnte. Nur an den Van und daran, dass ihm diese Katze im Kopf herumgespukt hatte… Aber was genau war im Lake Tower passiert? War er wirklich gesprungen? Offensichtlich. War er freiwillig gesprungen? Hatte er den Aufprall miterlebt? Er schob diese Gedanken schnell beiseite, um sie nicht in aller schrecklichen Konsequenz zu Ende denken zu müssen.

Dann wartete er in einer weiteren Schlange auf den Bus zurück nach Lakeshore. Mit seinen neuen Augen beobachtete er, wie der Fahrer eine Zigarette austrat. Ein kleiner Funke war unter seinem Schuh sichtbar. Der Bus schwankte leicht, als der Fahrer einstieg. Dann erwachte der Motor mit einem Rumpeln zum Leben. Staub wurde aufgewirbelt.

Julian kam spät nach Hause, sein Vater und sein Bruder schliefen schon. Leise ging er in sein Zimmer, zog das Krankenhaushemd aus und frische Unterwäsche an. »Wenn du dich schlecht fühlst, zieh dir frische Unterwäsche an.« Das war ein Lieblingsratschlag seiner Mom gewesen.

Er legte sich aufs Bett und starrte die Decke an. Jetzt bin ich eine Zwei, dachte er. All die Tage, die ich als Eins verbracht habe … All die Zeit, die ich damit verbracht habe, nein zu sagen, es aufzuschieben, mich davor zu drücken … All das war nun vorbei.

Ich bin jetzt ein neuer Mensch. Er dachte einige Zeit darüber nach, betrachtete den Gedanken sorgfältig von allen Seiten und untersuchte ihn auf verborgene Gefühle. Die Veränderung fühlte sich weder gut noch schlecht an. Sie war einfach eine Tatsache, die er akzeptieren musste.

Beschreiben Sie Ihren Geisteszustand.

Verloren?

Ruhig?

Was für eine Rolle spielte das schon?

Alles an ihm war jetzt neu. Das war das Einzige, was zählte. Ein neuer Julian.

Einer plötzlichen Eingebung folgend griff er nach seinem Handy, das neben dem Bett am Ladekabel hing, und schrieb eine Nachricht.

Empfänger: Cody.

»Hey, wo findet die Party denn nun statt?«, schrieb er.

KAPITEL 14

Am nächsten Morgen ging Julian zu seinem Vater in die Werkstatt. Es war noch nicht einmal sieben Uhr, doch sein Dad trug bereits den dreckigen Overall und kramte in seinem Werkzeugkasten.

»Hey Dad, ich bin jetzt eine Zwei«, sagte Julian.

Sein Vater drehte sich um und seufzte erleichtert, als er die Zwei auf Julians Hals sah. »Das hast du also gestern Abend gemacht?«

»Ich war in der Tilgungsklinik, die rund um die Uhr geöffnet hat«, log Julian. »Tut mir leid, dass ich nichts gesagt habe. Ich musste das einfach alleine tun.«

Er hatte den ganzen Morgen lang darüber nachgedacht, ob er seinem Vater von *Beim ersten Mal tut's noch weh* erzählen sollte. Aber dann hätte er vermutlich auch erklären müssen, warum er es auf diese Weise getan hatte. Und zugeben müssen, dass er es getan hatte, weil ihm jemand versprochen hatte, Nachforschungen über das Schicksal seiner Mutter anzustellen.

Und wer hat dir das versprochen? Ein Junge, der einen Highschool-Selbstmörder-Club anführt?

Das klang albern, dumm und naiv, doch er wollte sich diese Illusion nicht nehmen lassen. Gerade jetzt brauchte er dringend etwas, an das er glauben konnte.

»Es tut mir leid, Julian. Aber du hast das Richtige getan«, sagte sein Vater sanft.

»Das hoffe ich«, antwortete Julian. Dann warf er sich den Rucksack über die Schulter und ging in die Küche, um Rocky einzusammeln.

Während der Fahrt war Rocky ungewöhnlich still. Als Julian ihn an der Schule rausließ, drehte er sich noch mal zu ihm um und fragte: »Das bist doch du, oder? Auf DeadLinks.«

Julian starrte seinen Bruder entgeistert an.

Scheiße.

Aber klar doch. Die Auslöscher hatten ein Video gedreht.

Nun brach die Erinnerung über ihn herein: Er war tatsächlich vom Lake Tower gesprungen. Das war unbedacht gewesen. Riskant. Gefährlich. Um nicht zu sagen: *falsch*. In den Tower einzubrechen … sich dort vom Dach zu stürzen … und das auch noch in einem Bezirk mit hohen Lebensnummern! Das hatte er inmitten all der Planung und Aufregung ganz aus den Augen verloren.

Nun musste er sich der kalten, harten Realität stellen. Er hatte es getan, und er wollte auf gar keinen Fall, dass sein Bruder ihn dafür bewunderte.

»Die sind doch cool, oder? Die Auslöscher«, sagte Rocky.

»Wie man so hört«, antwortete Julian tonlos.

»Dann bist du jetzt auch cool, schätze ich«, sagte Rocky und lächelte stolz. Er sprang aus dem Auto und begrüßte einen blonden Jungen, der auf ihn zurannte.

Cool?

Scheiße, Scheiße, Scheiße.

Was für ein Vorbild stellte er nur dar? Er war von einem dreißigstöckigen Haus gesprungen, hatte das Gesetz gebrochen, und nun setzte sein Herz jede Minute für einen Schlag aus.

Und dann wurde ihm noch etwas anderes klar. Wenn Rocky das Video gesehen hatte, dann hatten es auch alle anderen gesehen.

Nun wurde ihm das ganze Ausmaß seiner Tat bewusst.

Selbstverständlich hatten alle das Video gesehen. Das war ja der Sinn der Sache gewesen. Wozu sonst hatten sie so viel Zeit damit verbracht zu planen, wo die Kameras aufgestellt werden und aus welchem Winkel und mit welcher Beleuchtung sie filmen sollten …

Julian war natürlich klar gewesen, dass sein Tod öffentlich ausgeschlachtet werden würde. Dennoch hatte ein Teil von ihm verdrängt, was das tatsächlich bedeutete. Vielleicht, so hatte er gedacht, würde er in seinem zweiten Leben weniger Bedenken haben, im Rampenlicht zu stehen.

Aber jetzt war er eine Zwei und trotzdem noch genauso schüchtern wie vorher.

Als er ins Klassenzimmer kam, spürte er, dass alle Blicke auf ihn gerichtet waren. Sie folgten ihm, als er zu seinem Platz ging. Und so war es auch in den weiteren Schulstunden. Er versuchte, so unauffällig wie möglich durch die Flure zu schleichen, fühlte sich aber beständig unter Beobachtung. Dazu kam, dass alle mit ihren Handys spielten und das Video immer und immer wieder laufen ließen. Die Zahl der Klicks stieg und stieg, sein Selbstvertrauen dagegen schrumpfte.

Julian hätte sich am liebsten irgendwo verkrochen, aber Nicholas fing ihn mittags auf dem Weg in die Cafeteria ab. Nicholas' makelloser weißer Blazer war frisch gebügelt, und als er breit grinste, entblößte er dabei zwei perfekte Zahnreihen, die einen teuren Zahnarzt verrieten.

Nicholas applaudierte ihm, und Julian wurde rot vor Scham. Alle in der Cafeteria folgten Nicholas' Beispiel, sie ließen Julian hochleben, pfiffen, johlten, schrien. Die Auslöscher stampften im Takt mit den Füßen, als wären sie bei einem Footballspiel. Der Lärm war ohrenbetäubend und hallte von den Betonwänden wider. Julian konnte keinen klaren Gedanken mehr fassen. Er wandte sich ab, schloss die Augen und kämpfte verzweifelt gegen seine Scham an.

Die irritierten Lehrer bekamen die Lage erst mithilfe des Sicherheitspersonals wieder in den Griff. Ein strahlender Nicholas führte Julian einmal durch den ganzen Raum zum Tisch der Auslöscher, wo er ihn wie eine Trophäe präsentierte. Julian schüttelte wie benebelt viele Hände und ließ sich abklatschen.

»Jules«, sagte Nicholas und zog ihn zu sich. »Wir machen unsere Pläne und hoffen dann das Beste. Und das hier ... Das ist mehr, als ich mir jemals erhofft habe. Wir haben über fünftausend Klicks. Und das Video ist erst seit heute Morgen sechs Uhr im Netz.«

Er sah Julian prüfend an und runzelte die Stirn. »Du hast es dir doch angesehen, oder nicht?«

Julian schüttelte den Kopf.

Nicholas' Augen weiteten sich vor Überraschung. »Hast du dich denn nicht gewundert, warum alle so begeistert sind? Meine Güte, Kumpel, das darfst du dir nicht entgehen lassen!«

»I-Ich ...«, stammelte Julian. »Ich will es nicht sehen.«

Nicholas schnalzte mit der Zunge. *Tsts.* »Oh, ich verstehe. Du hast Angst vor deiner Leiche«, sagte er. »Das ist ganz normal. Viele wollen nicht zu ihrer eigenen Beerdigung gehen, geschweige denn sehen, wie es genau passiert ist.« Er hob eine Augenbraue. »Aber das hier musst du dir wirklich anschauen. Das hat nämlich echt Eindruck gemacht.«

»Weil der Einser-Loser sich endlich getraut hat?«

Nicholas verzog das Gesicht. »Julian«, sagte er scharf. »Du brauchst dringend etwas mehr Selbstbewusstsein. Die Leute sehen sich das Video an, weil es zeigt, wofür die Auslöscher stehen. Es ist ein eindrucksvolles und unübersehbares Statement, das das System ins Herz trifft und vor aller Augen bloßstellt. Und es ist dein Statement, Julian.« Nicholas trommelte mit den Fingern auf dem Tisch. »Du hast die Menschen aufgerüttelt.«

Nicholas holte sein Handy aus der Tasche und rief das Video auf. Dann hielt er Julian das Gerät hin, als wollte er ihm eine Droge anbieten.

Julian nahm das Telefon.

Er drückte auf »Play«.

Das Video mit dem Titel *Beim ersten Mal tut's noch weh* war achtundvierzig Sekunden lang und zeigte einen Zusammenschnitt von Aufnahmen aus verschiedenen Kamerawinkeln und Entfernungen sowie in unterschiedlichen Geschwindigkeiten. Es begann mit seinem Körper – Julian wusste, dass er das war, fühlte aber keine emotionale Verbindung zu dieser seltsamen *Stoffpuppe*, die dreißig Stockwerke nach unten fiel und dann auf dem Bürgersteig in einem roten Nebel explodierte. Ein unglücklicher Angestellter der Behörde, der mit seiner Aktentasche vor der Eingangstür stand, wurde mit Blut bespritzt. Dieser Teil war alles in allem achtzehn Sekunden lang. In den restlichen dreißig Sekunden wurden verschiedene Rückblenden aus unterschiedlichen Winkeln gezeigt. In allen Einstellungen war Julians Gesicht verpixelt – Nicolas hatte darauf bestanden, seine Identität zu schützen, damit nicht gegen sie ermittelt werden konnte. Julian war überrascht, dass er eher erleichtert als abgestoßen auf das Video reagierte – es fiel ihm schwer, den Körper dort auf dem Bürgersteig mit seinem jetzigen Ich in Verbindung zu bringen. Da half es sicher, dass die Verpixelung seines Gesichts so professionell durchgeführt worden war.

»Bist du sicher, dass mich niemand identifizieren kann? Auch nicht die Polizei?«

»Auf gar keinen Fall«, sagte Nicholas ein wenig beleidigt.

»Und der Körper?«

»Wir haben ihn innerhalb von ein paar Minuten nach dem Aufprall abgeholt. Jedes einzelne Stück.« Nicholas grinste. »Außerdem haben wir Bleiche auf den Bürgersteig gekippt. Da ist kein Fitzelchen DNA mehr zu finden.«

Julian atmete auf. »Aber jeder hier weiß, dass ich das war. Sogar mein kleiner Bruder, und der geht in die dritte Klasse.«

Nicholas verdrehte die Augen.

»Julian, im schlimmsten Fall gelingt es der Polizei, den Körper richtig zuzuordnen – wenn sie sich *überhaupt die Mühe macht*, das zu untersuchen. Dann müsste noch jemand von unserer Schule auspacken, obwohl er weiß, *dass du unter meinem Schutz stehst*… Und wenn all das tatsächlich eintritt, dann kenne ich die richtigen Leute, um so ein Problem aus der Welt zu schaffen.«

Julian nickte. Als der Clip zu Ende war, sah er, dass die Zahl der Klicks weiter stieg.

»Komm schon, das hier ist wirklich krasses, krankes Zeug. Wer hätte gedacht, dass du eine solche Sensation wirst?«

»Ich jedenfalls nicht«, sagte Julian und gab Nicholas sein Telefon zurück.

»Julian, das war eine rhetorische Frage. *Ich* hab es nämlich immer schon gewusst. Mir war schon längst klar, dass du zu Großem in der Lage bist, wenn man dich nur lässt. Komm nach der Schule auf den Parkplatz«, sagte Nicholas. »Es gibt da noch etwas, das wir erledigen müssen. Danach wird es dir viel besser gehen.«

Den Rest des Tages über hätte Julian sich am liebsten irgendwo verkrochen. Gleichzeitig konnte er nicht anders, als über Nicholas' Einfluss zu staunen: Er hatte ihm tatsächlich eine völlig neue Welt eröffnet – eine Welt, in der die Leute ihn beachteten, ihm zujubelten, über ihn nachdachten… Es war verwirrend, aber auch beeindruckend.

Wenn Julian wirklich der werden wollte, zu dem Nicholas ihn machen wollte, dann würde er diese Version von sich auch annehmen müssen: der Junge in Weiß, der sein eigenes DeadLinks-Video ansah.

Das aber schien Julian unmöglich. Letztendlich würde er als Betrüger enttarnt werden. Als schamloser Heuchler.

Diese Sorge fraß den ganzen Nachmittag an ihm. Er war zerstreut und fragte sich, ob er etwa unter einer dissoziativen Störung litt – vielleicht das Symptom einer verspätet einsetzenden Retrogression?

Nach der Schule traf er sich mit Nicholas auf dem Parkplatz und ging mit ihm zum hinter der Sporthalle geparkten Van. Julian nahm auf dem Beifahrersitz Platz, und Nicholas fuhr los. Sie verließen das Schulgelände und folgten einer gewundenen, unbefestigten Straße zu einem von Bäumen gesäumten Steilhang am Seeufer. Dort, wo sich die Rückbank befunden hatte, lag Julians Einser-Körper, in eine Mülltüte gepackt.

»Vertrau mir«, sagte Nicholas. »Es ist eine Abschiedszeremonie für deine Eins. Das kann ich dir nur wärmstens empfehlen.«

Die Straße führte von der Hügelkuppe aus weiter durch ein dichtes immergrünes Gestrüpp. Als sie auf einer kleinen Lichtung anhielten, war die Nachmittagssonne nur noch ein orangefarbenes Glühen am Horizont. Einen kurzen Moment lang sah Julian seine Mutter vor sich, wie sie ihn im Zwielicht mit grünen Geisteraugen ansah. Er bekam eine Gänsehaut und versuchte, ihr Bild abzuschütteln, aber es gelang ihm nicht. Auch mit geschlossenen Lidern sah er noch ihr Gesicht vor sich. Erst als er sich die Augen rieb, löste es sich langsam auf.

Sie war der Grund, warum er all das tat. Warum er sich von diesem Dach gestürzt hatte. Warum er plötzlich im Rampenlicht stand. Warum er nicht einfach wie jeder normale Mensch in eine

Tilgungsklinik gegangen war und eines seiner Leben von einem Arzt hatte auslöschen lassen. Wenn ihr Schicksal ein Geheimnis barg, würde Nicholas es herausfinden. Wenn er ihn in den Lake Tower hatte schmuggeln können, dann würde er Julian auch diesen Wunsch erfüllen.

»Also«, sagte Julian, als Nicholas den Van im Schatten einer Pinie abstellte. »Also, ich habe diese lächerliche Auslöschung durchgezogen, genau wie du es wolltest …«

Nicholas zog eine Augenbraue hoch.

»Und …« Julian sah auf seine Hände. »Du hast mir versprochen herauszufinden, was mit meiner Mutter passiert ist.«

Nicholas, der immer noch hinter dem Lenkrad saß, sah Julian an und runzelte die Stirn. »Was? Denkst du, ich hätte das vergessen?«

»Nein, das will ich damit nicht sagen. Ich meine nur: Deswegen habe ich es getan. Ich will rausfinden, was mit ihr passiert ist.«

Nicholas nickte und zog die Handbremse an. »Natürlich. Das will ich ja auch.«

»Na gut, ich habe mich nur gefragt, wann …«

»Kein Sorge. Ich bin an der Sache dran, Julian«, sagte Nicholas und strahlte dabei übers ganze Gesicht, was beinahe unheimlich wirkte. »Aber du musst wissen, dass das Ganze etwas … Fingerspitzengefühl erfordert.«

»Fingerspitzengefühl?«

»Eine ganz bestimmte, einflussreiche Person schuldet mir einen Gefallen. Den einzufordern braucht etwas Zeit, aber ich verspreche dir, es ist in Arbeit.«

Julian nickte. »Danke. Entschuldige meine Ungeduld. Es ist nur … Es ist wirklich wichtig für mich.«

»Ich habe dir mein Wort gegeben, und du kannst dir sicher

sein, dass ich mich daran halte«, sagte Nicholas. Er öffnete die Tür, stieg aus und blickte Julian, der immer noch im Van saß, mit einem schiefen Lächeln an. »Ich habe große Pläne«, sagte er verschwörerisch. »Für die Auslöscher. Für *uns.* Das ist erst der Anfang, mein Freund.«

Julian rieb sich die Augen, bis das Bild seiner Mutter endlich komplett verschwunden war. Dann sprang er aus dem Van, und die beiden hoben den Müllsack mit Julians Einser-Körper auf ihre Schultern. Er roch seltsam, süßlich und gleichzeitig säuerlich, fast wie Speck. Sie trugen ihn die kurze Strecke zu einer Feuerstelle und ließen ihn dort auf die Asche fallen.

Dann standen sie einen Moment lang nur nebeneinander da und starrten den Sack an. »Stell es dir als den Abschluss deiner alten Existenz und den Beginn deiner neuen vor«, sagte Nicholas. Er holte eine Dose mit Feuerzeugbenzin aus seinem Rucksack und leerte sie über der Leiche aus. »Auf die Zukunft«, sagte Nicholas. Dann nahm er ein Feuerzeug aus seiner Tasche und reichte es Julian.

Etwas hielt Julian davon ab, den Leichnam einfach so anzuzünden. Ein seltsamer, unwiderstehlicher Drang überkam ihn – wie bei den *Lästigen Zweien.* Der Drang … *hinzusehen.*

Er konnte einfach nicht anders. Julian riss mit seinem Schlüsselbund ein Loch in den Müllsack, das gerade groß genug war, um hineinzuspähen und etwas von seinem alten Einser-Gesicht zu erkennen. Er sah ein Auge – es war blau angelaufen und auf das doppelte seiner normalen Größe angeschwollen – und einen Teil seines mit Blutergüssen bedeckten, zerstörten Gesichts. Das reichte. Julian hatte genug von seinem alten Leben gesehen und faltete das Plastik über das Loch.

Dann zündete Julian das Feuerzeug und warf es auf den Körper. »Auf die Zukunft«, sagte er. Das Feuer breitete sich dank des Benzins rasend schnell aus. Die beiden Jungen beobachteten einen Augenblick lang den Tanz der Flammen, dann legte Nicholas seinen Arm um Julian, und sie gingen zurück zum Van. Der beißende Geruch seines alten Lebens hing schwer in der Luft.

Auf der Rückfahrt den Hügel hinunter schwiegen Julian und Nicholas, bis Julians Handy die nachdenkliche Stille mit einem Piepen unterbrach.

Es war eine Nachricht von Cody.

»Super, dass du kommst. Party Mittwochabend, 19.30 Uhr. Bardo Books in Poplar. XX«

Julian atmete tief durch. Der Stress des heutigen Tages fiel mit einem Mal von ihm ab. Er atmete neues Leben in einem neuen Körper.

Als er sich wieder Nicholas zuwandte, erlaubte er sich ein leichtes Lächeln.

KAPITEL 15

War er hier wirklich richtig?

Julian saß in seinem Auto und schaute zu dem kleinen Buchladen namens Bardo Books auf der anderen Straßenseite hinüber. Der Rahmen der Ladentür war mit einem verwirrenden Tribal-Muster in Rot, Grün und Blau bemalt.

Es war erst zehn nach sieben, aber es kam ihm später vor. Mittlerweile war es Oktober, und die Sonne ging bereits um fünf unter. Sein verwirrtes Zeitgefühl in Kombination mit der Tatsache, dass er sich in Poplar Heights nicht auskannte, verunsicherte Julian. Als hätte er ein fremdes Land ohne Kompass betreten.

Nun beobachtete er die Tür schon seit etwa zehn Minuten. Er hoffte, Cody abpassen und mit ihr hineingehen zu können, um sich so die unangenehme Situation zu ersparen, den Laden allein zu betreten und nach ihr zu suchen. Aber seit er hier stand, war niemand gekommen oder gegangen.

Was für eine Party war das überhaupt?

An einem Mittwochabend in einer alten Buchhandlung?

Nach ein paar weiteren Minuten des Zögerns stieg Julian aus. Er steckte die Hände in die Taschen seines Blazers und lief durch die kühle Nacht zum Eingang hinüber. Es gab ja eigentlich keinen Grund, untätig dazusitzen und sich vor Schüchternheit verrückt zu machen – jetzt nicht mehr. Immerhin war er jetzt eine Zwei.

Auch in der Buchhandlung keine Spur von einer Party. Es war einfach nur ein ganz gewöhnlicher, heller und warmer Buchladen, der nach altem Papier roch. Still war es auch, wenn man vom Knarren der Dielen einmal absah. Julian ging auf der Suche nach Cody in den Reihen zwischen den Buchregalen auf und ab, aber bis auf die Verkäuferin war die einzige andere Person im ganzen Laden eine alte Frau, eine Acht, die gebeugt am Ende einer Regalreihe stand und ein dickes Buch anstarrte, das sie anmutig in ihren schmalen Händen balancierte.

»Suchst du das Mädchen?«

Die Frau an der Kasse beobachtete Julian über die rechteckigen Ränder ihrer Brille hinweg. Sie war Mitte vierzig und hatte das Haar zu einem Knoten gebunden. Ob ihr der Laden gehörte?

»Ja. Cody«, sagte Julian.

»Versuchs mal hinter dem Haus.«

Diese Party wurde immer merkwürdiger.

Julian ging außen am Gebäude vorbei durch eine schmale Gasse nach hinten und musste dabei vorsichtig über Müllsäcke steigen. Er lauschte auf Partylärm oder überhaupt irgendwelche menschlichen Laute, doch alles, was er wahrnahm, war hin und wieder ein seltsames kratzendes Geräusch wie das Tippeln eines kleinen Tiers. Er ging weiter und bog um die Ecke.

Dann blieb er plötzlich wie angewurzelt stehen. Ungefähr ein Dutzend große, langgliedrige Katzen drehten sich zu ihm um und verschwanden dann alle auf einmal mit einem Sprung ins Dunkel. Manche kletterten ein Gerüst hinauf, andere verdrückten sich hinter die Mülltonnen, sodass Cody zwischen mehreren halb mit Milch gefüllten Metallnäpfen zum Vorschein kam.

»Komisch«, sagte sie und schaute von einem Notizbuch auf. »Sonst sind sie immer so zutraulich.«

Sie kritzelte etwas in das Buch und blickte dann die Feuerleiter hinauf, wo mehrere Katzen in einer Reihe saßen und Julian anstarrten. »Sie beobachten dich aus der Distanz.« Sobald Julian sich zu ihnen umdrehte, verschwanden sie mit einem Sprung in der Dunkelheit.

»Seltsam«, sagte Julian. Die Reaktion der Katzen war ihm peinlich.

Cody hob einen Finger, um Julian zu signalisieren, dass er warten sollte, und schrieb dann weiter in ihr Notizbuch. Julian dachte an das erste und bisher einzige Mal, dass er ihr begegnet war – an einem kalten Abend in der Nähe der Umzäunung des Sees. Sie hatte Katzen gefüttert und in ihr Notizbuch geschrieben.

»Die meisten Biologen halten die Seekatze für eine Unterart der normalen Hauskatze«, sagte Cody. »Aber wenn man bedenkt, wie lange sie schon in der Nähe der Seen leben und wie sie das verändert hat, darf man sie mittlerweile wohl als ein völlig eigenständiges Taxon betrachten.« Endlich schloss sie ihr Notizbuch und ging zu Julian hinüber.

»Also, Mr. Julian«, sagte sie. »Du bist wirklich gekommen.«

»Ja. Ist das die … ähm, Party?«

Cody kam ihm so nahe, dass er den Apfelduft ihres Shampoos riechen konnte. Sie warf einen Blick auf seinen Hals und runzelte die Stirn. Dann blickte sie finster drein.

»Du bist jetzt eine Zwei«, sagte sie enttäuscht.

»Oh ja …«, sagte Julian und berührte nervös die Zwei an seinem Hals.

Cody warf ihm mit ihren großen Augen einen fragenden Blick zu.

»Lange Geschichte«, sagte Julian, um die unangenehme Stille zu durchbrechen.

Noch während er vor sich hin stammelte, schnappte sich Cody

ihren Rucksack, der auf einer Treppenstufe lag, und holte eine kleine schwarze Apparatur daraus hervor. Dann ging sie zu ihm und packte wortlos seinen Hals. Mit der anderen Hand presste sie den Apparat gegen sein Zweiertattoo. Julian zuckte zusammen und versuchte zurückzuweichen, aber sie nahm den Apparat erst von seinem Hals, als er piepste.

»Was zum Teufel soll das denn?« Julian rieb sich den Hals.

Cody las etwas von dem Apparat ab. »Das ist ein Authentifizierungsgerät.« Sie machte ein missmutiges Gesicht. Anscheinend war sie von dem Ergebnis enttäuscht. »Die Zwei ist echt. Und ganz neu. Hast du das freiwillig gemacht, Mr. Julian?«

Julian war verwirrt und trat einen Schritt zurück. »Muss ich mich etwa vor dir rechtfertigen?«

»Ja, musst du. Als ich dich eingeladen habe, dachte ich, dass du eine Eins bist. Eine sehr *alte* Eins, denn die meisten Einsen sind noch Kinder. Aber wie sich herausstellt, bist du nicht ganz so besonders, wie ich dachte. Du bist nur eine ganz gewöhnliche Teenager-Zwei.«

Julian verzog das Gesicht. Er spürte, wie er rot vor Scham wurde.

»Und wohin hast du mich überhaupt eingeladen? In eine Gasse voller Katzen?«

Cody überging seine Frage und blickte wieder die Feuerleiter hinauf. Die Katzen blieben auf Distanz, starrten aber Julian auf ihre unheimliche Art aus der Dunkelheit an. Die schmalen, aliengleichen Pupillen schillerten. Codys Stirn legte sich in Falten, während sie die Katzen dabei beobachtete, wie diese wiederum Julian beäugten.

»Hast du es wenigstens aus einem guten Grund getan?«, fragte Cody und drehte sich wieder zu Julian um.

»Ja«, sagte Julian. Er zwang sich, ihr ins Gesicht zu schauen und dabei Vertrauen in seinen neuen Körper zu haben. »Ich habe es für meine Familie getan.«

Cody blickte so finster drein, dass sich Grübchen auf ihren Wangen bildeten. Sie nickte ihm zu, um ihn zum Weitererzählen zu ermuntern.

»Bei uns ist so ziemlich alles den Bach runtergegangen, seit meine Mom… gestorben ist«, sagte Julian, »und deshalb muss ich bestimmte Dinge tun, auch wenn ich das nicht will. Aber warum willst du das alles wissen?«

»Gestorben im Sinne von *Neun*-tot?«, fragte Cody nüchtern.

»Ja. Permatot.«

Cody nickte. Ihr Blick wurde weicher, und er glaubte, in ihren Augen einen Schimmer von Mitgefühl zu erkennen.

»Gehen wir in den Keller«, sagte sie und führte ihn eine kurze Treppe hinunter zu einer Tür.

Auf jeden Fall besser als die Gasse, dachte Julian.

Aber das war nicht wirklich der Fall.

Der Keller war ein großer, offener Raum, in dem sich mehrere Gruppen von Menschen um Bücherstapel versammelt hatten. Die meisten der Grüppchen bestanden aus vier oder fünf ziemlich ungepflegt aussehenden Kindern und Jugendlichen. Von Fünftklässlern bis zu Studenten war alles dabei. Sie alle saßen vor einer älteren, etwas gepflegter wirkenden Person – das Ganze erinnerte entfernt an die Sonntagsschule im Tempel der Neun.

»Wo sind wir hier?«

»Heute ist Retro-Abend«, sagte Cody. »Die Retrograden werden immer zahlreicher, und die Krankheit wird immer schlimmer. Schau dir die Kids nur an. Die Betroffenen werden jünger und jünger.«

Julian war verwirrt von dem Anblick, der sich ihm bot – Retrogression bei Teenagern? Warum hatte er bislang noch nie davon gehört?

»Wenn ich das hier sehe und dann die Katzen beobachte, komme ich zu dem Schluss, dass sich der See verändert.«

Julian kannte die Verschwörungstheorien, die in den dunklen Ecken von DeadLinks blühten – Wiedergeburt ist nicht garantiert, nicht jeder hat tatsächlich neun Leben –, hatte sie aber nie ernst genommen. Er hatte noch nie jemanden mit diesen Problemen getroffen. Dazu kam, dass so viele Menschen in den Wiedergeburtsbehörden mit ihrer Bürokratie und den streng geregelten Abläufen arbeiteten. Wie konnte da so etwas geschehen, ohne dass es jemand mitbekam?

»Die Wiedergeburtsbehörde leugnet natürlich, dass es so etwas gibt, und hält alle Beweise unter Verschluss«, sagte Cody, als ob sie seine Gedanken gelesen hätte. »Aber wie auch immer, irgendwer muss ja den Barmherzigen Samariter spielen. Und das tun diese netten Leute hier. Sie nennen sich die Freunde des Sees.«

»Gehörst du auch zu diesen Freunden?«

»Nein, ich stelle meine eigenen Beobachtungen an«, sagte Cody. Sie sah sich verstohlen um. »Seit Kurzem studiere ich die Fauna in und um den See. Wie sich die Tiere durch die Seen verändert haben. Die elektrischen Fische in Asien zum Beispiel. Oder die Zikadenpopulation, die sich alle achtzehn Jahre explosionsartig vermehrt und unsere kalten Winter hier so gut verträgt. Und die Katzen …«

»Richtig«, sagte Julian. »Was ist los mit den Katzen?«

»Ich habe mit meinem ehemaligen … Partner eine Theorie entwickelt«, sagte sie. Das Wort »Partner« hatte sie erst nach kurzem Zögern ausgesprochen. »Die Katzen am See hier werden mittlerweile auch wiedergeboren. Wie Menschen.«

»Katzen mit neun Leben«, sagte Julian.

»Genau.« Cody nickte. »Dass Katzen neun Leben haben, ist von jeher ein Aberglaube. Aber der ist uralt, den gab es schon vor dem Sommer der Stürme und der Entstehung der Seen.«

»Und nun ist aus dem Mythos Realität geworden«, sagte Julian. »Aber warum?« Ihre Neugierde war ansteckend.

»Das weiß ich nicht, Mr. Julian. Aber ich kann dir sagen, was ich weiß. Die Katzen hier an unserem See … Sie werden mit jeder Wiedergeburt intelligenter. Außerdem werden sie jedes Mal vorsichtiger, unselbstständiger und dafür … *zielstrebiger*. Es scheint, als wüssten sie, dass sie nun mehrere Leben haben und dass deren Anzahl begrenzt ist – ganz genau wie wir.«

Aha …

Julian wurde plötzlich sehr bewusst, dass er sich mit einem Haufen Retros im Keller einer Buchhandlung befand und sich die Verschwörungstheorien einer ihm völlig Fremden über gruselige Seekatzen anhörte.

Er hatte das Gefühl, langsam paranoid zu werden – das Letzte, was er jetzt gebrauchen konnte, war, die Aufmerksamkeit der Behörden zu erregen. Nicht nach *Beim ersten Mal tut's noch weh*.

Julian nickte geistesabwesend und sah sich im Raum um. Es mussten um die dreißig Retros sein.

»Du hast gesagt, das hier wäre eine Party«, sagte Julian.

Cody wies auf einen Klapptisch in einer Ecke, auf dem ein paar Snacks lagen.

»Es gibt Salzbrezeln«, sagte sie.

Salzbrezeln.

Julian drehte sich zu ihr. »Warum hast du mich hierher eingeladen?«

»Naja, hätte ich gar nicht, wenn ich gewusst hätte, dass du als Zwei aufkreuzt.«

»Hast du bereits erwähnt«, sagte Julian.

»Es gibt Gerüchte, dass es in den Staaten um den Lake Superior Leute gibt, die sich weigern, dem Lebensplan zu folgen, und so den Rat der Weisen unter Zugzwang setzen. Ich dachte, vielleicht … mir war schon klar, dass es unwahrscheinlich ist … aber ich dachte, dass du vielleicht einer von ihnen bist.«

»Von denen habe ich noch nie gehört«, sagte Julian. »Ich wollte mich einfach nur auslöschen. Und du hättest mich nicht mit falschen Versprechungen herlocken sollen.«

Sie verzog das Gesicht. »Ein bisschen Nachsicht bitte. Immerhin hänge ich nach der Schule mit Katzen rum. Mit Jungs reden ist nicht gerade meine Stärke.«

Da hatte sie recht.

Aber das konnte er gut verstehen. Naja, zumindest seine alte Version konnte das. »Darum geht es also. Du bist auf der Suche nach jemandem, den du studieren kannst?«

»So direkt hätte ich es jetzt nicht formuliert«, sagte sie.

Eine Jagdtrophäe in der Cafeteria, ein Forschungsobjekt im Keller eines Buchladens. Julian fragte sich, ob er jemals einfach mal nur Julian sein durfte. Ohne Nummer und ohne Kategorie.

Er seufzte und betrachtete seine Hände. Seine Daumen hatten sich auch in seinem neuen Leben nicht verändert. Sie waren immer noch zu klein.

»Wenn ich dann schon mal hier bin, kann ich dich auch gleich was fragen«, sagte er. »Mir ist etwas Seltsames mit einer Katze passiert.«

Cody sah ihn an. »Wirklich?«

»Ich sehe eine bestimmte Katze immer wieder. An verschiedenen Orten und zu verschiedenen Zeiten … und sogar in meiner Erinnerung. Es ist fast so, als ob sie mich verfolgt. Oder, besser gesagt … heimsucht.«

Cody runzelte die Stirn. Nun waren wieder die Grübchen auf ihren Wangen zu sehen.

»Bist du dir sicher, dass es immer dieselbe Katze ist?«, fragte sie.

»Ganz sicher.«

Sie grinste. »Ich wusste doch, dass da irgendwas mit dir los ist, Mr. Julian.«

Julian verdrehte die Augen. »Aber bedeutet das irgendwas?«

»Weiß ich nicht. Erst müsste man mal sehen, ob es sich wirklich um eine Seekatze handelt, und dann, naja… Ich bin mir nicht sicher. Aber diese Katzen spüren etwas, was wir nicht unmittelbar wahrnehmen können. Möglichweise verfügen sie über Urinstinkte, die ihnen Einblicke eröffnen, die uns verschlossen bleiben. Hast du schon mal von Quantenverschränkung gehört?«

Julian schüttelte den Kopf.

»Oder von der Viele-Welten-Interpretation?«

Julian starrte sie einfach nur an.

»Die besagt im Wesentlichen, dass das Universum aus vielen Welten besteht. Aus vielen Dimensionen. Das ist für den menschlichen Verstand nur schwer zu akzeptieren. Aber was, wenn es andere Wesen gibt, die ein angeborenes Verständnis dafür haben? Katzen zum Beispiel.«

»Willst du damit sagen, dass Katzen mehr Ahnung vom Universum haben als wir?« Er machte eine Pause. »*Wer bist du*?«

»Ich sage ja nicht, dass wir unfähig sind, die wahre Natur der vielen Welten zu verstehen. Es ist nur so, dass wir die Normalität der Welt als selbstverständlich ansehen. Egal, wie man es dreht und wendet, es ist schon eine seltsame Laune der Natur, dass unsere Spezies neun Leben hat – und das auch erst seit Kurzem. Und trotzdem ist das nun eine grundlegende Tatsache unserer Welt. Etwas Alltägliches. Das ist unser Leben. Alles dreht sich nur darum. Aber etwas als normal zu akzeptieren macht es noch lange nicht normal. Das Wort ›normal‹ ist doch nur Fassade. Ein Schutzschild.

Denk doch mal drüber nach – was du für eine merkwürdige Laune des Schicksals hältst, ist ein ganz alltäglicher Vorgang. Alles, was wir über die Welt wissen, verändert sich ständig. Mit jedem neuen Tag verändert sich auch die Welt. Schon vor dem Sommer der Stürme hatten wir nicht nur ein Leben, sondern viele. Jeder neue Tag stellt auch einen neuen Anfang dar. Wir gehen vor die Tür, und die Welt ist ein neuer Ort. Jede Minute und jede Sekunde stehen wir an einem Scheideweg und können in die eine oder die andere Richtung weitergehen. Die Zukunft besteht aus unendlich vielen Möglichkeiten. Eigentlich gibt es viele Zukünfte. Nichts ist normal. Daran sollten wir immer denken. Es gibt kein ›normal‹.«

Ja, das hier war absolut *nicht* normal, so viel konnte er unterschreiben.

Julian fühlte sich beobachtet und drehte sich um. Ein Junge in ungefähr seinem Alter, der eine Jacke mit Camouflage-Muster trug, starrte ihn aus blassblauen Augen an. Er hatte leuchtend weißes Haar und einen unregelmäßig geformten, langgezogenen weißen Fleck am Hals. Sein berechnender, abschätzender Blick erinnerte Julian an Nicholas: Auch dieser Junge schien einen Plan mit dem Ziel zu verfolgen, Leben auszulöschen, eines nach dem anderen. Plötzlich begann das linke Auge des Jungen unkontrollierbar zu zucken, dann wurde sein ganzer Kopf ruckartig von einem Tremor durchgeschüttelt.

Der Junge drängte sich durch die Anwesenden und kam auf Julian zu.

»Was tust du?«, rief er.

»Was?« Julian war verwirrt.

Cody griff nach Julians Arm. »Lass uns gehen.«

»Wer bist du?«, schrie der Junge.

»I-ich bin Julian. Ich gehe auf die Lakeshore Academy«, antwortete Julian.

Zwei ältere Gäste traten dem Jungen in den Weg und hielten ihn behutsam fest. Während sie ihn zurück zum anderen Ende des Raumes führten, starrte er Julian weiterhin feindselig an.

Cody zog Julian zum Ausgang.

»Wer zum Teufel war das?«, fragte Julian.

»Einfach nur ein Retrograder«, erwiderte Cody. »Er nennt sich Robbie. Er ist … ziemlich launisch.«

Ein Retrograder?

»Er sieht so jung aus«, sagte Julian.

Cody öffnete die Tür.

»Bislang verschlimmerte sich die Retrogression mit dem Alter und der Zahl der Wiedergeburten. Aber jetzt gibt es immer mehr junge Leute, die davon betroffen sind. Wie gesagt, es ist äußerst besorgniserregend.«

Als Julian aus der Kellertür trat, flüchteten die Katzen, die sich wieder um die Milchschälchen versammelt hatten, erneut vor ihm und glitten in die Dunkelheit.

Julian spürte, wie sein Herz schneller schlug und dabei ab und zu einen Schlag lang aussetzte. Sein Wiedergeburtsfehler.

»Cody, ich denke, ich sollte jetzt gehen.«

Cody sah ihn an, ihr konzentrierter Gesichtsausdruck vertiefte die Grübchen auf ihren Wangen. »Hier geht es nicht immer so zu. Robbie ist …«

»Tut mir leid, aber ich sollte nun wirklich nach Hause«, sagte Julian und ging Richtung Straße.

»Hey!«

Julian drehte sich um.

»Wenn diese Katze das nächste Mal auftaucht … Mach ein Foto.«

Julian sah sie eine Weile an.

»Okay.«

»Irgendetwas stimmt mit dieser Welt nicht«, sagte Cody. »Die Katzen wissen das. Und vielleicht wissen sie auch, dass du es weißt.«

Julian wusste nicht, was er dazu sagen sollte.

Cody formte mit Daumen und Zeigefinger eine Pistole, die sie mit einem Augenzwinkern auf ihn abfeuerte.

»Bis bald«, sagte sie.

Julian saß noch ein paar Minuten in seinem Auto und lauschte dem rhythmischen Geräusch des Motors, bevor er losfuhr. Er betrachtete die kaleidoskopartige Bemalung am Türrahmen von Bardo Books.

Na gut, dachte er. Sie weiß wirklich, wie man eine Party schmeißt.

KAPITEL 16

»Echt *krass*«, sagte Molly leise, als sie sich in dem riesigen rosa Zimmer umsah. »Hier passt unser ganzes Haus rein.« Die kleine Rothaarige neben ihr – Anastasia – nickte.

»Sieh nur. Mit Seeblick«, sagte Molly und trat an die riesige Fensterfront, wie magnetisch angezogen vom Anblick des Sees, der keine fünf Kilometer entfernt am Fuß des Hügels lag. Das glitzernde Blau schillerte wie eine offene Wunde im Dunkel des Ulmenwalds.

»Das ist schon fast pervers«, flüsterte sie Anastasia zu.

»Sei bloß still«, raunte Anastasia zur Antwort. »Sie kann dich hören.«

»Bitte, meine Damen«, sagte eine geschliffene Stimme hinter ihnen. »Wenn ihr zu mir treten wollt? Wir haben etwas Wichtiges zu besprechen.«

Constance hatte ihre Hände hinter dem Rücken gefaltet und sah aus wie eine Yogalehrerin, die gleich ein paar Zen-Weisheiten zum Besten geben würde. Molly war ihre perfekte Ausdrucksweise nie besonders vornehm oder gebildet vorgekommen – oder was immer Constance damit bezweckte. Für Molly war sie einfach nur Ausdruck übermäßigen *Wohlstands*. Die Führung durch Constances großzügig angelegtes Anwesen hatte Molly in ihrer Theorie bestätigt, dass man tatsächlich sehr wohlhabend sein musste, um so sprechen zu können wie Constance.

»Als Auslöscher müsst ihr auch bereit sein, euch gelegentlich anderen zu öffnen«, sagte Constance. »Deswegen möchte ich, dass ihr an ein Geheimnis denkt, das ihr noch nie irgendjemandem erzählt habt. Es muss etwas sein, das euch furchtbar peinlich ist.«

Constance stand vor einem großen, in die Wand eingelassenen Aquarium, in dem ein einzelner roter Fisch gemächlich vor sich hinschwamm. Seine Augen bewegten sich mal in die eine, mal in die andere Richtung, ohne wirklich irgendetwas wahrzunehmen. Vor dem Aquarium stand ein Plüschsofa, auf dem sich Constances Cheerleader-Outfits stapelten. Wäre Julian doch auch hier, wünschte sich Molly plötzlich.

Constance hatte Molly und Anastasia – ihre beiden Lieblingsanwärterinnen – zu sich nach Hause eingeladen. Angeblich, um die ein oder andere Auslöscherweisheit mit ihnen zu teilen. Doch während man sie durch Constances vor Wohlstand und Reichtum strotzendes Heim geführt hatte, war Molly eines aufgefallen: Anastasia war neben Julian und Molly die einzige andere Schülerin, die mit einem Stipendium an die Schule gekommen war. Die einzigen mittellosen Mädchen an der Schule hatten sich – anscheinend – zu Constances »Lieblingen« gemausert.

»Schreibt euer peinliches Geheimnis bitte hier auf diese Karteikarte.« Constance gab jeder eine rosa Karte und einen Stift.

Molly trommelte mit dem Stift auf die Karte. Sie wusste nicht, was sie schreiben sollte. Ihr fiel so spontan kein peinliches Geheimnis ein. Tatsächlich war ihr gerade etwas ganz anderes peinlich.

Schon immer, seit ihrem ersten Jahr an der Lakeshore Academy, war Molly von Constance und den Auslöschern fasziniert gewesen. Ermutigt vom Beginn ihres zweiten Lebens im letzten Jahr hatte sie das Gefühl gehabt, nun endlich eine Richtung, ein Ziel zu haben. Die schöne, beliebte und erfolgreiche Constance verkörperte dabei alles, was Molly sich erträumte. Als sie Kuss oder Schluss gespielt hatten, hatte die Pistole auf Constance gezeigt. Molly hatte sie geküsst. Constance hatte ihren Kuss erwidert, es hatte ihr gefallen. Molly wusste, dass das alles nur Show gewesen war – trotzdem hatte sie sich Hoffnungen gemacht. Ihr drittes Leben hatte mit großen Erwartungen begonnen. Als Constance dann auf sie zugekommen war, um sie als Anwärterin anzuwerben, hatte Molly ohne zu zögern eingewilligt.

Aber seitdem hatte Constance sie bei den Auslöschertreffen kaum eines Blickes gewürdigt. Hier, in diesem Haus mit Seeblick, labyrinthartigen Gängen und plüschmöblierten Räumen, wurde Molly klar, dass sie einem Ziel nachrannte, das sie nie erreichen würde. Egal, wie sehr sie sich anstrengte, sie würde nie wie Constance sein. Und sie würde nie mit jemandem wie Constance zusammen sein.

Sie hatte kein riesiges, schönes Haus. Sie war nur ein Kind aus ärmlichen Verhältnissen, das Lebensnummern hinterherrannte.

Sie schämte sich.

Sie schämte sich für ihre Dummheit und dafür, dass sie gedacht hatte, sie hätte eine Chance.

Aber dieses peinliche Geheimnis wollte Constance sicher nicht hören. Also kramte Molly stattdessen schnell eine andere unangenehme Beichte aus dem Gedächtnis hervor und kritzelte sie auf die Karteikarte.

Constance zeigte auf das Aquarium. »Das hier ist Xanadu, einer von den elektrischen Fischen, die in den chinesischen Seen leben. Mein Dad hat ihn mir von einer Geschäftsreise mitgebracht. Ist er nicht süß?« Das Maul des Fisches öffnete und schloss sich stupide.

»Wir werden jetzt alle nacheinander unsere Hände ins Wasser halten.«

Molly sah zu Anastasia. *Wie bitte?*

»Na los. Nur nicht so schüchtern«, sagte Constance und bedeutete den beiden Mädchen, näher an das Aquarium zu treten. »Es tut nicht weh.«

»Das ist widerlich«, sagte Molly.

»Manchmal muss ein Auslöscher unangenehme Dinge tun«, antwortete Constance gelassen.

Constance wartete, bis die beiden jeweils ein paar Sekunden ihre Hände ins Wasser getaucht hatten. Dann gab sie ihnen ein Handtuch.

Als Molly ihre Hände abtrocknete, begannen ihre Fingerspitzen zu kribbeln. Dann ihre Lippen. Sie versuchte zu sprechen, aber ihre Zunge gehorchte ihr nicht mehr. Das Prickeln breitete sich von ihren Lippen zu ihrer Brust hin aus. Sie sah auf ihre Hände herab, die den groben Stoff des Handtuchs nicht mehr spürten. Dann versagten auch ihre Beine den Dienst. Sie spürte, wie ihr Körper alle Kraft verlor, und ließ sich neben dem Bett zu Boden sinken. Anastasia lehnte an der Couch mit Constances Cheerleader-Outfits. Ihr Blick irrte durch den Raum, ihr Körper war ebenfalls gelähmt. Constance stellte sich zwischen die beiden.

»So«, sagte Constance und drehte die Karteikarten in ihrer Hand herum. »Xanadu ist ein sogenannter Paralysefisch. Die kommen nur in zwei oder drei tropischen Seen in Asien vor. Er gibt ein Gift ins Wasser ab, das eure Körpersysteme nacheinander außer Betrieb setzt. Da seid ihr platt, was?« Sie zwinkerte den beiden zu und sah sich die erste Karte an.

»Aha, unsere liebe Anastasia hier war in ihrem zweiten Jahr an der Lakeshore Academy bei Mr. Alakhai zu Hause und hat sich einen ›Kunstfilm‹ angesehen. Alleine?« Sie grinste. Anastasias Mund klappte auf.

Constance fuhr fort. »Hier steht, dass ›nichts passiert ist‹, aber du hast dich trotzdem nicht getraut, es jemandem zu erzählen.« Constance schüttelte missbilligend den Kopf. Molly beobachtete Anastasias Augen, die in ihrem bewegungslosen Körper gefangen waren. »Ein *Kunstfilm*. Wie unanständig.«

Dann sah Constance Mollys Karte an. »Molly, du warst in der fünften Klasse in deinen besten Freund Julian verliebt. Julian? Ist das nicht der, der vom Tower gesprungen ist? *Tsts.*« Constance schüttelte den Kopf.

Molly konnte sich weder bewegen noch etwas sagen. Sie geriet in Panik und schnappte nach Luft. Das Atmen fiel ihr schwer, was ihre Angst noch steigerte.

»Was habt ihr heute gelernt? Ihr kennt mich nicht, und trotzdem seid ihr einfach mit zu mir nach Hause gekommen und habt mir eure peinlichen Geheimnisse anvertraut. Ihr habt eure Hände in vergiftetes Wasser gehalten. Und warum?« Constance zerriss die Karten und ließ die Schnipsel in einen Papierkorb neben dem Aquarium fallen.

»Kontrolle«, sagte sie. »Ich habe sie und ihr nicht. Andere kontrollieren zu können, darum geht es in dieser Welt. Kontrolle ist wichtiger als Reichtum, Bildung oder Aussehen. Das habe ich bei den Auslöschern gelernt.«

Sie sah auf die Uhr. »Ich bin gespannt, ob ihr euch in eurem nächsten Leben an diese Lehre erinnert. Und jetzt entschuldigt mich bitte. Meine Kekse sind fast fertig.«

Molly und Anastasia lagen erstarrt da und hörten, wie Constance die Treppe hinunterging. Dann wurde der Fernseher eingeschaltet. Sie sah zu Anastasia hinüber, die ebenso erstarrt wie Molly dasaß. Nur ihre Augen bewegten sich noch.

Molly konnte nur noch einen klaren Gedanken fassen.

Nein.

Sie dürfen uns doch nicht *töten*. Das ist gegen die Regeln. Gegen das Gesetz. Es muss immer freiwillig geschehen. Ob Tilgung oder Auslöschung, man musste sich *aus eigenem Antrieb* dafür entscheiden!

Mollys Fingerspitzen wurden so heiß, als hätte sie eine Herdplatte berührt. Die Hitze breitete sich über ihre Arme aus, bis es sich anfühlte, als ob sie in Flammen stünden. Dann erreichte sie ihre Brust. Sie konnte nicht mehr atmen. Es war, als ob alle Luft mit einem Mal aus ihrer kollabierenden Lunge wich. Die schmerzhafte Lähmung breitete sich bis zu ihrer Kehle aus. Dann, endlich, schlossen sich auch ihre Augen.

KAPITEL 17

Das erste seltsame Ereignis dieses Tages war, dass Amit in der Cafeteria zu Julian herüberkam.

»Hey, Julian.« Dass Amit einmal der dickste Schüler der Schule gewesen war, konnte man sich nur noch schwer vorstellen. Er hatte nicht wieder zugenommen. Dass er seinen Geschmackssinn verloren hatte, trug sicher zu seinem nun beinahe hageren, gespenstischen Aussehen und den eingefallenen Wangen bei.

»Was gibt's?«, erwiderte Julian.

»Hast du Molly gesehen?«

»Nein.« Julian schüttelte den Kopf.

Seit ihrem Streit bei Amits Auferstehungsparty hatten sie nicht mehr miteinander gesprochen, und ihm war völlig klar, warum sie momentan nichts mit ihm zu tun haben wollte. Sie hatten sich seit Mollys erster Auslöschung vor über einem Jahr immer weiter voneinander entfernt. Er hatte sie dafür verurteilt und war dann später selbst eingeknickt. Nach seinem Sprung vom Lake Tower war er aus ihrer Sicht sicher der letzte Heuchler. Kein Wunder, dass sie ihm aus dem Weg ging.

Er wünschte sich, dass sie das alles hinter sich lassen und wieder Freunde sein könnten.

Amits Frage beunruhigte ihn. Wo war Molly? Sie war nicht zu den letzten paar Auslöschertreffen erschienen, und er hatte sie auch nicht mehr in der Cafeteria gesehen. Julian war einfach davon ausgegangen, dass sie mit Constance oder ihren anderen neuen Freunden unterwegs war. Gehörte sie nicht mehr zu den Auslöschern?

Amit machte sich Sorgen, weil Molly in den letzten Tagen auch in Mathe gefehlt hatte – sie hatte ihm sonst immer bei den Hausaufgaben geholfen. Er schüttelte den Kopf und machte ein niedergeschlagenes Gesicht. »Meinst du, sie hat die Schule geschmissen oder so?«

Das sah Molly nicht ähnlich. Sie hatte schon jetzt im Blick, dass ihre nächste Auslöschung an ihrem fünfundzwanzigsten Geburtstag in acht Jahren anstand. Und da sollte sie plötzlich die Schule schwänzen?

Oder hatte sie sogar abgebrochen und war ohne ein weiteres Wort verschwunden?

Das war seltsam – und es warteten noch mehr seltsame Dinge auf ihn.

Nachmittags, zwischen der vierten und der fünften Schulstunde, übertönte plötzlich ein lautes Geschrei den üblichen Lärm der Schülermassen. Zuerst dachte Julian, dass die Jungs aus der Footballmannschaft jemanden schikanierten. Oder … Er schauderte. War für heute etwa eine Auslöschung geplant?

Das Geschrei klang wütend, bösartig. Und es kam näher. Jemand ging den Flur entlang, schubste Schüler beiseite und brüllte dabei so laut, wie er nur konnte. Irgendwann war der Unbekannte so nahe, dass Julian verstand, was er da von sich gab.

»Der Bardo!«, schrie er. »Der Bardo!«

Julian drehte sich um und sah, wie sich die Schülermenge teilte und der Urheber des Gebrülls erschien.

Er erkannte ihn sofort. Es war der Junge mit den weißen Haaren und der Camouflage-Jacke, der Retrograde aus dem Buchladen, der ihn und Cody angestarrt hatte. Der Fleck auf seinem Hals war so weiß, dass er im Licht der Neonröhren förmlich leuchtete.

Robbie, so hatte ihn Cody genannt.

Robbie war nun plötzlich hier, an Julians Schule – wie hatte er ihn gefunden? –, und brüllte den Namen der Buchhandlung.

»Du!«, rief er, als er Julian sah. »Du bist der Junge, der bei Bardo Books war.«

»Wer bist du?«, fragte Julian.

Robbie ging auf ihn los, packte ihn am Hemdkragen und drückte ihn gegen einen Spind.

»Bleib weg«, knurrte er wütend. »Bleib weg bleib weg bleib weg bleib weg!«

»Wovon redest du?«, stammelte Julian und versuchte, sich zu befreien.

Aber noch bevor Robbie antworten konnte, griff einer der Sicherheitsleute nach ihm. Robbie packte den Arm des Mannes und schlug ihn nieder, noch bevor dieser seinen Gummiknüppel hervorholen konnte. Der zweite, etwas dicklichere Sicherheitsmann hatte seinen Schlagstock bereits gezogen und versetzte Robbie damit einen Hieb ins Genick. Robbie sackte zu Boden und rollte zur Seite, sein Blick irrte wild umher. Er schien nun auch noch das letzte bisschen Verstand verloren zu haben.

»Ihr alle, bleibt weg!«, schrie Robbie.

Der dickliche Sicherheitsmann half seinem Kollegen auf die Beine. »Höchste Stromstufe«, bellte er.

Die Sicherheitsleute drückten die entsprechenden Knöpfe auf ihren Schlagstöcken. Ein elektrisches Summen zeigte an, dass die Knüppel sich aufluden. Robbie rappelte sich auf und wehrte ein paar Schläge ab, aber schließlich traf ihn ein Hieb gegen die Brust. Seine Augen traten aus den Höhlen, und er erstarrte.

Dann brach er zusammen. Die vor Anstrengung keuchenden Sicherheitsmänner zerrten Robbie in Richtung Wachraum. Hatten sie ihn getötet?

Julians Herz klopfte bis zum Hals.

Wegbleiben wovon? Von Cody? Von seinen Freunden?

Nach diesem Vorfall kehrten die Schüler, wenn auch leicht erschüttert, zur Normalität zurück. Dass jemand ausgeknockt – oder ausgelöscht – wurde, kam öfter vor. Das einzig Bemerkenswerte an der Sache war, dass der Angreifer ein völlig durchgeknallter Freak zu sein schien – und dass er hinter Julian her gewesen war.

Julian hörte, wie sie sich leise darüber unterhielten, und er spürte, wie ihre Blicke ihn ein weiteres Mal verfolgten.

Dann tauchte Nicholas auf und legte seinen Arm um Julians Schulter – auch das war nichts Neues.

»Sieh mal einer an, wie beliebt du mittlerweile bist«, sagte Nicholas.

Julian war immer noch außer Atem. Er wusste nicht, was er darauf erwidern sollte. Er wollte Nicholas nicht erzählen, dass er den Jungen kannte – und schon gar nicht, dass er seine Bekanntschaft bei einem Retrograden-Treffen in dem Keller eines Buchladens gemacht hatte.

Julian drehte sich zu dem wie irre grinsenden Nicholas um. Ihm war völlig klar, dass Nicholas sich nur dafür interessierte, wie er das Ganze zugunsten der Löscher ausschlachten konnte.

Julians Hand zitterte, seine Angst war noch nicht ganz verflogen. Sein Herz setzte einen Schlag lang aus. Er wollte nur weg von hier.

Zu Molly. Wo auch immer sie gerade war.

Er wand sich aus Nicholas' Arm und ging auf die Toilette. Dort spritzte er sich Wasser ins Gesicht und versuchte, sich zu beruhigen.

Dann rief er Molly an, wurde aber sofort zur Mailbox weitergeleitet.

KAPITEL 18

Als Julian mit Rocky nach Hause fuhr, bemerkte er, wie sich am Horizont ein dünner, schwarzer Strich bildete.

Zuerst hielt er ihn für eine optische Täuschung, vor allem, weil der Strich zu pulsieren schien, sich ausbreitete und dann wieder zusammenzog. Manchmal wurden im Staubhaus abends noch Extraschichten eingeschoben, wenn sich dort zu viele Körper stapelten. Dann stiegen gruselige graue Wölkchen aus der Verbrennungsanlage in den Himmel auf und erzeugten optische Täuschungen. Vielleicht handelte es sich bei diesem seltsamen Strich am Horizont um eine Wolke aus menschlicher Asche, durch die die letzten Strahlen der untergehenden Sonne schimmerten.

Julian beobachtete den Strich am Horizont und dachte darüber nach, wann und wie er sein zweites Leben auslöschen sollte.

Er hatte Nicholas nach der Schule noch einmal nach den versprochenen Informationen über seine Mutter gefragt. Und wieder hatte Nicholas ihn abgewimmelt und gesagt, er brauche mehr Zeit. Er arbeite dran, hatte er ihm versichert. Er stünde in Kontakt mit Leuten, die direkt im Empfangszentrum arbeiten. Tatsächlich habe er gerade am vorhergehenden Abend Julians Wunsch weitergeleitet – nun hieße es eben abwarten …

Nicholas hatte am Nachmittag, während die letzten Nachzügler die Schule verließen, auf dem Schulhof den Arm um Julian gelegt. »Ich hab alles unter Kontrolle, wie immer«, hatte er ihm geradezu ins Ohr geflötet. Dann hatte er zwei Mal fest seine Schulter gedrückt und war verschwunden. Beim Weggehen hatte sich sein weißer, flatternder Blazer deutlich vor dem braunen Gras abgezeichnet.

Er arbeitete dran…

Julian konnte natürlich auch noch heute Abend in eine Tilgungsklinik gehen und seine Zwei auslöschen lassen. Dann brauchte er es nur noch seinem Vater mitzuteilen, und alles war in Butter. Nur würde er danach nicht mehr in der Lage sein, sich noch einmal für die Auslöscher zu opfern. Da war er sich sicher.

Und wenn er nicht noch einmal für sie starb, dann würde Nicholas ihm seinen Teil der Abmachung schuldig bleiben.

Das durfte nicht passieren.

Julian würde nicht lockerlassen, bis er bekam, was Nicholas ihm versprochen hatte.

Sein Entschluss stand unwiderruflich fest, seit sein Vater ihn heute Morgen beiseitegenommen hatte, um ihm noch einmal einzuschärfen, seine Zwei so schnell wie möglich zu tilgen.

Julian beobachtete, wie der seltsame Strich am Horizont im Licht der letzten Sonnenstrahlen seine Form und Lage veränderte, während er über das unangenehme Gespräch von heute Morgen nachdachte.

Da sie beide nicht gerne über ihre Hoffnungen und Ängste sprachen, hatte die Unterhaltung für eine ungewohnte Nähe zwischen ihnen gesorgt. Der Versuch, Julian zur Tilgung zu überreden, hatte bei seinem Vater anscheinend lange aufgestaute Gefühle freigesetzt. An diesem Morgen hatten seinem Vater die Tränen in den Augen gestanden.

Er wollte reden. Julian mitteilen, was ihn bewegte.

»Du wirst dich wahrscheinlich nicht daran erinnern, dafür warst du noch viel zu jung«, hatte er zu Julian gesagt. »Aber als du noch ganz klein warst, hat deine Mutter dich auf dem Arm gehalten und gesagt: ›Ich brauche keine neun von dir. Ich brauche nur einen Julian, dann bin ich für immer glücklich.‹« Er schüttelte den Kopf.

»Mit der Zeit verabscheute sie das Tilgungssystem immer mehr«, fuhr er fort. »Das fing an, als du etwa fünf oder sechs Jahre alt warst und sie noch bei der Wiedergeburtsbehörde arbeitete. Bevor … bevor sie entlassen wurde. Sie hat mir gesagt, dass sie nicht wollte, dass du und dein Bruder ihre Leben tilgen lassen. Aber sie wusste, dass das ein unrealistischer Wunsch war. Ein Traum. Sie wusste, dass du es eines Tages tun müsstest. So ist es nun mal. Sie wusste, dass es unmöglich war, und … naja, vielleicht hat sie es sich gerade deswegen gewünscht. Vielleicht hat sie es deswegen auch nur mir erzählt, und nicht dir.«

Julian hatte seinen Vater nicht ansehen können und stattdessen seine Hände auf dem Küchentisch betrachtet. Seine Daumen waren immer noch zu klein. Das würden sie wohl immer bleiben, egal in welchem Körper er steckte.

»Warum erzählst du mir das, Dad?«

Julians Vater rieb sich das Kinn. »Weil das der Grund ist, warum ich dich nie unter Druck gesetzt habe, als du noch jünger warst. Du wolltest es nicht, und sie wollte auch nicht, dass du es tust. Aber uns war klar, dass das nur ein Traum war und wir nicht immer so weiterleben konnten.«

»Ja, das verstehe ich jetzt«, sagte Julian und schaute auf.

»Ich hoffe, du weißt, dass es mir nicht leichtgefallen ist, das von dir zu verlangen. Nach der Drei werde ich dich nie wieder darum bitten«, sagte sein Vater. Er räusperte sich, hustete rau und schluckte. »Du bist dann dein eigener Herr«, fuhr er fort. Er sprach langsam, damit seine Stimme nicht brach. »Du kannst dann für dich selbst entscheiden.«

Julian nickte. Er wusste nicht, was er sagen sollte.

»Als deine Mutter entlassen wurde …« Sein Vater machte eine lange Pause. »Ab da lief alles schief. Sie war krank, und dann bekamen wir auch noch Geldprobleme.« Er rieb sich übers Gesicht, als ob er seine Trauer wie Schlaf aus den Augen wischen könnte.

»Ich weiß nicht, was im Empfangszentrum passiert ist. Warum sie entlassen wurde. Oder warum ihr neunter Leichnam dort gefunden wurde. Aber ich schwöre dir, wenn es irgendwie möglich wäre, das herauszufinden … ich würde alles dafür tun. Damit ich meinen Frieden damit machen kann.«

Frieden.

Dafür würde Julian sorgen.

Er schob die Erinnerung an das morgendliche Gespräch beiseite und konzentrierte sich wieder auf die Straße und den seltsamen Strich am Himmel.

Der Strich dehnte sich plötzlich auf das Doppelte seiner Größe aus, dann wölbte er sich nach unten und sah so entfernt einem S ähnlich, das sich vor dem dunkelroten Sonnenuntergang abhob.

»Was ist das?«, fragte Rocky.

Julian wusste es nicht. Er beugte sich zum Fenster und betrachtete das S am Abendhimmel genauer.

Das S veränderte sich wieder, verdrehte sich unnatürlich, fast so, als ob es lebendig wäre. Dann dehnte es sich wieder aus und …

… bewegte sich plötzlich auf ihr Auto zu.

Je näher es kam, desto größer wurde das Gebilde. Nun wurde auch deutlich, dass es sich dabei nicht um eine zusammenhängende Wolke, sondern um eine Vielzahl dunkler Pünktchen handelte.

»Zikaden«, sagte Julian.

Der Schwarm kam aus Retro Row.

Die Wolke hing nun bedrohlich über seinem Auto und gab dabei ein entsetzliches, widerwärtig rasselndes Geräusch von sich. Millionen Insekten verdunkelten das letzte Licht der untergehenden Sonne. Einige verirrte Zikaden prallten wie Hagelkörner von der Windschutzscheibe ab. Julian zuckte angesichts dieses plötzlichen Überfalls zusammen und hielt den Atem an. Rocky sah ihn ängstlich an.

»Keine Sorge«, sagte Julian. »Die wollen uns nichts tun. Sie fliegen nur über uns hinweg.«

Als sie vom Dunkel des Schwarms verschluckt wurden, fuhr Julian langsamer und hielt schließlich am Straßenrand an.

Pling, pling, pling… Verirrte Zikaden prasselten gegen die Windschutzscheibe.

Julian griff nach Rockys Hand, um ihn zu beruhigen.

Und dann…

Zogen sie weiter.

Das furchtbare Gerassel wurde leiser. Die Wolke entfernte sich, und die letzten Strahlen der untergehenden Sonne kamen wieder zum Vorschein. Julian lehnte sich vor und sah durch das Autofenster, wie der Schwarm zum Himmel aufstieg und dann in Richtung Horizont verschwand. Er atmete aus. Erst jetzt merkte er, dass er die ganze Zeit über die Luft angehalten hatte.

Dann sah er Rocky an und zwang sich zu einem Lächeln.

»Siehst du? Die wollen jemand anders terrorisieren.«

Rocky lachte matt, entspannte sich aber ein wenig. »Das war aber trotzdem ganz schön gruselig.«

»Auch nicht gruseliger als die Asche aus dem Staubhaus, wenn du mich fragst«, erwiderte Julian.

Der große Bruder. Eine Rolle, mit der sich Julian zunehmend anfreundete.

Er würde sich in diese Rolle schon einfinden, und er würde

dafür sorgen, dass seine Familie die Wahrheit erfuhr. Zumindest die Wahrheit, die am wichtigsten für sie war. Für seinen Bruder genauso wie für seinen Vater.

Als sie schließlich heimkamen, musste er gleich noch einmal den großen Bruder spielen und Rocky schnell ins Haus scheuchen. Er würde nicht zulassen, dass der Kleine auch noch die andere bizarre Laune der Natur zu Gesicht bekam, die Julian im Licht der Autoscheinwerfer unter dem Wohnzimmerfenster entdeckt hatte, als sie die Auffahrt hochgefahren waren.

Sobald Rocky im Haus war, ging Julian zu der seltsamen, tierähnlichen Gestalt in den Büschen unter dem Fenster hinüber. Die Kreatur lag auf dem Rücken und bewegte sich nicht.

Es war eine Katze.

Er drehte sie um.

Sie hatte einen weißen Fleck rund um das rechte Auge.

Und sie war tot.

KAPITEL 19

Julian stand in dem dunklen Gässchen hinter Bardo Books. In der Hand hatte er eine Mülltüte, darin die tote Katze. Er sah ungeduldig dabei zu, wie Cody eine Betonstufe der Kellertreppe freiräumte. »Leg sie hier hin«, sagte sie.

Er hatte ihr am Abend zuvor ein Foto geschickt, und sie hatte sofort auf seine Nachricht geantwortet. Sie wollte den Kadaver untersuchen.

»Sollten wir nicht lieber reingehen?«

Julian spürte, dass ihn die anderen Katzen in der Gasse beobachteten.

»Das geht leider nicht mehr.« Sie sah zu ihm auf. »Die Freunde haben einen Anruf von der Wiedergeburtsbehörde bekommen. Man hat ihnen eine Menge unangenehmer Fragen gestellt, und deswegen … naja. Damit hat sich das erledigt. In der Buchhandlung gibt es jetzt nur noch Bücher.«

»Dieser Robbie ist bei mir in der Schule aufgetaucht«, sagte Julian, als er die Mülltüte mit der Katze auf die Stufen legte.

»*Was?*«

»Er ist durch den Schulflur gerannt und hat nach mir gerufen. Er hat geschrien, ich solle wegbleiben. Die Sicherheitsleute haben ihn außer Gefecht gesetzt, vielleicht haben sie ihn auch getötet. Ich weiß es nicht.«

Codys Blick verfinsterte sich, auf ihren Wangen bildeten sich Grübchen.

»Weißt du, was er damit meinte?«, fragte Julian. »Wegbleiben wovon?«

»Er ist verwirrt«, antwortete Cody. »Die Retrogression kann unglaublich aggressive Formen annehmen. Sie kann einem buchstäblich den Verstand zerfressen.«

Julian nickte. Das wusste er schließlich aus erster Hand. Dennoch war hier etwas faul – erst dieser Vorfall, dann hatten die Freunde des Sees Cody zufolge einen Anruf von der Behörde erhalten. Das alles war verdächtig. Er hatte das Gefühl, dass hier unbekannte Kräfte im Spiel waren, die er ohne fremde Hilfe nicht identifizieren konnte. Aber er wollte Cody deswegen nicht unter Druck setzen.

Cody holte den Kadaver so vorsichtig aus der Mülltüte, als wäre er ein neugeborenes Katzenjunges, das noch sein ganzes Leben vor sich hatte.

Aber das hier war kein kleines Kätzchen, sondern nur noch ein starrer Fellklumpen, der einmal ein lebendiges Wesen gewesen war. Diese Katze hatte ihn beobachtet, regelrecht studiert. Sie war ihm gefolgt. Julian hatte dort, wo er ihren toten Körper gefunden hatte, Kratzspuren am Fensterrahmen gesehen. Er wusste nicht, wie lange diese Kratzer schon dort waren, aber er war sich ziemlich sicher, dass die Katze vor ihrem Tod versucht hatte, ins Haus zu gelangen. Warum? Keine Ahnung.

Aber jetzt war sie nur noch ein toter Körper.

Julian dachte darüber nach, wie man über diese Dinge sprach: Die Katze war verendet, sie war nicht länger eine »sie« oder ein »er«. Auch wenn sie noch hier war, war sie kein Lebewesen mehr. Dieser »Körper« war einfach nur ein Überrest. Im Empfangszentrum mit seinen geordneten Warteschlangen und den Gratishandtüchern, den ernsten Wächtern und dem wachsamen Prälaten wurden tote Lebewesen als »Körper« bezeichnet. Ein sprachlicher

Kniff, um die Menschen von den Schrecken abzulenken, die Tod und Wiedergeburt bedeuteten.

Cody fuhr mit den Fingern durch den Pelz der Katze und untersuchte ihren Kopf. Sie beugte sich vor und studierte ihre Augen. »Das ist auf jeden Fall eine Seekatze«, sagte sie. »Das erkennt man an den Abzeichen an Kopf und Hals. Wie zum Beispiel der Fleck rund um das Auge. Er ist sehr gleichmäßig und symmetrisch – ein eindeutiger Hinweis.«

Sie legte die Katze vorsichtig in die Mülltüte zurück. »Wir müssen sie ins Katzenquartier bringen. Bist du mit dem Auto da?«

Julian sah sie erstaunt an. »Wovon redest du?«

»Die meisten Seekatzen haben einen Chip. Glen im Katzenquartier wird das sicher herausfinden.«

»Glen? Katzenquartier?«, fragte Julian.

Sie verzog ungeduldig den Mund. »Fahren wir jetzt oder was?«

Cody saß auf dem Beifahrersitz und hatte die Katze in der Mülltüte auf dem Schoß. Julian konnte ihr Gesicht im Schatten der rostfarbenen Locken nicht erkennen. Sie sah ihn nicht an, sondern blickte immerzu aus dem Fenster, als ob sie nach etwas Ausschau hielt.

Während der Fahrt erzählte sie, dass es mit der in den letzten Jahren gestiegenen Zahl von Retrograden auch immer mehr Kinder gab, die auf sich allein gestellt waren, weil ihre Eltern schlicht und einfach vergessen hatten, nach Hause zu kommen und sich um sie zu kümmern. Diese Waisen durchstreiften dann oft auf der Suche nach ihren Eltern die Row und mischten sich unter die Retros. Als die Stadtverwaltung von Lakeshore die Retro Row irgendwann abgeschrieben und den Stadtteil sich selbst überlassen hatte, waren diese Waisen eingesammelt und in Waisenhäuser gesteckt worden. Es kam nicht selten vor, dass Kinder aus diesen Heimen spurlos verschwanden – dann behaupteten die Behörden, dass sie in andere, weniger überfüllte Institutionen in anderen Bundesstaaten überstellt worden waren. Aber Genaues wusste niemand. Irgendwann wollten die Freunde des Sees nicht länger tatenlos zusehen, und ein wohlhabendes Mitglied stellte ein Haus an einem Berghang im Ulmenwald zur Verfügung, in dem die vielen Kinder untergebracht wurden, die von ihren retrograden Verwandten im Stich gelassen worden waren. Wegen Codys bevorzugtem Forschungsgebiet hatte er es »Katzenquartier« genannt. Es war Codys Zuhause.

Dorthin waren sie nun unterwegs.

Cody bestand darauf, dass Julian sich von der Lake Road und den anderen großen Durchgangsstraßen fernhielt. Stattdessen dirigierte sie ihn durch die Gassen der Innenstadt und dann auf eine zweispurige Landstraße, die sich durch die dunklen Ulmenwälder schlängelte.

Plötzlich bemerkte Julian Scheinwerfer hinter ihnen. Sie blieben stets in einiger Entfernung, folgten ihnen jedoch bei jeder Abzweigung. Cody waren sie ebenfalls aufgefallen. Sie spielte nervös mit ihrem Haar.

Nachdem sie zwei weitere Male auf kaum befahrene Wege abgebogen waren und der Wagen immer noch hinter ihnen war, sah Cody ihn an. »Mr. Julian, ich hatte gehofft, dass uns niemand folgt. Aber wie es aussieht, ist das leider nicht der Fall. Wir müssen sie loswerden.«

»Loswerden?«

»Gleich kommt eine aufgegebene Obstplantage«, sagte sie. »Dort ist es wie in einem Irrgarten.«

Julian drehte sich abrupt zu ihr um. »Wenn das die Cops sind, sollten wir einfach rechts ranfahren.«

»Das sind nicht die Cops«, sagte Cody. »Wenn du nicht abbiegen willst, dann werde ich es tun.«

Sie griff über ihn hinweg nach dem Lenkrad. Julian schlug ihre Hände beiseite und trat so heftig auf die Bremse, dass sie beide gegen ihre Sicherheitsgurte gedrückt wurden. Cody presste die Tüte mit der toten Katze gegen ihre Brust, damit sie nicht gegen die Windschutzscheibe geschleudert wurde. Das Auto schlitterte quer über die Straße. Julian trat noch einmal auf die Bremse, und sie kamen direkt vor der Einfahrt zur Obstplantage zum Stehen.

Cody sah Julian verzweifelt an.

»Mr. Julian, wir wollen diesen Leuten nicht in die Hände fallen. Also drück auf die Tube!«

Julian schluckte und spürte, wie ihm das Adrenalin ins Blut schoss. Er trat aufs Gas, und sie schossen mit quietschenden Reifen in die Obstplantage. Cody umklammerte die Katze, während sie über Traktorwege zwischen verschrumpelten Apfelbäumchen entlangholperten. Hinter ihnen leuchteten immer wieder die Scheinwerfer ihrer Verfolger auf.

Julian schien nur noch aus einem rasenden Herzen und zwei Händen am Lenkrad zu bestehen. Cody rief ihm zu, wo er abbiegen sollte, erst rechts, dann links. Sie rasten durch die Baumreihen, Zweige klatschten gegen die Windschutzscheibe. Die Lichter ihrer Verfolger entfernten sich zusehends und verschwanden schließlich ganz, als sie eine andere Abzweigung nahmen.

»Wir haben sie abgehängt!«, jubelte Cody.

Sie entdeckte eine Lichtung direkt vor ihnen, die zu einem Acker mit einem Feldweg dahinter führte. »Der Weg führt um die Plantage herum. So kommen wir zurück auf die Straße.«

Während sie über die Lichtung holperten, lehnte Cody sich in ihrem Sitz zurück und stieß einen langen Pfiff aus. »Mann, das war knapp, oder?«

Julian schlug das Herz immer noch bis zum Hals. Er hätte am liebsten einfach angehalten und sie aus dem Auto geschmissen – und dann nichts wie ab nach Hause.

Aber das konnte er nicht tun. Er konnte jetzt keinen Rückzieher mehr machen. Was, wenn die Verfolger wieder auftauchten – oder eine andere Gefahr, die Cody bisher nicht erwähnt hatte? Er biss die Zähne zusammen und fuhr weiter.

Als sie wieder auf der Straße waren, drehte Julian sich mit einem wütenden Blick zu ihr um.

Cody kam ihm zuvor. »Ich weiß, was du denkst. *In was zum Teufel hat sie mich da reingezogen? Und warum mache ich mit, statt sie einfach aus dem Auto zu schmeißen?*«

Julian funkelte sie böse an.

»Die Antwort ist: Mit dieser Welt stimmt etwas nicht. Und wir müssen herausfinden, was. Ich weiß, dass du es auch spürst. Das wusste ich in dem Augenblick, als du hinter dem Buchladen aufgetaucht bist.«

Julian antwortete nicht. Er fuhr einfach weiter und schwieg eisern. Ihr Verfolger tauchte nicht mehr auf. Bald befanden sie sich auf einer kurvigen Straße, die durch den Ulmenwald führte, und schließlich tauchte eine kleine Lichtung am Straßenrand auf. Den schmalen Weg zwischen den Bäumen am anderen Ende der Lichtung hätte man leicht übersehen können.

»Wie gesagt, wir leben hier echt rustikal«, sagte sie.

Sie folgten dem alten Weg, der aus kaum mehr als zwei Fahrrillen in der Erde mit einem Grasstreifen dazwischen bestand. Schließlich erreichten sie ein halb im Schatten zweier hoher Ulmen verstecktes Farmhaus.

Vor der Garage standen zwei alte, ziemlich kaputte Autos auf Betonklötzen. Die Reifen fehlten. Cody zeigte Julian einen Parkplatz neben der Veranda. Als er den Motor abschaltete, bemerkte er hinter dem Wohngebäude ein großes Gewächshaus mit vielen Reihen brauner, erbärmlich aussehender Pflanzen.

Zwei Jungen mit aschblondem Haar beobachteten sie misstrauisch von der Veranda aus. Sie waren in Rockys Alter, vielleicht zehn oder elf. Beide trugen ein Tuch um den Hals.

»Warum kommst du nicht rein und beruhigst dich erst einmal?«, sagte Cody. »Du wirkst immer noch etwas nervös.«

Julian hatte wieder dieses Gefühl, das ihn auch schon in der Vergangenheit in Schwierigkeiten gebracht hatte: den zwanghaften Drang, einer Sache auf den Grund zu gehen.

Er stieg aus dem Wagen und folgte Cody ins Haus.

»Willkommen im Katzenquartier.«

Im Wohnzimmer befand sich ein halbes Dutzend Kinder im Alter von sechs oder sieben Jahren und Teenager im Highschool-Alter – auf die Lakeshore Academy gingen sie aber sicher nicht. Vielleicht waren das Schüler der Poplar Public High, so wie Cody?

Im Haus herrschte Chaos. Überall lagen Kleidung und Bücherhaufen herum, in einer Ecke waren Musikinstrumente und Spielzeug der Jüngeren gestapelt. Cody erklärte ihm, dass die Freunde des Sees sie ab und zu besuchten, was aber immer seltener vorkam. Daher bemühten sie sich, autark zu werden. Sie hatten die Hausarbeit aufgeteilt, jeder war abwechselnd für eine Aufgabe zuständig. Eine »gewachsene Ordnung«, wie sie behauptete.

Sie zeigte ihm das Treibhaus, in dem sie versuchten, aus verschrumpelten graubraunen Trieben Tomaten zu ziehen. Außerdem lugten winzige, welke Kürbispflänzchen aus ihren Pflanzkästen. »Es ist nicht leicht, hier etwas zum Wachsen zu bringen. Wahrscheinlich hat der See das Grundwasser verseucht«, erklärte sie. »Das Seewasser ist überall auf den Feldern und verdirbt die Ernte.«

Was Julian am deutlichsten ins Auge fiel, war nicht das kontrollierte Chaos des Hauses und auch nicht der vergebliche Versuch einer Gruppe Waisenkinder, Nutzpflanzen anzubauen, sondern die Tatsache, dass die meisten der Kinder Tücher, Schals oder etwas anderes um ihren Hals gewickelt hatten, um ihre Nummern zu verstecken.

»Wir reden nicht über Nummern, Lebensbilanzen oder Auslöschung«, sagte Cody. »Wir leben einfach so, als wären wir Neunen.«

Julian schüttelte verwundert den Kopf. Cody führte ihn durch das Wohnzimmer in einen Flur. Eine Welt ohne Lebensbilanzen … Julian hatte das nicht für möglich gehalten, außer vielleicht auf Mauritius.

Cody hatte in einem recht: Die Welt bestand aus unendlich vielen Möglichkeiten.

»Du bist eine Waise?«, fragte er.

Cody zwinkerte ihm über die Schulter hinweg zu.

»Und du gehst auch nicht auf die Poplar High, oder?«

Cody nickte. »Jetzt verstehst du's.«

Sie führte ihn weiter den Flur hinunter.

Eine rote Tür stand offen. Cody beeilte sich, sie zu schließen, bevor Julian in den Raum spähen konnte.

»Mein Zimmer. Und meine Privatsphäre ist mir wichtig«, sagte sie. Dann führte sie ihn in einen Computerraum am Ende des Flures.

Der Raum sah aus wie ein Lager für Elektronikschrott, überall standen Computer und Monitore herum. An einen Schwarm gestrandeter Aale erinnernde Kabelbündel verliefen quer über den Boden. Im hinteren Teil des Zimmers saß ein dicker schwarzer Junge mit krauser Lockenmähne. Als sie eintraten, drehte er sich zu ihnen um. Er trank Soja-Kakao mit einem Strohhalm aus einem Krug.

»Klopfen ist wohl out?«

Cody legte die Tüte auf seinen Schreibtisch und drehte sich zu Julian um. »Das hier ist dagegen kein privater Bereich, auch wenn manche da anderer Ansicht sind.«

Der Junge verdrehte die Augen.

»Unsere Kommandozentrale«, sagte Cody.

Der Junge rollte mit seinem Stuhl zum Schreibtisch und betrachtete die Tüte. »Was ist das? Und wer ist das?«, fragte er. »Der Junge, der die Katzen ausflippen lässt?«

»Ich heiße Julian.«

»Ich erinnere mich an dich«, sagte der Junge und sah ihn forschend an. »Vom See, vor ein paar Wochen.«

»Stimmt. Glen, oder?«, fragte Julian. Nun fiel ihm alles wieder ein. Das Lagerfeuer, der Abend, an dem er Cody kennengelernt hatte.

»Meinst du, es war eine gute Idee, ihn hierherzubringen?«, fragte Glen.

Cody nickte. »Ich habe ein gutes Gefühl, was ihn angeht.«

Glen runzelte die Stirn und sah Cody streng an. Sie starrte einfach zurück. Schließlich seufzte Glen und steckte den Strohhalm wieder in den Mund. Er nahm einen tiefen Schluck, öffnete die Tüte und sah hinein.

Dann spuckte er prustend den Kakao aus, der sich auf seinem T-Shirt verteilte. »Verdammt! Was zum Teufel? Cody, da ist eine tote Katze in der Tüte«, stotterte er. »Das ist ja wohl absolut widerlich.«

»Es ist eine Seekatze«, sagte Cody. »Julian hat sie vor seinem Haus gefunden. Sie ist ihm anscheinend gefolgt. Kannst du den Chip suchen und auslesen?«

Glen versuchte, den Kakao von seinem T-Shirt zu wischen. »Ja, ja. Mach ich. Gib mir ein paar Tage.«

Dann blickte er zu Julian.

»Hast du sie getötet?«

»Nein!«, rief Julian.

»Aber warum wirkst du dann so, als hättest du gerade eine Betriebsstörung?«

Julian sah ihn verwundert an.

»Er ist nur etwas durch den Wind«, sagte Cody. »Wir wurden verfolgt. Aber Mr. Julian hier ist ein Eins-a-Fahrer. Wir haben sie in der Plantage abgehängt.«

Glen schüttelte den Kopf. »Du wirst verfolgt. Und mit dem Retro-Abend ist es auch vorbei. Sie ziehen die Schlinge zu.«

»Wer zieht die Schlinge zu?«, unterbrach Julian.

Glen sah Cody an. Er fragte sich offensichtlich, ob sie diesen Fremden einweihen wollte.

»Wer?«, fragte Julian noch einmal mit mehr Nachdruck.

»Die Wächter«, sagte Cody schließlich. »Sie mögen uns nicht. Sie wollen nicht, dass die Freunde den Retrograden helfen, und auch nicht, dass ich mich mit den Katzen beschäftige. Und dass wir die Menschen darüber informieren, dass der See sich verändert, gefällt ihnen erst recht nicht. Tja, Pech.«

Glen warf Cody einen Blick zu. *Bist du dir sicher, dass wir ihm das alles erzählen sollten?*

Cody wandte sich wieder Julian zu.

»Hör zu, Mr. Julian. Ich meine es ernst.«

»Okay«, sagte Julian beunruhigt.

»Es gibt da Berichte ...«

»Gerüchte«, fiel ihr Glen ins Wort.

»*... aus sehr glaubwürdigen Quellen*« – Cody ließ sich nicht beirren – »dass nicht jeder Mensch alle seine neun Leben leben kann. Manchmal werden die Leute nicht mehr wiedergeboren.«

»Wie bitte?«, fragte Julian skeptisch. Das war einfach unvorstellbar.

»Es kommt nur selten vor, aber unter den Retros gibt es Augenzeugen dafür. Sie haben mir erzählt, dass manche schon mit sieben, sechs oder sogar *fünf* Leben den Permatod sterben.«

Julian schloss die Augen. Die Menschen tilgten ihre Leben freiwillig. Wenn sie nicht wussten, dass es vielleicht ihr letztes war, dann …

Plötzlich klang das alles sehr nach einer Verschwörungstheorie aus irgendwelchen dunklen DeadLinks-Ecken.

»Warum ziehst du mich da mit rein?«, fragte er misstrauisch.

»Sieht ganz so aus, als hätten nicht ich, sondern die Katzen dich ausgesucht. Und ich vertraue den Katzen.«

Okay.

Das reichte für einen Abend.

In seinem Inneren hörte Julian wieder diese Stimme, die immer nur zwei Worte wiederholte: *Bleib weg bleib weg bleib weg bleib weg …*

Julian stand auf. »Ich muss jetzt nach Hause.«

»Mr. Julian«, sagte Cody und sah ihn unter ihren Locken eindringlich an. »Natürlich *kannst* du jetzt nach Hause gehen. Geh schlafen. Geh zur Schule. Lösch deine Zwei aus. Dann deine Drei, und immer so weiter. Aber vor der Wahrheit gibt es kein Entkommen. *Falls* du überhaupt noch einmal wiedergeboren wirst …«

Julian sah sie lange argwöhnisch an.

Schließlich fing Glen an zu lachen und brach damit das Schweigen. Julian ging zur Tür.

»Du kommst schon wieder«, sagte Cody. »Wenn wir nämlich herausgefunden haben, was diese Katze dir sagen wollte.«

Aber Julian biss nicht an. Er verließ das Haus, ging an den

zahllosen Kindern vorbei zu seinem Auto und fuhr nach Hause – langsam, vorsichtig und immer den Rückspiegel im Auge. Doch diesmal wurde er nicht verfolgt.

Er kam kurz vor Mitternacht heim. Aus irgendeinem Grund schaute er noch einmal nach Rocky. Er musste sich einfach vergewissern, dass sein kleiner Bruder zu Hause war und sicher in seinem Bett lag.

Er schlief. Eine Eins.

Eine Eins, die schon bald auf die Highschool gehen musste.

Die sich schon bald auslöschen würde.

Julian ging in sein Zimmer und setzte sich auf die Bettkante. Er konnte sich noch nicht hinlegen. In seinem Kopf drehte sich alles.

Cody hatte in einem recht.

Er war aus dem Katzenquartier geflohen und nach Hause gefahren.

Aber vor der Wahrheit gab es kein Entkommen.

KAPITEL 20

Schon um halb acht an diesem Oktobermorgen war klar, dass dies der erste wirklich kalte Tag des Jahres werden würde. Nicht kühl oder frisch, sondern kalt. Eiskalt.

Es herrschte absolute Windstille. Als Julian über den Schulhof zum Orchesterraum ging, fühlte sich die Kälte wie Nadelstiche auf der Haut an. Als ob er durch ein Meer voller Quallen watete. Er zog seinen weißen Blazer enger um sich.

Drinnen war es warm, aber Julian fror immer noch und rutschte auf seinem Stuhl herum, während Nicholas vor versammelter Auslöschergemeinde Hof hielt. Er war begeistert von den vielen neuen Anwärtern und wurde nicht müde, Julian als großes Vorbild und Inspiration darzustellen.

»Zwanzig neue Anwärter seit deinem großen Sprung«, sagte er und grinste.

Julian sank tiefer in seinen Stuhl.

Dann stellte Nicholas seine Pläne für eine ausgeklügelte Halloween-Party vor, zu der die gesamte Abschlussklasse eingeladen sein würde. Sie sollte *Himmelwärts in die Hölle* heißen und in einem verlassenen Vergnügungspark in Retro Row stattfinden. Ein Höllenritt auf einer alten verfallenen Achterbahn, der Georgie Vanders berühmt-berüchtigtem Auslöschungs-Highscore den Todesstoß versetzen würde.

Julian konnte sich nicht konzentrieren. Angst strömte wie eine Droge durch seine Adern. Was Cody am gestrigen Abend gesagt hatte, ließ ihm keine Ruhe. Ihre Theorien hatten sich in seinem Kopf festgesetzt. Er hatte die ganze Nacht wachgelegen und über ihre Weltsicht und ihre Behauptungen nachgegrübelt. Wie hatte sie es nur geschafft, dass er praktisch an nichts anderes mehr denken konnte?

Wenn er ihr glaubte, musste er sich mit einer neuen Realität abfinden: mit der Möglichkeit, dass er nach seiner nächsten Auslöschung nicht mehr wiedergeboren wurde. Aber wie wahrscheinlich war das? Keine Ahnung. Es konnte natürlich genauso gut sein, dass Cody paranoid war. Julian hatte schließlich miterlebt, wie seine Mutter geistig immer weiter abgebaut und schließlich den Verstand verloren hatte, ein Opfer des Sees geworden war. Das war das Schlimmste, was man sich vorstellen konnte. Und es lag definitiv im Bereich des Möglichen.

Aber egal, wie es sich damit verhielt – wenn Julian dieses Risiko einging, dann nur für etwas, das für seine Familie wirklich wichtig war: mehr über seine Mutter zu erfahren.

Er musste ungestört mit Nicholas sprechen. Also wartete er nach dem Treffen ab und ging, nachdem alle den Orchesterraum verlassen hatten, zum Dirigentenpodium.

»Jules, mein Freund, ich habe gerade echt viel um die Ohren«, sagte Nicholas und blätterte in einem Stapel Dokumente. »Claytons Auslöschung beim Footballspiel heute Abend ist seit Wochen geplant, und jetzt geht alles den Bach runter. Unser lieber Freund ist heute nämlich nicht in der Schule erschienen, er geht auch nicht an sein Telefon oder antwortet auf unsere Nachrichten. Anscheinend hat er plötzlich kalte Füße bekommen. Dazu kommt, dass wir noch *dringend* einen Generator für *Himmelwärts in die Hölle* organisieren müssen, weil – *natürlich* – alle drei, die schon vor Ort sind, nicht mehr funktionieren«, fuhr er fort, ohne Luft zu holen. »Also, wenn es nicht darum geht, wie wir einen Generator auftreiben oder wo Clayton steckt – dann habe ich keine Zeit.« Er steckte die Dokumente in seinen Rucksack und sah Julian an.

»Geht es denn um einen *Generator*?«

»Nein«, sagte Julian. »Aber …«

»Na dann, ich muss in den Unterricht, oder ich bekomme zu allem Überfluss auch noch Ärger mit Denton. Ich kann dir sagen … Eine ganze Klasse umzubringen ist echt jede Menge *Arbeit*! Eigentlich hätte ich schon allein dafür gute Noten verdient.«

Nicholas schulterte seinen Rucksack, eilte zum Ausgang und verschwand. Julian blieb allein im leeren Orchesterraum zurück und war so schlau wie vorher.

Nicholas war mittags nicht am Auslöschertisch, Franklin fehlte ebenfalls. Constance erklärte Julian, dass die beiden mit Krisenmanagement beschäftigt waren. Sie versuchten, die Auslöschung heute Abend zu retten.

»Warum sagen sie sie nicht einfach ab?«, fragte Julian.

Constance schüttelte den Kopf, als wäre das eine extrem dumme Frage. »Anscheinend weißt du nicht, worum es bei der Auslöschung heute Abend geht.«

»Nein, weiß ich nicht.«

»Nun ja, da ist wohl nicht jeder eingeweiht«, sagte sie und lächelte.

»Verstehe«, sagte Julian tonlos.

Doch Constance war noch nicht fertig. Offensichtlich gefiel es ihr, ihn auf die Folter zu spannen.

»Ich darf dir nichts Genaueres verraten«, sagte sie. »Aber es gehört eine Menge Vorbereitung dazu. Deswegen ist es auch besser, es jetzt einfach durchzuziehen, auch ohne Clayton. Ich nehme an, Nicholas rekrutiert gerade einen Ersatz.«

»Wenn du Nicholas siehst, dann sag ihm, dass ich ihn sprechen will«, sagte Julian.

Constance kräuselte ihre Lippen zu einem Lächeln. »Aber klar doch, Süßer«, sagte sie und zwinkerte ihm zu. Julian betrachtete Constance einen Moment lang. Das heißeste Mädchen der Schule hatte ihm zugezwinkert?

Sie spielte irgendein grausames Spiel.

Den Rest der Mittagspause verbrachte er in der Bibliothek. Als die Glocke zur fünften Stunde läutete, schrieb er Nicholas eine SMS: »Wir müssen reden. Treffen nach der Schule?«

Nicholas antwortete nicht.

Während des Nachmittagsunterrichts stand Julian völlig neben sich. Er war so nervös, dass sein Bein unkontrollierbar zuckte. Er zog die Linien in seinem Notizbuch nach, während die Lehrer herunterleierten, was sie über Algebra oder die sich in Osteuropa ausbreitende Hungersnot zu sagen hatten.

Wieder und wieder fragte er sich, was Nicholas wohl über seine Mutter herausfinden würde. Er konnte an nichts anderes mehr denken. Aus irgendeinem Grund stellte er sich dieses Rätsel vor wie eine Rechenaufgabe, die man nur lösen musste – ein alberner, dummer Gedanke. Was, wenn es gar nichts zu entdecken gab? Keine Antwort, keine bislang verschollenen Informationen? Was, wenn es nur diese einzige Wahrheit gab: nämlich, dass sie süchtig nach dem Sterben geworden war, bis sie all ihre Leben aufgebraucht hatte. Was, wenn nicht mehr dahintersteckte als das …?

Als die letzte Stunde vorbei war, postierte sich Julian vor den großen Eichentüren des Schulgebäudes und wartete auf Nicholas. Der klare Himmel über dem Schulhof leuchtete in einem strahlenden Blau.

Schließlich kam Nicholas mit schnellen Schritten durch die

Tür und unterhielt sich dabei angeregt mit Franklin. Julian holte tief Luft und ging auf ihn zu. »Nicholas, wir müssen reden.«

Nicholas wollte sich an ihm vorbeidrängen. »Leider keine Zeit«, antwortete er. »Wir haben nur noch vier Stunden bis zum Spiel heute Abend, und Clayton ist wie vom Erdboden verschluckt.«

Julian schüttelte den Kopf und trat Nicholas in den Weg, als der an ihm vorbeigehen wollte. »Tut mir leid, aber es ist wichtig.«

Nicholas sah Julian einen Moment lang an und nickte dann Franklin zu. »Ich komme gleich nach.« Dann wandte er sich wieder Julian zu. »Jules, mein Freund. Bitte verzeih, dass ich so eingespannt bin. Aber jetzt bin ich ganz Ohr. Also, was zum Teufel ist so verdammt wichtig?«

»Es geht um …« Julian wandte einen Moment lang den Blick ab, um seine Gedanken zu sammeln. »Du hast mir Informationen über meine Mutter versprochen«, sagte er schließlich.

Nicholas hob verärgert die Augenbrauen. »Wie gesagt, *ich bin an der Sache dran*. Ist das der Grund, warum du mich so unbedingt sprechen musst, obwohl ich gerade dermaßen im Stress bin?«

»Nicholas«, sagte Julian. »Zögere es nicht noch weiter hinaus. Ich brauche die Informationen wirklich sofort.«

Julian bemühte sich, ihn wütend anzusehen. Nicholas' Gesichtsausdruck nach zu urteilen schien es zu funktionieren. Das selbstgefällige Grinsen verschwand. Er fuhr sich mit der Zunge über die Zähne und starrte Julian schweigend an.

»Du hast mich aufgenommen und mir diese Chance gegeben und so viel Zeit mit mir verbracht. Ich weiß das zu schätzen«, sagte Julian. »Also werde ich ehrlich zu dir sein …«

Gleich würde Julians Herz einen Schlag lang aussetzen. Eins … zwei … *jetzt*.

»Ich bin den Auslöschern beigetreten, weil ich *zwei* Leben auslöschen muss«, sagte er. »Es geht dabei nicht um Ansehen oder so. Fakt ist, dass ich in meinem dritten Leben sein muss, damit mein Vater Unterstützung vom Staat bekommt und wir unser Haus nicht verlieren. Das ist die Wahrheit. Noch ein weiteres Leben, dann war's das mit der Auslöscherei für mich.«

Nicholas' Augen huschten umher, während er Julian zuhörte. Zuhörte und nachdachte.

»Und ich könnte auch einfach in eine Tilgungsklinik gehen und es hinter mich bringen«, fuhr Julian fort. »Das Geld vom Staat kassieren und mit dem nächsten Leben weitermachen. Aber ich bin den Auslöschern beigetreten, weil du mir versprochen hast herauszufinden, was mit meiner Mutter passiert ist. Deswegen bin ich hier.«

Nicholas' Lippen wurden schmal. »Julian, ich bin ... *schockiert*. Ich bin wirklich völlig schockiert, das zu hören.« Sein Blick verfinsterte sich, und er schüttelte wütend den Kopf.

Julian fröstelte. Sein Magen verknotete sich.

Hatte er nun alles verdorben?

»Nicht nur, dass ich mir jede Menge Arbeit mache«, sagte Nicholas mit gespielter Überraschung, »und so viel Zeit und Mühe darauf verwende, an die Akte deiner Mutter in der Wiedergeburtsbehörde zu kommen ... Jetzt möchtest du auch noch Geld vom Staat kassieren? Wie praktisch für dich!«

Nicholas machte ein Gesicht, als hätte Julian ihn schwer beleidigt.

»Du willst, dass ich Mitleid mit dir habe, aber der Schein trügt, wie es aussieht. Du hast wirklich *alle* für dich eingespannt. Warum soll ich dir überhaupt helfen?«

»Nein«, sagte Julian, der spürte, wie ihm die Felle davonschwammen. »Nein, nein, nein. Nicholas, das ist alles ganz anders. Ich will doch nur ... Ich will doch nur ehrlich sein.«

Nicholas schüttelte den Kopf und hob eine Hand, um Julian zu unterbrechen.

»Du hast mich benutzt«, sagte er. »Es ging dir nie um die Auslöscher, oder? Es ging immer nur um dich.«

»N-nein«, stotterte Julian. »Ich habe großen Respekt vor den Auslöschern. Du hast mir die Augen geöffnet, und ich bin froh, dass ich mich euch angeschlossen habe.«

Nicholas stand einfach nur da und beobachtete den stotternden Julian mit einem kalten, berechnenden Blick.

»Du bist also *froh*, bei den Auslöschern zu sein, Julian? Wirklich?«

»Wirklich«, sagte Julian.

Nicholas schüttelte den Kopf. »Und das soll ich dir einfach so glauben.«

»Ja, mehr als mein Wort kann ich dir nicht geben, aber darauf kannst du vertrauen«, sagte er.

Nicholas rieb sich das Kinn und dachte nach. »Also schön, ich habe tatsächlich Neuigkeiten, was deine Mutter betrifft«, sagte er schließlich.

Julians Herz hämmerte. »Wirklich?«

»Meine Quellen sind auf etwas gestoßen. Das Problem ist nur, dass mir nicht klar ist, wie wichtig es ist. Deswegen wollte ich dir noch nichts davon erzählen.«

»Sie sind auf etwas *gestoßen*? Ihre Personalakte oder so? Was ist es?«

»Reiß dich bitte zusammen«, ermahnte ihn Nicholas. »Ich hätte gerne noch etwas mehr über den Zusammenhang herausgefunden, immerhin habe ich dir versprochen, dass wir der Sache auf den Grund gehen. Bisher ist es nur ein Hinweis, mehr nicht.«

»Sag schon!«

»Dann mal gut aufgepasst, Julian«, sagte Nicholas und hob die Hand.

Es war *dieses* »gut aufgepasst …«

»Es gibt da ein kleines Problem zwischen uns beiden. Ich habe viel dafür getan, um an diese Information zu kommen, aber im Moment bist du unberechenbar. Ich weiß nicht, was für ein Spiel du spielst und ob du ein Risiko für die Auslöscher darstellst. Hier geht es um Vertrauen, Julian. Ich muss dir vertrauen können.«

Nicholas trat einen Schritt zurück.

»Ich mag dich, mein Freund. Wirklich. Aber was du da gerade gesagt hast … Du willst in eine *Tilgungsklinik* gehen?« Bei dem Wort verzog er das Gesicht vor lauter Abscheu. »Das ist ein Vertrauensbruch.«

Julian fühlte, wie die Hoffnung, etwas über seine Mutter herauszufinden, schwand. Er schluckte. »Es tut mir leid …«

Nicholas hob die Hand. Julian verstummte.

»Du musst dich nicht entschuldigen. Ich werde dir verraten, was ich weiß. Aber ich brauche einen Beweis dafür, dass du zu uns stehst.«

Julian runzelte die Stirn, als ihm klar wurde, was hier gerade passierte. Nicholas ließ die Information wie eine Karotte vor seiner Nase baumeln, nur um sie immer wieder wegzuziehen. Eine dumpfe, unbändige, quälende Wut stieg in Julian auf. Er betrachtete seine Hände und bemerkte, dass er sie zu Fäusten geballt hatte. Nur mit Mühe gelang es ihm, sie zu entkrampfen. Seine Fingernägel hatten kleine weiße Vertiefungen in den Handballen hinterlassen.

Julian sah auf. »Was soll ich tun?«, fragte er mit eisiger Stimme.

Nicholas bemühte sich um einen nüchternen Gesichtsausdruck, aber um seine Mundwinkel zuckte ein unterdrücktes Grinsen.

Es war offensichtlich, dass er die Situation genoss.

»Wie bereits erwähnt hat sich der armselige Clayton aus dem Staub gemacht.« Er setzte einen bedauernden Gesichtsausdruck auf und schüttelte leicht den Kopf. »Wenn du dich also heute Abend ohne zu zögern und ohne große Vorbereitung an seiner Stelle auslöschen würdest ... dann könnte ich dir vertrauen. Dann bin ich mir sicher, dass du wirklich mit Herz und Seele zu uns gehörst.«

Julian sah Nicholas mit einer Mischung aus Überraschung und Abscheu an. Was war passiert? Hatte Nicholas ihn gerade dazu gebracht, sich *jetzt sofort* wieder auszulöschen? Nicholas war ein Dämon, ein teuflischer Kobold, der als Engel im blütenweißen Blazer herumstolzierte.

»Wenn du dich jetzt für mich auslöschst«, fuhr Nicholas fort, »könnte ich als Gold Star guten Gewissens jedem meiner Vorgänger unter die Augen treten und sagen: ›Der Junge ist ein Auslöscher durch und durch, er hat sich unser Vertrauen verdient‹.«

Julian fuhr sich mit der Hand durch die Haare. Die Wut in seinem Bauch mischte sich nun zusehends mit einer Ahnung von drohendem Unheil. »Versprochen?«

Nicholas faltete die Hände vor seinem Körper wie ein Priester. »Ehrenwort«, sagte er. »Ich kann nur hoffen, dass die Informationen, die ich für dich habe, auch nützlich für dich sind.«

Julian sah seinen aufsteigenden Atemwölkchen nach, die sich schnell in der eisigen Luft auflösten.

Er hatte keine Wahl. Und schließlich musste er seine Zwei so oder so auslöschen ...

Er sah wieder Nicholas an.

»Heute Abend?«

»Heute Abend.«

KAPITEL 21

Während seiner drei Jahre an der Lakeshore Academy war Julian bei keinem einzigen Footballspiel gewesen. Football war wie das Auslöschen etwas, an dem er nicht das geringste Interesse gehabt hatte, während alle um ihn herum wie besessen davon zu sein schienen.

Daher stand er, als er sich nun an diesem Freitagabend mitten in dem lärmenden Wahnsinn eines Footballspiels wiederfand, einen Moment lang einfach nur mit vor Verblüffung und Entsetzen offenem Mund da.

Er hatte sich neben Nicholas direkt unter der Anzeigetafel hinter der Endzone des Spielfeldes auf der Lakeshore-Seite postiert. Vor ihnen rannte das Maskottchen des Teams, der Lakeshore Warrior, auf und ab. Sein Gesicht war weiß geschminkt wie das eines Clowns. Er trug einen Trojanerhelm und ein blaues Cape, das er wie die Schleppe eines Hochzeitskleids hinter sich herzog, dazu hatte er die Fahne von Lakeshore geschultert. In dem Kostüm steckte Logan, ein schlaksiger Junge in seinem vierten Leben. Bei den Auslöschertreffen saß er immer in der ersten Reihe und gab ab und zu sarkastische Kommentare von sich.

Die Zuschauertribünen waren auf beiden Seiten voll besetzt. Die Lakeshore-Seite wurde von den Schulfarben beherrscht – Blau und Weiß –, während auf den gegenüberliegenden Bänken das Orange der gegnerischen Mannschaft dominierte. Poplar Heights Public High, wie Julian mit einem Schlag bewusst wurde.

Poplar …

Gut. Wenigstens würde Cody nicht dabei sein und ihn sehen.

Der Schiedsrichter pfiff das Spiel zur Halbzeit ab, und die Schulband begann zu spielen. Die rhythmische Musik dröhnte so laut in Julians Kopf, dass er keinen klaren Gedanken fassen konnte. Als die Spieler das Feld verließen, kam Logan zu Nicholas und Julian herüber und nahm seinen Helm ab.

»Na los, Warrior! Auf in die Schlacht«, begrüßte ihn Nicholas.

»Vergiss es, das war's heute für mich«, sagte Logan und wischte sich mit dem Handrücken die Farbe von den Augen, während er die Fahne in der Armbeuge hielt. Dann blinzelte er verwirrt mit den Augen und sah Julian an. »Wo ist Clayton?«

»Der ist anscheinend krank geworden«, sagte Nicholas und drehte sich mit einem Grinsen zu Julian um. »Gegen kalte Füße ist anscheinend noch kein Kraut gewachsen.« Er nahm Logan den Helm ab. »Julian ist unser Ersatzmann.«

»Gut, ich hab sie schon mal in Stimmung gebracht, jetzt sorg dafür, dass sie völlig ausflippen.«

Logan lachte laut und reichte Julian die Fahne. Dann löste er das Cape von seinem Hals und zog die Schuhe aus.

Nicholas hob sie auf und drehte sich zu Julian um.

»Alles klar, dann wollen wir dich mal ausstaffieren«, sagte er.

Sie gingen in die Katakomben. In einem Flur, wo niemand sie sehen konnte, zog Julian das Kostüm an. Dann setzte er sich auf einen Stuhl, und Nicholas trug die weiße Kriegsbemalung auf Julians Gesicht auf.

»Wie soll die Auslöschung nun genau ablaufen?«, fragte Julian.

»Also«, antwortete Nicholas. »Dieses Mal geht es vor allem um das Überraschungsmoment.« Er biss sich mit einem konzentrierten Gesichtsausdruck auf die Lippen, während er Farbe um Julians Augen verteilte. Sein Atem roch nach Pfefferminz.

»Woher weiß ich, was ich tun soll?«, fragte Julian.

»Das weißt du, wenn es so weit ist«, antwortete Nicholas und bemühte sich, die Farbe mit sanften Bewegungen des Schwammes möglichst homogen auf Julians Stirn zu verteilen. »Entspann dich bitte«, sagte er. »Wenn du die Stirn runzelst, kann ich die Farbe nicht gleichmäßig auftragen.«

Julian verdrehte die Augen, bemühte sich aber, seine Gesichtsmuskeln nicht zu verkrampfen.

»Damit diese Auslöschung die gewünschte Wirkung hat«, sagte Nicholas, »musst du einfach nur ein guter Warrior sein. Mach es so wie Logan. Lauf hinter der Endzone unter der Anzeigetafel auf und ab und schwenk die Fahne. Besonders dann, wenn wir kurz davor sind, Punkte zu machen. Wenn wir tatsächlich punkten oder gar einen Touchdown schaffen, leuchten die großen Blinklichter an der Anzeigetafel auf. Das ist das Signal dafür, dass du raus aufs Feld rennst. Achte einfach auf die hellen Lichter.« Nicholas zeigte auf die großen gelben Leuchtkörper an der Anzeigetafel.

Julian schluckte.

»Schließ die Augen«, sagte Nicholas und verteilte das weiße Make-up vorsichtig auf Julian geschlossenen Lidern. »Verstanden?«

»Verstanden«, sagte Julian. »Helle Lichter, Fahne schwenken.«

Er öffnete die Augen. Nicholas' Gesicht war nur Zentimeter von seinem eigenen entfernt. »Du lernst schnell«, sagte Nicholas. »Weißt du was? Ich bin eigentlich ganz froh, dass du einspringst«, fügte er hinzu. »Du wirst das großartig machen, viel besser als Clayton.«

Julian funkelte ihn unter seiner Maske aus weißer Farbe wütend an. »Mir gefällt das nicht«, sagte er.

»Ich weiß«, sagte Nicholas. »Genau deswegen.«

Julian holte tief Luft, und Nicholas klopfte ihm auf die Schulter.

»So, dann auf in die Schlacht, Warrior!«, sagte er. »Banzai!«

Es dauerte eine Weile, bis Julian den Dreh raushatte. Die Fahne war schwerer, als sie aussah, und seine Arme schmerzten schon bald vom Schwenken.

Julian gefiel es gar nicht, den Blicken so vieler Menschen ausgesetzt zu sein, aber er tröstete sich mit dem Gedanken, dass ihn unter dem Make-up und dem Helm niemand erkannte. Und er klammerte sich an die absurde Vorstellung, dass die Maskerade ihn auch vor der Angst schützen konnte, die nun in ihm aufstieg. Schließlich würde er in Kürze sterben. Vor aller Augen. Und auf eine mit Sicherheit grauenvolle Art und Weise.

Er ließ die Uhr nicht aus den Augen, beobachtete, wie sich das dritte Quarter seinem Ende näherte, und bekam mit jeder Sekunde mehr Angst. Er sah zur Tribüne, wo die Auslöscher saßen, zwei Reihen weißer Blazer direkt hinter der Bank mit den Footballspielern, die isotonische Getränke in sich hineinschütteten. Nicholas hatte sich entspannt zurückgelehnt und unterhielt sich lächelnd mit seinen weiß gekleideten Schäfchen.

Er nahm einen Schluck von seinem Softdrink, sah zu Julian hinüber und forderte ihn mit einer energischen Geste auf, für mehr Stimmung zu sorgen. Julian schluckte seine wachsende Wut herunter, hob die Flagge und drehte eine Runde. Die Menge jubelte.

Nach etwa der Hälfte des vierten Quarters gelang Lakeshore ein Field Goal. Die hellen Lichter explodierten über Julian. Funken stoben aus dem Feuerwerkskörpersystem der Anzeigetafel.

Oh Gott, nun war es wohl so weit.

Er lehnte die Fahne gegen seine Schulter und rannte raus aufs

Feld. Dort drehte er eine Runde und sah sich dabei nach dem Tod um. Jeden Moment würde er auf eine Mine treten, die Nicholas in der Endzone vergraben hatte. Oder einer der Schiedsrichter würde ihm eine Kugel zwischen die Augen verpassen …

Julian drehte drei Runden in der Endzone, aber nichts passierte. Dann ging er erleichtert, aber wachsam vom Feld. Er sah zu Nicholas' Platz auf der Tribüne hinüber, doch der war leer. Nicholas war verschwunden.

Julian suchte die Zuschauerränge und die Seitenlinie ab, konnte ihn aber nirgends finden. Das war kein gutes Zeichen. Er war irgendwo, um irgendetwas zu tun, etwas vorzubereiten. Etwas, das Julians Schicksal besiegeln würde.

Beruhig dich, dachte Julian.

Ich werde sterben, nicht mehr, nicht weniger. Ich habe das schon einmal gemacht und bin zurückgekommen. Ich weiß, was passieren wird. Ich muss nur ruhig bleiben, und dann bekomme ich endlich die Informationen, die ich haben will. Deswegen tue ich das ja alles …

Aber was ist, wenn ich nicht zurückkomme?

Julian wurde plötzlich schwindlig. Sein Atem ging nur noch schwach und stoßweise, das Herz klopfte ihm bis zum Hals. Eins … zwei … *jetzt.*

Plötzlich sprang die Menge auf und brüllte. Ein Lakeshore-Receiver rannte mit voller Geschwindigkeit auf die Endzone zu. Der Football flog durch die Luft, der Receiver machte einen Satz nach vorne, um ihn zu fangen, und schlug dann mit einem schrecklichen Krachen auf den Boden auf. Die Menge explodierte in Jubelrufen, und die Band legte los, dass es einem durch Mark und Bein ging. Die Cheerleader schleuderten sich gegenseitig in die Luft, drehten und überschlugen sich.

Julian sah zur Anzeigetafel. Es waren noch vier Minuten bis

Spielende, und Lakeshore war mit drei Punkten im Rückstand. Der erfolgreiche Spielzug eröffnete ihnen nun die Möglichkeit eines Touchdowns – Lakeshore hatte wieder Chancen auf den Sieg. Die Luft vibrierte vor Lärm.

Mit einem Mal richtete Julian seine Aufmerksamkeit auf den Boden des Spielfeldes. Seine Füße waren nass, kleine schmutzige Wasserpfützen hatten sich unter ihnen gebildet. Er hob ein Bein. Sein Schuh war mit braunem Schlamm bedeckt. Er schaute sich um und bemerkte, dass die Endzone praktisch unter Wasser stand.

Am Eingang zu den Katakomben, in denen Julian sich umgezogen hatte, stand Logan und hielt in aller Seelenruhe einen voll aufgedrehten Wasserschlauch auf den Rasen gerichtet. Zwei weitere Schläuche lagen wie Schlangen zu seinen Füßen. Auch aus ihnen spritzte Wasser auf den sumpfigen Boden.

Was zum Teufel …

Julian machte ein paar vorsichtige Schritte im Schlamm. Jetzt war er nicht mehr länger in der Lage, sich zusammenzureißen. Die Angst übermannte ihn.

Lakeshore gelang ein Pass. Die Menge raste.

Das Team war nur noch fünf Yards von einem Touchdown entfernt.

Hinter der Endzone drehte sich Julian auf der Suche nach Nicholas um die eigene Achse.

Er würde jetzt sterben, das wusste er. Aber akzeptieren konnte er es nicht. Die Ungewissheit quälte ihn. Wie würde es enden? Angst rauschte in seinen Adern, bereitete ihm beinahe körperliche Schmerzen.

»Nicholas?«, brüllte Julian, um die Menge zu übertönen. Er drehte sich noch einmal um sich selbst. »Nicholas!«

Dann sah er aus dem Augenwinkel etwas Weißes. Nicholas

stand auf der Plattform, die unter der Anzeigetafel angebracht war, und betrachtete das Spiel wie ein Engel, der von oben herab auf die Erde niederblickte. Ein langes, dickes Bündel baumelte in seiner Hand. Ein Seil? Julian wusste sofort: Was auch immer es war, es würde sein Schicksal besiegeln. Er streckte sich, um besser erkennen zu können, was Nicholas vorhatte.

Hinter ihm auf dem Spielfeld krachten die Spieler auf der Jagd nach dem Ball ineinander. Das Brüllen der Menge verschmolz zu einem einzigen Rauschen. Julian sah, wie ein Receiver sich nur wenige Schritte von ihm entfernt seinen Weg nach vorne bahnte. Er täuschte nach rechts an, um den Poplar-Cornerback loszuwerden, und schaffte es bis in die Endzone. Der Quarterback machte seinen Wurf. Julian nahm den durch die Luft segelnden Football nur noch in Zeitlupe wahr. Er sah, wie der Receiver hochsprang, um den Ball zu fangen, dann drehte er sich zur Anzeigetafel um …

Drei …

Nicholas blickte mit einem teuflischen Grinsen auf ihn herab. Dann streckte er seine Hand aus und ließ das, was sich darin befand, fallen: ein Kabel. Es entrollte sich und landete auf der sumpfigen Erde zu Julians Füßen.

Zwei …

Julians Blick glitt immer noch wie in Zeitlupe an dem Kabel entlang bis zu seinem Ausgangspunkt. Die Lichter. Die Funken. Es war das Stromkabel für die Lichter, das gerade in einer Pfütze vor ihm gelandet war.

Jetzt.

Er hörte, wie die Spieler in der Endzone hinter ihm ineinanderkrachten, hörte die lärmende Menge auf der Tribüne. Sie hatten einen Treffer erzielt.

Julian sah, wie sich am Kabelende im Schlamm eine Explosion aus weißen Funken entlud, wie die Elektrizität vor ihm in abstrakten Mustern tanzte. Er spürte, wie sie in seinen Körper fuhr und sich als sengender, weißglühender Schmerz in sein Herz bohrte. Er sank auf die Knie, sein Kopf glühte, und er sah doppelt. Er kämpfte darum, noch einmal zu Nicholas hochzusehen, während Funken vor ihm niederfielen und Rauch von seinen brennenden Händen aufstieg. Das Letzte, was Julian sah, war Nicholas' grinsendes Gesicht.

KAPITEL 22

Julian erreichte die Wasseroberfläche. Er paddelte wie wild mit den Händen und schnappte nach Luft, die heiß in seiner Kehle brannte. Ein stechender Schmerz erfasste seinen Körper.

Er fror. Der See war eiskalt. Er konnte die Signallichter in einiger Entfernung am Ufer erkennen und den Signalton hören. Julian schwamm verzweifelt darauf zu, konnte sich aber kaum über Wasser halten. Er wollte schreien, brachte aber nur ein heiseres Krächzen zustande. Dann erhellte ein Lichtkegel die Wasseroberfläche vor ihm, hinter sich hörte er ein lauter werdendes Motorgeräusch in der Dunkelheit. Das Boot, mit dem die Wächter bei schlechtem Wetter die Wiedergeborenen aufsammelten, war auf dem Weg zu ihm.

Das Boot hielt so nah bei ihm, dass ein flacher Ausläufer der Bugwelle über sein Gesicht schwappte. Er blinzelte das Wasser aus den Augen und sah die schattenhaften Gestalten der Wächter, die sich vor dem Flutlicht an Deck abzeichneten. Sie stocherten mit langen Stangen im Wasser herum.

Eine der Stangen wurde ins Wasser neben ihm getaucht. Der Wächter schob sie auf ihn zu, bis sie gegen seine Brust stieß. »Halt dich fest!«, schrie er über das Motorgeräusch hinweg. »Halt dich verdammt noch mal fest!«

Die Stange stieß wieder gegen ihn. Diesmal schlang Julian seine Arme darum. Die Wächter zogen ihn zum Kahn und hoben ihn mithilfe der Stange an Deck.

An Bord wickelten sie ihn in eine Decke und setzten ihn, immer noch triefend vor Nässe, auf eine Bank in der Kajüte. Julian zog die raue Wolldecke enger um sich und ließ den Kopf hängen. Er betrachtete seine Zehen und zählte sie von links nach rechts ab, um sich zu beruhigen.

Wieder zehn neue Zehen.

Er wühlte in seinem von der Wiedergeburt vernebelten Gedächtnis nach dem Ereignis, das ihn hierhergebracht hatte. Er wusste noch, wie er auf dem Schulhof mit Nicholas gesprochen hatte, erinnerte sich an Nicholas' Grinsen, als dieser ihm das Wort im Mund umgedreht hatte, als er aus Julians Forderungen eine Schlinge geknüpft und sie ihm schließlich um den Hals gelegt hatte. Dann die hellen Lichter des Footballstadions. Und dann war er hier aufgetaucht.

Zumindest wurde ich wiedergeboren, dachte Julian erleichtert.

Von der grellen Beleuchtung im Empfangszentrum bekam er Kopfschmerzen. Als er in der Schlange wartete, musste er den Kopf gesenkt halten, bis sich seine Augen an die Helligkeit gewöhnt hatten. Bevor er eine der Kabinen betreten konnte, um seine neue Lebensnummer zu erhalten, legte sich eine raue Hand auf seine Schulter. Julian blickte auf. Im grellen Neonlicht stand der Prälat mit seiner dicken, gewölbten schwarzen Brille und dem um Kopf und Gesicht geschlungenen purpurnen Zeremonialtuch vor ihm.

»Wir müssen uns deine Augen ansehen«, sagte der Prälat. Seine strenge Stimme klang durch den Stoff vor seinem Mund etwas gedämpft.

Julian blinzelte angestrengt ins Licht, seine Augen tränten. Hinter dem Prälaten standen zwei Wächter mit gerunzelter Stirn.

»Halt still«, sagte der Prälat, hielt Julian an der Schulter fest und sah ihm direkt ins Gesicht.

»Stimmt etwas nicht?«, fragte Julian.

Ein paar unangenehme Sekunden lang starrte der Prälat Julian durch seine riesigen dunklen Brillengläser an, dann gab er einer Wächterin hinter ihm ein Zeichen.

Die Wächterin hielt daraufhin ein an eine kleine Digitalkamera erinnerndes Gerät vor Julians Gesicht. Es klickte und produzierte einen Lichtblitz.

»Habe ich etwas falsch gemacht?«, fragte Julian, während die Wächterin das Gerät inspizierte.

Schließlich sah sie von dem Gerät auf und nickte dem Prälaten zu. »Nur eine Stichprobe, Überprüfung auf Retrogression«, knurrte der Prälat mit tiefer Stimme. »Schau das nächste Mal geradeaus.« Dann ging er ohne ein weiteres Wort davon. Die beiden Wächter folgten ihm.

Julian atmete erleichtert auf und rieb sich die Augen, bis sie nicht mehr brannten. Dann signalisierte ihm ein Wächter, dass er in eine Kabine treten sollte. Dort bekam er seine Drei und wurde kurz untersucht.

»Was für einen Wiedergeburtsfehler habe ich diesmal?« fragte Julian.

»Im Moment kann ich nichts erkennen«, sagte der Wächter.

Dieser Satz machte ihm eher Angst, als dass er ihn beruhigte. Es gab eine Menge schlimmer Wiedergeburtsfehler, die sich nicht sofort zeigten.

Im Bus zurück nach Lakeshore saß er ganz hinten und sah zu, wie der Wald mit den Nadelbäumen im Dämmerlicht an ihm vorbeizog. Ein immer stärker werdendes Gefühl sagte ihm, dass etwas fehlte, dass etwas nicht stimmte, auch wenn es »im Moment nicht erkennbar« sein mochte. Er konzentrierte sich auf die Bäume. Irgendetwas an ihnen kam ihm seltsam vor. Aber was?

Julian stieg zusammen mit drei anderen Wiedergeborenen an der Endhaltestelle in Lakeshore aus. Die anderen wurden abgeholt, Julian dagegen musste zu Fuß nach Hause gehen. Er überlegte kurz, ob er seinen Vater von der öffentlichen Telefonzelle aus anrufen sollte, entschied sich dann aber dagegen. Er würde noch bald genug alles erfahren, aber heute Nacht wollte Julian erst einmal niemanden mehr sehen. Auch wenn das bedeutete, dass er fast zweieinhalb Kilometer durch die Eiseskälte heimlaufen musste.

Der Weg führte über eine von Nadelbäumen gesäumte Straße. Julian hielt inne, griff nach einem Ast, der auf die Straße herabhing, und betrachtete ihn genauer. Die Nadeln waren … grau.

Kein Grün. Nicht das kleinste bisschen.

Er riss ein paar Nadeln ab und steckte sie sich in die Tasche.

Zu Hause angekommen schlich er so leise wie möglich in sein Zimmer, um seinen Vater und seinen Bruder nicht zu wecken. Er schloss die Tür hinter sich, holte die Handvoll Nadeln aus seiner Tasche und drehte sie in seiner Hand hin und her. Im künstlichen Licht der Lampe war es ganz deutlich zu erkennen: Sie waren tatsächlich *grau*.

Julian sank auf das Bett und legte den Kopf auf sein Kissen. Er blinzelte und sah zur Zimmerdecke auf.

Konnte er kein Grün mehr sehen?

Gab es so einen Wiedergeburtsfehler überhaupt? War es möglich, dass man eine einzelne Farbe nicht mehr sah?

Er zog den Schuhkarton unter seinem Bett hervor.

Die Augen seiner Mutter auf dem Chipkartenfoto waren grün, das wusste er ganz genau. Wenn er an sie dachte, hatte er dieses Foto von ihr im Kopf. Und nun …

Ihre Augen waren grau.

Er starrte das Bild seiner Mutter an – und ihre grauen Augen starrten zurück. Tatsächlich. Julian konnte kein Grün mehr sehen. Er legte sich wieder auf das Bett und blickte zur Decke. Dann schloss er die brennenden Augen. Tränen quollen an den Seiten unter seinen Lidern hervor.

Die Tränen rannen über sein Gesicht. Julian bemühte sich, so leise wie möglich zu sein, und schluckte jeden Laut herunter, um seinen Vater und seinen Bruder nicht zu wecken, die durch die dünnen Wände alles hören konnten. Es war, als ob ein Damm gebrochen wäre. Das Gefühl eines unermesslichen Verlustes breitete sich wie eine endlose schwarze Wasserfläche in ihm aus. Er konzentrierte sich auf das Bild, atmete ruhig, fixierte die unendliche Fläche, die sich vor ihm ausdehnte.

Schließlich verlor er sich in der unvorstellbaren Weite und schlief ein.

In seinem Traum verwandelte sich die schwarze Fläche in den See. Julian schwamm darin, paddelte schwerfällig mit Armen und Beinen durchs Wasser und kämpfte sich zum Ufer vor, an dem ein einzelner skelettartiger Baum stand. Unter dem Baum saß eine Frau in einem grauen Kleid. War es seine Mutter?

Als er endlich das Ufer erreichte und sich an Land zog, sah er, dass die Frau in Grau nicht seine Mutter war. Es war nicht einmal eine Frau und auch kein Kleid, sondern lediglich eine zerrissene Wächteruniform, die sich im Ast des Baums verfangen hatte. Als er näher trat, um sich die Robe genauer anzusehen, hob sich der Ast plötzlich. Nun erkannte Julian, dass es sich um die riesenhafte Pfote einer Katze handelte. Der ganze Baum war eine monströse schwarze Katze mit einem weißen Fleck um das Auge.

Die Katze.

Sie ragte über Julian auf. Die Knochen zeichneten sich deutlich unter dem Fell ab, das an einigen Stellen so fest gespannt war, dass es bereits Risse hatte. Die Katze streckte sich mit ruckartigen, zuckenden Bewegungen zu voller Länge aus und beugte sich vor, sodass sich ihr Kopf auf Augenhöhe mit Julian befand. Ihr Gesicht war so groß wie ein Lastwagenreifen, die beiden Augen ähnelten mit einer milchigen Flüssigkeit gefüllten Kugeln. Zwei schlitzförmige Pupillen starrten Julian daraus an.

Die Katze öffnete das Maul, und eine Reihe gezackter Zähne, lang wie Küchenmesser, kam zum Vorschein. Ein entsetzliches Brummen drang aus der Kehle der Kreatur, erst leise, dann immer lauter, bis es so ohrenbetäubend in Julians Schädel dröhnte, dass er davon aufwachte. Schweißgebadet schreckte er im Bett hoch.

Es war bereits Morgen.

Er musste sich für die Schule fertigmachen.

Nachdem er sich angezogen und seinen Rucksack gepackt hatte, ging er in die Werkstatt hinüber. Sein Vater trug bereits seinen dreckigen Overall und kramte mit dem Rücken zur Tür in einer Werkzeugkiste.

»Hey Dad«, sagte Julian tonlos. »Ich bin jetzt eine Drei.«

Sein Vater drehte sich um, und sobald er die Drei auf Julians Hals erblickte, zeichnete sich ein Lächeln auf seinem faltigen Gesicht ab.

»Danke, mein Sohn«, sagte er. Im Lichtschein, der durchs Fenster fiel, konnte Julian die Tränen in den Augen seines Vaters erkennen.

Julian nickte und drehte sich um. Er musste schnell in die Schule, denn dort gab es weitere Neuigkeiten für ihn.

Und tatsächlich herrschte an Neuigkeiten kein Mangel.

Sobald Julian den Orchesterraum betrat, feuerte Nicholas die Anwesenden zu begeistertem Applaus an. *Auf in die Schlacht, Warrior!* hatte offensichtlich wie eine Bombe eingeschlagen. Julian konnte sich nach wie vor nur noch sehr vage daran erinnern, und dabei wollte er es auch belassen. Er würde ganz sicher niemals nachfragen oder gar das Video anklicken.

Unter Constances Regie stellten sich die Auslöscher auf die Stühle, pfiffen und jubelten. Nicholas strahlte übers ganze Gesicht. Mit stolzgeschwellter Brust erklärte er, wie er den Schuldirektor dazu überredet hatte, das Ganze wie einen unglücklichen Unfall aussehen zu lassen, damit Lakeshore der Sieg nicht aberkannt wurde. Und natürlich fand der Vorfall auch Eingang in die Auslöscherbibel. Nicholas nahm den Eintrag mit großer Geste vor. »Aber das«, sagte er, sobald er Julians Tod aufgeschrieben und den Stift weggelegt hatte, »ist noch nichts gegen *Himmelwärts in die Hölle!*«

Wie auch immer.

Julian interessierte sich nicht für die Zukunftspläne der Auslöscher. Er wollte die versprochenen Informationen. Nach dem Treffen rief Nicholas Julian zu sich auf die Bühne. Hocherfreut legte er ihm beide Hände auf die Schultern und sah ihm in die Augen. »Gute Arbeit«, sagte Nicholas. »Sehr gute Arbeit.«

Er nahm eine Aktenmappe aus der Tasche und gab sie Julian.

»Wie versprochen«, sagte er. »Frisch aus der Datenbank der Wiedergeburtsbehörde.«

Julian öffnete die Mappe. Als er begriff, was er da vor sich hatte, schwirrte ihm ein weiteres Mal der Kopf.

»Mehr war nicht aufzutreiben, und ich habe mir wirklich alle Mühe gegeben, das kann ich dir sagen«, erklärte Nicholas. »Aber wie gestern schon angedeutet, fehlt mir der Kontext, um diese Informationen richtig einzuordnen.«

Julians Augen flogen über den Text. Er las ihn wieder und wieder durch.

»Naja, ich hoffe, dass dir das weiterhilft oder dir zumindest etwas Trost spendet.«

Julian starrte Nicholas mit offenem Mund an. Er war wie betäubt.

»Also«, sagte Nicholas, der nicht so recht wusste, wie er mit Julians Reaktion umgehen sollte, »dann bis später.«

Er tippte gegen Julians Schulter. Als dieser nicht reagierte, zuckte er mit den Achseln und ging.

Julian war ganz allein im Orchesterraum. Wieder und wieder las er die Akte durch, die ihm Nicholas gegeben hatte.

Das Attison-Projekt.

Dem Datum nach zu urteilen war dies der letzte Auftrag seiner Mutter im Dienste der Wiedergeburtsbehörde gewesen. Danach hatte man sie entlassen.

Detaillierte Untersuchungen zum Einfluss des Sees auf Verhalten, Biochemie und Evolution der lokalen Fauna, insbesondere der Katzenpopulation.

KAPITEL 23

»Du bist jetzt eine Drei?«

Cody stand mit tiefen Sorgengrübchen auf den Wangen auf der Veranda vor dem Katzenquartier. Jetzt bereute Julian, dass er sich nicht einen Schal oder ein Tuch um den Hals gebunden hatte. Er zog die Schultern hoch, doch das reichte nicht, um die Ziffer zu verdecken.

»Ja. Lange Geschichte …«

»Schon klar!«, fiel ihm Cody ins Wort, drehte sich um und ging ins Haus. Sie war stinksauer.

Julian folgte ihr ins Wohnzimmer. Zwei Mädchen im Alter von etwa zwölf, dreizehn Jahren saßen auf dem Boden und sortierten kistenweise Klamotten – Spenden womöglich? – nach Farben. Sie hatten einen roten, einen blauen und einen grauen Haufen gemacht, der, wie Julian frustriert begriff, genauso gut grün sein konnte.

Er folgte Cody in Glens Computerraum. Sie schloss die Tür hinter ihm und lehnte sich mit verschränkten Armen und finsterer Miene dagegen. Glen wirbelte in seinem Stuhl herum, nickte Julian zur Begrüßung zu und drehte sich dann wieder zu seinem Bildschirm zurück, auf dem ein Foto mit der Aufschrift »Testobjekt 32« flimmerte.

»Also«, sagte Glen. »Die Katze, die mittlerweile übrigens in unserer Tiefkühltruhe liegt, war ganz sicher eine Seekatze. Der Chip in ihrem Körper unterscheidet sich von denen, die wir bisher untersucht haben. Offenbar handelt es sich um das Nachfolgemodell, das zu unserem Glück jedoch noch nicht ganz ausgereift ist. Besonders die Firmware darauf ist schlampig programmiert. Ich konnte mehrere Sicherheitslücken ausnutzen und tiefer in ihre Datenbank eindringen als jemals zuvor. Reverse Engineering macht's möglich.«

Julian sah ihn verwirrt an. »Ich habe sogar ihren Namen herausgefunden«, fuhr Glen unbeirrt fort. »Testobjekt 32. Kein besonders hübscher Name für eine Katze, mir hätte ja Schattenpfote oder Nachtjäger oder was Geheimnisvolleres besser gefallen, aber da kann man nichts machen. Das steht so auf dem Chip.« Er deutete auf den Bildschirm. »Dazu Datum und Uhrzeit der Scans. *Scans* – sie haben sie gescannt, genau wie einen Menschen nach einer Wiedergeburt.«

»Genau das hatte ich schon immer vermutet«, sagte Cody. »Jetzt haben wir endlich den Beweis.«

Julian blieb die Spucke weg. »Also werden die Katzen *tatsächlich* wiedergeboren. Unglaublich.«

»Überhaupt nicht unglaublich«, sagte Glen. »Da steht's doch.«

Cody ging zu Julian hinüber. »Du wolltest uns was zeigen?«

Julian kramte in seiner Tasche nach den Ausdrucken, die Nicholas ihm gegeben hatte. Cody schob Glens Tastatur beiseite und breitete sie auf dem Tisch aus.

»Das ist eine Mitarbeiterliste für das ...«

»Attison-Projekt«, vollendete Cody. Ihr Blick huschte über die Seiten.

»Kannst du damit etwas anfangen?«, fragte Glen.

Cody dachte konzentriert nach. »Der Name ›Attis‹ taucht im Zusammenhang mit der Abteilung für lenitische Forschung häufiger auf. Bei den alten Griechen war Attis ein für Verfall und Wiedergeburt zuständiger Gott. Anscheinend halten sich die

Wächter für Halbgötter. Na, an Selbstbewusstsein fehlt's denen jedenfalls nicht.« Sie las weiter. »Eine gewisse Lucy Dex steht auch auf der Liste. Ist das deine Mutter, Julian?«

Er nickte.

Glen lehnte sich lachend im Stuhl zurück. »Das ist ja zu schön, um wahr zu sein. Attison! Attis' Sohn! Bist du damit auch ein Halbgott? Oder ein Viertelgott?«

»Keine Ahnung, was das bedeuten soll«, sagte Julian. »Meine Mutter hat kein Wort über dieses Attison-Projekt verloren, und Dad weiß sicher auch nichts darüber. Aber sie hat in der Forschungsabteilung gearbeitet, so viel steht fest.«

»Und diese Abteilung hat Forschungen über die neunlebigen Katzen angestellt«, sagte Cody. Sie gab die Ausdrucke an Glen weiter, der sie sich dicht vor die Brille hielt und sorgfältig studierte. »Sie haben ihnen auch die Chips implantiert.«

Glen nickte. »Ja. Sieht ganz so aus.«

»Vielleicht hat sich die Katze dabei mit meiner Mutter angefreundet«, warf Julian ein. »Deshalb war sie auch vor unserem Haus, bevor sie … gestorben ist.«

Cody wandte sich ihm zu. »Schon möglich«, sagte sie. »Ist noch etwas anderes Merkwürdiges passiert, als du die Katze gesehen hast?«

Julian runzelte die Stirn. Ihm fiel der Alptraum von letzter Nacht wieder ein, die Katze auf der Insel mit dem grässlichen Brummen und den langen Zähnen – wie sie das Maul aufgerissen hatte, als ob sie ihn mit einem Happs verschlingen wollte.

»Um ehrlich zu sein: Ich habe von ihr geträumt.«

Glen machte große Augen. »Okay, eigentlich sind das ja gute Nachrichten«, teilte er Cody mit. »Aber ich finde das Ganze trotzdem ein bisschen unheimlich.«

Cody schwieg. Sie studierte weiter stumm die Dokumente.

»Vielleicht sollten wir das Ganze fürs Erste auf sich beruhen lassen und abwarten, bis die Wächter etwas weniger Druck auf die Freunde ausüben. Ich weiß nicht, ob es so schlau ist, sich mit diesem irren Traumkatzenexperiment-Viertelgott einzulassen.«

Cody sagte immer noch nichts.

»Hallo?«, fragte Glen.

Schließlich blickte Cody auf.

»Seht euch das an«, sagte sie und deutete mit dem Finger auf einen Ausdruck. »Callum Collins gehörte ebenfalls dieser Forschungsabteilung an.« Sie schnaubte verächtlich. »Warum hat er mir das nicht gesagt?«

Glen starrte das Dokument über ihre Schulter hinweg an. »Callum? Keine Chance. Hast du nicht gehört, was ich gerade gesagt habe?«

»Das habe ich aus strategischen Gründen ausgeblendet«, entgegnete Cody.

»Ihr kennt diesen Callum Collins?«, mischte sich Julian ein.

»Er gehört zu den Gründern der Freunde des Sees. Er hat dieses Haus gespendet«, antwortete Cody mit tonloser Stimme, während sie die Ausdrucke zusammenschob. »Wir werden ihm einen Besuch abstatten.«

Glen schüttelte den Kopf. »*Keine Chance*, hab ich gesagt.«

»Nun hab dich doch nicht so«, zischte Cody. »Ja, Callum will nichts mehr mit uns zu tun haben, aber er steckt da mit drin. Obwohl er mir das verschwiegen hat…« Sie legte die Stirn in Falten. »Aber weshalb? Was weiß er?«

Glen schüttelte abermals den Kopf. »Callum hat uns klipp und klar gesagt, dass wir uns von ihm fernhalten sollen. ›Bleibt zum Teufel noch mal weg… für immer‹, waren seine genauen Worte, wenn ich mich recht erinnere.«

Cody zuckte mit den Schultern. »Es geht nicht anders.«

»Weiß er, was mit meiner Mutter geschehen ist?«, platzte es aus Julian heraus.

Cody sah ihn neugierig und etwas überrascht von seinem plötzlichen Tatendrang an. »Glen?«, fragte sie. »Kommst du mit?«

Glen schüttelte den Kopf und schloss die Augen. »Nein«, sagte er leise. »Keine Chance …«

Julian folgte Cody in die Küche. Sie holte die Katze aus dem Eisfach und wickelte sie in mehrere Lagen Frischhaltefolie. Dabei ignorierte sie Julians fragenden Blick.

»Hey«, sagte Julian. Sie antwortete nicht.

Cody stopfte die Katze in ihren Rucksack und ging zu ihrem Zimmer mit der roten Tür. Julian tappte ihr hinterher, bevor sie sich vor der Tür abrupt zu ihm umdrehte.

»Du wartest hier«, sagte sie. Dann schlüpfte sie in den Raum und schloss die Tür hinter sich. Sie achtete peinlich genau darauf, dass er nicht einmal einen winzigen Blick in das Zimmer werfen konnte. Kurz darauf war sie zurück. »Gehen wir«, sagte sie knapp und zog den Reißverschluss ihrer Kapuzenjacke zu.

Auf der Fahrt redeten sie kaum ein Wort – sie waren zu beschäftigt, nach Verfolgern Ausschau zu halten. Als endlich feststand, dass niemand sie beschattete, warf ihr Julian einen Blick zu. »Können wir uns unterhalten?«

Sie sah ihn an, als würde sie, nun ja, eine tote Katze inspizieren. »Ja, unterhalten wir uns. Ich habe die Degenerationen, die um den See herum entstehen, schon beobachtet, als du noch nicht mal *auf die Idee* gekommen bist, deine Eins auszulöschen«, sagte sie. »Und plötzlich spielst du eine Hauptrolle bei dieser ganzen Sache. Die Katze, die dir gefolgt ist, und die Tatsache, dass deine Mutter in der Forschungsabteilung gearbeitet hat, sind die beiden heißesten Spuren, auf die ich überhaupt jemals gestoßen bin. Aber ich frage mich, ob ich dir vertrauen kann. Wegen …« – sie starrte die Drei auf seinem Hals an – »deiner ständigen Auslöscherei.«

Julian blickte finster. Nicht schon wieder.

»Ach ja?«, entgegnete er. »Du *vertraust* mir nicht? Entschuldige mal, aber du kennst mich überhaupt nicht. Du weißt nicht, dass meine Mutter verschwunden war und eines Tages zurückkehrte und auf mich losging. Und dann hat sie direkt am See der *Permatod* ereilt. Sie wollte nicht, dass ich mich auslösche, und ich wollte das auch nicht – nicht nach dem, was mit ihr passiert ist. Du weißt nicht, dass ich einen Vater und einen Bruder habe und dass unsere Familienlebensbilanz nur wegen mir grottenschlecht ist. Wir waren kurz davor, das Haus zu verlieren. Du weißt nicht, dass mir die Auslöscher dabei helfen wollten herauszufinden, warum meine Mutter den Verstand verloren hat. Du weißt lediglich, dass du mit mir und einer toten Katze in diesem Auto sitzt. Mit Verlaub, aber ich habe nicht den Eindruck, dass ich mir dein Vertrauen verdienen müsste. Immerhin sind wir auf dem Weg zu einem geheimnisvollen Wissenschaftler, der früher mal für die Wiedergeburtsbehörde gearbeitet hat und dich ganz offensichtlich nicht sehen will. Woher soll ich wissen, dass *du* – mit deinem Zimmer, das keiner sehen darf, und deinen wahnwitzigen Theorien – nicht gefährlich oder wahnhaft oder beides bist?«

Cody klatschte langsam in die Hände.

»Tja«, sagte Julian, »Vertrauen beruht auf Gegenseitigkeit. Vielleicht verrätst du mir mal, warum du dich so für diese ganze Sache interessierst.«

Cody schwieg eine Weile, dann nickte sie. »Das ist bei mir auch etwas Persönliches, genau wie bei dir«, sagte sie und blickte aus dem Fenster. »Die Wiedergeburtsbehörde hat mir meine Eltern weggenommen.«

»Sind sie permatot?«

»Ja«, antwortete Cody. Sie strich sich die Locken aus der Stirn und band sie zu einem Pferdeschwanz zusammen. »Mein Dad war Ingenieur bei der Army«, erzählte sie nüchtern. »Er war Halbjapaner und konnte Japanisch, deshalb haben sie ihn während der Kyushu-Krise nach Japan verlegt.«

»Was ist passiert?«, fragte Julian.

»Die Überbevölkerung nahm dramatische Ausmaße an. Die Buddhisten rebellierten gegen den Lebensplan. Meine Mutter reiste mit ihm dorthin. Sie war Chemikerin, und die Army beauftragte sie damit, das Wasser des dortigen Sees zu analysieren. Ich wurde in Japan geboren. Mein Vater hat dabei geholfen, die berühmte Tori-Staumauer um den Kyushu-See zu errichten. Anschließend wurde er befördert und nach Lakeshore versetzt. Und da merkte er schnell, dass hier etwas faul war. Er stand in der Hierarchie ziemlich weit oben, also war es nur eine Frage der Zeit, bis er bemerkte, dass die Wächter etwas vertuschten. Und zwar die Tatsache, dass sich die Seen … veränderten. Er kündigte und ging mit meiner Mutter in den Untergrund …«

Julian nickte.

»Erinnerst du dich noch an den 6/12-Vorfall? Als die Army den Stützpunkt dieser Gruppe gestürmt hat, die einen künstlichen See machen wollte?«

»Natürlich«, sagte er. Der 6/12-Vorfall war allgemein bekannt. Eine Gruppierung – oder vielmehr eine Sekte – hatte versucht, mit gestohlenem Wasser einen künstlichen See anzulegen, der nicht unter der Kontrolle der Regierung stand. Die Kämpfe um den Stützpunkt dauerten beinahe eine Woche. Danach – an diesem zwölften Juni – stand alles in Flammen. Nach diesem Fiasko wurden praktisch keine unzensierten Nachrichten mehr gezeigt.

»Damals starben dreißig Menschen, darunter auch meine

Eltern«, sagte Cody. »Sie wollten nur ihre Forschungen fortsetzen. Sie haben Fragen gestellt, sonst nichts.«

»Tut mir leid«, sagte Julian. Dass Cody mit einem so bekannten Vorfall in Verbindung stand und außerdem noch von Unbekannten verfolgt wurde, trug ebenso wenig zu seiner Beruhigung bei wie die Tatsache, dass sie auf dem Weg zu einem Wissenschaftler waren, der sie nicht empfangen wollte.

Cody sah ihn an. Wieder erschienen die Grübchen auf ihren Wangen.

»Damals war ich noch ein Kind. Ich wollte nichts mit der Behörde zu tun haben und bin nach Lakeshore geflohen. Die Freunde des Sees retteten mich aus Retro Row.«

»Also weißt du, wie es ist, wenn man ein Elternteil verliert«, sagte Julian.

Sie betrachtete ihn eine Weile wortlos.

»Wenn wir uns das nächste Mal sehen, bist du dann eine Vier?«, fragte sie schließlich.

»Keine Chance«, sagte Julian.

Die Grübchen verschwanden, ihre Miene hellte sich auf. Es war nicht direkt ein Lächeln, aber ein Anfang.

KAPITEL 24

Sie ließen den Ulmenwald hinter sich und fuhren durch Lakeshore hindurch, bis sie die West Side Hills erreichten. Eine wohlhabende Gegend mit langgestreckten, gepflegten Rasenflächen, Stallungen und Ranches.

Als Kind war Julians Familie oft zum Picknick im Park dort gewesen. Auf dem Heimweg waren sie immer durch diese Hügel gefahren und hatten darüber geredet, wie es wohl wäre, eine eigene Ranch oder Farm zu haben. Julians Vater hatte geplant, einen Gnadenhof für altersschwache Rennpferde aufzuziehen. Wenn er dazu noch zwei, drei Pferde der reichen Nachbarn aufnehme, würde sich der Stall ganz von selbst finanzieren, hatte er gesagt. Julian hatte die Landschaft am Autofenster vorbeiziehen sehen und sich vorgestellt, wie es wäre, auf einem Pferd über die sanften grünen Hügel zu reiten – wie die Ritter aus seinen Märchenbüchern. Von der Rückbank aus hatte er beobachtet, wie sein Vater die Hand seiner Mutter küsste. Sie hatte gerade einen neuen Job bei der Wiedergeburtsbehörde bekommen und zuversichtlich in die Zukunft geblickt. Irgendwann würden sie diese grünen Hügel ihre Heimat nennen …

Und jetzt waren die Hügel *grau.*

Callum Collins wohnte in einem weißen, zweistöckigen Haus am Ende einer kurvenreichen Einfahrt. Julian warf Cody einen Seitenblick zu. Sie starrte mit fester, entschlossener Miene geradeaus. Der Schatten der Torpfosten fiel auf ihr Gesicht.

Sie klopften beinahe zehn Minuten lang an Callums Tür. Endlich, Julians Knöchel waren schon wund, öffnete ihnen ein dünner Mann in einem Flanellhemd. Er war etwa so alt wie Julians Vater, trug einen kurzen, sorgfältig gestutzten Bart und eine Brille mit dickem schwarzem Gestell.

Sofort wandte er sich Cody zu. »Wie hast du mich gefunden?«

»Die Freunde … haben ein paar Unterlagen im Katzenquartier vergessen, auf denen deine Adresse steht.«

»Bitte geht wieder«, sagte Callum. »Ich habe doch deutlich gesagt, dass ich nichts mehr mit euch zu tun haben will.«

»Ich will dich nicht zurückholen.« Cody öffnete die Tasche und holte die tote Katze heraus. »Ich will mehr über das Attison-Projekt herausfinden.«

Beim Anblick der Katze verzog Callum das Gesicht – doch nicht aus Ekel oder Entsetzen, sondern weil er sie wiedererkannte. Er warf einen Blick zum Horizont, als befürchtete er mögliche Verfolger, dann trat er auf die Eingangsstufen hinaus. »Kein Wort mehr. Folgt mir nach hinten«, sagte er.

Hinter dem Haus griff sich Callum eine Schaufel aus einem Eimer mit Werkzeugen, dann führte er Cody und Julian durch den Garten zum Waldrand. Ein kleiner Bach rauschte durchs Unterholz.

»Das Haus könnte verwanzt sein«, sagte er. »Der Bach übertönt unsere Stimmen, aber wir sollten trotzdem nicht laut reden. Nur zur Sicherheit.« Er deutete auf sein Bein, an dem direkt über dem Stiefel eine elektronische Fußfessel befestigt war. Offensichtlich stand er unter Hausarrest.

Cody nahm die Katze aus der Tasche und legte sie auf einen Baumstumpf. Callum ging davor in die Hocke und wickelte sie vorsichtig aus der Folie. Während er das Tier untersuchte, murmelte er etwas Unverständliches in seinen Bart. Dann drehte er den Katzenkopf hin und her und sah ihm in die Augen. »Genau«, sagte er. Julian sah Cody an, doch die konnte sich auch keinen Reim darauf machen.

»Eine Neun«, sagte er. »Die hat's hinter sich. Schade, sie war richtig nett. Hatte eine Schwäche für Sojasahne.«

»Sie kennen diese Katze?«, fragte Julian.

Cody fiel ihm ins Wort. »Callum, wir haben aus einer Akte über das Attison-Projekt erfahren, dass du auch daran mitgearbeitet hast. Du musst uns erzählen, worum es dabei ging.«

Callums Blick fuhr zwischen den beiden hin und her. Er biss die Zähne zusammen.

»Ich will herausfinden, was an den Seen vor sich geht«, sagte Cody. »Ich will die Arbeit meiner Eltern fortsetzen. Du musst mir helfen. Bitte.«

»Keine Aufnahmen.«

Cody nickte, nahm den Rucksack von der Schulter und holte Notizbuch und Stift heraus. »Nur schriftliche Notizen«, sagte sie. »Keine Audio- oder Videoaufzeichnungen.«

Callum sah sie ängstlich an, dann hob er die Schaufel auf und rammte sie in die Erde.

»Attison war ein Projekt der Abteilung für lenitische Forschung. Wir suchten nach einem Heilmittel für die Retrogression und die Wiedergeburtsfehler. Außer den Menschen reagieren nur die Katzen und die Zikaden auf den See, und die Katzen stellten als einigermaßen intelligente Organismen ideale Testobjekte dar.«

Cody schrieb eifrig mit. Callum trieb das Schaufelblatt mit dem Stiefel noch tiefer in die Erde.

»Jedenfalls hatten wir das anfangs vor«, fuhr Callum fort, während er ein kleines Loch aushob und die feuchte, schwarze Erde neben sich aufhäufte. »Vielleicht hätten wir auch Fortschritte gemacht, doch dann kam ein neuer Direktor, der die Zielsetzung des Projekts änderte. Und da mir diese Neuausrichtung nicht gefiel, wurde ich so lange schikaniert, bis ich aus freien Stücken kündigte.«

Als das Loch etwa einen Meter tief war, legte er die Katze hinein. »Sie verdient ein anständiges Begräbnis«, sagte er.

Julian beobachtete Callum dabei, wie er dieses geheimnisvolle Tier, das so unverhofft in sein Leben getreten war, mit Erde bedeckte. Er nickte dem Grab zu – ein wortloser Abschied.

»Und was war das für eine Neuausrichtung?«, fragte Cody.

Callum wischte sich die Hände an der Jeans ab und griff wieder nach der Schaufel. »Ihr solltet verschwinden. Damit handelt ihr euch nur Ärger ein.«

Julian runzelte die Stirn. »Moment mal. Kannten Sie eine Lucy Dex?«

Callum, der weiter Erde schaufelte, hielt bei der Erwähnung dieses Namens plötzlich inne und sah Julian in die Augen.

»Vielen Dank, dass ihr mir meinen alten Freund vorbeigebracht habt«, sagte er und deutete auf den kleinen Erdhügel. »Aber ihr müsst jetzt gehen.«

Er sah sich argwöhnisch um und packte die Schaufel noch fester, als rechnete er damit, dass sich Cody plötzlich in ein Ungeheuer verwandelte, gegen das er sich zur Wehr setzen musste.

»Fahrt wieder«, sagte Callum bestimmt. »Es ist zu eurem Besten. Mischt euch da nicht ein, ihr habt noch so viele Leben vor euch.«

Doch Cody ließ nicht locker. »Irgendwas stimmt mit dem See nicht, und ich will herausfinden, was. In letzter Zeit verhalten sich ja nicht nur die Katzen seltsam, auch die Retrogression wird immer schlimmer. Viel schlimmer als zu der Zeit, als du darüber geforscht hast. Und was noch besorgniserregender ist … die Menschen erhalten nicht länger ihre vollen neun Leben.«

Callums Miene verdüsterte sich schlagartig. Seine Mundwinkel zuckten.

»Die Behörde vertuscht alles. Sie bezeichnet die Leute, die ihr gefährlich werden können, einfach als Retro und schickt sie in die Row. Stimmt doch, oder?«

»Stimmt das wirklich?«, hakte Julian nach.

Es war Callum deutlich anzusehen, dass er etwas sagen wollte, sich aber nicht traute.

»Ich habe nur einen Rat für euch«, sagte er schließlich. »Ihr müsst mit dem Auslöschen aufhören. Sofort.«

»Weil die Leute spurlos verschwinden? Du musst uns mehr darüber erzählen, bitte!«, flehte Cody.

Er wandte sich von ihr ab.

»Wieso willst du uns denn nicht helfen?«, fragte sie. »Damals in Retro Row hast du uns doch auch geholfen.«

Callum starrte sie an.

»Jetzt hast du die Möglichkeit, wirklich etwas zu bewegen.«

Callum sah sie lange an. Dann schulterte er seufzend die Schaufel. »Hütet euch vor dem Spoof«, sagte er. »Und jetzt geht.«

»Warte, was ist denn ein …?«

»Geht!« Er hob drohend die Schaufel, dann deutete er damit auf die Hügelkuppe.

Wortlos gingen sie zum Vordereingang. Callum verschwand im Haus und schlug die Tür hinter sich zu.

Cody und Julian stiegen in den Wagen und fuhren die lange Einfahrt bis zur Hauptstraße hinunter. Julians Hände zitterten am Steuer, und ihm war schwindlig. Cody hatte das Notizbuch auf dem Schoß und vervollständigte ihre Aufzeichnungen. Sie wollte sicherstellen, dass sie jedes von Callums Worten aufgeschrieben hatte.

Worum ging es bei diesem Projekt? Welche Rolle hatte seine Mutter dabei gespielt? Julian schwirrte der Kopf, doch trotz aller Verwirrung bemerkte er die seltsamen Konstruktionen auf den Torpfosten am Ende der Einfahrt.

»Cody?«, sagte er.

»Warte, ich muss mich konzentrieren«, sagte sie und schrieb weiter.

»Cody«, wiederholte Julian etwas drängender. »Kopf runter.«

»Was?«, sagte sie und blickte verwirrt auf.

Er drückte sie nach unten, bis sie vom Armaturenbrett verdeckt wurde, dann senkte er ebenfalls den Kopf, bis er noch gerade so aus der Windschutzscheibe sehen konnte.

Sobald sie die Einfahrt hinter sich gelassen hatten und ein Stück die Hauptstraße entlanggefahren waren, blieb er stehen und drehte sich nach den Torpfosten um. Kleine schwarze Apparate waren daran befestigt.

»Kameras«, sagte Julian. »Mist.«

»Die haben uns schon bei der Herfahrt aufgenommen, oder?«, fragte Cody.

Julian nickte.

»Verdammter Mist.«

KAPITEL 25

Die Schule kam ihm jetzt wie ein völlig anderes Universum vor. Trigonometrie. Die Geschichte der Lake-Superior-Rebellion. Eine Gruppendiskussion in Sozialkunde über die sich verschärfende Krise in der Ukraine … das alles nahm Julian kaum wahr.

Seine Gedanken kreisten ausschließlich um seine Mutter, das Attison-Projekt – was zum Teufel das auch sein mochte – und die tote Katze. Wie Callum sie mit Erde bedeckt und die Erde dann mit der Schaufel festgeklopft hatte.

Der Unterricht war die Hölle. Die Auslöschertreffen waren noch schlimmer.

Er nahm immer noch daran teil, obwohl er die beiden Leben, die er hatte tilgen wollen, bereits ausgelöscht hatte. Was wollte er da noch? Nicholas steckte in den letzten Vorbereitungen zu *Himmelwärts in die Hölle*, immerhin war morgen Halloween. Anscheinend hatten sie die alte Achterbahn zum Laufen bekommen (oder zumindest eine erfolgreiche Testfahrt absolviert). Nicholas warf eine Tabelle mit der geplanten Opferzahl auf die Leinwand. Dem kürzlich erfolgten Zustrom von Anwärtern war es zu verdanken, dass er tatsächlich eine Chance hatte, Georgie Vanders berühmten Rekord an Auslöschungen zu brechen.

Julian wurde allein schon vom Hinsehen schlecht.

So viel Tod.

Das alles war so morbide.

Als wäre es nur ein Spiel.

Sie planten, wie sie mehr Leute schneller töten konnten. Immer mehr. Immer schneller.

Hatte seine Mutter beim Attison-Projekt an etwas Ähnlichem gearbeitet? Hatte sie ebenfalls – sozusagen als offizielle Version von Nicholas – Opfertabellen erarbeitet?

Was, wenn Cody recht hatte und die Leute nicht mehr zurückkehrten? Das war noch schlimmer.

Aus welchem Grund hätte ihnen Callum sonst einschärfen sollen, das Auslöschen sofort bleiben zu lassen?

Julian hätte wirklich gerne mit jemandem darüber geredet. Mit jemandem, der ihn verstand. Der wusste, wie es war, an der Lakeshore Academy zu leben und zu sterben.

Wäre Molly nur hier gewesen.

Doch Molly ging weder ans Telefon noch beantwortete sie seine Nachrichten. Wenn er bei ihr anrief, landete er sofort auf der Mailbox. Bei den Auslöschertreffen hatte sie sich ebenso wenig blicken lassen wie in der Cafeteria.

Julian sah sich im Orchesterraum um – keine Molly.

Als ob sie sich in Luft aufgelöst hätte.

Nach dem Treffen blieb Julian an der Tür stehen und musterte alle Löscher, die an ihm vorbeigingen – für den Fall, dass er Molly übersehen hatte.

Aber sie war nicht dabei. Nur Constance. Julian trat neben sie.

»Hey, Constance«, sagte er.

Sie warf ihm einen überaus genervten Blick zu. »Ja?«

»Hast du Molly in letzter Zeit gesehen? Ich kann sie nicht erreichen.«

Constances Augen blitzten. »Welche Molly?«

Wollte sie ihn zum Narren halten? Sie kannte Molly doch.

»Ach ja«, sagte sie, als würde es ihr plötzlich wieder einfallen. »Die kleine Dicke mit den dunklen Haaren. Vielleicht hat sie bei uns aufgehört. Würde mich nicht wundern.« Constance betrachtete ihre sorgfältig manikürten Fingernägel. »Sie kam mir ja schon immer recht empfindlich vor.«

Sie drängte sich an Julian vorbei. Ende des Gesprächs.

Molly? Empfindlich? Schwer vorstellbar. Aber wenn sie wirklich kein Mitglied der Auslöscher mehr war, hätte sie Nicholas doch sicher als Negativbeispiel in einer seiner Reden erwähnt. Und ganz sicher hätte Molly Julian angerufen, ihm alles erklärt und ihn davon zu überzeugen versucht, den Löschern ebenfalls den Rücken zu kehren.

Oder?

Julian suchte weiter die Schule nach ihr ab. Er durchstreifte die Gänge, wartete vor ihrem Spind, hielt auf dem Parkplatz nach ihrem Auto Ausschau. Keine Spur von Molly.

Beim Essen sprach er mit anderen Auslöschern. Amit hatte sie ebenfalls nicht gesehen. »Das waren die Löscher«, flüsterte er mit traurig gesenktem Kopf. »Die Auslöscher haben sie verschwinden lassen.«

Das ließ Julian aufhorchen. »Wie meinst du das?«

Amit zuckte mit den Schultern und sah zum Auslöschertisch hinüber. Anscheinend wollte er hier nicht darüber reden. Er schlich davon.

Die Auslöscher? Hatten sie ihr etwas angetan? Hatten sie …?

Nein. Darüber wollte er gar nicht erst nachdenken. Noch nicht.

Nach dem Mittagessen knöpfte er sich Logan vor. Ja, ihm war Mollys Abwesenheit ebenfalls aufgefallen. Und noch etwas anderes: Anastasia fehlte auch.

Julian begriff sofort, dass Anastasia, Molly und er selbst die einzigen Schüler waren, die mit einem Stipendium an die Lakeshore Academy gekommen waren.

Die offizielle Version der Geschichte ging laut Logan so: Molly und Anastasia hatten Constance kurz nach ihrer Aufnahme bei den Auslöschern zu Hause besucht, um irgendein Initiationsritual durchzuführen. Seitdem hatte sie niemand mehr gesehen. Niemand sprach darüber, sagte Logan, niemand zog irgendwelche Schlussfolgerungen oder stellte Vermutungen an. Immerhin war Nicholas »schon ein bisschen irre«, wie sich Logan ausdrückte. Die Untertreibung des Jahrhunderts. Logan deutete sogar an, dass nicht alle so begeistert davon waren, sich auf der großen Halloweenparty auszulöschen, wie Nicholas behauptete.

Julian war entsetzt. »Ich habe mich bei Constance nach Molly erkundigt, und sie hat so getan, als wüsste sie gar nicht, von wem ich rede.«

Logan kicherte. »Eine Auslöscherin, die dich *anlügt?* Kaum vorstellbar.« Er zwinkerte Julian zu und stand mit einem höhnischen Grinsen vom Tisch auf.

Julian wurde schwindlig. War denn die ganze Welt verrückt geworden?

Er musste der Sache auf den Grund gehen.

Nach der achten Stunde stellte er Nicholas vor seinem Spind zur Rede. Der war so ausweichend und unverbindlich wie immer. »Aber sicher ist mir aufgefallen, dass Molly nicht mehr zu den Treffen kommt«, gab er mit seiner weichen Säuselstimme zu. »Anastasia auch nicht, stimmt. Darum wollte ich mich schon längst kümmern, aber mit den vielen Neuzugängen und den Vorbereitungen für *Himmelwärts in die Hölle* …« Er schüttelte bedauernd den Kopf. »Zeit ist gerade Mangelware. Und intelligente Leute, die mit anpacken, ebenso.«

»Kannst du nicht irgendwie herausfinden, was mit ihnen passiert ist?«, fragte Julian.

Nicholas sah ihn mit übertriebener Leidensmiene an, als stellte schon die Andeutung, dass es irgendetwas gäbe, was er nicht herausbekommen könnte, eine schwere Beleidigung dar. »Natürlich *könnte* ich das tun, aber ich glaube, dass es kein großes Geheimnis ist. Bei den Auslöschern ist die Absprungrate von jeher sehr groß.«

»Aber würden sie wirklich tagelang die Schule schwänzen, nur um den Auslöschern aus dem Weg zu gehen?«

Nicholas zuckte mit den Schultern und stopfte seine Schulbücher zu der großen weißen Auslöscherbibel in die Tasche.

»Angeblich«, sagte Julian, »hat Constance ein Initiationsritual mit ihnen durchgeführt. Und kurz danach sind sie verschwunden.«

Nicholas hielt inne, und ein beinahe unmerkliches Zittern huschte über sein Gesicht. Einen Augenblick lang wankte sein makelloses Lächeln, und das verriet Julian, dass er auf der richtigen Spur war. Entweder wusste Nicholas etwas und wollte es nicht verraten, oder er hatte überhaupt nicht *mitbekommen*, was hinter seinem Rücken vorging. Julian bohrte weiter nach.

»Vielleicht hat Constance ja ihre eigenen Pläne«, spekulierte er. »Von denen du nichts weißt.«

Nicholas' Miene verdunkelte sich.

»Nein.« Er spuckte das Wort aus wie eine bittere Frucht. »Ohne mein Wissen wird hier gar nichts geplant. Das überhaupt nur anzudeuten ist eine Unverschämtheit.«

»Ich gebe nur weiter, was man mir erzählt hat.«

Nicholas gab ein kaum wahrnehmbares verächtliches Schnauben von sich. »Sieh mal einer an. Du hast gerade mal zwei Leben ausgelöscht, und schon glaubst du, du weißt, wie der Laden läuft.«

»Ich will nur Molly finden«, sagte Julian abwehrend. Noch vor wenigen Wochen hätte er es sich niemals träumen lassen, in diesem Ton mit Nicholas Hawksley zu reden. Doch seither war seine Welt um einiges größer geworden. Und gefährlicher als Nicholas mit seinen kleinen Machtspielchen.

»Was interessiert dich diese Molly überhaupt? Konzentrier dich lieber aufs große Ganze. Morgen findet *Himmelwärts in die Hölle* statt. Die größte Auslöschungsparty aller Zeiten, und du bist unser Superstar! Ist dir das etwa egal?«

Dieser abrupte Themenwechsel verwirrte Julian.

»Ob mir das egal ist oder nicht, geht dich gar nichts an«, sagte Julian.

Nicholas blickte finster drein. »Das geht mich sehr wohl etwas an«, zischte er. »Immerhin hab ich dich erst zu dem gemacht, der du jetzt bist.« Nicholas funkelte Julian böse an. Seine Pupillen schimmerten dunkel wie Vulkangestein.

Er knallte den Spind zu, warf sich den Rucksack über die Schulter und ging ohne ein weiteres Wort davon.

Julian blieb frustriert und besorgt im Gang zurück. Wieder war er mutterseelenallein.

Schließlich ging er zu seinem eigenen Spind hinüber, zog den weißen Blazer aus und warf ihn hinein. Allein bei der Vorstellung, den verdammten Blazer – diese Todesfahne – auf dem Körper zu tragen, bekam er Gänsehaut.

An diesem Abend schlich sich Julian nach einem späten Abendessen aus dem Haus. Es hatte sogar Sojasahne zum Nachtisch gegeben, so sehr hatte sich sein Vater über die lange ersehnte Verbesserung ihrer Lebensbilanz gefreut.

Nun saß Julian gegenüber von Mollys Haus im Schatten einer Ulme im Wagen. Bis auf das dumpfe Zirpen der Zikaden war nichts zu hören. Jedes Fenster war ein tintenschwarzes Rechteck – im Haus brannte kein einziges Licht.

Er stieg aus. Das laute Warnsignal bei geöffneter Tür durchschnitt die Stille. Vorsichtig schloss er die Tür wieder und ging zu Mollys Veranda hinüber.

Dort stand er lange in der Finsternis und lauschte konzentriert. Im Haus war es totenstill.

Er klopfte zwei Mal. Keine Antwort. Er klopfte lauter und länger. Nichts. Er trommelte immer heftiger gegen die Tür. Zwei Minuten später tat sich immer noch nichts. Er drückte die Klinke herunter. Abgeschlossen.

Julian schlich sich zu Mollys Fenster. Die Vorhänge waren zugezogen. Er rief ihren Namen und erhielt nur weitere Totenstille zur Antwort. Dann fiel ihm etwas ein: Die Hundeklappe in der Küchentür.

Er ging vor der Klappe in die Knie.

Jetzt war er schon so weit gekommen …

Julian legte sich flach auf den Boden, schob die Arme durch die Öffnung und zog sich hinein. Sobald er im Haus war, stand er auf.

Er war schon unzählige Male bei Mollys Familie und in Mollys Küche gewesen. Jetzt war der Raum völlig leer.

Der große Holztisch, an dem sie Brettspiele gespielt hatten – weg. Der Kühlschrank, vor dem er einmal einen Zweiliterkanister mit Sojamilch hatte fallen lassen und dafür von Mrs. Terra angebrüllt worden war – weg.

Er drückte auf den Lichtschalter. Der Strom war abgestellt. Er schaltete die Taschenlampe seines Handys ein.

Auch das Wohnzimmer war leer. Auf den Bodendielen waren tiefe Schleifspuren. Anscheinend hatte jemand die Möbel erst vor Kurzem hinausgetragen.

Während er durch den Flur zu Mollys Zimmer schlich, packte ihn die Angst. Das Haus war unheimlich, die Präsenz der Familie, die hier gewohnt hatte, noch stark.

Auch Mollys Zimmer war völlig leer. Die Möbel und sogar der Teppich waren verschwunden. Seine Schritte hallten über den Holzboden.

Was zum Teufel ging hier vor?

Eine ganze Familie konnte doch nicht einfach so verschwinden. Unwahrscheinlich, dass sie einfach ihre Sachen gepackt und sich auf Nimmerwiedersehen davongestohlen hatten.

Julians Kehle schnürte sich zu.

Es gab noch eine andere Möglichkeit, doch daran wagte er nicht zu denken …

Aber wie lange wollte er die Augen noch davor verschließen?

Erneut durchquerte er den Flur und den leeren Raum, der einst ein gemütliches Wohnzimmer gewesen war. Als er den Riegel der Vordertür zurückschob, bemerkte er ein einsames Blatt Papier auf dem Boden. Anscheinend war es durch den Türspalt geflattert.

Es war eine behördliche Bekanntmachung.

BEKANNTMACHUNG –

DIESE IMMOBILIE WURDE VON DER HOLDINGGESELLSCHAFT DER LAKESHORE-ABTEILUNG FÜR LENITISCHE FORSCHUNG IM AUFTRAG DER WIEDERGEBURTSBEHÖRDE BESCHLAGNAHMT.

Julian stand eine lange Zeit einfach nur völlig verdattert und allein in der Dunkelheit einer Welt, die er nicht wiedererkannte.

KAPITEL 26

Cody machte sofort die Auslöscher für Mollys Verschwinden verantwortlich. Seit Julian ihr von ihnen erzählt hatte, war sie ihnen gegenüber misstrauisch gewesen.

»Schon mal was von den Orphids gehört?«, fragte Cody. Sie saßen gegenüber von Bardo Books in einem Café und tranken Sojakakao.

Julian schüttelte den Kopf.

»Das ist eine Geheimgesellschaft aus New York. Die veranstalten Burlesque-Shows mit halbnackten Frauen und so weiter. Und wenn die Show vorbei ist und sich die Türen schließen, wird es wirklich krank. Da kommt niemand lebend wieder raus.«

Julian bemühte sich, die allzu deutlichen Bilder aus seinen Gedanken zu verscheuchen.

»Dann gibt es noch die Society of the Hemlock«, fuhr Cody fort. »Das sind Feinschmecker mit einem Faible für Avantgardeküche, nur dass jedes Gericht ein tödliches Gift enthält. Oder die Jumper an der Westküste.« Sie machte eine dramatische Geste. »Extremsportler mit Schwerpunkt Klippenspringen.«

Julian nickte. »Okay …«

»Oder Gabriels Army. Von denen hast du doch bestimmt schon mal gehört, oder?«

Hatte er. Das war eine aggressive Sekte, deren Mitglieder sich in Institutionen wie Universitäten oder die Armee einschleusten und dort Massenselbstmorde organisierten. Einmal hatten sie sogar genug Geld für eine landesweite Selbstmordwerbekampagne aufgetrieben. Julian hatte den Slogan nicht vergessen: »Alle tun's – *nur du nicht.*«

»Ja«, sagte Julian. »Und was willst du mir damit sagen?«

»Diese Organisationen verfolgen im Prinzip immer dasselbe Ziel. Egal, wie ihre Philosophie auch lauten mag, sie haben zwei grundlegende Dinge gemeinsam: Zum einen müssen sich ihre Anhänger wiederholt umbringen, und zum anderen geraten sie nie mit den Gesetzeshütern in Konflikt.« Sie nahm einen Schluck Sojakakao. »Seit dem Gesetz zur optimalen Tilgungsdurchführung müssen sich alle Selbstmörder in einer Tilgungsklinik melden. Jeder Suizid außerhalb einer Klinik ist illegal. Und doch werden die Drahtzieher hinter diesen Vereinigungen nicht verhaftet.«

Sie stellte die Tasse ab und sah Julian mit zusammengekniffenen Augen an.

»Was bedeutet, dass ihre Existenz entweder stillschweigend geduldet wird – oder dass sie von der Regierung geschützt und sogar gefördert werden.«

Julian beobachtete die Katzen auf der anderen Straßenseite und dachte darüber nach. »Schon möglich, dass der Anführer der Auslöscher irgendetwas im Schilde führt«, sagte er. »Er heißt Nicholas Hawksley und ...«

»Hawksley?«, fragte Cody ungläubig. »Ist der etwa mit David Hawksley verwandt? Dem Direktor der hiesigen Wiedergeburtsbehörde?«

Julian nickte. »Ja. Das ist sein Vater.«

»Das ist kein Zufall«, sagte sie, als läge die Verbindung auf der Hand. »Die Wiedergeburtsbehörde erstellt die Lebensbilanzen und betreibt die Tilgungskliniken, wäscht ihre Hände aber in Unschuld – immerhin *zwingen* sie die Leute ja nicht zum Selbstmord«, sagte sie. »Der ist völlig freiwillig. Aber gegen diese Vereinigungen und Clubs gehen sie auch nicht vor.«

Julian runzelte die Stirn. »Schon möglich. Aber wenn die Retrogression immer schlimmer wird und die Leute nicht mehr zurückkehren, was wollen sie dann hier?«

»Genau das müssen wir herausfinden«, sagte Cody. »Die Wiedergeburtsbehörde ist wie eine Hydra. Wo immer etwas zum Himmel stinkt, tauchen sofort jede Menge Köpfe auf. Es kann natürlich sein, dass ein Kopf nicht weiß, was der andere tut, aber ich vermute, dass hinter allem ein großer Plan steckt.«

Je länger Julian über diese mögliche Verbindung nachdachte, desto mehr bezweifelte er, dass die Auslöscher ein Phänomen waren, das über die Lakeshore Academy hinausreichte. Man musste doch nur an ihre abgenutzte Lederbibel denken, die hundertjährige Geschichte an genau dieser Schule oder an Nicholas' Obsession, seine Vorgänger und insbesondere Georgie Vander zu übertreffen.

Und doch …

War Molly verschwunden.

Und ihr Haus von der Behörde beschlagnahmt.

»Nimm mich mit zu *Himmelwärts in die Hölle*«, sagte Cody. »Anscheinend ist das selbst für die Auslöscher eine Riesennummer. Das will ich mit eigenen Augen sehen.«

»Ich weiß nicht so recht«, sagte Julian. »Wir sollten uns da lieber nicht blicken lassen.« Er dachte darüber nach. »Andererseits … die ganze Schule wird dort sein.« Er schien hin und her gerissen. »Wenn Molly noch irgendwo hier in der Gegend ist … wird sie auch kommen.«

Cody formte eine Pistole mit den Fingern und richtete sie auf Julian.

»Dann nichts wie hin, Mr. Julian.« Sie drückte ab.

Der Acker vor dem alten Vergnügungspark war völlig zugeparkt.

Sie kamen an mehreren lachenden Jugendlichen in fluoreszierenden Skelettkostümen vorbei, die Schnapsflaschen kreisen ließen. Cody fotografierte die Gruppe mit ihrem Handy.

»So viele Leute«, sagte sie. »Ist das auf jeder Party so?«, fragte sie.

»Keiner auf der Academy *wagt* es, eine Auslöscherparty zu verpassen. Wer nicht kommt, ist so was wie ein Aussätziger«, sagte Julian. »Deshalb ist mehr oder weniger die ganze Schule hier.«

Mit einem mulmigen Gefühl in der Magengegend sah er zu, wie Cody die Party fotografisch festhielt. Üblicherweise verlor Julian die Kontrolle über die Situation, sobald entweder Nicholas oder Cody in der Nähe waren. Und heute würden diese beiden Welten aufeinandertreffen.

Sie folgten den Neonskeletten zum Eingang des Vergnügungsparks, über dem noch das alte Schild mit der Aufschrift »Thriller Park« angebracht war. Die Auslöscher hatten ein Banner darübergehängt, auf dem »Himmelwärts in die Hölle« stand. »Zimperlichkeit bitte am Eingang abgeben«, war in blutroter Krakelschrift daruntergeschrieben.

Die Jugendlichen scharten sich um die Bierfässer, die man in den verlassenen, mit leeren Flaschen zugemüllten Imbissbuden aufgestellt hatte. Über allem ragte eine altersschwache, verfallene Achterbahn auf. Der Looping war in der Mitte auseinandergebrochen. Er erinnerte an die zackige Klaue eines unheimlichen Fantasiewesens.

Julian drängte sich durch die mit Neonfarbe angemalten Kids in den phosphoreszierenden Skelett-T-Shirts. Hier fiel er mit seinem ganz normalen Kapuzenpullover richtiggehend auf, und auch Codys ständige Knipserei erregte Aufmerksamkeit.

Im Zentrum des Parks befand sich die Hauptattraktion – die

Achterbahn. Der Einstiegsbereich war in eine Bühne umfunktioniert worden, auf der sich die Auslöscher versammelt hatten. Dicke Knäuel aus LED-Lichterketten hingen über der Plattform und tauchten sie in ein gelbliches Licht. Musik dröhnte aus Lautsprechern zu beiden Seiten. In der Mitte der Bühne stand ein Mikrofon – Julian ahnte bereits, wer sich gleich dahinterstellen und von oben zu seinen Schäfchen sprechen würde.

Er drehte sich um. Cody unterhielt sich mit zwei sportlich aussehenden Jugendlichen, die sich Leuchtfarbe ins Gesicht geschmiert hatten. Sie musste sie anschreien, um sich über die laute Musik Gehör zu verschaffen.

»Seid ihr hier, weil ihr euch auslöschen wollt?«, fragte sie.

Einer der Jungen leerte seinen Becher. »Mal sehen. Von meiner Lebensbilanz her hab ich mich oft genug ausgelöscht«, sagte er. »Kommt drauf an, wie viel ich noch trinke.«

»Hey, die Getränke sind umsonst!«, sagte der zweite und kippte den Inhalt seines Bechers in einem Zug hinunter. »Ist doch egal, was sonst noch auf der Party passiert.«

»Und wenn sie verlangen, dass ihr euch auslöscht, obwohl ihr laut Lebensplan noch gar nicht dran seid?«

»Unsere Leben sind zum Auslöschen da, oder nicht?«, sagte er und warf den leeren Becher in den Dreck. »Du bist cool. Willst du was trinken?«

Julian hielt nach Molly und Anastasia Ausschau, konnte aber keine von beiden sehen. Stattdessen bemerkte er, wie eine kleine Gruppe Auslöscher von der Bühne stieg und sich in der Menge verteilte. »Hier ist was im Busch«, sagte er und fasste Cody am Ellenbogen.

Doch bevor sie etwas sagen oder tun konnten, stand schon Franklin vor ihm. Der Mund in seinem ausdruckslosen Gesicht war nur eine dünne Linie.

»Nicholas will dich sprechen«, sagte er.

Julian trat einen Schritt zurück und schluckte. Cody sah ihn besorgt an.

»Später vielleicht«, sagte Julian.

Franklin ging auf Julian zu und streckte die Brust raus. »Das war keine Bitte.«

Cody trat zwischen die beiden. »Julian wollte mich gerade nach Hause bringen.« Sie packte seinen Arm und wollte ihn mit sich zerren. Franklin betrachtete sie wie ein Naturforscher einen seltenen Vogel, dann legte er eine Hand auf Julians Brustkorb und hinderte ihn so daran, das Weite zu suchen.

Julian wand sich aus Codys Griff. »Keine Sorge«, sagte er. »Das krieg ich schon hin.«

»Glaub bloß nicht, dass ich hierbleibe«, sagte Cody und folgte ihm in Richtung Bühne.

Sie mussten sich durch einen Moshpit kämpfen. Franklin zog einen betrunkenen Jugendlichen von der Treppe, damit Julian auf die Bühne klettern konnte. Vorher drehte sich Julian noch zu Cody um. »Bleib hier«, sagte er und sah sie so ernst an, wie es ihm möglich war. *»Bitte.«*

Sie runzelte die Stirn, nickte dann aber widerwillig.

Franklin führte Julian über die Bühne. »Auf in die Schlacht, Warrior!«, rief jemand aus dem Moshpit, als er am Mikrofon vorbeikam. Die Menge jubelte. Erschrocken trat Julian einen Schritt zurück. Und da sah er ihn.

Nicholas kam von der Seite auf Julian zu. Er hatte die Arme ausgebreitet, als wollte er einen verschollen geglaubten Freund begrüßen. Sie trafen sich in der Mitte der Bühne. Nicholas ergriff Julians Arm und riss ihn in die Luft. Die Menge applaudierte. Mit immer noch triumphierend erhobenem Arm zog er Julian zum Mikro hinüber. »Das ist Julian Dex«, brüllte er hinein, sodass seine Stimme über den Vergnügungspark hallte und sogar die Musik übertönte. »Auf in die Schlacht, Warrior!«

Nun flippte die Menge völlig aus. Julian versuchte vergeblich, sich aus Nicholas' Griff zu lösen. Sobald der Jubel abgeebbt war, zog ihn Nicholas beiseite.

»Nicht schlecht, oder?«, rief ihm Nicholas über den Lärm hinweg zu. »Die ganze Schule frisst mir aus der Hand.«

Constance stand in einem sexy Skelettkostüm am Bühnenrand und filmte alles mit ihrem Handy. »Das wird direkt bei DeadLinks gestreamt«, teilte sie Julian mit. »Hey, wo ist dein roter Fleck?«, fragte sie und spitzte die Lippen. Julian blickte belämmert an seinem grauen Kapuzenpullover herab. Constance beugte sich vor und drückte ihm einen langen und festen Kuss auf die Stirn. Dann wischte sie den verschmierten Lippenstift von ihrem Mund. »Schon besser«, sagte sie, zwinkerte ihm zu und richtete die Handykamera wieder auf die Menge.

Nicholas legte den Arm um Julian und führte ihn zu einem Bedienfeld auf der Seite. Franklin stand bereits davor und inspizierte die vielen Knöpfe und Schalter.

»Ohne dich könnten wir die Party vergessen«, flüsterte ihm Nicholas ins Ohr. Er stank nach Alkohol und Schweiß. »Du kommst gerade richtig für die Hauptattraktion des Abends.« Er legte einen Schalter um.

Der Boden bebte, als die Hydraulik darunter zum Leben erwachte. Nacheinander leuchteten die Lichter der Achterbahn auf, bis der zerbrochene Looping vollständig erhellt war. Zwei Wagen rumpelten zur Einstiegsplattform und blieben mit einem schrillen Quietschen stehen.

»Was für ein Anblick«, sagte Nicholas strahlend und beinahe wie in Trance.

Julian wollte so schnell wie möglich runter von der Bühne.

Er musste Cody suchen und aus dem Vergnügungspark fliehen.

»Du wolltest mich sprechen?«, rief er über den Lärm hinweg in Nicholas' Ohr.

»Ich wollte mich nur entschuldigen, weil ich gestern so grob zu dir war«, sagte Nicholas und legte seine Hand auf Julians Schulter. »Und außerdem: Nicht ich habe dich zu dem gemacht, der du jetzt bist. Das warst du selbst«, verkündete er grinsend. Seine Augen glänzten im Licht.

Mit einem Mal begriff Julian, dass er in diesem Augenblick womöglich den richtigen, echten Nicholas vor sich hatte. Besoffen von seinem eigenen Wahnsinn. Ein merkwürdiges Gefühl lag wie ein kleiner, harter Stein in seinem Magen.

Mitleid.

Das Gefühl war Mitleid.

»Jetzt pass auf«, sagte Nicholas, eilte auf die Bühne und stellte sich hinter das Mikro.

»Hallo Abschlussklasse!«, rief er.

Die Menge jubelte. Franklin drehte die Musik leiser, und Nicholas' Stimme hallte ungehindert durch den Park.

»Diese alte, baufällige Achterbahn hier«, sagte er und deutete auf den Looping hinter sich, »war früher unter dem Namen ›Sturzflug‹ bekannt. Vor langer Zeit versprach sie Aufregung und Spannung und Abenteuer. Wie altmodisch. Wir Auslöscher brauchen keine Achterbahnen …«

Er machte eine lange Kunstpause.

»Weil der Tod unser Abenteuer ist!«

Alle applaudierten.

»Daher taufe ich diese Achterbahn auf den Namen *Himmelwärts in die Hölle*!«

Weiterer Jubel.

»Die meisten Auslöschungen in einem Jahr gelangen einem

Gold Star namens Georgie Vander. Er löschte vor fünf Jahren vierzig Schüler aus. Aber wir …« Er deutete auf den Looping, der an seinem höchsten Punkt, etwa siebzig Meter über dem Boden, auseinandergebrochen war.

»Wir werden heute fünfzig Schüler auslöschen. Auf einmal! Die gesamte Abschlussklasse wird den Looping hinauffahren. Der Wagen wird aus den Schienen springen, auf dem Boden landen und euch … auslöschen!«, schrie Nicholas mit irrem Blick. Mehrere Strähnen seines perfekt frisierten Haars fielen ihm ins Gesicht. Er strich sie sich aus der Stirn. »Eine bessere Metapher für das Abschlussjahr gibt es doch gar nicht!«

Die Auslöscher, die sich vorhin in der Menge verteilt hatten, trieben alle Schüler im Moshpit auf die Treppe zu. Dort nahm Franklin die Jugendlichen in Empfang, führte sie nacheinander auf die Plattform und schnallte sie in den Wagen fest.

Julian blickte mit Bedauern in ihre Gesichter, in die Augen hinter der Schminke – manche hatten Angst. Das waren nicht nur Auslöscher mit einem Todesfetisch, die meisten waren ganz normale Schüler, Zweien und Dreien, die sich an das Gesetz gehalten und eine Tilgungsklinik aufgesucht hatten. Sie hatten noch viele Jahre vor sich, bevor sie sich wieder auslöschen mussten, und waren nur wegen der Party und der Freigetränke gekommen. Und jetzt würde man sie auf diesen Höllenritt schicken … und das alles zum Vergnügen einer einzigen Person.

Widerstrebend ließen sie sich auf die Bühne führen.

Plötzlich ergriff Cody Julians Hand. Sie war bei ihm auf der Bühne und zog an ihm.

»Das dürfen wir nicht zulassen«, sagte sie.

Doch dann zerrte Nicholas Julian zum Mikro.

»Wie ihr alle wisst, war Julian Dex hier vor ein paar Wochen noch eine Eins. Eine gottverdammte EINS«, brüllte Nicholas ins Mikrofon. »Aber dann hat er doch noch die Kurve gekriegt. Julian, willst du nicht mit gutem Beispiel vorangehen und dich ganz vorne in den Wagen setzen?«

»Was?«, sagte Julian entsetzt. »Kommt überhaupt nicht infrage! So war das nicht abgemacht.«

»Nur nicht so schüchtern«, flüsterte Nicholas und legte eine Hand auf das Mikrofon. »Du bist doch unser Star!«

Julian riss sich aus Nicholas' Griff. »*Nein,* hab ich gesagt.«

Das Mikrofon kreischte. Nicholas trat zurück. Verwirrung zeichnete sich auf seinem gerade noch so begeisterten Gesicht ab. »Aber Julian …«

Nun mischte sich Cody ein. »Wir wollen nichts mit deinem psychopathischen Selbstmordkult zu tun haben«, rief sie. Ihre Worte wurden durch das Mikro auf den ganzen Platz übertragen. Verunsichertes Gemurmel brandete auf. Die Menge verstand nicht so recht, was da gerade auf der Bühne passierte. Nicholas stand mit offenem Mund wie versteinert hinter dem Mikrofon.

»Und wer bist du?«, fragte er schließlich. Offensichtlich war er wirklich verwirrt, und Julians Weigerung schien ihn aufrichtig gekränkt zu haben.

Julian drängte Cody vom Mikrofon zurück. »Lass dich da nicht mit reinziehen«, sagte er.

Doch Nicholas nahm das Mikro aus dem Ständer und ging zu ihnen hinüber. Julian wurde klar, was hier geschah. Sie hatten Nicholas' heilige Bühne besudelt, die Kanzel, von der aus er zu seinen Jüngern predigte. Und man schubste keinen Engel ungestraft von seinem Sockel.

Niemals.

Nicholas war fest entschlossen, sich die Bühne zurückzuerobern.

»Ganz ruhig«, sagte er ins Mikrofon. Seine eiskalte Stimme trotzte vor Selbstvertrauen, während er den Blick über die Menge schweifen ließ. Alle sahen gebannt zu ihm auf. Niemand wollte verpassen, was auf der Bühne passierte.

»Selbstmordkult? Du könntest nicht falscher liegen, du kleine …« Er betrachtete ihren abgetragenen Kapuzenpullover. »Woher kommst du überhaupt? Von einer öffentlichen Schule? Gehst du überhaupt auf eine Schule?«

Cody schnaubte verächtlich und riss Nicholas das Mikro aus der Hand. »Ihr löscht euch wieder und wieder aus, obwohl das laut Lebensplan noch gar nicht nötig ist. Und das einfach nur so, aus Spaß. Aber irgendjemand profitiert von eurem Tod. Nur wer? Ihr? Die Wiedergeburtsbehörde? Die Lakeshore Academy?«

Nicholas' Augen wurden immer größer. Er stieß ein leises ungläubiges Lachen aus. Seine Nase zitterte wie die einer Maus, die ein Raubtier wittert.

Die Menge keuchte kollektiv auf. Manche – wahrscheinlich sogar die meisten – waren betrunken und amüsierten sich prächtig. Aber es waren auch andere darunter, die die Darbietung verunsicherte. Jugendliche wie Julian oder Molly, die man zu dieser Party genötigt hatte und denen Cody aus der Seele gesprochen hatte. Die gerade noch so fröhliche Atmosphäre wurde … unberechenbar und gefährlich.

Zeit zu verschwinden.

Julian wollte Cody vom Mikrofon abdrängen, doch sie hatte Blut geleckt und wollte nicht klein beigeben. »Das alles ist doch ein riesiger Beschiss!« Sie umklammerte das Mikrofon noch fester. »Ihr werdet nicht vernichtet, ihr werdet verarscht.«

Nicholas riss ihr das Mikro so grob aus der Hand, dass Cody nach hinten taumelte. Er zwang sich zu einem Lächeln und stolzierte über die Bühne. Eine Strähne seines sonst so makellos sitzenden Haares klebte wenig vorteilhaft auf seiner schweißbedeckten Stirn.

»Die Welt verlangt unseren Tod. Sie verlangt von uns, dass wir unsere Leben auslöschen, damit wir aufs College dürfen, damit wir einen Job kriegen, befördert werden, heiraten können! Die Regierung erstellt Lebenspläne für uns. Sie sagt uns *auf den Tag* genau, wann wir unsere Leben zu tilgen haben. Und wo – nämlich in einer dieser sterilen, weißen Kliniken mit den Krankenschwestern und der Fahrstuhlmusik und dem ganzen anderen langweiligen Müll.«

Er schüttelte den Kopf so eifrig wie ein Fernsehprediger.

»Die Auslöscher dagegen …«, sagte er, »tilgen nicht. Sie löschen aus! *Wann* wir wollen, und *wo* wir wollen. Es sind unsere Leben, und wir wollen sie so spektakulär opfern wie möglich.«

Er wandte sich der Menge zu. »Hab ich recht?«

Mehrere Leute jubelten, doch insgesamt war der Beifall verhalten. »Hab ich recht?«, rief Nicholas, der wohl mit einer anderen Reaktion gerechnet hatte, noch einmal. Diesmal brach seine Stimme.

»Nein!«, entgegnete Cody so laut, dass sie jeder in der Menge hörte. »Die Seen verändern sich. Nicht alle werden wiedergeboren. Ihr müsst das alle wissen!«

Schockiertes Gemurmel war die Folge.

Julian sah aus den Augenwinkeln, dass Franklin auf sie zukam.

Nicholas schnaubte vor Wut und schlich wie ein Panther auf Cody zu.

Julian blickte in die Menge. In einzelne Gesichter. So viel Verschwendung. So viel Tod.

Cody hatte recht: *Nein.*

Julian trat vor sie und wollte Nicholas das Mikro aus der Hand reißen. Nicholas wehrte sich, und nach einem kurzem Gerangel geriet Nicholas ins Stolpern und fiel auf die Bühne. Julian hob das Mikrofon an die Lippen.

Er holte hektisch Luft, sodass das Mikrofon kreischte. Das brachte die Menge zum Schweigen.

»Wo ist Molly?«, fragte er einfach nur.

Nicholas schüttelte ungläubig den Kopf und rappelte sich wieder auf.

»Wo ist Anastasia?«, fragte Julian.

»Julian!«, schrie Nicholas. »Du weißt ja nicht, was du da redest!«

»Ja, wo ist Molly?«, rief eine Stimme hinter ihnen. Julian drehte sich um. Es war Amit, der in einem der Achterbahnwagen festgeschnallt war.

»Wo ist sie?«, rief er mit rotem Kopf. Tränen liefen über seine inzwischen eingefallenen Wangen.

»Scheiße, woher soll ich das wissen?«, entgegnete Nicholas, der nun völlig die Fassung verloren hatte.

Julian sah in die Menge. Alle Augen waren auf ihn gerichtet.

»Molly und Anastasia sind den Auslöschern beigetreten. Sie haben Constance besucht«, sagte er und sah zum Bühnenrand hinüber. Constance funkelte ihn böse an. »Und dann waren sie plötzlich verschwunden.«

Julian ging zur Treppe, die von der Bühne führte, und zerrte Cody mit sich.

Nun musste er das Undenkbare aussprechen.

Er hatte keine andere Wahl.

»Sind sie der Retrogression zum Opfer gefallen?«, rief er. »Oder sind sie ... *permatot*?«

Ersticktes Keuchen aus der Menge.

Franklin lief über die Bühne hinweg auf sie zu. Julian warf das Mikro auf den Boden, was eine ohrenbetäubende Rückkopplung zur Folge hatte. Er nahm Cody bei der Hand, und gemeinsam sprangen sie in die Menge. Wie auf Befehl wichen alle von der Bühne und den Auslöschern zurück. Die Jugendlichen, die bereits in den Wagen saßen, machten sich los und liefen an Franklin vorbei über die Plattform. Die weißen Blazer versuchten vergeblich, ihre Klassenkameraden wieder in Richtung Achterbahn zu treiben. Auf ihrer Flucht stieß die Menge Tische um, stahl Bierfässer und zerstörte Lichterketten und Dekorationen.

Julian sah, wie Nicholas ganz allein und verlassen inmitten des Durcheinanders auf der Bühne stand und das Mikrofon gegen die Brust presste, während die Schüler um ihn herum die Flucht ergriffen. Dann drehte er sich zu Julian um. In seinem Blick lag so abgrundtiefer Hass, dass es Julian eiskalt den Rücken hinunterlief.

Julian drehte sich um und lief schneller, umklammerte Codys Hand noch fester und hielt auf den Ausgang zu.

Teil 2

KAPITEL 27

Tja…

Das war eine Katastrophe.

Franklin sah sich im Orchesterraum um. Er war so gut wie leer, obwohl sich letzte Woche die weißen Blazer noch auf den Sitzen gedrängt hatten. Ordnungsgemäße Anwesenheit damals: vierzig Mitglieder. Ordnungsgemäße Anwesenheit heute: zwölf Mitglieder, nach Franklins Zählung.

Zwölf.

Tragisch.

Nicholas stand mitten auf der Bühne hinter dem Dirigentenpult. Er war über das Mikrofon gebeugt und redete mit monotoner Stimme über Sitzungsprotokolle, ganz so, als wäre nichts geschehen.

Franklin schob das rote Armband zurück, das seinen Blutfleck darstellen sollte, und sah auf die Uhr. Zehn vor acht. Wenn Nicholas noch etwas Selbstachtung hatte, musste er bald zum Schluss kommen.

Nach diesem … Vorfall, bei dem die Menge den Vergnügungspark zu Kleinholz zerlegt hatte, während Nicholas mit hängendem Kopf über die Bühne gewandert war und wie ein Idiot ins Mikro gemurmelt hatte, kursierten gewisse Gerüchte.

Molly war tatsächlich weg. Das war eine nicht zu leugnende Tatsache. Amit hatte sich bei Direktor Denton erkundigt, und dieser war nach langem Hin und Her bereit gewesen, eine Nachricht zu verlesen, die er von der Wiedergeburtsbehörde erhalten hatte: Mollys Vater war versetzt worden, sodass die ganze Familie hatte umziehen müssen. Nicht jeder hatte sich damit zufriedengegeben. Man munkelte, dass Molly einfach abgehauen war, woraufhin die am Boden zerstörte Familie den Bundesstaat verlassen hatte.

Anastasia war ebenfalls verschwunden. Auch diese Tatsache war nicht zu leugnen.

Gloria Merriweathers Vater, ein Polizist, sagte, dass Anastasias alleinerziehende Mutter eine Vermisstenanzeige aufgegeben hatte. Die Polizei suchte bereits nach ihr, ohne das Ganze jedoch an die große Glocke zu hängen. Oder wurde hier gar etwas vertuscht?

Und dann war auch Anastasias Mutter plötzlich wie vom Erdboden verschluckt... nun, womöglich hatte sie etwas mit dem Verschwinden ihrer Tochter zu tun und war geflohen. Aber schließlich kam Anastasia als Stipendiatin aus bescheidenen Verhältnissen. Wer wusste schon, wie die Leute aus den prekären Vierteln der Stadt tickten?

Und ein weiteres Gerücht, das die Runde machte, war geradezu unaussprechlich...

Vielleicht waren Molly und Anastasia ja tatsächlich, wie Julian so wenig hilfreich während des Vorfalls angedeutet hatte, permatot.

Was für eine lächerliche Vorstellung, dachte Franklin. Sie waren gerade mal Dreien gewesen.

Constance dagegen glaubte, dass sie heimlich zusammen durchgebrannt waren. Sie hatte Franklin gegenüber die Vermutung geäußert, dass das Auslöscherdasein nicht zuletzt nach der kleinen Privatlektion, die sie ihnen erteilt hatte, zu viel für sie gewesen war. Daher hatten die beiden alle Zelte abgebrochen und waren Mollys Vater gefolgt, wohin man diesen auch immer versetzt hatte.

Das klang viel glaubwürdiger.

Franklin war sich der Tatsache bewusst, dass Gerüchte und Verschwörungstheorien über die Seen kursierten, seit es die Seen gab. Aber nur ein verfluchtes Weichei würde diesen Gerüchten Glauben schenken.

Apropos Weicheier …

Franklin starrte Nicholas, der immer noch mit monotoner Stimme aus der Auslöscherbibel vorlas, mit zusammengekniffenen Augen an. Wollte er etwa die zwölf – *zwölf* – Anwesenden durch eine Schilderung vergangener Ruhmestaten inspirieren? Erbärmlich.

Genauso erbärmlich wie Nicholas selbst, dem die Gerüchte und die Abwesenheit seiner Jünger schwer zu schaffen machten.

Endlich klappte Nicholas das Buch zu, sah sich im mehr oder weniger leeren Raum um und seufzte ins Mikrofon. Ein kraftloser Ausdruck der Seelenqual, verstärkt durch die teure Akustik des Raums.

»Ihr seid entlassen«, sagte er.

Die zwölf Mitglieder, die ihm noch geblieben waren – Volltrottel, wie Franklin insgeheim dachte –, trotteten zum Ausgang. Nicholas stopfte die Bibel in seine Tasche und sah zu Franklin hinüber.

»Die kommen schon wieder«, sagte er. Nicholas' Energie, sein Schwung – nicht zu vergessen sein Hang zur Dampfplauderei – waren wie weggeblasen. Er war nur noch ein Schatten seiner selbst.

Darauf wusste Franklin keine Antwort. Er sah einfach schweigend zu, wie Nicholas durch den Mittelgang in Richtung Ausgang stapfte.

»Hey.« Eine Mädchenstimme.

Franklin drehte sich um.

Constance stand am linken Bühnenrand.

»Wir müssen uns unterhalten«, sagte sie.

Erstaunlicherweise führte sie Franklin ins Büro des Schuldirektors.

Sie nahmen vor Dentons massivem Schreibtisch aus teurer roter See-Eiche Platz. Denton fuhr sich mit seiner dicken Zunge über die Lippen, wie er es immer machte, wenn er kurz davor war, seine Macht zu demonstrieren. Hinter ihm stand ein großer Mann in einer purpurnen Robe still wie eine Statue da. Das purpurne Zeremonialtuch war zurückgeschlagen, die schwarze Brille hing um seinen Hals. Der Mann war etwa Mitte zwanzig, trug eine ordentliche Frisur mit Seitenscheitel und war glattrasiert. Sein leerer Blick war äußerst beunruhigend.

»Der Seeprälat«, sagte Denton. »Ein ehemaliger Schüler der Academy. George Vander.«

Heilige Scheiße.

Georgie Vander war Seeprälat? Er war doch noch so jung.

Franklin war *schwer* beeindruckt.

»Der ehrenwerte Prälat möchte sich gerne mit euch über eure kleine … Organisation unterhalten«, sagte Denton.

Georgie – der Prälat – trat vor.

»Die Auslöscher«, sagte er.

Bei diesem Wort rutschte Denton unbehaglich auf seinem Stuhl herum. Nach wie vor duldete er den Club nur äußerst ungern und hatte diesem Treffen wohl auch nur unter großem Vorbehalt zugestimmt.

»Der angesehenste Club der Schule, wenn auch nur inoffiziell. Doch dafür spielt er in einem größeren Zusammenhang eine sehr wichtige Rolle.« Die Stimme des Prälaten war überraschend tief und rau. Franklin fragte sich, welche Lebensnummer er trug. Sein Hals war unter den Falten des Tuchs nicht zu erkennen.

»Die Auslöscher sind die ideale Schmiede für unsere nächsten Anführer.« Er nickte Constance zu. »Ich behalte euren Club stets im Auge, genau wie mich meine Vorgänger im Auge behielten, solange ich noch der Gold Star war. Du gefällst mir, Franklin. Und Constance hatte über dein Potenzial, andere Menschen anzuführen, nur Gutes zu berichten.«

Franklin sah Constance an und hob verwirrt die Augenbrauen. Sie grinste.

»Um die Wahrheit zu sagen, habe ich mich zunächst an die Empfehlung eures Direktors gehalten und sie angesprochen. Wir haben einen kleinen Test mit zwei Stipendiumsschülerinnen durchgeführt. Aber nach dem Vorfall in dem verlassenen Vergnügungspark … und diesen *wilden* Anschuldigungen …« Er schüttelte ernst den Kopf.

»Je weniger Auslöscher es gibt, desto schlechter wird die Lebensbilanz der Schule, wie ihr euch sicher denken könnt. Ich für meinen Teil hatte es mir zur persönlichen Aufgabe gemacht, diese Bilanz zu verbessern, solange ich hier war.«

Auch das schien Denton nicht zu schmecken. Er schüttelte den Kopf. »Nicht gut«, murmelte er. »Das ist gar nicht gut.«

»Constance hat ihren Wert unter Beweis gestellt, doch wir sind gemeinsam zu dem Schluss gekommen, dass es nicht schadet, wenn ein frisches Gesicht die Auslöscher anführt. Jemand, dem der *Vorfall* in dem Vergnügungspark nicht geschadet hat. Jemand, der die Schüler aufrütteln und inspirieren kann. Im Gegensatz zu eurem gegenwärtigen … *Anführer.*« Der Prälat spie das letzte Wort aus wie geronnenes Soja.

Franklin unterdrückte ein Grinsen. Der Prälat wollte *ihn?* Der

Prälat des verdammten Sees wollte *ihn* zum Anführer der Auslöscher machen?

»Da ihr derzeit so weit hinter dem Bilanzziel hinterherhinkt, habe ich für einige Anreize gesorgt, um das Ganze wieder in geordnete Bahnen zu lenken«, erklärte der Prälat und sah Constance an. »Eine Aufnahmegarantie für die Azura University zum Beispiel.«

Jetzt wurde es so richtig interessant.

Denton beugte sich vor. »Ich muss dir sicher nicht sagen, dass das eine außergewöhnliche und höchst …«

»Verbessert einfach nur die Lebensbilanz. Mit allen Mitteln«, fiel ihm der Prälat ins Wort.

Denton verstummte und lehnte sich zurück.

Der Prälat öffnete eine Aktentasche, die auf dem Tisch lag, nahm zwei offiziell aussehende Dokumente heraus und überreichte sie Franklin und Constance.

Es waren mit dem Siegel der Wiedergeburtsbehörde versehene Erlaubnisscheine, die Franklin Overton und Constance Zandt dazu berechtigten, als Agenten der Wächter zu agieren und »einvernehmliche Tilgungen durchzuführen oder zu beschleunigen.«

Franklin sah zu dem Prälaten auf. Im Licht, das durch das Fenster von Dentons Büro fiel, schillerte die Robe des Prälaten in allen Regenbogenfarben. Wie das Gefieder eines seltenen Vogels in der Morgenröte. Wunderschön, dachte Franklin.

»Es wird Zeit, die Samthandschuhe auszuziehen«, sagte der Prälat und schloss die Aktentasche mit einem Klicken.

Denton nickte ihnen zu. »Ihr könnt gehen.«

Franklin und Constance verließen das Büro. Das Dokument, das sie erhalten hatten, erlaubte ihnen, ungestraft zu morden.

KAPITEL 28

Jetzt, wo Molly verschwunden war, verbrachte Julian immer mehr Zeit mit Cody. Er war schwer beeindruckt von ihrer Lebendigkeit und ihrer wilden Entschlossenheit, die Geheimisse dieser Welt aufzudecken und die Wahrheit hinter dem Chaos zu suchen, das die neun Leben anrichteten. Furchtlos hatte sie Nicholas von der Bühne gedrängt und alles auf den Kopf gestellt. Dafür musste man sie einfach bewundern.

In der ruhigen, relativ ereignislosen Woche nach dem Fiasko von *Himmelwärts zur Hölle* hatte er sich jeden Abend nach dem Essen mit ihr getroffen – fast immer an einem anderen Ort in Lakeshore oder Poplar Heights. Um »etwaige Beschatter aus dem Konzept zu bringen«, wie Cody sich ausdrückte.

Es war viel kälter geworden. Die Gegend um Lakeshore und Poplar Heights war berüchtigt für ihre plötzlichen Wintereinbrüche. An einem besonders windigen Abend holten sie sich heißen Sojakakao und gingen in die Gasse hinter dem Buchladen, um die Katzen zu füttern. Wieder flohen die Tiere, sobald sich Julian näherte.

Cody schrieb die Lebensnummern hinter den Ohren der Katzen in ihr Notizbuch, in dem sie außerdem seitenweise über die *Superpalingenese* spekulierte – so die wissenschaftliche Bezeichnung für die Wiedergeburt, die noch immer kaum erforscht war. Cody hatte die Theorie aufgestellt, dass eine schlüssige Erklärung des Phänomens nur mithilfe der Quantenphysik gelingen konnte.

An einem Abend – es war so kalt, dass Julian schon Angst hatte, sein Atem würde gefrieren, noch bevor er seinen Mund verließ – traf er Cody auf dem Erntemarkt im Perennial Park.

Zielstrebig wie immer drängte sie sich vor ihm durch die Menge, obwohl das einzige Ziel die nächste Bude darstellte, die synthetischen Cider verkaufte. Julian zwängte sich zwischen den Menschen in ihren dicken Mänteln durch und konnte dem rostfarbenen Lockenkopf nur mit Mühe folgen. Die vielen Farben und Gerüche waren überwältigend, und während er hinter Cody an den vielen unbekannten Personen vorbeilief, fühlte er sich lebendig. Dafür war er dankbar. Für kurze Zeit wenigstens konnte er der quälenden Grübelei über seine Mutter und das Attison-Projekt entkommen.

Das ist das wahre Leben, dachte er. Sein Herz klopfte, seine Haut prickelte, während er mit wachen und geschärften Sinnen der Zukunft entgegenlief. Und diese Zukunft würde Antworten bereithalten, nicht nur einen Tod nach dem nächsten …

Einmal trafen sie sich auf dem Lover's Leap – einem zerklüfteten Felsen über einer tiefen Kalksteinschlucht. Julian konnte das Grün der Bäume zwar nicht sehen, doch er roch den würzigen Duft der Nadeln und Blätter. Als sie vor dem Abgrund standen, ergriff Cody plötzlich Julians Hand und tat so, als wollte sie springen. Julian zuckte zurück, sie lachte ihn wegen seiner Schreckhaftigkeit aus und gab ihm ein Küsschen auf die Wange – es war rein technisch gesehen Julians erster Kuss. Vor Aufregung wurde ihm ganz schwindlig.

Cody war merkwürdig, man konnte es nicht anders ausdrücken. Wo sich die meisten Mädchen in Codys Alter um ihre Collegebewerbungen kümmerten, stellte sie mit geradezu obsessivem Eifer Theorien über die Abteilung für lenitische Forschung und das Attison-Projekt auf, nur um sie gleich darauf wieder zu verwerfen. Sie wollte der Welt beweisen, dass das Wiedergeburtssystem allmählich versagte – der Vorfall mit den Auslöschern im Vergnügungspark hatte ihren Entschluss nur noch gefestigt.

Mehr als einmal bekam Julian eine Variante von »Sie haben meine Eltern erwischt, aber mich haben sie vergessen« oder »So eine wie mich erwarten die ganz bestimmt nicht« zu hören.

Cody hatte Glen so lange bearbeitet, bis er sich ausschließlich auf die Analyse des Betriebssystems konzentrierte, das sie auf dem Mikrochip der Katze gefunden hatten. Sie hofften, so Zugang zu den Servern der Behörde zu erhalten und mehr über dieses geheimnisvolle »Spoof« herauszufinden, vor dem sie Callum gewarnt hatte.

Das alles war vielversprechend, brauchte aber auch Zeit, und Geduld war nicht gerade Codys Stärke. Und wenn sie ungeduldig wurde, schleppte sie ihn eben auf den Erntemarkt. Oder gab ihm einen Kuss auf die Wange.

Am Ende der Woche fuhr Julian zum Katzenquartier. Glen hatte angeblich einen Durchbruch erzielt, und so scharten sie sich um seinen Bildschirm. Während er Sojakakao aus seinem Krug schlürfte, weihte er Julian und Cody in seine Entdeckung ein.

»Ich kann durch einen Server tunneln, der mit der Datenbank für die Katzenidentifikationsnummern verbunden ist. Das ist ziemlich kompliziert, also erspare ich euch die Details. Nur so viel: Ich habe mir mit Administratorrechten Zugang verschafft, bin ins Rootverzeichnis des Admin-Servers und …«

Er nahm einen großen Schluck Sojakakao.

»Habe eine Liste mit allen Dateien erstellt, die ›Spoof‹ im Titel tragen. Leider …«

Er atmete tief aus.

»… haben sie mich kurz darauf rausgeschmissen. Anscheinend habe ich einen Alarm ausgelöst, keine Ahnung. Auf jeden Fall hat das System völlig dichtgemacht.«

Cody verschränkte die Arme und legte die Stirn in Falten. »Also haben wir überhaupt nichts?«

Glen grinste breit. »Das habe ich nicht gesagt.«

Er rief eine lange Namensliste auf. »Bevor ich geblockt wurde, konnte ich noch diese Datei hier runterladen, die ebenfalls mit ›Spoof‹ bezeichnet war. Noch weiß ich nicht genau, worum es sich dabei handelt, aber ich habe eine Theorie.«

Sie betrachteten die Tabelle. Neben jedem Namen waren zwei Nummern und ein Datum aufgeführt.

»Ich glaube, das sind …«

»Lebensnummern«, vollendete Cody Glens Satz. »Jeder Person sind zwei Nummern zugeteilt.«

Glen nickte. »Genau. In der einen steht die offizielle Lebensnummer aus der Lebensbilanzdatenbank, aber in der anderen hier …«

»Diese Drecksäcke teilen den Leuten falsche Lebensnummern zu.«

Julian beugte sich zum Monitor vor.

Glen scrollte durch die mehreren hundert Namen.

»Moment«, sagte Julian, dem ein ganz bestimmter Name aufgefallen war. »Halt an.« Er legte Glen eine Hand auf die Schulter und drehte sich zu Cody um.

Die schnaubte verächtlich. »Nicholas Hawksley«, las sie.

Nach dieser Liste war er gar keine Fünf. Sondern eine … Eins.

Julian konnte kein Grün mehr sehen, Amit nichts mehr schmecken und Molly war verschwunden und womöglich permatot. Und das alles wegen Nicholas.

Und Nicholas selbst war dieses Risiko nicht einmal eingegangen. Er hatte sie alle ins Messer laufen lassen, ohne selbst den Kopf hinzuhalten.

Das alles war eine große Lüge.

Cody trat mit gerunzelter Stirn vom Bildschirm zurück, legte die Hände in den Nacken und tigerte gedankenverloren im Kreis.

»Denkt doch mal nach. Nicholas Hawksley hat eine falsche Nummer. Und wer ist Nicholas Hawksley? Der Sohn von David Hawksley, dem Direktor der Wiedergeburtsbehörde. Warum ist Nicholas also um die Auslöschungen herumgekommen? Weil er – oder, wahrscheinlicher, sein Vater – weiß, dass sich die Seen verändern.«

Julian nickte. Das klang plausibel.

»Und du«, fuhr Cody fort, »Molly und Anastasia … ihr habt alle ein Stipendium, oder? Weil ihr arm seid. Das ist doch kein Zufall. Die Reichen manipulieren ihre Nummern, und die Leben der Armen werden noch schneller getilgt.«

Warum nicht, dachte Julian. Genauso funktionierte die Welt doch. Die Wohlhabenden trampelten über die Leichen der Habenichtse hinweg.

Julian fragte Glen, ob er an den Rechner durfte. Glen rollte auf seinem Stuhl beiseite, und Julian scrollte einmal durch die Liste – dabei fiel ihm noch etwas anderes auf.

Etwas, das ihm das Blut in den Adern gefrieren ließ.

Am Anfang des Dokuments befand sich in winziger Schrift ein höchstwahrscheinlich automatisch generierter Hinweis darauf, wer der Urheber der Tabelle war.

»Erstellt von Lucy Dex, Projektleiterin Attison.«

»Seht mal«, sagte Julian und deutete auf den Bildschirm. »Meine Mutter hat nicht nur dort gearbeitet. Sie hat das Attison-Projekt *geleitet.*«

Cody beugte sich über ihn. »Ach du heiliger Strohsack, Mr. Julian. Projektleiterin.«

Julian wurde es schwer ums Herz.

Er schloss die Augen und versuchte, die vielen Gedankenstränge zu ordnen, die durch seinen Kopf schwirrten: Nicholas, der seine Lebensnummer fälschte, einen Selbstmordclub anführte und besessen davon war, Georgie Vanders Rekord zu brechen. Dann die tote Katze und jetzt die Entdeckung, dass seine Mutter an diesen Manipulationen nicht nur *beteiligt* gewesen war, sondern sie sogar *geleitet* hatte … die ganze Sache folgte einer schrecklichen Logik, und allmählich setzte sich das Puzzle zusammen. Doch ein wichtiges Teil fehlte noch: worum es bei dem Attison-Projekt überhaupt gegangen war.

»Callum hat uns zwar von den Spoof-Dateien erzählt, aber das reicht noch lange nicht. Jetzt nicht mehr. Wir müssen ihn zum Reden bringen«, sagte Cody.

Glen schüttelte den Kopf. »Auf dem Grundstück waren doch überall Kameras. Was, wenn jetzt die Wächter dort auf euch warten? Vielleicht steht das Gelände inzwischen ja unter ständiger Beobachtung.«

Cody zuckte mit den Schultern. »Diesmal sind wir nicht mehr so blöd und fahren einfach so rein.«

Sie wollte gleich am nächsten Abend in Aktion treten. Glen bot sich an, im Katzenquartier zu bleiben und auf die Kinder aufzupassen. »Ich gehe nur Risiken ein, bei denen ich diesen Stuhl nicht verlassen muss«, sagte er.

Cody sah Julian an. »Bist du dabei?« Er hatte sich geschworen, die Wahrheit über seine Mutter herauszufinden. Da konnte er jetzt keinen Rückzieher machen.

»Ich bin dabei«, sagte er.

Es klopfte an der Tür.

Ein kleines, etwa acht oder neun Jahre altes Mädchen mit einem rosa Schal trat ein.

»Cody, die Freunde wollen dich sprechen«, sagte sie.

»Danke, Carly«, sagte Cody und wuschelte ihr durchs Haar. »Morgen Abend«, schärfte sie Glen und Julian noch einmal ein, bevor sie Carly in den Flur folgte.

Sobald Cody den Raum verlassen hatte, stand Julian auf und strich seine Jeans glatt. Er musste sich dringend die Beine vertreten und gründlich über alles nachdenken …

Er folgte Cody in den Flur und lehnte sich gegen das Geländer der Treppe im Wohnzimmer. Julian kannte die Frau mit der eckigen Brille, die dort auf Cody wartete. Sie hieß Johanna und war die Eigentümerin von Bardo Books. Gemeinsam mit Cody trug sie mit Lebensmitteln gefüllte Tüten in die Küche.

Julian dachte an die Augen seiner Mutter, an das tiefe Grün, das er nur noch als Grau wahrnahm. Er erinnerte sich an den letzten Augenblick, in dem er sie lebend gesehen hatte – sie war auf ihn losgestürmt und hatte ihn angeschrien, bevor sein Vater sie aus dem Haus gezerrt hatte. Dann das Geräusch von Schlägen auf der Veranda …

Alles drehte sich. Julian kniff die Augen zusammen, um die Erinnerung zu verscheuchen und sich zu beruhigen. Als er die Augen wieder öffnete, bemerkte er etwas Außergewöhnliches.

Die Tür zu Codys Zimmer stand offen. Der Schein einer Lampe tauchte den Raum in gelbliches Licht.

Wieder einmal stand er an der Schwelle zu einer neuen Erkenntnis. Er hatte sich mit Cody und Glen eingelassen und vom Katzenquartier, von Callum und dem Attison-Projekt erfahren. Er war von Sicherheitskameras aufgenommen und von unbekannten Fahrzeugen verfolgt worden …

Bald gab es kein Zurück mehr.

Wenn er diese Grenze überschritt, musste er wissen, worauf er sich einließ.

Julian klopfte leise an der Tür. Als niemand antwortete, trat er in den Raum. In einer Ecke stand ein Bett. Klamotten lagen auf dem Boden verstreut. Ein ganz normales Zimmer. Auf der Frisierkommode lag eine Bürste mit ein paar roten Haaren darin.

Neben der Bürste befand sich eine kleine schwarze Schachtel. Sie stand offen, und das Foto darin erregte Julians Aufmerksamkeit. Es zeigte einen blassen Teenager mit weißem Haar und einem weißen Fleck auf dem Hals.

Er erkannte ihn sofort: Es war Robbie, der Retro, der ihn bis in die Lakeshore Academy verfolgt hatte.

Bleib weg bleib weg bleib weg…

In der Schachtel lagen noch weitere Fotos. Fotos von Robbie und Cody, wie sie sich im Park umarmten. Wie Cody in einem Sessel auf seinem Schoß saß, umringt von mehreren Katzen.

Robbie und Cody, wie sie sich auf dem Lover's Leap küssten.

Die vielen losen Stränge, die er so mühevoll zusammengesammelt hatte…

Sie entglitten seinen Händen, und er wurde zurück ins Ungewisse geschleudert.

KAPITEL 29

Am nächsten Tag lief Julian sofort nach dem Unterricht zum Parkplatz. Er konnte kaum klar denken vor Aufregung. Heute Abend würden sie Callum einen weiteren Besuch abstatten.

Julian warf seine Tasche neben den zerknitterten Blazer auf die Rückbank und hüpfte auf den Fahrersitz.

Dann ließ er den Motor an. Als er aufblickte, sah er Nicholas Hawksley ganz lässig vor dem Wagen stehen. Eine Hand steckte in der Tasche seines weißen Blazers, in der anderen hielt er einen Pappbecher mit dampfendem Kaffee. Er deutete mit dem Kinn auf den leeren Beifahrersitz. »Darf ich?«, sollte das wohl heißen.

Julian stellte sich vor, wie er aufs Gas stieg und die Reifen quietschen ließ, Nicholas aus dem Weg scheuchte und einfach immer weiterfuhr. Nur …

Der Nicholas Hawksley, der da vor seinem Wagen stand, war ein anderer Mensch. Er ließ die Schultern hängen, und anstatt wie üblich übers ganze Gesicht zu grinsen und die perfekten weißen Zähne strahlen zu lassen, starrte er trübsinnig vor sich hin.

Aus dem Todesengel war ein verunsicherter Zwölftklässler geworden, ein schlaksiger Wichtigtuer in einem geschmacklosen weißen Blazer, der so tat, als hätte er die Weisheit mit Löffeln gefressen. Und zu allem Überfluss wusste Julian etwas, das seinen Ruf endgültig ruinieren konnte: seine wahre Nummer.

Julian wusste zwar nicht, was Nicholas von ihm wollte, aber zumindest hatte er keinen Grund, Angst vor ihm zu haben.

Er öffnete die Tür.

Nicholas setzte sich vorsichtig auf den Beifahrersitz. »Hallo, Julian«, sagte er und sah sich im Wagen um. Als sein Blick auf den verknitterten weißen Blazer auf der Rückbank fiel, fing sein linkes Auge leicht an zu zucken.

Er hob den Kaffeebecher an die Lippen.

»Schwarz, bitter und mit Bodensatz«, sagte er. »Manchmal ist dieses grässliche Instantkaffeeimitat genau das Richtige. Das Zeug rüttelt einen wach und schärft die Sinne für die Realität.«

Nicholas stellte den Kaffee in den Becherhalter und nahm eine Serviette aus der Tasche, mit der er den Staub von Julians Armaturenbrett wischte. Dann betrachtete er die Serviette stirnrunzelnd und faltete sie zusammen.

»Was willst du?«, fragte Julian.

»Ich schwöre, ich habe keine Ahnung, was Molly und Anastasia zugestoßen ist«, sagte Nicholas und nahm noch einen Schluck von seinem grässlichen Kaffee. »Wenn ich es wüsste, hätte ich es dir erzählt.«

Julian sah ihn mit steinerner Miene an.

»Die Auslöscher sind nicht nur ein x-beliebiger Schülerclub«, fuhr Nicholas fort. »Sie dienen einem bestimmten Zweck. Ich muss dir sicher nicht erklären, dass im Sinne unserer Philosophie …«

Julian hatte genug.

»Was willst du ausgerechnet von mir, Nicholas?«, fiel er ihm ins Wort. »Ich bin ja wohl nicht der einzige Auslöscher, der aus deinem bescheuerten Club ausgetreten ist.«

»Naja, ich dachte, wir sind Freunde«, sagte er.

Julian seufzte. »Spar dir den Blödsinn, okay? Du willst, dass ich mich wieder auslösche, oder? Ich war derjenige, der allen erzählt hat, dass die beiden verschwunden sind. Ich hab dir deine Party versaut. Und jetzt soll ich mich auslöschen, damit es so aussieht, als ob du alles unter Kontrolle hättest. Als ob nichts passiert wäre.«

Nicholas erwiderte seinen Blick. »Siehst du? Du bist clever, Julian. Deshalb sollten wir Freunde sein.«

»Ich werde mich nicht noch einmal auslöschen«, sagte Julian. »Also verschwende nicht deine Zeit.«

Nicholas seufzte und griff in den Blazer.

»Naja, die Sache ist die …«

Er brachte ein Blatt Papier zum Vorschein.

»Ich hab mich schlau über dich gemacht, Julian. So leid es mir tut, aber du wirst wohl noch eines deiner Leben tilgen müssen.«

Julian sah ihn verwirrt an.

»Ich kann mich sehr deutlich daran erinnern, dass du mir erzählt hast, du würdest dich nur auslöschen, um die Lebensbilanz deiner Familie zu verbessern. Das hier ist der ausführliche Bilanzstatus deiner Familie.« Er tippte auf das Blatt.

»Selbst mit deinen zwei Auslöschungen reicht es nicht, das habe ich nachgeprüft.« Er beugte sich vor und legte den Finger auf eine bestimmte Zeile. »Siehst du? Hier steht's. Euer Haus soll nach wie vor gepfändet werden.«

Julian roch den bitteren Kaffee in Nicholas' Atem.

Das alles war ja wohl mehr als erbärmlich.

»Das kann nicht stimmen«, sagte Julian und schob den Bilanzstatus beiseite. »Mein Vater hat sich bereits darum gekümmert. Du lügst.«

Nicholas machte große Augen. Dieser Einwand schien ihn tatsächlich zu überraschen. »Aber Julian, hier steht es doch schwarz auf weiß.«

»Du *lügst*«, wiederholte Julian.

Nicholas' kränklich blasses Gesicht errötete, wodurch er wieder wie ein Mensch aus Fleisch und Blut wirkte. Interessant – sobald man seine miesen Tricks entlarvte, wurde aus dem dämonischen Strippenzieher ganz schnell ein einfacher Junge.

»Ich lüge *nicht*«, entgegnete Nicholas. »Die Bilanz stammt direkt aus der Behördendatenbank, wo ich auch die Informationen über deine Mutter gefunden habe. Ich …« Er wandte sich ab. »Das kränkt mich zutiefst, um ehrlich zu sein. Zugegeben, ich habe es vielleicht gelegentlich mit der Wahrheit nicht so genau genommen oder versucht, bestimmte Situationen zu beeinflussen. Aber ich habe niemals, kein einziges Mal, jemanden angelogen.«

Julian betrachtete Nicholas' Nummer. Eine gestochen scharfe Fünf hob sich schwarz von der blassen Haut ab.

Betrug. Alles nur Betrug.

Das war die wahre Natur dieses Möchtegerntodesengels.

Julian musste ein Lachen unterdrücken. Am liebsten hätte er Nicholas ins Gesicht gesagt, was er über ihn wusste. Doch bei den Auslöschern hatte er zumindest eins gelernt: Man behielt seine Trümpfe so lange in der Hand, bis der ideale Zeitpunkt gekommen war, um sie auszuspielen.

Doch dieser Zeitpunkt war noch nicht gekommen. Und dieser jämmerlichen, zahnlosen Version von Nicholas Hawksley hatte er nur eines zu sagen: »Steig aus.«

Nicholas seufzte. Er steckte das Papier in die Tasche zurück, nahm den Pappbecher und öffnete die Tür. Langsam verließ er den Wagen.

»Ich will dir nur helfen«, sagte er.

Julian antwortete nicht.

Nicholas schloss die Tür. Julian gab Gas, damit er es rechtzeitig zu Cody schaffte.

KAPITEL 30

Kalter Nebel zog durch den Wald wie die Tentakel eines unheimlichen Meeresungeheuers. Julian und Cody schlichen durch den Ulmenwald auf die Rückseite von Callums Haus zu. Beide trugen schwarze Kleidung.

Ein tiefes Brummen erfüllte die Luft, und der Boden unter ihren Füßen schien sich zu bewegen. Erst dachte Julian, dass trockenes Laub unter seinen Sohlen knackte. Doch dann hatte er genauer hingesehen: Es waren Zikaden. Hunderte. Sie hatten ihr ganzes bisheriges Leben im Erdboden verbracht und erblickten nun zum ersten Mal das Tageslicht – nur um unmittelbar darauf von seinen Stiefeln zerquetscht zu werden.

Cody bemerkte Julians Abscheu und legte eine Hand auf seine Schulter. »Mach dir darüber keinen Kopf. Geh einfach weiter«, sagte sie.

Momentan gab es ziemlich viel, worüber sich Julian keinen Kopf machen durfte.

Zum Beispiel: Wer war dieses Mädchen, das sein Notizbuch mit quantenphysikalischen Überlegungen füllte, die sie womöglich überhaupt nicht verstand? Die Tochter der beim 6/12-Vorfall getöteten Wissenschaftler, die die tödlichen Machenschaften der Wiedergeburtsbehörde aufdecken wollte? Oder die Freundin eines psychotischen Retrograden, der außer *bleib weg bleib weg bleib weg* nicht viel zu sagen hatte?

Und was war mit seiner Mutter? Sie war die Leiterin jenes mysteriösen Projekts gewesen, und später hatte man sie tot am See aufgefunden. Weshalb?

Er durfte sich nicht in solchen Hirngespinsten verlieren, sondern musste wachsam und konzentriert bleiben. Noch wussten sie nicht, wie intensiv Callum unter Beobachtung stand. Sie durften auf keinen Fall Alarm auslösen.

Cody schlich sich an ihm vorbei und übernahm die Vorhut. Julian folgte ihr durch den Wald und bemühte sich, nicht auf den Boden zu sehen oder daran zu denken, was da unter seinen Füßen so laut knackte.

Endlich hatten sie den Bach erreicht. Das Rauschen des Wassers mischte sich mit dem Zirpen der Zikaden. Sie sprangen an einer schmalen Stelle über den Wasserlauf. Nun waren sie ganz in der Nähe des Werkzeugschuppens. Julians Blick fiel auf den kleinen Erdhügel, unter dem die Katze begraben lag. Plötzlich fiel ihm wieder ein, wie er sie unter dem Wohnzimmerfenster gefunden hatte. Ein totes Fellbündel. Sie hatte versucht, ins Haus zu gelangen … hatte sie etwa nach ihm gesucht?

Stopp. Konzentration.

»Da brennt Licht«, sagte Cody und deutete auf das Haus.

»Aber wer ist das?«, fragte Julian.

Hinter einem Fenster im ersten Stock war eine Silhouette zu erkennen. Sie war vornübergebeugt und warf Gegenstände über ihre Schulter, als würde sie einen Schreibtisch oder eine Schublade durchwühlen. Als eine zweite Gestalt im Erdgeschoss erschien, zog Cody Julian in den Schatten einer Ulme am Rande des Gartens. Sie kauerten sich in das Gebüsch und beobachteten die Fenster.

Die Gestalt ging in die Küche. Dort waren die Vorhänge nicht zugezogen.

Es war ein bärtiger Mann in einer taubenblauen Robe. Ein Wächter.

»Die Wächter haben ihn geschnappt«, flüsterte Cody und schlug wütend mit der Faust gegen den Baumstamm.

Der Wächter in der Küche riss Schränke auf und räumte mit beiden Händen Geschirr und Vorräte heraus. Anscheinend suchte er etwas.

»Wir müssen weg«, sagte Julian und schlich in Richtung Wald. »Wir sind zu spät.«

Cody blieb, wo sie war.

»Cody«, sagte er etwas drängender. »Wir sollten wirklich verschwinden.«

Sie kauerte einfach nur da und beobachtete, was im Haus vor sich ging. Dann zog sie sich die Kapuze über den Kopf. »Callum hat aus einem ganz bestimmten Grund bei der Behörde gekündigt«, flüsterte sie.

»Darüber können wir doch später reden«, sagte Julian.

Cody schüttelte den Kopf. »Er hat uns aus Retro Row geholt. Er hat mit den Freunden zusammengearbeitet. Er wusste, wie riskant das alles ist, und trotzdem hat er uns geholfen.«

Julian packte ihren Ärmel. »Wir müssen weg.«

Cody riss sich aus seinem Griff, schlich zu einer Werkbank hinüber, die vor dem Schuppen stand, und ging dahinter in Deckung. Sie hob den Arm und fuhr mit der Hand über die Tischplatte, bis sie einen Gärtnerspaten ertastete.

Dann sah sie wieder zu Julian hinüber. »Bleib, wo du bist.«

Mit Entsetzen beobachtete er, wie zwei weitere Wächter mit Taschenlampen in der Küche erschienen. Sie stellten Callums Haus völlig auf den Kopf und nahmen alles mit, was für sie von Interesse war.

Auf der Hügelkuppe flackerte Licht auf. Eine Wächtergruppe

betrat den Garten. Julian hielt den Atem an. Die Wächter hielten Taschenlampen und mit »Beweismittel« beschriftete Plastiktüten in den Händen und machten sich an die Durchsuchung mehrerer Container hinter Callums Haus.

Julian sah zu Cody hinüber, die wie verrückt an der Stelle buddelte, an der Callum die Katze begraben hatte. Hatte sie die Wächter etwa nicht bemerkt?

Wie sollte er sie warnen, ohne sich selbst zu verraten? Er musste losrennen und sie von dort wegholen. Das war ihre einzige Chance.

Mist, Mist, Mist.

Ein weiterer Lichtstrahl durchschnitt die Dunkelheit und landete auf der Werkbank. Julian warf sich auf den Boden. Kiefernnadeln stachen in seine Handflächen. Dann bemerkte er eine weitere Bewegung: Der etwa münzgroße Kopf einer Zikade tauchte nur wenige Zentimeter von seinem Gesicht entfernt aus dem Boden auf.

Cody schaufelte unbeirrt weiter.

Nun gesellte sich ein zweiter Lichtstrahl zum ersten. Sie fuhren hektisch hin und her: Die Wächter kamen den Hügel hinunter. Im Bruchteil einer Sekunde traf Julian eine Entscheidung, und noch bevor er darüber nachdenken konnte, war er schon auf den Beinen und rannte durch den Garten. Er sah den hellen Schein der Taschenlampen in den Augenwinkeln, hörte gedämpfte Schreie, die sich vom Hügel herab langsam näherten, doch seine ganze Aufmerksamkeit galt allein Cody, die immer noch wie besessen buddelte. Sobald er sie erreichte, schlang er einen Arm um sie.

Sie grunzte und zerrte etwas aus dem Katzengrab. Erdklumpen fielen davon ab, dann schimmerte etwas Plastikähnliches in ihrer Hand. Er hatte keine Zeit, ihren Fund genauer in Augenschein zu nehmen. Schnell zerrte er sie mit sich zum Waldrand.

Endlich fing sie ebenfalls an zu laufen, und sie preschten durchs Unterholz wie aufgescheuchte Rehe. Der Schein der Taschenlampen durchschnitt hinter ihnen den Nebel. Julian rannte vor Cody her und schlug mehrere Haken, bis die Lichter nur noch undeutlich und verschwommen zu erkennen waren. Der Abstand zu den Wächtern wuchs.

Sie liefen weiter, so schnell sie konnten. Ihr keuchender Atem und das Knirschen unter ihren Sohlen bildeten einen nervenzerfetzenden Rhythmus. Endlich erreichten sie den Feldweg am Waldrand. Julian erkannte die Stelle wieder. Sein Auto stand nur wenige Kurven weiter in einer Abzweigung. Sie gingen hinter einem großen Stein im Straßengraben in Deckung, um Atem zu holen.

»Was zum Teufel sollte das denn?«, keuchte Julian. Sein Herz raste, seine Lunge brannte.

»Ich hatte recht«, sagte Cody und rang nach Luft. »Callum wollte uns helfen. Er hat das hier für uns versteckt.« Sie zeigte ihm eine mit Erde beschmierte Plastiktüte. Dann riss sie sie auf und zog eine Nachricht heraus.

C-

Einerseits hoffe ich, dass du diesen Brief findest, andererseits fürchte ich mich davor.

Weil ich weiß, dass er dich in Schwierigkeiten bringen wird.

Es tut mir leid.

Es tut mir leid, dass ich nicht mehr tun konnte, aber ich kann hier ebenso wenig bleiben, wie ich bei den Freunden bleiben konnte. Die Wächter beobachten mich, seit ich die Abteilung für lenitische Forschung verlassen habe. Sie sehen aus wie ganz normale Leute und fahren ganz normale Autos, aber sie beschatten mich ständig. Jahrelang habe ich mich gefragt, warum sie mich nicht einfach mittels Permatod aus dem Verkehr gezogen haben. Dann begriff ich: Sie benutzten mich als Köder, weil sie hinter den Freunden her waren. Um diese ebenfalls zum Schweigen zu bringen.

Damit die Öffentlichkeit nichts über das Attison-Projekt erfährt.

Ich weiß zu viel. Früher oder später werden sie mich ausschalten.

Doch zuvor muss ich mein Wissen weitergeben.

Ich war von Anfang an Teil des Projekts und kann dir versichern, dass wir nur die besten Absichten hatten. Retrogression und Wiedergeburtsfehler sind die größten Gefahren des Wiedergeburtsvorgangs, und sie nehmen ständig zu. Wir haben nach einer Methode gesucht, die Wiedergeburtsfehler zu verhindern und rückgängig zu machen. Stell dir eine Welt vor, in der jeder die Garantie hat, ohne fehlende Erinnerungen oder körperliche und sensorische Beeinträchtigungen wiedergeboren zu werden.

Wir führten erste Versuche an den Katzen durch.

Doch dann wurde alles anders.

Der Direktor teilte uns eine neue Projektleiterin zu: Lucy Dex. Auf ihre Anweisung hin experimentierten wir nicht länger mit Katzen, sondern mit Menschen. Wir fanden heraus, dass die wiederholte Tilgung eines gerade Wiedergeborenen eine anhaltende Phase des Wiedergeburtssyndroms zur Folge hatte. Die Testpersonen konnten sich nicht daran erinnern, was sie während dieser Phase erlebten. Das Opfer einer wiederholten Tilgung weiß nicht, was mit ihm vor sich geht. Damit hatten wir eine Methode gefunden, um die Lebensnummern unbemerkt manipulieren zu können.

Die Tötung einer soeben in ihrem dritten Leben wieder-

geborenen Testperson hatte zur Folge, dass sie erneut im See aufwachte und im Empfangszentrum eigentlich eine Vier erhalten sollte. Doch bevor sie wieder bei Sinnen war, wurde sie ein weiteres Mal getötet und wachte erneut im See auf, diesmal in ihrem fünften Leben und ohne Erinnerung an die vorhergehenden beiden Tode. Dieser Prozess ließ sich so lange wiederholen, bis die Testperson in ihrem neunten Leben im See aufwachte. Diesmal durfte sie das Empfangszentrum betreten, doch anstelle einer Neun wurde ihr – wie sie es auch nicht anders erwartete – eine Drei tätowiert. Die Testperson lebte bereits ihr letztes Leben, ohne etwas davon zu ahnen.

Damit besaß die Wiedergeburtsbehörde ein Werkzeug zur Kontrolle der Überbevölkerung, ohne auf drastischere Maßnahmen zurückgreifen zu müssen.

Du bist ein schlaues Mädchen, Cody. Du kannst dir sicher denken, weshalb die Behörde so großes Interesse daran hat.

Dies ist in vielerlei Hinsicht eine Tragödie. Wir haben ein Heilmittel gesucht und das Gegenteil gefunden. Doch das Schlimmste daran ist, dass sich der See aufgrund dieses Missbrauchs verändert, ja geradezu degeneriert. Aber niemand wollte auf uns hören. Allen ging es nur darum, die Bevölkerung möglichst optimal zu kontrollieren.

Die Forschungen zum Attison-Projekt fanden im Empfangszentrum statt. Auf einem Stockwerk, für das es keine Taste im Aufzug gibt und das nur Mitarbeiter mit der entsprechenden Berechtigung betreten dürfen. Eine Täuschung, daher nannten wir dieses Stockwerk nur »die Spoof-Etage«.

Wenn ihr es bis dorthin schafft, werdet ihr alles finden, was ihr braucht, um die Wahrheit ans Licht zu bringen.

Noch einmal: Es tut mir leid.

-CC

Cody legte die Nachricht beiseite. Julian lehnte sich gegen den Felsen und vergrub den Kopf in den Händen.

Er hatte zwei seiner Leben ausgelöscht.

Auf seinem Hals stand eine Drei, doch wie er gerade erfahren hatte, entsprach diese Zahl womöglich nicht der Wahrheit.

Und seine Mutter war für all das verantwortlich?

Sie hatte seinen Vater davor gewarnt, sich auslöschen zu lassen. Weshalb? Weil sie die Wahrheit gekannt hatte.

Seine Brust bebte.

Und dann konnte er die Tränen nicht länger zurückhalten.

KAPITEL 31

Glen goss heißen Sojakakao in drei Tassen.

Julian und Cody saßen am Küchentisch unter einer unangenehm hellen Lampe. An Codys Fingern klebte noch Erde. Julian betrachtete seine eigenen Hände und zupfte ein Stück einer Kiefernnadel unter einem Fingernagel hervor. Seine Daumen waren zu klein. Wie immer, wie bei jedem Körper bisher.

Glen stellte die dampfenden Tassen vor ihnen ab. Julian starrte sie wie betäubt an. Beim Duft der künstlichen Schokolade regte sich sein vom vielen Weinen noch empfindlicher Magen. Er unterdrückte einen Hickser.

Glen setzte sich an die gegenüberliegende Seite des Tisches und legte Callums Brief vor sich hin.

»Ein handgeschriebenes Geständnis ist nicht gerade ein hieb- und stichfester Beweis«, sagte er.

»Schon klar«, sagte Cody mit gepresster, ernster Stimme. Jetzt, wo sie hatte, was sie wollte, schien sie das »Mr. Julian«-Getue endgültig abgelegt zu haben.

»Woher wissen wir überhaupt, dass Callum das geschrieben hat? Es hätte genauso gut ich sein können«, wandte Glen ein.

»Ich weiß«, sagte Cody.

»Außerdem sind wir nur ein paar Waisen, die in einem Haus in den Wäldern hausen. Wenn wir damit zu den Medien gehen, halten uns die doch für Retrograde.«

»Auch das weiß ich«, sagte Cody.

»Das hier …« Glen berührte das Papier noch einmal, als müsste er sich von seiner Echtheit überzeugen. »Ich hätte mir im Traum nicht vorstellen können, dass es so schlimm ist. Aber was können wir dagegen tun?«

Cody sah ihn lange wortlos an.

»Wir müssen ins Empfangszentrum einbrechen und die Beweise stehlen.«

Glen seufzte. Er ließ den Kopf hängen und fuhr gedankenverloren mit den Fingern über Callums Geständnis.

»Cody«, sagte er. »Nicht schon wieder …«

»Wir haben keine andere Wahl.«

Nicht schon wieder?

»Cody«, sagte Glen. »Beim letzten Mal war es ein kompletter …«

»Wir waren ja auch schlecht vorbereitet«, fiel sie ihm ins Wort. »Mittlerweile wissen wir, wonach wir suchen: nach der Spoof-Etage.«

Julian hatte Mühe, sich auf das Gespräch zu konzentrieren. Immer wieder kreisten seine Gedanken um sich selbst. Die Tatsache, dass seine Mutter das Projekt geleitet hatte, warf auf alles ihren Schatten wie eine schwarze Gewitterwolke. Die Vorstellung war so unerträglich, dass er schnell wieder ins Hier und Jetzt zurückkehrte. Er betrachtete seine auf dem Tisch ausgebreiteten Hände. Cody hatte vor, ins Empfangszentrum einzubrechen – genau ins Herz all dessen, wovor sie eigentlich fliehen wollten …

Dann endlich ergriff er das Wort: »Wer ist dieser angeblich retrograde Robbie wirklich?«

Glen starrte ihn mit offenem Mund an. Dann warf er Cody einen Blick zu, die Julian böse anfunkelte.

»Du hast es ihm nicht gesagt?«, fragte Glen.

Cody reagierte nicht. Sie blickte Julian weiter an. Unangenehmes Schweigen herrschte im Raum.

»Er nennt sich inzwischen Robbie, doch eigentlich heißt er Jake«, sagte sie. »Wir waren … Freunde.«

Glen rutschte auf seinem Stuhl hin und her.

»Mehr als Freunde«, fuhr sie fort. »Er war mein Freund. Wir haben uns hier im Katzenquartier kennengelernt.« Sie runzelte die Stirn. Wieder erschienen Grübchen auf ihren Wangen.

»Wir sind gemeinsam in das Empfangszentrum eingebrochen, weil wir eine Nummerierungspistole klauen wollten. Die Wächter bemerkten uns, und wir mussten fliehen. Ich konnte entkommen, aber Jake wurde geschnappt. Er …«

Sie starrte ihre schmutzigen Hände an.

»Angesichts dessen, was wir heute erfahren haben, ist es wahrscheinlich, dass sie Experimente mit ihm angestellt haben. Als ich ihn nach dem Einbruch wiedersah, litt er bereits unter Retrogression. Er wusste überhaupt nicht mehr, wer er war. Es …«

Sie sah Julian mit finsterem Blick an. Ihre Augen schimmerten im hellen Licht. Dann wandte sie sich ab.

»Es war schrecklich. Eine beschissene Zeit für uns alle.«

Sie atmete tief aus und drehte sich wieder ruckartig zu Julian um.

»Wenn du jetzt deine Meinung geändert hast, was den Einbruch im Empfangszentrum betrifft, dann kann ich das verstehen«, sagte Cody, die jetzt wieder so selbstbewusst klang wie immer. »Aber ich weiß jetzt, wonach wir suchen. Und wir werden die Fehler von damals nicht wiederholen.«

Julian stand auf. Er hielt es nicht länger aus.

Er musste nach Hause und nach seinem Bruder sehen. Es war Donnerstag und schon spät, sicher schlief er längst. Wenn er überhaupt in seinem Bett lag.

Außerdem war Julian morgen an der Reihe mit Mittagessenkochen.

Er musste seinem Vater berichten, was er über seine Mutter herausgefunden hatte. Falls er den Mut dazu aufbrachte, seine Familie mit dieser grässlichen Wahrheit zu konfrontieren.

Und er musste verhindern, dass sich Rocky und oder sein Vater jemals wieder auslöschten.

»Julian, deine Mutter ist für diese ganze Sache verantwortlich. Du musst es wiedergutmachen«, sagte Cody mit ernster Miene.

Julian verließ den Raum ohne ein weiteres Wort. Er hatte den dampfenden Sojakakao nicht angerührt.

KAPITEL 32

»Das Treffen ist verschoben«, sagte Nicholas. Die wenigen Auslöscher, die noch übrig waren, verließen den Orchesterraum.

Logan ging als Letzter.

Der gute alte Logan, dachte Nicholas. Ein Prachtkerl.

»Logan«, sagte er.

Logan blieb in der Tür stehen.

Nicholas prostete ihm mit seinem Kaffeebecher zu. »Danke für deinen Einsatz«, sagte er. »Das ist wahrer Kampfgeist. Auf in die Schlacht, Warrior.«

»Nicht der Rede wert«, rief Logan. Er lächelte schief und kicherte in sich hinein.

Hmm, dachte Nicholas, gut möglich, dass er von der Retrogression inzwischen etwas weich in der Birne war. Aber er war eine treue Seele, und das war schließlich auch etwas wert.

Er nahm einen Schluck Kaffee und behielt ihn im Mund, bis er völlig von der bitteren Flüssigkeit erfüllt war.

Grässlicher Kaffee.

Den würde es immer geben.

Nicholas sah zum linken Bühnenrand hinüber. Constance kam auf ihn zu.

Er wandte sich nach rechts. Franklin näherte sich ihm von dort.

Nicholas stellte den Becher ab und schloss die Bibel, die auf dem Podium lag. Jetzt war es also so weit.

Franklin ergriff zuerst das Wort.

»Es ist nichts Persönliches«, sagte er. »Aber der Club hat Vorrang.«

Nicholas fuhr mit der Hand über das weiße Leder des Einbands und schnaubte verächtlich. »Franklin, darf ich dir einen Rat geben, solange ich noch der Gold Star dieses verdammten Clubs bin? Halt deine blöde Klappe. Eloquenz ist weiß Gott nicht deine Stärke.«

Franklin sah Nicholas böse an und ballte die Fäuste. Leeres Imponiergehabe, dachte Nicholas. Wollte er etwa damit dem Club wieder zu alter Größe verhelfen? Dann viel Glück.

»Kann ich euch nicht überreden, mir noch eine Woche Zeit zu geben?«, fragte er. »Wenn ich Julian dazu bringen kann zurückzunehmen, was er gesagt hat, dann …«

»Die Bibel, Nicholas. Bitte«, sagte Constance. Das Grinsen, das Nicholas gerade hatte aufsetzen wollen, war wie weggewischt.

Er nahm – zum letzten Mal, wie er vermutete – die Bibel in die Hand. Einhundert Jahre lang war das schwere, alte Buch, in dem die Tode von abertausend Schülern verzeichnet waren, von einem Gold Star zum nächsten weitergereicht worden. Selbstverständlich gehörte es nicht ihm – Nicholas war nur sein Hüter, bis er es an den nächsten Gold Star weitergab. Er hatte nur nicht damit gerechnet, dass dieser Zeitpunkt so früh eintreten würde.

»Sag mal, liebe Constance«, sagte Nicholas, »weißt du, was mit Molly und Anastasia passiert ist?«

Sie zuckte mit den Schultern. »Ich habe sie lediglich gebeten, sich auszulöschen«, sagte sie unbekümmert.

»Hinter meinem Rücken«, sagte er.

Sie warf Franklin einen Blick zu, bevor sie sich wieder Nicholas zuwandte.

»Ich wollte nur … ein bisschen üben, verstehst du?«

Irgendetwas war Molly und Anastasia zugestoßen, und Constance hatte dabei ihre Hand im Spiel. Das alles war direkt vor seiner Nase geschehen, und er hatte nicht das Geringste mitbekommen.

Hatte er sich etwa als unwürdig erwiesen, die Auslöscher anzuführen? War es nur eine Frage der Zeit gewesen, bis man ihn stürzte? Seufzend reichte er ihr die Bibel. Sie kämpfte kurz mit dem unerwarteten Gewicht, verzog aber keine Miene.

»Ich war nicht mal annähernd an Georgie Vanders Rekord dran, oder?«, fragte Nicholas.

»Nicht mal annähernd«, sagte Constance. Ihre hübschen roten Lippen verzogen sich zu einem teuflischen Grinsen.

Nicholas wandte sich dem Orchestergraben zu und hob den Kaffeebecher, als wollte er vor einer imaginären Auslöscherabschlussklasse, die ihm atemlos lauschte, einen Trinkspruch ausbringen.

Dann drehte er den Becher um. Der dünne, dampfende Kaffee ergoss sich auf den Teppich im Orchestergraben.

Banzai.

KAPITEL 33

Julian schlief lange.

Der gestrige Abend hatte seinen Tribut gefordert. Nachdem er vom Katzenquartier nach Hause gekommen war, hatte er stundenlang wachgelegen und versucht, nicht daran zu denken, dass seine Mutter in einem geheimen Stockwerk im Empfangszentrum gesessen und im großen Stil nichtsahnende Menschen wieder und wieder hatte töten lassen.

Schließlich hatte er sich auf seinen regelmäßig aussetzenden Herzschlag konzentriert und alles andere ausgeblendet, bis das schwarze Nichts sein Bewusstsein verschlungen hatte.

Und scheinbar einen Augenblick später war es beinahe zwölf Uhr mittags.

Er ging in die Küche und füllte ein Glas mit Wasser aus dem Hahn. Graue Wolken hingen tief über dem Horizont. Ein schwarzer Zikadenschwarm flog im Bogen über den Schrottplatz hinweg und verschwand im Wald wie ein Tintenfleck im Ausguss.

Er sah auf sein Handy. Sein Vater hatte ihm mehrere Nachrichten geschickt.

Wo bist du?

Wo warst du letzte Nacht?

Ich danke dir von ganzem Herzen, dass du zwei Leben getilgt hast, um unsere Lebensbilanz zu verbessern, aber es reicht noch nicht ganz. Da ich weiß, wie du dazu stehst, und ich dich unmöglich bitten kann, mehr als zwei Leben zu opfern, werde ich eines von meinen tilgen lassen.

Mein Termin ist um zehn Uhr morgens. Bitte sei um achtzehn Uhr an der Bushaltestelle, ich müsste kurz darauf eintreffen.

Oh nein.

Julian las sich die Nachrichten wieder und wieder durch. Nicholas hatte die Wahrheit gesagt – es hatte tatsächlich noch ein Leben gefehlt.

Dass sein Vater sich opfern würde, damit hatte Julian nicht gerechnet.

Er wählte die Nummer seines Vaters und hörte das Telefon im Schlafzimmer nebenan klingeln. Natürlich – wer nahm schon sein Handy mit in die Tilgungsklinik?

Julian sah auf die Uhr. Es war kurz vor halb eins.

Viel zu spät, um ihn noch aufzuhalten.

Oh nein!

Er schlug mit der Faust auf die Arbeitsfläche. Das Glas fiel klirrend ins Spülbecken.

Dann sah er zu den grauen Wolken auf. Sie hingen so tief, als wollten sie gleich auf die Welt hinunterstürzen.

»Was ist denn los?«

Rocky stand im Schlafanzug in der Küchentür. Beim Anblick seines Bruders beruhigte sich Julian etwas.

Wahrscheinlich war überhaupt nichts passiert. Ja, sein Vater war in die Klinik gefahren, um sein Leben zu tilgen, doch das taten viele andere Menschen jeden Tag. Ja, die Seen veränderten sich, doch wie hoch war bei den vielen Tausend Wiedergeburten täglich die Wahrscheinlichkeit, dass seinem Vater etwas zustieß? Er musste sich mit diesen Gedanken Mut machen – nicht zuletzt wegen Rocky.

»Hey, Sportsfreund. Du kommst genau richtig, um mir beim Mittagessen zu helfen.«

»Na toll«, sagte Rocky.

Julian schob seine Angst beiseite und machte mit Rocky das Mittagessen. Er konzentrierte sich nur auf diese Tätigkeit und ignorierte die Angst, die bedrohlich über ihm hing wie die grauen Wolken.

Die Makkaroni mit Sojakäse, die sie kochten, reichten nur für einen. Zum Glück lag noch ein Stück Tofu im Kühlschrank. Natürlich hasste Rocky Tofu, doch Julian kannte einen Trick, wie er ihn ihm schmackhaft machen konnte: Er briet ihn in Maisirupöl und vermengte ihn mit Sojakakao zu einem glibberigen Nachtisch.

Beim Essen dachte Julian an die vielen Erntefestmahlzeiten von früher – so konnte er sich einigermaßen von seinen Sorgen ablenken. Julian hatte am liebsten Hühnchen mit Kokoscurry gegessen, Rocky liebte Äpfel. Er erzählte ihm immer noch gelegentlich, dass er von den kandierten Äpfeln und den Kuchen träumte, die es vor zwei Jahren auf dem Erntefest gegeben hatte.

Den restlichen Tag über wartete Julian nervös darauf, dass es endlich sechs Uhr wurde. Vielleicht musste er sich ja gar keine Sorgen machen: Sein Vater wurde wiedergeboren, und sie durften das Haus behalten.

Rocky war noch in seinem ersten Leben und hatte keine Ahnung von der brutalen Welt, die ihn da draußen erwartete. Nun, wenn Dad nicht zurückkehrte, würde er schon in den nächsten Stunden Bekanntschaft damit machen …

Sie spielten Videospiele, bis es Zeit wurde, zur Bushaltestelle zu fahren und Dad abzuholen.

Um achtzehn Uhr saßen sie im Wagen vor der Haltestelle. Rocky war völlig in ein Spiel auf Julians Handy vertieft, während Julian beobachtete, wie die Wiedergeborenen in ihren Krankenhaushemden aus den Bussen stiegen. Die meisten wurden von Familienmitgliedern oder Freunden abgeholt, aber nicht alle – mehrere verwirrte Personen stolperten durch die Kälte in den beheizten Busbahnhof. Ob dort jemand auf sie wartete? Was waren das überhaupt für Leute?

Wer waren all diese Menschen?

Vieren. Fünfen. Sechsen. Siebenen. Eine schon etwas betagte Acht.

Was hatten sie in ihren vielen Leben bereits verloren? Welche Farben konnten sie nicht mehr sehen, welche Aromen nicht mehr schmecken?

Alle fünfzehn Minuten traf der nächste Bus im Bahnhof ein. Für die Busfahrer war es Alltag, jeden Morgen zur Arbeit zu erscheinen und Wiedergeborene vom See hierherzubringen. Die Wiedergeborenen befolgten die Lebenspläne, die die Statistiker der Behörde im Lake Tower für sie erstellt hatten. Und auch die befolgten nur ihre Anweisungen. Julian fiel der kleine glatzköpfige Mann im Tasty's ein. Sein Job war es gewesen, scharf gewürzte Proteinklumpen auszuteilen, die die neuen Körper der Wiedergeborenen mit Nährstoffen versorgten. Diese vielen Menschen mit ihren Wünschen und Bedürfnissen und Sehnsüchten breiteten sich über Lakeshore, über die ganze Gegend, über ganz Amerika und über jeden Flecken der Welt aus, der noch nicht besiedelt war. Und jeder Mensch war ein kleines Zahnrädchen in einer riesigen Maschine, die lediglich den Wohlstand einiger weniger mehrte.

In diese Welt war Julian hineingeboren worden: In ein schillerndes Durcheinander von Leben – neun pro Mensch –, das sich immer weiter über die Welt ausbreitete und alles verschlang. Es war noch nicht so lange her, da hatte er davon geträumt, allein in einer Hütte auf einer Insel im Indischen Ozean zu wohnen. Auf einer Insel, auf der es keinen See gab. Jetzt wusste er, wie naiv diese Vorstellung gewesen war. Selbst dort hätte ihn diese gewaltige Maschinerie wohl erreicht.

In den Gesichtern der vielen Menschen, die aus den Bussen stiegen, war gelegentlich eine Ahnung dieser apokalyptischen Vision zu erkennen. Doch das Gesicht seines Vaters war nicht darunter.

Julian wurde von einer gewaltigen, schwarzen Woge des Neides auf Nicholas Hawksley erfasst. Nicholas stand über dem System. Er musste sich nicht auslöschen und konnte sich seine Leben bis zu einem Notfall aufsparen oder sein Dasein bis zur größtmöglichen menschlichen Lebenserwartung ausdehnen. Julian stellte sich einen alten Nicholas Hawksley vor, wie er ganz oben im Lake Tower saß, aus einem riesigen Fenster blickte, in einen grünen, knackigen Apfel biss – und immer noch acht Leben übrig hatte.

Julian sah seinen Bruder an. Rocky war mit dem Kopf am Fenster und dem Handy in der schlaffen Hand eingeschlafen.

Die ständigen Sorgen hatten Julian erschöpft. Er legte den Kopf zurück und fiel in einen unruhigen Halbschlaf, in dem er wieder von der schwarzen Katze mit dem weißen Fleck um das Auge träumte. Sie saß auf der Motorhaube, starrte ihn durch die Windschutzscheibe an und peitschte mit dem Schwanz hin und her, als wäre sie kurz davor, sich auf ihre Beute zu stürzen.

Er riss die Augen auf. Die Katze war weg. Ein Traum. Es war ganz sicher nur ein Traum gewesen.

Julian sah sich um. Es war dunkel geworden. Nun trafen weniger Busse ein, etwa einer in einer halben Stunde. Ihre zischenden Druckluftbremsen wurden vom lauten Zirpen der Zikaden übertönt.

Ein, zwei Wiedergeborene schlenderten an der Bushaltestelle umher.

Es war beinahe Mitternacht.

Ihr Vater würde nicht kommen.

KAPITEL 34

Es klopfte laut an der Tür.

Die Sonne war kaum mehr als ein glühender orangefarbener Schimmer hinter den Wolken. Es war noch früher Morgen.

Sie waren gekommen.

Es waren zwei Wächter in taubenblauen Roben – Männer mittleren Alters mit teilnahmslosen Augen – und eine ältere Ärztin mit einem Klemmbrett, einem Lockenkopf und einer Sieben auf dem Hals.

Die Frau stellte sich als Dr. Tazia vor. Ihre beiden Begleiter betraten unaufgefordert das Haus. Julian und Rocky standen in Pyjama und Unterwäsche im Wohnzimmer.

»Was soll das?«, fragte Julian. Als er allmählich begriff, dass das, was hier geschah, kein Traum war, überkam ihn siedend heiße Panik. Die Wächter stellten ihr Haus ebenso auf den Kopf wie Callums. Sie machten sich Notizen und tüteten Beweismittel ein.

»Dein Vater ist zwar zum vereinbarten Termin in der Tilgungsklinik erschienen, hat jedoch bedauerlicherweise versäumt, sich nach seiner Wiedergeburt vorschriftsmäßig bei uns zu melden.« Dr. Tazias Stimme triefte vor Herablassung. Sie war noch schlimmer als die schlimmsten Lehrer auf der Academy.

Julian konnte sich schon denken, worauf sie hinauswollte, und sprach das, was sie nur andeutete, offen aus: »Ist er … permatot?«

Sie presste die Lippen zu einer ernsten Linie zusammen und sah zu Rocky hinüber, der sich an Julians Arm klammerte.

»Davon müssen wir leider ausgehen, ja«, sagte sie.

Es war, als würde ein schrecklicher Sturm das Dach vom Haus reißen, als würden sich Tod und Verderben auf alles und jeden niedersenken.

Die beiden Wächter durchsuchten die Schubladen im Schreibtisch ihres Vaters, der in der Ecke des Wohnzimmers stand.

»Da ihr beide noch nicht volljährig seid, werdet ihr in ein Waisenhaus eingewiesen. Keine Sorge, das klingt schlimmer, als es ist. Dort kann euch nichts passieren.«

Julian drückte Rocky fest an seine Brust.

»Raus mit Ihnen! Sofort!«, rief er.

»Ich weiß, das ist nur schwer zu verkraften«, sagte Dr. Tazia besänftigend.

»Das ist unser Haus«, sagte Julian mit wütender, fast knurrender Stimme.

»Was das angeht« – Dr. Tazia klang nun ebenfalls etwas strenger – »muss ich euch leider mitteilen, dass das Haus der Adirondack-Bank gehört. Die Raten für die Hypothek wurden schon seit Längerem nicht beglichen. Wir haben keine andere Wahl, als das Haus zu pfänden.«

Die Hypothek. Deshalb hatten sie sich doch überhaupt erst ausgelöscht. Es musste einen Ausweg geben. Er musste ihnen mehr Zeit verschaffen.

»Ach ja? Dann will ich den zuständigen Bankmitarbeiter sprechen.«

»Die Adirondack-Bank ist eine hundertprozentige Tochtergesellschaft der Wiedergeburtsbehörde. Ich habe also die volle Befugnis, dieses Haus zu pfänden.«

Julian hob Rocky hoch und wollte in den Flur laufen, aber

die beiden Wächter stellten sich ihnen in den Weg. Der dickere der beiden packte Julian. Er wollte sich befreien, doch der bärtige Wächter zog so fest an seinem Arm, dass seine Schulter wie Feuer brannte.

»Nicht so grob, Raymond«, sagte Dr. Tazia. »Das sind doch noch Kinder.«

»Wir sollten sie in den Wagen bringen«, sagte der Wächter beinahe gelangweilt, als hätte er so etwas schon viele Male getan und müsste Tazia daran erinnern, wie so ein Einsatz ablief.

Dr. Tazia nickte, woraufhin der Wächter Julians Arm noch fester umklammerte und ihn herumdrehte. Der Mann zerrte Julian förmlich zu dem Van, der vor dem Haus stand, während sein Kollege Rocky abführte. Das Gesicht des Jungen war feuerrot, Tränen standen in den geröteten Augen.

Sie wurden auf die Rückbank gesetzt. Der Wächter schloss die Tür ab. Julian wäre gerne nach vorne geklettert, hätte den Motor angelassen und wäre einfach davongefahren, doch ein Metallgitter befand sich zwischen ihm und dem Fahrersitz. Auch die Fenster waren vergittert. Man hatte sie eingesperrt wie Verbrecher.

Julian musste tatenlos mitansehen, wie die Wächter ihr Hab und Gut aus dem Haus trugen und in dort bereitgestellte Kisten warfen. Sogar die Schuhschachtel unter Julians Bett, in der er seine wichtigsten Erinnerungsstücke aufbewahrte, landete in einem grauen Plastikcontainer mit der Aufschrift »Eigentum der Wiedergeburtsbehörde«.

Er wollte die Gitter von den Fenstern reißen, wollte sich brüllend auf die Wächter stürzen, ihnen seine Habseligkeiten entreißen und das Haus, das angeblich der Behörde gehörte, bis auf die Grundmauern niederbrennen.

Rocky weinte. Sein Gesicht war knallrot. Tränen liefen über seine Wangen.

Julian drückte Rockys Kopf gegen seine Brust.

»Alles wird gut«, sagte er. »Das verspreche ich dir. Alles wird gut.«

Das Waisenhaus, ein langes graues Gebäude in Retro Row, erinnerte an eine Militärbarracke. Es stand auf einem von totem Gestrüpp überwachsenen Grundstück, das bis zum Fluss reichte, und war von einem mindestens sechs Meter hohen Zaun umgeben.

Dr. Tazia führte Julian und Rocky in einen Raum mit Betonwänden, zwei Betten und einem kleinen Tisch. Sie tat so, als hätte sie sich schwer ins Zeug gelegt, um ein Doppelzimmer für sie aufzutreiben.

Julian setzte sich aufs Bett, nahm Rocky in den Arm und starrte auf den Boden, während Dr. Tazia ihnen ihre Situation darlegte: Da ihr Zuhause der Bank und damit der Wiedergeburtsbehörde gehörte, sie noch nicht volljährig und ihre Eltern höchstwahrscheinlich permatot waren, übernahm die Behörde die Vormundschaft für sie. Sie würden bis zu Julians achtzehntem Geburtstag im Waisenhaus bleiben müssen. Danach konnte er die Vormundschaft für Rocky beantragen, *wenn* – und dabei hob sie die Augenbrauen, um ihm zu signalisieren, dass dieser Punkt mehr als fraglich war – er die nötigen finanziellen Sicherheiten nachwies. Dabei würde ihm eine vorbildliche Lebensbilanz *selbstverständlich* helfen. »Wenn du dich anstrengst, wird dir das sicher gelingen«, sagte sie mit einem unheilvollen Lächeln.

»Dein Wagen sowie eure anderen Besitztümer werden in der Beweismittelstelle verwahrt«, fuhr sie fort. »Sobald die Gutachter sie freigeben, erhaltet ihr sie zurück. Wenn wir eure Lebensbilanzunterlagen und die anderen Dokumente geprüft haben, dürft ihr auch wieder in die Schule gehen. Allerdings müsst ihr mit dem Bus dorthin fahren.«

Sie stand auf.

»Habt ihr noch Fragen?«

»Lassen Sie uns in Ruhe.«

Sie schnaubte verächtlich durch die Nase. »Das alles tut mir sehr leid. Wir sind nicht eure Feinde.«

»Doch, seid ihr«, sagte Julian. »Weil ihr für die Wiedergeburtsbehörde arbeitet.«

Die Ärztin verzog das Gesicht, als hätte sie in etwas Bitteres gebissen. »Die Wiedergeburtsbehörde garantiert einen reibungslosen Ablauf des Wiedergeburtsprozesses. Damit dienen wir der Gemeinschaft.«

Darauf sagte Julian nichts. Er vermutete, dass sie ihn dazu bringen wollte, etwas zu sagen, das er später bedauerte.

Der Rest des Tages verging sehr schnell.

Zuerst wurden ihre Nummern und Chips untersucht. Außerdem führte sie Dr. Tazia durch das Waisenhaus, zu dem eine Cafeteria und eine Bibliothek mit Leseraum gehörten. Auf dem Grundstück um das Heim herum waren Picknicktische aus Metall sowie unbenutzte Spielgeräte verstreut wie tote Bäume in einer leblosen Tundra. Es gab drei Mahlzeiten pro Tag – Sojaporridge zum Frühstück, gebratene Tofuecken zum Mittagessen und abends einen Eintopf. Die jüngsten Bewohner des Waisenhauses waren nicht einmal so alt wie Rocky, die ältesten in Julians Alter. Von Eins bis Vier waren alle Nummern vertreten, es gab sogar eine Fünf und eine Sechs. Alle sahen die Neuzugänge mit argwöhnischem, prüfendem Blick an. Julian weigerte sich, mit den anderen Kids oder den Wächtern zu sprechen. Er sprach ausschließlich mit Rocky. Warum auch? Er und Rocky würden nicht lange hier bleiben, da war er sich sicher.

Um zehn Uhr abends wurden die Lichter ausgemacht. Der von den Strapazen des Tages völlig ausgelaugte Rocky schlief in Julians Armen sofort ein. Julian dagegen fand keinen Schlaf – seine Gedanken überschlugen sich. Wie kamen sie hier wieder raus?

Vorsichtig, damit er Rocky nicht weckte, stand er auf und schlich sich in den Flur – ob das erlaubt war oder nicht, war ihm herzlich egal. Dann trat er in die kühle Nachtluft hinaus, ging zum Zaun hinüber und betrachtete den Fluss dahinter. Das Zirpen der Zikaden erfüllte die Luft.

Irgendetwas hatte ihn aus dem Bett geholt und hierhergeführt.

Es saß auf der anderen Seite des Zauns.

Die Katze mit dem weißen Fleck rund um das Auge.

Die tote Katze.

Ihr neunter Körper lag auf Callums Ranch begraben, die sich inzwischen im Besitz der Wiedergeburtsbehörde befand.

Und doch war sie hier. Lebendig.

Die Katze starrte Julian an. Ihr Schwanz pendelte im Wind hin und her wie ein teuflisches Metronom.

»Was bist du?«, fragte Julian.

Selbstverständlich antwortete die Katze nicht.

»Was bist du?«, rief Julian.

Die Katze öffnete den Mund zu einem grässlichen Kreischen.

Die Zikaden antworteten mit einem immer lauter werdenden Zirpen, das zu einem gewaltigen Brummen anschwoll. Julians Kopf dröhnte. Er musste sich die Ohren zuhalten. Jenseits des Flusses sammelte sich ein gewaltiger Zikadenschwarm am nächtlichen Himmel und kam mit beängstigender Geschwindigkeit auf ihn zu.

Julian rannte los. Die Zikaden schlugen um ihn herum auf dem Boden auf, zerplatzten auf den Picknicktischen und den

Rutschen. Die Schaukeln schwangen hin und her wie in einem Sturm von Orkanstärke – nur dass dieser Orkan aus Insekten bestand.

Julian rannte ins Haus. Das grässliche *Pling-pling-pling*, mit dem die Zikaden auf dem Beton explodierten, hallte durch den Flur. Das Licht ging an, Dr. Tazia rief Befehle. Die Wachleute beeilten sich, die Fenster zu schließen.

Pling, pling, pling, pling!

Das Geräusch der beim Aufprall auf das Gebäude berstenden Zikaden klang wie Gewehrfeuer.

Julian stürmte ins Zimmer. Rocky saß auf dem Bett, und Julian nahm ihn in die Arme. Das entsetzliche Surren und Flügelschlagen hallte von den Betonwänden des Waisenhauses wider.

»Was ist los?«, fragte Rocky voller Angst.

»Das geht vorbei«, sagte Julian und drückte Rocky fest an sich, während die Insekten an der Fensterscheibe zerschellten.

KAPITEL 35

Das Sonnenlicht war so grell, dass es schmerzte. Wie jeden Morgen.

Molly rieb sich die Augen und kroch aus dem Schlafsack.

Bald würde sie sich an die Helligkeit gewöhnen. Dann verschwanden auch die Kopfschmerzen, die in ihrem Schädel hämmerten.

Robbie war gerade dabei, in ein Flanellhemd zu schlüpfen. Seine Silhouette zeichnete sich undeutlich vor den dreckigen Fenstern der alten Tankstelle ab. Er griff in eine Kiste neben der Theke, holte die gelbe Propanflasche hervor, die sie letzte Nacht erbeutet hatten, und schloss sie an den Zweiflammen-Gaskocher an. Sein grinsendes Gesicht wurde kurz von der aufflackernden Flamme erhellt.

»Morgen, Cass«, sagte er und zwinkerte ihr zu. »Wie wär's mit ein paar *huevos robbieneros*?«

Er nahm einen Karton mit richtigen, echten Hühnereiern aus dem Kühlschrank. Letzte Nacht hatten sie wirklich fette Beute gemacht.

Molly konnte sich an ihren richtigen Namen nicht mehr erinnern. Sie wusste auch nicht mehr, wo sie herkam. Eigentlich hatte sie bis auf das, was in den letzten vier bis fünf Wochen geschehen war, alles vergessen. Nur dass echte Eier eine Seltenheit waren, das wusste sie noch.

Robbie briet die Eier und stellte zwei Teller auf den alten

Resopaltisch in der Ecke. Sie hatte nichts dagegen, dass er sie Cass nannte, auch wenn ihr der Name nicht vertraut vorkam. Molly setzte sich Robbie gegenüber an den Tisch. Sie tranken Instantkaffee und aßen, zumindest heute, wie die Könige.

Vor vier oder fünf Wochen – an das exakte Datum konnte sie sich immer noch nicht erinnern – war sie unten am Fluss aus dem Bus ausgestiegen. »Ausgestiegen« war eigentlich das falsche Wort. Wächter mit schwarzen Mänteln über den blauen Roben hatten sie und vier andere Wiedergeborene aus dem Bus gezerrt. Ein fünfter – ein Junge in etwa ihrem Alter mit einem Pony, der bis über seine Augen gereicht hatte – widersetzte sich, woraufhin der größte Wächter einen Schlagstock gezückt hatte. Als der Junge den Bus verließ, war Blut von seinem Kopf auf einen rasch größer werdenden Fleck auf der Brust getropft.

Der Bus war davongerumpelt und hatte die sechs Wiedergeborenen zitternd in der Kälte stehengelassen. Die Wächter hatten sie als Retros bezeichnet. Molly wusste, was Retrogression war: Mit jeder Wiedergeburt konnte es vorkommen, dass man einen Teil seines Verstandes einbüßte. Ein Retro litt nicht nur unter Gedächtnisverlust, sondern oft auch unter anderen geistigen Störungen und Defiziten.

Molly hingegen fühlte sich großartig. Sie fühlte sich wie sie selbst, doch sie konnte sich einfach nicht an ihre Vergangenheit erinnern. Da war nur ein weißer Fleck, genau wie die vielen Jahrmilliarden, die vor ihrer Geburt bereits vergangen waren und die ebenfalls nichts mit ihr zu tun hatten.

Die drei Retro-Frauen – eine um die dreißig, die anderen offenbar Anfang zwanzig – waren den Rest des Tages über bei Molly geblieben. Gemeinsam hatten sie sich zu zwei Männern gesellt, die unter einer Brücke ein Feuer gemacht hatten. Die Männer erlaubten ihnen, sich aufzuwärmen, und gaben ihnen

Decken und Jacken, die sie dankbar annahmen. Immer wieder sah Molly zum Flussufer hinunter, wo der Junge mit dem Pony in der klirrenden Kälte kniete. Das Blut auf seinem Hals trocknete allmählich.

Sie aßen die Algenriegel, die die Männer von irgendwoher aufgetrieben hatten, und versuchten, sich an ihre Vergangenheit zu erinnern. Im Gegensatz zu den anderen Frauen bedauerte Molly jedoch nicht, dass sie ihr Gedächtnis verloren hatte. Sie lebte im Augenblick, von Moment zu Moment.

Am nächsten Morgen weckten sie die anderen drei Frauen auf. Sie waren früh aufgestanden, hatten sich irgendwie daran erinnert, dass sie aus Lakeshore kamen und wollten in die Stadt zurück. Molly weigerte sich standhaft, mit ihnen zu kommen, und so waren sie allein aufgebrochen.

Später am Tag hatte sie gesehen, dass der Junge mit dem Pony immer noch unten am Fluss saß, und war zu ihm hinuntergegangen. Sein Körper war eiskalt. Er war tot. Sie sah auf seine Nummer: Er war eine Fünf. Dabei fiel ihr ein, ihre eigene Nummer zu überprüfen. Sie stellte sich in der flohverseuchten Jacke, die ihr die Männer am Feuer gegeben hatten, ans Ufer, nahm das Haar zurück und betrachtete ihr Spiegelbild: Sie war eine Drei.

In den nächsten Tagen wurden die Männer immer aufdringlicher. Abwechselnd versuchten sie, sie in ihren Schlafsack zu locken. Sie lehnte jedes Mal ab. Dann stritten sich die beiden darüber, wem sie nun gehörte. Molly schnappte sich den heißen Metallstab, den sie als Schürhaken benutzten, woraufhin die beiden Männer ihren Streit unterbrachen und ebenfalls zu ihren Waffen – Schaufeln mit geschliffenen Blättern – griffen. Sie konnten sie sich ja teilen, scherzten sie.

Da war Robbie vom Fluss herauf hinzugekommen. Er trat den Wassertopf ins Feuer, sodass der aufsteigende Dampf die Männer verbrühte. »Folg mir«, sagte er zu Molly, während die beiden Männer das Weite suchten.

Sie war ihm gefolgt.

Robbie versuchte nicht, sie zu irgendetwas zu zwingen.

Eine Woche lang suchten sie Retro Row nach einem Unterschlupf ab, und irgendwann stießen sie auf die verlassene Tankstelle. Sie war weit genug vom Zentrum der Row entfernt, und eine Kochplatte gab es auch. Sobald sie die großen, räudigen Katzen davongejagt hatten, machten sie klar Schiff und richteten sich häuslich ein.

Robbie war ein seltsamer Kauz – er redete ohne Ende, meistens über seine Theorien und seine Lebensphilosophie (er war ein großer Befürworter des Im-Augenblick-Lebens). Manchmal ließ er sich auch lang und breit darüber aus, wo er früher einmal gelebt hatte: in einem Haus auf einem Hügel im Ulmenwald, wo niemand eine Lebensnummer hatte. Leider hatte er den Weg dorthin vergessen. Bis auf einige undeutliche Erinnerungen war ihm nichts geblieben. Molly wusste nicht, ob sie ihm glauben sollte oder nicht, aber das ging ihr mit Robbie eigentlich öfter so.

Jeder Tag war ein neuer Kampf – um Essen, Kleidung oder Propan. Doch es gelang ihnen jedes Mal, wenigstens genug für den nächsten Tag zusammenzukratzen. In den ruhigeren Augenblicken empfand Molly gelegentlich so etwas wie heitere Gelassenheit – dann betrachtete sie die Wasserstrudel, die sich bildeten, wo der Fluss um die Steine am Ufer lief, und einmal verbrachte sie eine Stunde damit, eine Zikade anzustarren, die sich auf einem Stein in der Sonne wärmte. Ihr Körper schillerte ganz bemerkenswert – im richtigen Licht ähnelten ihre Flügel kleinen Regenbogen.

Eines Tages führte sie einer ihrer Streifzüge bis zu der Stelle, an der der Fluss auf den Zaun traf, der um den See führte. Sie bemerkte mehrere große Gebäude auf einem Hügel in der Ferne, und irgendetwas regte sich in ihr – eine undeutliche Erinnerung. Sie wusste, dass sich in diesen Häusern mehr als genug Vorräte befanden, und sie wusste, dass man sie vom Wald aus erreichen konnte und dabei nur über einen einzigen Zaun klettern musste. Wahrscheinlich wohnten dort kaum Leute, sodass sie höchstwahrscheinlich unbemerkt eindringen und mit ihrer Beute wieder verschwinden konnten.

Dabei zeigte sich, wie gut sie mit Robbie auskam.

Sie waren ein tolles Team. Gemeinsam räumten sie die Nahrungsmittel aus den Gästewohnungen aus und stahlen die Propanflaschen, die neben den Grills lagerten. Schon bald hatten sie alle möglichen Vorräte in der Tankstelle angehäuft – darunter auch Dinge, die sie in ihrem vorherigen Leben nicht gehabt hatte, wie sie instinktiv wusste. Wie auch immer dieses Leben ausgesehen hatte – Eier, Honig oder Bananen hatten ganz bestimmt nicht dazugehört.

Einmal brachen sie in ein außergewöhnlich großes Anwesen mit einem atemberaubenden Ausblick auf den See ein. Auf einem Stuhl entdeckte sie etwas, das ihre Aufmerksamkeit erregte – einen weißen Blazer mit einem Wappen auf der Schulter: Lakeshore Academy.

Dabei regte sich etwas in ihr, aber sie konnte es nicht einordnen.

Beim Anblick des Wappens fiel ihr ein Name ein: Julian.

Doch das war auch schon alles – ein Name. An diesem Abend dachte sie lange und intensiv darüber nach, ob dieser Name weitere Erinnerungen weckte.

Aber sie konnte nur an Auslöschungen und Lebensnummern denken …

Und damit auch an die Wächter, und von den Wächtern bekam sie Alpträume.

Jeder Retro – ohne Ausnahme – hatte eine Todesangst vor den Wächtern. Und *alle* hassten sie mit einer Inbrunst, die ihresgleichen suchte. Schon beim Anblick eines Behördenbusses liefen sie, so schnell sie konnten.

Manchmal schnappten sich die Wächter Leute aus der Row und setzten sie wieder in den Bus. Niemand wusste, wo man sie hinbrachte. Wenn sie zurückkamen, waren sie nicht mehr in der Lage, auch nur einen zusammenhängenden Satz zu bilden.

Damit die Wächter nicht auf sie aufmerksam wurden, löschten Molly und Robbie nach Einbruch der Dunkelheit alle Feuer und Lichter. Außerdem stand immer eine gepackte Tasche an der Tür, damit sie jederzeit fliehen konnten.

Julian …

Der Name weckte keine unmittelbare Assoziation mit den Wächtern. Im Gegenteil: Der Name schien sogar eine Rettung vor den Wächtern zu versprechen. Auf eine unerklärliche Weise war er so etwas wie ein Glücksbringer für sie. Zumindest hielt sie den Namen dafür.

Julian. Ihr Glücksbringer.

Doch sie durfte auch Robbie nicht vergessen. Manchmal verschwand er tagelang, sodass sie allein nach Essen suchen und sich vor den Wächtern verstecken musste.

Julian, ihr Glücksbringer, ließ sie nie im Stich.

Am nächsten Morgen fiel trübes Sonnenlicht durch die verschmierten Tankstellenfenster. Ein neuer Tag. Robbie zog einen der schweren Wintermäntel an, den sie gestern gestohlen hatten, und warf ihr auch einen zu.

Ein weiterer Tag in der Row. Ein weiterer Tag, an dem sie ums Überleben kämpfen und um jeden Preis verhindern mussten, den Wächtern in die Hände zu fallen.

KAPITEL 36

Das Frühstück war beendet. Das Personal hatte sich in der Pause zum Plaudern in der Küche versammelt – wahrscheinlich lästerten sie über die zunehmend zerrütteten Verhältnisse im Hause Hawksley.

David Hawksley – der weithin geschätzte Direktor der Wiedergeburtsbehörde Lakeshore – war den Großteil des Jahres auf Geschäftsreise zu den anderen Behörden des Landes gewesen. Auch seine Frau war kaum zu Hause – es gab immer eine Wohltätigkeitsveranstaltung in der Stadt oder ein Galadinner irgendwo im Bundesdistrikt, das die Anwesenheit der besseren Hälfte des Direktors erforderte. Sie war nur zu Hause, wenn ein Mitglied des Rats der Weisen in der Stadt war und sie die Gastgeberin für seine Gattin spielen musste. Und was ihren Sohn Nicholas anging – der kam sicher bestens zurecht. Die Academy sorgte ganz sicher dafür, dass ihm nicht langweilig wurde.

Auf dem Weg durch die Küche nickte Nicholas dem Personal kurz zum Gruß zu und betrat dann den dunklen, höhlenartigen Flur, der zum Arbeitszimmer seines Vaters führte. Der Direktor hatte Nicholas zu sich gerufen. Er war gerade im Haus, würde aber in ein paar Tagen wieder aufbrechen, um den Behörden an der Westküste einen Besuch abzustatten.

Nicholas hasste den Fliesenboden im Flur. Die lauten Maschinen, mit denen er jedes Wochenende auf Hochglanz poliert wurde, hatten ihm als Kind eine Heidenangst eingejagt. Er erinnerte sich noch genau daran, wie er auf kleinen Füßen vorsichtig über den eiskalten Marmorboden getippelt war. Dann das grässliche, ächzende Quietschen der schweren Holztür – wie in den Horrordokumentationen, die er mit Vorliebe geschaut hatte, obwohl sein Vater sie für Schund hielt und der Meinung war, dass es sich für einen Hawksley nicht gehörte, solches Zeug anzusehen. Zum Glück war das Haus jedoch groß genug, und in beinahe jedem Raum stand ein Fernseher.

Er wusste noch genau, wie er eines Morgens auf den kalten Ledersessel seines Vaters geklettert war und in den Schreibtischschubladen gekramt hatte. Er hatte in seine Rolle schlüpfen wollen, indem er so getan hatte, als gehörten diese Machtinstrumente – Füllhalter, Akten, Speichersticks – ihm, was ihn ebenfalls zu einem sehr wichtigen Mann machte. Nicholas hatte eine empfindliche Strafe dafür kassiert: Fünf Tage und fünf Nächte hatte er sein Zimmer im ersten Stock nicht verlassen dürfen.

»Kontrolle«, hatte sein Vater gesagt. »Du musst lernen, die Kontrolle über dich nicht zu verlieren. Nur durch Selbstkontrolle kannst du andere anführen.«

Kontrolle.

Oh Mann, dachte er. Diesmal hast du's wirklich vermasselt, oder?

Direktor David Hawksley – »Dad« – stand neben dem Tisch am Ende des Raumes vor den großen Fenstern, die zum See hinaus zeigten. Er nickte Nicholas zu, als dieser den Raum betrat.

»Ich bin nur ein paar Tage zu Hause, und jetzt muss ich meine kostbare Zeit am Telefon mit deinem Schuldirektor vergeuden.«

Nicholas verzog das Gesicht und biss die Zähne zusammen – jetzt ging's los.

»Nicholas, deine Noten sind schlicht und einfach unterirdisch«, sagte sein Vater. »Mit solchen Zensuren reicht selbst mein Einfluss nicht, um dich auf die Azura zu bringen. Du erfüllst nicht einmal die Mindestanforderungen.«

Nicholas wandte sich ab. »Ich war sehr beschäftigt«, sagte er.

»Dafür hätte ich Verständnis, wenn bei diesem seltsamen Geheimbund wenigstens etwas herausgekommen wäre, aber so ist es ja wohl nicht.« Er schüttelte fassungslos den Kopf. »Der Schuldirektor hat mir gesagt, dass du diesem Auslöscherclub nicht länger vorstehst. Dass man dich praktisch hinausgeworfen hat.«

Nicholas runzelte die Stirn und sah zum Schreibtisch hinüber – eine gewaltige, mahagonifarbene Machtdemonstration aus dem Holz der seltenen roten See-Eiche. Allein bei seinem Anblick drehte sich Nicholas aufgrund der unmöglich zu erfüllenden Erwartungen, die damit verbunden waren, der Magen um.

»Im Hinblick auf deine akademischen Leistungen«, fuhr sein Vater fort, »war dieser Club deine einzige Chance. Es ist zwar eine etwas suspekte Vereinigung mit merkwürdigen Scherzen und Ritualen, aber sie genießt einen guten Ruf in den wichtigen Kreisen.«

»Das weiß ich«, murmelte Nicholas.

»George Vander war ebenfalls Mitglied«, sagte sein Vater. »Und sieh dir an, wie weit er es gebracht hat.«

Als Nicholas noch jünger war, hatte er sich ständig Vergleiche mit dem verhassten Georgie Vander anhören müssen. Georgie, das Wunderkind der Academy. Sein Vater war das ehrenwerte Ratsmitglied Vander, die einzige Person aus dem Umkreis von Lakeshore, die jemals in den Rat der Weisen aufgenommen worden war. Georgies rekordverdächtige Prüfungsergebnisse waren sogar in der Zeitung abgedruckt worden. Er hatte die Abschlussrede gehalten, war Anführer der Auslöscher gewesen und hatte die ehemaligen Academy-Schüler, die inzwischen für die Wiedergeburtsbehörde arbeiteten, tief beeindruckt. Später hatte er in den Semesterferien sogar ein Praktikum dort gemacht. Nach seinem Abschluss an der Azura hatte man ihn auf der Stelle als angehende Führungskraft in Direktor Hawksleys Abteilung eingestellt und ihm kurz darauf die Leitung über den Empfangsbereich übertragen. Prälat im ersten Jahr! Das hatte es noch nie gegeben. Dieser beschissene Georgie Vander.

»Du hast dir diese Riesenchance durch die Lappen gehen lassen. Unglaublich«, sagte Dad und schüttelte den Kopf. »Wenn ich für den Rat der Weisen nominiert werde, hättest du eigentlich die Leitung der Behörde übernehmen sollen. Aber jetzt ist wohl George Vander der einzig realistische Kandidat. Ich wollte dir noch so vieles beibringen, Nicholas. Ich hatte Großes mit dir vor. Aber daraus wird wohl nichts. Du kannst ja noch nicht mal einen kleinen Schulclub leiten.«

Nicholas konnte seinem Vater nicht in die Augen sehen. Seine Wangen brannten vor Scham.

»Glaubst du wirklich, dass ich deine Nummer jedes Mal so ohne Weiteres auf den neuesten Stand bringen lassen kann?«

Auf den neuesten Stand bringen, dachte Nicholas. Fälschen trifft es wohl eher.

»Nicht alle haben so viel Glück wie du«, fuhr er fort. »Der See wird immer instabiler. Ich musste hart arbeiten und meinen Einfluss geltend machen, um dir die Auslöschungen zu ersparen. Du hattest jeden nur vorstellbaren Vorteil, ist dir das überhaupt bewusst? Du warst zu Größerem bestimmt. Vielleicht hättest du mal mit George Vander über alles reden sollen. Er hätte dir sicher ein paar nützliche Ratschläge geben können.«

»Entschuldige«, sagte Nicholas, dem die Galle hochkam. »Aber was hat das alles mit Georgie Vander zu tun?«

Sein Vater blinzelte verwirrt. »Das weißt du nicht?«

Nicholas starrte seinen Vater an. Eine schreckliche Vorahnung stieg in ihm auf.

»George hat beschlossen, sich höchstpersönlich um das Fortbestehen der Auslöscher zu kümmern, als er von diesem Fiasko gehört hat. Anscheinend hattest du irgendetwas Hirnverbranntes in einem verlassenen Vergnügungspark in der Row geplant.«

Er schüttelte den Kopf.

»George musste ein Machtwort sprechen. Durch seine Empfehlungen konnten sie das Ruder noch einmal herumreißen.«

Moment.

Wie war das?

Nicholas hatte auf Georgies Empfehlung sein Amt als Anführer der Auslöscher verloren, und sein Vater begrüßte dies auch noch?

»Weshalb?«, fragte Nicholas.

»Wahrscheinlich …« – sein Vater drehte sich wieder zum Fenster um – »weil er nicht wollte, dass sein Vermächtnis ruiniert wird.«

Sein Vater verschwieg ihm etwas. Das konnte nicht der einzige Grund sein, aus dem sich ein Prälat in die Angelegenheiten eines Schülerclubs mischte. Da musste noch mehr dahinterstecken, doch Nicholas war inzwischen offenbar nicht mehr würdig, weitere Einzelheiten zu erfahren.

»Selbstverständlich werde ich alles in meiner Macht Stehende tun, um die Situation zu retten«, sagte sein Vater. »Aber fürs Erste solltest du eine andere Universität als die Azura ins Auge fassen.«

Nicholas spannte die Kiefermuskeln an und biss die Zähne zusammen.

»Ich wünschte, ich hätte mich besser geschlagen«, sagte er, »aber …«

»Es gibt kein ›aber‹, Nicholas. Und auch keine Entschuldigung. Weißt du, wer sich in so einer Lage nicht hinter einer Entschuldigung verstecken würde? George Vander.«

»Tja«, sagte Nicholas. »Aber ich bin nicht George Vander, wie wir beide sehr wohl wissen.«

»Nein, der bist du ganz sicher nicht. Du kannst gehen.«

Nicholas' Vater wedelte mit der Hand.

Georgie Vander. Georgie Vander. Georgie Vander. Mit jedem knallenden Schritt, den Nicholas durch den Flur machte, wiederholte er stumm diesen Namen.

Er mahlte so angestrengt mit den Zähnen, dass es schmerzte. Sein ganzes Gesicht tat weh. Es brannte – nicht nur vor Schmerz, sondern auch vor glühender Wut, die sich wie ein roter Schleier über seine Augen legte.

Kontrolle, dachte Nicholas.

Selbstkontrolle.

Deine Zeit wird kommen.

Oh ja.

Bald.

KAPITEL 37

Der Bus klapperte vom Waisenhaus aus alle Schulen im Umkreis ab, wie Julian erfuhr, nachdem ihn das laute Hämmern eines Schlagstocks an der Tür aus dem Schlaf gerissen hatte.

Dr. Tazia und ein grimmiger, hünenhafter Wächter öffneten die Tür und verkündeten, dass sie wie gewohnt zur Schule gehen würden. Tazia warf eine Tüte mit ihren Kleidungsstücken, die bereits überprüft worden waren, neben die Tür, sah Julian und Rocky kurz an und ging dann weiter zum nächsten Raum.

Bevor der Bus Rockys Schule erreichte, beugte sich Julian zu seinem Bruder vor. »Ich werde nach Dad suchen«, flüsterte er, damit ihn weder die anderen Schüler noch die Sicherheitsmänner im Bus hören konnten. »Heute Abend sehen wir weiter. Halt einfach den Ball flach und verrate niemandem, was ich vorhabe. Keine Sorge, irgendwie kommen wir hier wieder raus.«

»Na hoffentlich«, sagte Rocky. Julian beobachtete vom Bus aus, wie Rocky die Schule betrat und von einem Lehrer in Empfang genommen wurde.

Julian war der Einzige, der an der Lakeshore Academy ausstieg. Es war auch sehr unwahrscheinlich, dass noch ein Waisenkind auf die Eliteschule ging.

Anstatt sich den Schülern anzuschließen, die rechtzeitig zum Unterricht kommen wollten, lief er auf den Parkplatz, wobei er einen weiten Bogen um die Lehrer und Sicherheitsleute machte. Vom dort aus nahm er eine Abkürzung durch ein kleines Wäldchen zu einer öffentlichen Bushaltestelle. Seine Wangen waren vom Laufen gerötet und seine Finger taub von der Kälte. Frierend stellte er sich ins Bushäuschen und zog sich den Kragen fest um den Hals. Schließlich kam ein Bus, mit dem er die Lake Road entlang bis nach Retro Row fuhr. Die Fahrt bezahlte er mit den letzten paar Münzen, die er noch in der Tasche hatte. Nun war er völlig pleite.

Julian klammerte sich an die Hoffnung, dass sein Vater an Retrogression erkrankt war. Das war zwar unwahrscheinlich, aber nicht unmöglich.

Julian stieg in der Nähe von Tasty's nördlich von der Row aus und folgte dem Fluss in das verrufene Viertel hinein. Den Morgen verbrachte er damit, die Behausungen entlang des Flussufers zu durchsuchen und mit mehreren Retros zu sprechen, die ihre Sinne noch einigermaßen beieinanderhatten. Die meisten waren etwa so alt wie sein Vater, doch der war nicht darunter. Julian arbeitete sich noch eine weitere Meile den Fluss entlang vor und gab jedem, den er traf, eine Beschreibung seines Vaters. Niemand hatte ihn gesehen.

Am späten Vormittag beobachtete er, wie die Wächter eine Busladung Retros in der Nähe des Piers aussteigen ließen. Sobald der Bus davongefahren war, sah sich Julian unter den verwirrten, orientierungslosen Neuankömmlingen um. Einige waren noch recht jung, kaum älter als er. Doch sein Vater war wieder nicht darunter.

Schon bald wurde die Sonne am stahlgrauen Himmel schwächer. Julian wollte schon aufgeben und zum Waisenhaus zurückkehren, um sich mit Rocky einen Plan B auszudenken. Vielleicht sollten sie zum Katzenquartier flüchten. Cody würde sie sicher aufnehmen. Leider konnte er sie nicht anrufen, da man sein Handy konfisziert hatte, doch den Weg dorthin kannte er auswendig. Womöglich konnten er und Rocky über den Zaun beim Fluss klettern, irgendwo ein Auto auftreiben und durch den Wald zum Katzenquartier fahren. Oder doch erst zum Buchladen? Vielleicht war Cody ja dort, um die Katzen zu beobachten. Sie wusste ganz bestimmt Rat.

Plötzlich sah Julian, wie in einer alten Tankstelle das Licht anging.

Julian ging auf ein Mädchen zu, das davor herumlungerte.

»Hallo?«, sagte er.

Sie wirbelte herum und hob ein Messer. Er erkannte sie sofort.

»Molly?«, rief er.

Sie ging in Verteidigungsposition, doch dann huschte ein flüchtiger Schimmer des Wiedererkennens über ihr Gesicht.

»Ich bin's«, sagte er. »Julian.«

Als sie seinen Namen hörte, ließ sie aus einem tiefsitzenden Instinkt heraus das Messer sinken.

Er ging mit erhobenen Händen auf sie zu. »Gott sei Dank, du lebst!«, rief er.

Sie wich vor ihm zurück. »Ganz ruhig, ja? Keinen Schritt näher.«

Julian warf einen Blick auf ihren Hals. Sie war eine Drei. Als er sie das letzte Mal auf Amits Auferstehungsparty am Feuer gesehen hatte, war sie auch eine Drei gewesen. Merkwürdig.

»Hast du dich ausgelöscht?«, fragte er. »Hat Constance dich dazu gezwungen?«

»Ich weiß nicht, wovon du redest«, sagte sie. Er kam noch näher. Sie sprang förmlich zurück. Er redete behutsam auf sie ein, versicherte ihr, wie froh er war, dass sie lebte und nicht permatot oder verschwunden war. Irgendwann blieb sie stehen und erlaubte ihm, sich zu nähern. Er berührte ihre Schultern, woraufhin sie zusammenzuckte. Doch dann ließ sie zu, dass er die Arme um sie legte und sie an ihre Brust drückte.

»Wie bist du hier gelandet?«

Plötzlich riss sie sich von ihm los. »Die Wächter haben mich aus dem Bus geworfen«, sagte sie nur.

Julian bemühte sich, sein Entsetzen zu verbergen. Stattdessen suchte er in dem Mädchen, das er da vor sich sah, die Molly von früher.

Erinnerungen brachen über ihn herein: Der erste Tag an der Academy, wo sie die einzigen beiden Einsen gewesen waren. Wie sie mit Verachtung die Kids beobachtet hatten, die in ihren weißen Blazern durch die Cafeteria marschiert waren. Und später Molly, ebenfalls in einem weißen Blazer, bei ihren neuen Freunden am Feuer. Julian hatte sich umgedreht, von ihr abgewandt …

Und jetzt war sie hier, mit einem Messer bewaffnet, und hauste in einer verlassenen Tankstelle in der Row. Julians Erinnerungen gehörten nun ganz allein ihm – es konnten genauso gut Halluzinationen sein.

»Molly«, sagte Julian. »Irgendetwas Schlimmes geht in der Wiedergeburtsbehörde vor sich, und ich glaube, dass es dich auch erwischt hat.«

»Cassie«, verbesserte sie ihn. »Ich heiße Cassie.«

Julian runzelte die Stirn – der Name passte überhaupt nicht zu ihr, doch das war bei Weitem nicht das Seltsamste an dieser Situation.

Inzwischen hatte er nämlich eine Gestalt bemerkt, die aus der Tankstelle trat. Das weißblonde Haar, das blasse Gesicht, der helle Fleck auf dem Hals …

Robbie, der Retro. *Bleib weg bleib weg bleib weg …*

»Du«, zischte Robbie aggressiv. Er hatte eine Eisenstange in der Hand, als rechnete er damit, sich verteidigen zu müssen.

»Ganz ruhig«, sagte Julian. »Ich war auf der Suche nach meinem Vater. Das hat nichts mit euch zu tun.«

»Bleib weg, hab ich gesagt«, rief Robbie. »Bleib weg!« Er kam mit der hocherhobenen Stange auf Julian zu.

Julian wich zurück und hob die Hände. »Ich will keinen Ärger!«

»Schon gut, Robbie.« Molly trat vor ihn. »Er will uns nichts tun.«

Robbie drängte sich an ihr vorbei. »Ich hab's dir gesagt«, rief er und richtete die Stange auf Julian. Julian packte sie und versuchte, sie Robbies Griff zu entwinden. Robbie hielt dagegen. Während sie miteinander rangen, trat Robbie gegen Julians Bein. Julian ließ los und taumelte zurück.

»Bleib weg von ihr«, sagte Robbie. »Sie gehört zu mir.«

»Das geht nicht«, sagte Julian, sobald er das Gleichgewicht wiedergefunden hatte. »Cody hat mir geholfen. Sie hat mir das Katzenquartier gezeigt.«

Bei diesem Wort schien sich etwas in Robbies Verstand zu regen.

»Das Haus auf dem Hügel?«, fragte er und überlegte fieberhaft. »Das Katzenquartier«, sagte er mit fester Stimme, als hätte er es soeben entdeckt. »Weißt du, wo das Katzenquartier ist?« Plötzlich war seine Wut wie weggeblasen.

»Ich fahre heute Abend dorthin.«

Julian konnte Molly unmöglich hier in der Row zurücklassen. »Komm mit«, sagte er. »Dort ist es sicher, und die Wächter werden dich nicht finden.«

»Dann wirst du aber uns beide mitnehmen müssen«, sagte Robbie.

Julian sah ihn argwöhnisch an.

»Ich vertraue ihm«, sagte Molly. »Er hat mich gerettet.«

Inzwischen war die Sonne nicht mehr als ein schwacher Lichtstreifen hinter einer Wolkenbank. Julian war sich bewusst, dass er ein großes Risiko einging, wenn er Robbie ohne Codys Erlaubnis zurück ins Katzenquartier brachte. Doch im Prinzip waren alle Bedenken sinnlos – er würde Molly nicht hier zurücklassen. Auf keinen Fall. Selbst wenn das bedeutete, diesen Robbie mitzuschleppen.

Er nickte den beiden zu.

»Also gut. Aber erst holen wir meinen Bruder.«

Sobald sie am Waisenhaus ankamen, wurde ihnen klar, dass dort etwas ganz und gar nicht stimmte. Das Haupttor war mit Fahrzeugen der Wiedergeburtsbehörde zugestellt. Das Blaulicht eines Krankenwagens erhellte die Nacht. Wächter liefen mit Klemmbrettern zwischen mehreren Kleinbussen hin und her.

Julian hielt Molly und Robbie zurück. Sie versteckten sich auf der anderen Straßenseite hinter zwei Behördenlimousinen.

»Ist das eine Falle?«, fragte Molly, als sie die Wächter sah.

»Dafür schlag ich dir den Schädel ein«, knurrte Robbie.

»Ich habe doch keine Ahnung, was hier vor sich geht«, protestierte Julian mit Panik in der Stimme. Ein Wächter erschien im Tor, einige Kinder folgten ihm im Gänsemarsch. Rocky kam ziemlich am Ende. Hinter ihm gingen ein Mann in einer purpurfarbenen Robe – der Seeprälat – und Dr. Tazia.

Das war der Tropfen, der das Fass zum Überlaufen brachte.

Irgendetwas in Julian zerbrach. Als hätte man einen Draht durchgeschnitten, der seinen Verstand zusammengehalten hatte. Er verlor die Beherrschung.

»Nicht mein Bruder«, sagte Julian.

Er sprang hinter dem Auto hervor und rannte auf die Wächter zu. Die waren so überrascht von dem plötzlichen Angriff, dass sie nicht reagieren konnten. Dr. Tazia starrte ihn mit offenem Mund an.

Sobald Rocky Julian sah, riss er sich aus dem Griff des Wächters, der ihn festhielt, und lief mit tränennassem Gesicht auf seinen Bruder zu. »Julian!«, rief er und umklammerte ihn. Julian hob ihn auf und wirbelte herum.

In diesem Augenblick legten sich zwei dicke Arme um seinen Hals – ein Wächter hatte ihn von hinten gepackt. Ein weiterer Mann, dessen Gesicht nur blitzartig vom Blaulicht erleuchtet wurde, ergriff Rocky und riss ihn aus Julians Händen. Julian spürte, wie sich Rockys Finger, die seine Jacke umklammerten, nach und nach lösten.

Dann drehte der Wächter Julian die Arme um und schob ihn auf ein grelles Licht zu. Sie hielten ihm eine Taschenlampe direkt ins Gesicht und blendeten ihn.

Eine Gestalt mit Kapuze, die sich nur als Silhouette vor dem Licht abzeichnete, baute sich vor ihm auf.

»Mein Sohn«, sagte der Prälat mit tiefer Stimme, die kratzte wie Stein auf Stein. »Hör auf, dich zu wehren. Beruhige dich.«

»Wo bringt ihr meinen Bruder hin?«, wollte Julian wissen.

»Er ist eine Eins«, sagte der Prälat. »Alle Einsen kommen in das Attison-Sondererziehungscamp der Wiedergeburtsbehörde.«

Es war, als würde sich der Erdboden unter Julian auftun.

Dr. Tazio stellte sich neben den Prälaten. »Keine Sorge, der Schulunterricht geht dort weiter.«

Nein!

Julian wehrte sich nach Kräften, woraufhin der Wächter seine Arme so brutal verdrehte, als wollte er sie ausreißen. Julian sah zu seinem Bruder hinüber. Der weinende und brüllende Junge wurde von einem Wächter auf einen Lieferwagen gehoben, und Julian konnte nichts dagegen tun. Er würde ihn verlieren … wie Molly, wie seinen Vater und seine Mutter.

»Lasst ihn los! Lasst uns gehen! Wir sind unschuldig!«

»Mein Sohn«, sagte der Prälat. »Das ist keine Strafe.« Er schüttelte den Kopf. »Das ist einfach der Lauf der Dinge.«

Der Prälat machte dem Wächter hinter Julian ein Zeichen.

»Einsperren«, sagte er, doch dann fiel ihm etwas auf, und er hielt inne. Der Prälat packte Julians Kinn und beugte sich so weit vor, dass Julian den klinischen Desinfektionsmittelgestank riechen konnte, der von seiner Robe aufstieg.

»Dich kenne ich doch«, sagte er. »Du gehörst zu den Freunden. Du hast den guten Dr. Collins besucht.«

Verflucht. Die Überwachungskameras.

Etwas bewegte sich hinter dem Tuch vor dem Gesicht des Prälaten. Anscheinend verzog er das Gesicht zu einem Grinsen. »Was für ein Glück, dass wir dich geschnappt haben. Das macht mir das Leben bedeutend leichter«, sagte er.

Der Wächter riss Julian auf die Beine und schob ihn in Richtung Lieferwagen.

Plötzlich blitzte es grell neben ihnen auf, und ein ohrenbetäubender Lärm ertönte. Julian spürte, wie der Griff des von dem Tumult abgelenkten Wächters erschlaffte. Ein Auto war in den Zaun gekracht. Flammen schlugen aus den offenen Fenstern.

Die Wächter riefen durcheinander. Der Prälat brüllte seinen Untergebenen unverständliche Befehle zu.

Julian nutzte die Gelegenheit, indem er dem Wächter hinter ihm den Ellenbogen in die Rippen stieß und sich von ihm losriss. Bevor der Mann ihn erneut packen konnte, ließ sich Julian vornüber in den Schmutz fallen, sprang schnell wieder auf und rannte auf den Kleinbus zu, in den sie Rocky gesteckt hatten. Doch bevor er ihn erreichte, setzte sich das Fahrzeug auf ein Zeichen des Prälaten hin in Bewegung und brauste davon. Die Reifen wirbelten Staub auf.

Dann spürte Julian starke Hitze in seinem Rücken und drehte

sich um. Das Feuer hatte auf die Rückbank des Wagens übergegriffen, und die Flammen schlugen mehrere Meter in die Höhe. Zwei Wächter wollten den Brand mit Feuerlöschern bekämpfen, doch die Flammen fraßen den Schaum einfach auf. Inmitten des Durcheinanders wurde Julian plötzlich klar, dass das Feuer bald den Benzintank erreichen würde.

So schnell er konnte lief er weg von der drohenden Explosion und in die Richtung, aus der er gekommen war. Sein Herzschlag dröhnte in seinen Ohren, als er in den Straßengraben sprang. Plötzlich war Molly neben ihm, packte ihn am Kragen und zog ihn auf die Beine.

»Da lang«, keuchte sie und zog ihn zu einem der Autos, hinter denen sie sich vorhin versteckt hatten.

Molly stopfte ihn in den Wagen, zwängte sich hinter ihm hinein und warf die Tür zu. Robbie, der unter das Lenkrad gebeugt war, drehte sich zu ihm um.

»Einfach nur Draht A mit Draht B kurzschließen«, sagte er mit irrem Grinsen. Der Motor sprang an. »Voilà.«

Sie brausten mit quietschenden Reifen davon. Robbie war über das Lenkrad gebeugt, gab Vollgas und steuerte den Wagen mit fahrigen, aber kontrollierten Bewegungen.

Ein zweiter Blitz erhellte die Nacht. Einen Sekundenbruchteil später ließ eine laute Explosion den Wagen erbeben. Julian hielt sich die Ohren zu und zog den Kopf ein. Molly neben ihm tat es ihm gleich. Sie sahen sich an und schienen dabei dasselbe zu denken: Das passiert gerade wirklich.

Robbie drehte sich nicht einmal um.

Stattdessen trat er aufs Gas, ließ den Motor aufheulen, und sie brausten durch die Nacht.

KAPITEL 38

Constance biss sich verführerisch auf die Lippe, während sie eine hübsche kleine Schleife band.

Die Schleife hing an einem Seil, das um Amits Bauch gebunden war.

Sie hatten ihn wie einen Rollbraten verschnürt und den Pokal, den die Footballmannschaft von Lakeshore bei der Landesmeisterschaft gewonnen hatte, vor seine Brust geknotet. Der große Messingpokal war etwa einen Meter hoch und wog um die sechzig Kilo. Nach dem Gewinn der Meisterschaft hatte ihn die Footballmannschaft gemeinsam vom Feld getragen, daher war Franklin nicht klar gewesen, wie schwer das verdammte Ding war. Erst seit er es heute allein durch die Gegend geschleppt hatte, wusste er, wie schwer man an der Bürde der Verantwortung trug.

Amits Lider flatterten, obwohl er die Augen fest zusammengekniffen hatte. Besser so – heute Vormittag waren sie furchtbar gerötet gewesen. Anscheinend hatte er die ganze Nacht vor Sorgen wachgelegen. Amit war strikt gegen eine weitere Auslöschung gewesen, heute Morgen im Orchesterraum hatte er sogar geweint und sie angefleht. *Angefleht.*

Franklin räusperte sich.

Die gewonnene Footballmeisterschaft machte sich gut in seinem Lebenslauf – fast so gut wie das *summa cum laude.* Neben seinem Namen war ein kleiner Lorbeerzweig: Franklin Overton, *summa cum laude*, Lorbeerzweig.

Jetzt war eine weitere Auszeichnung dazugekommen: ein kleiner goldener Stern. Selbstverständlich waren die Auslöscher kein offizieller Schülerverein, doch jedes ehemalige Mitglied, der Franklins Lebenslauf vor sich hatte, würde den Gold Star sofort erkennen. Sie haben die Auslöscher angeführt? Freut mich, Sie kennenzulernen, junger Mann. Freut mich sehr.

Sicher legte Georgie Vander ein gutes Wort für ihn ein.

Willkommen auf der Azura University. Der angesehensten Universität Amerikas.

Franklins Großvater hatte seine Leben damals auf den Bostoner Werften gelassen und damit genug Geld verdient, um eine Baufirma zu eröffnen. Aus der Firma war ein kleines Imperium geworden, das er seinem Sohn – Franklins Vater – vererbt hatte. Und dieser hatte Franklin auf die Academy geschickt.

Sowohl sein Vater als auch sein Großvater hatten gewusst, wie dieses Spiel gespielt wurde.

Er wandte sich wieder Amit zu. Seine Augen waren zusammengekniffen, die Lider flatterten. Plötzlich erinnerte sich Franklin daran, wie er seinen alten Großvater mit dem Rollstuhl in die Klinik geschoben hatte, als seine Acht fällig gewesen war. Pünktlich wie immer.

Doch an diesem Tag war der alte Mann nicht er selbst gewesen. Er hatte kein Wort gesprochen und die Augen so fest zusammengekniffen wie Amit heute. Als hätte er etwas daran hindern wollen, seinen Kopf zu verlassen. Franklin wusste noch, wie man seinen Großvater den Flur hinuntergeschoben hatte. Als er dann als Neun zurückkehrte, war er völlig verändert, gelangweilt und kaum an seiner Umgebung interessiert. Auch Franklin hatte er kaum erkannt. Woran sich sein Großvater auch an jenem Tag so verzweifelt geklammert hatte, nach dem Besuch in der Tilgungsklinik war es aus seinem Kopf verschwunden.

Doch so lief dieses Spiel eben.

Und jetzt war Franklin an der Reihe. Eigentlich war es ganz einfach: Mach deine Hausaufgaben, streng dich an, und lass keine Gelegenheit ungenutzt verstreichen.

Man musste mitspielen, ob einem das Spiel nun gefiel oder nicht. Genau wie beim Football. Wer die Regeln kannte, konnte gewinnen.

Der arme Amit hingegen …

Tränen quollen aus seinen Augenwinkeln. Er bewegte die Lippen, murmelte etwas Unverständliches vor sich hin.

Constance zog noch einmal alle Knoten fest und nahm dann ihr Handy heraus. Der Wind hier oben war kalt und schneidend.

Sie fing an zu filmen. Dafür hatte sie wirklich Talent. Ihre Auslöschervideos waren exzellent komponiert, und irgendwie schaffte sie es immer, dass sie auch darin auftauchte.

Nachdem sie ein Panorama der Brücke aufgenommen hatte, auf der sie standen, hielt sie die Kamera über die Brüstung. Zehn Meter unter ihnen rauschte das eiskalte Wasser vorbei.

Constance stellte sich dicht neben Amit und hielt die Kamera vor sich, als wollte sie ein Selfie mit ihm machen.

»Na los, ich will was hören«, sagte sie. »Banzai?«

Sie ist hinreißend, aber auch eiskalt, dachte Franklin. Ob er nächstes Jahr auf der Azura auch noch mit ihr abhängen würde?

Sie zwinkerte in die Kamera und drehte sie wieder herum, um Amit in Nahaufnahme zu filmen. Dann sah sie zu Franklin hinüber und nickte. Franklin klemmte den Fuß unter das Brückengeländer, damit man ihn im Video nicht sah, dann stieß er Amit kräftig mit der Zehenspitze an.

Amit kippte mit einem jämmerlichen, erstickten Schrei über die Brüstung.

Constance lief zum Geländer, um seinen Sturz zu filmen, doch außer einigen Wellen und ein paar aufsteigenden Blasen war nichts mehr zu sehen.

Seit Franklin die Leitung hatte, starben die Auslöscher schneller und öfter als je zuvor. Hatte er deshalb Gewissensbisse? Machte es ihm zu schaffen, dass in den meisten Fällen er selbst den Anstoß zur Auslöschung gab?

Natürlich nicht. Der Tod war Teil der Welt.

Mord wurde entweder mit der Tilgung zweier Leben oder zwei Jahren im Loch bestraft, doch Franklin war im Besitz eines Dokuments, das ihm Immunität vor Strafverfolgung garantierte. Nein, wegen Mordes belangt zu werden war nicht, was ihm Sorgen bereitete – sondern etwas ganz anderes …

Die beiden verschwundenen Mädchen. Molly und Anastasia. Was war mit ihnen geschehen? Auch Clayton hatte sich seit Längerem nicht in der Schule blicken lassen. Wo waren sie alle? Diese Frage ließ ihm keine Ruhe.

Tja …

Man spielte das Spiel.

Ob es einem gefiel oder nicht, man musste mitspielen.

Nach der Schule wurden sie in Dentons Büro beordert. Georgie war ebenfalls anwesend. Er trug volles Prälatenornat, hatte sein Gesicht jedoch nicht mit dem Tuch verhüllt. Die schwarze Brille hing um seinen Hals, doch das machte kaum einen Unterschied: Seine Augen waren so hart und teilnahmslos wie Obsidiankugeln. Schon zum zweiten Mal in dieser Woche hatte er sie zu sich gerufen.

Grußlos und ohne Umschweife erkundigte sich Georgie nach dem aktuellen Stand der Lebensbilanz.

»Vierunddreißig dieses Jahr«, sagte Constance.

»Fünfunddreißig«, berichtigte Franklin. »Seit heute Nachmittag.«

Denton grinste sichtlich zufrieden.

Georgie dagegen verzog keine Miene.

»Mr. Vander, mit Amit Sandoval haben wir fast alle auf ihrer Liste«, sagte Franklin.

»Und Julian Dex?«, fragte Georgie.

Julian.

Franklin seufzte.

Das war ein Problem.

»Den noch nicht«, sagte Franklin. »Aber wir werden …«

Georgie hob die Hand. Franklin verstummte.

»Keine Sorge«, sagte er. »Schon in Ordnung. Was Mr. Dex angeht, habe ich einen ganz anderen Auftrag für euch.«

Franklin hob neugierig die Augenbrauen.

Man konnte die Regeln nicht immer aufstellen, aber man musste nach ihnen spielen.

Aber jemand machte die Regeln.

Und vielleicht würde man selbst ja eines Tages dieser Jemand sein.

KAPITEL 39

Robbie stellte den Wagen unter einer Ulme vor dem Katzenquartier ab.

Glen und Cody warteten bereits auf der Veranda. Auf ihren Gesichtern zeichnete sich große Besorgnis, wenn nicht gar Panik ab.

Robbie schaltete den Motor ab und starrte das von den Scheinwerfern angestrahlte Haus an. Sein linkes Auge zuckte.

Julian sprang aus dem Auto und lief die Stufen hinauf. »Ich bin's!«

Cody nahm ihn kaum wahr. Sie starrte wie gebannt Robbie an, der ebenfalls ausstieg und zur Veranda eilte. Glen wollte sich ihm in den Weg stellen, doch Robbie schubste ihn einfach beiseite und ging auf Cody los. Er packte sie und warf sie gegen die Tür.

»Ich bin wieder da!«, rief er ihr ins Gesicht. »Ich bin wieder da, obwohl du gesagt hast, dass ich wegbleiben soll.«

Glen legte den Arm um Robbies Hals. Julian umklammerte seine Hüfte, und mit vereinten Kräften zerrten sie ihn von Cody weg. Robbie wehrte sich, das Gesicht über Glens dickem Arm lief rot an. Die Augen traten aus den Höhlen.

»Beruhige dich doch!«, rief Cody. »Im Haus sind Kinder!«

Robbie zischte und spuckte in Glens Schwitzkasten. Gemeinsam rangen sie ihn zu Boden, dann setzte sich Glen auf seinen Bauch.

Robbie stöhnte auf. »Ja, mir gefällt das auch nicht«, sagte Glen.

Cody packte Julian und schubste ihn auf die Verandastufen zu. »Wieso bringst du ihn hierher? Was zum Teufel hast du dir dabei gedacht?«

Sie sah zu Molly hinüber, die nun ebenfalls auf der Veranda war und versuchte, Glen von Robbie herunterzuziehen. Glen schubste sie einfach beiseite. »Und wer ist das?«, wollte Cody wissen.

»Jetzt beruhigt euch mal alle!«, rief Julian.

Er schnappte sich Molly und half Glen, Robbie auf die eine Seite der Veranda zu drängen. Wie der Schiedsrichter eines außer Kontrolle geratenen Boxkampfs schickte Julian Glen und Cody in die eine und Molly und Robbie in die andere Ecke. Sobald sich alle einigermaßen beruhigt hatten, erklärte Julian, was sie hierhergeführt hatte: die Retrogression seines Vaters und, was noch wahrscheinlicher war, sein Permatod, das Waisenhaus, Molly und Robbie in der Row, sein verschleppter Bruder, die Explosion, die Flucht im gestohlenen Wagen …

Glen war entsetzt. »Sie holen die Kinder aus dem Waisenhaus … ich wusste es … ich wusste es …« Er schüttelte mit finsterer Miene den Kopf. »Cody, haben sie dich auch bei Callum gefilmt? Suchen sie jetzt nach uns?«

Cody unterbrach Glen, indem sie die Hand hob, und wandte sich Julian zu. »Ist euch jemand gefolgt?«

»Nein«, sagte Julian. »Wir sind ausschließlich auf Nebenstraßen gefahren. Allerdings hat mich der Seeprälat erkannt. Er wusste, dass ich bei Callum war.«

»Und was noch schlimmer ist: Ich bin auch hier«, sagte Robbie und rieb sich den Nacken.

Cody drehte sich zu ihm um. »Du warst unberechenbar. Du *bist* unberechenbar. Deshalb haben wir dich rausgeworfen.«

Robbie beugte sich übers Geländer und spuckte aus. »Du hast mir das angetan«, sagte er. »Ich habe dich geliebt!«, rief er. »Und du hast mir das angetan!«

Plötzlich schien die Zeit stillzustehen – Molly, Glen und Julian sahen atemlos zu, wie Cody auf Robbie zuging.

Obwohl sie ihn wütend anfunkelte, konnte Julian eindeutig sehen, dass Codys Augen im verspannten Gesicht zuckten – sie war kurz davor, die Fassung zu verlieren.

»Du verstehst das nicht«, sagte sie leise.

Glen trat mit der Absicht, die Wogen zu glätten, zwischen sie. »Leute, jetzt sind wir nun mal hier, und die Wächter sind aufgescheucht. Sie werden nach einem gestohlenen Auto suchen. Also wie wär's, wenn wir reingehen und sehen, was wir dagegen unternehmen, anstatt uns gegenseitig an die Gurgel zu gehen?«

Cody starrte Robbie einen unbehaglichen Augenblick lang an, dann wandte sie sich zu Glen um.

»Na schön«, sagte sie und ging zur Tür.

Molly beobachtete mit eiskaltem Blick, wie Cody hineinging und die Tür hinter sich zuknallte. Dann packte sie Robbie und führte ihn zur anderen Seite der Veranda.

Allmählich kehrte wieder Ruhe ein. Glen und Julian suchten das Behördenfahrzeug nach Wanzen oder Peilsendern ab. Als sie nichts fanden, fuhren sie den Wagen in die Garage hinter dem Haus.

»Wir haben zu viel Aufsehen erregt«, sagte Glen besorgt. »Sie werden uns finden.« Julian wollte ihn beruhigen, doch er war selbst völlig aufgelöst – wieder und wieder sah er vor sich, wie Rocky aus seinen Armen gerissen und in den Kleinbus gesteckt wurde, und mit jeder Wiederholung wuchsen seine Wut und seine Hilflosigkeit.

Julian saß am Küchentisch und vergrub den Kopf in den Händen. Er wusste einfach nicht, wie er seinen Bruder finden und befreien sollte, bevor … bevor …

Er wagte es nicht, den Gedanken zu Ende zu denken.

»Julian«, sagte Molly und riss ihn aus seinen Überlegungen.

Er sah zu ihr auf.

»Du behauptest also, dass mein Name Molly ist und dass wir befreundet waren?«

Julian nickte.

»Komisch«, sagte sie und rieb sich das Kinn. Eine Geste, die ihm sehr vertraut vorkam. »Für eine Molly bin ich eigentlich viel zu schlank, oder?«

Julian lachte, und die Erschöpfung und Angst, die ihn im Griff hatten, ließen einen Augenblick lang nach.

»Genau so etwas würde Molly sagen.«

Sie nickte, und der Anflug eines Lächelns huschte über ihr Gesicht. »Tut mir leid, dass sie deinen Bruder geschnappt haben«, sagte sie. »Habe ich einen Bruder?«

Julian runzelte die Stirn. »Nein. Aber eine Mutter und einen Vater. Die sind verschwunden, und die Behörde hat euer Haus beschlagnahmt.«

»Aber wo sind sie hin?«, fragte sie verwirrt.

Glen setzte sich neben sie und stellte mehrere Tassen auf den Tisch.

»Sie haben Schweigegeld genommen und sind abgehauen«, sagte er. »Das kommt bei den Familien von Retros öfter vor. Sie unterzeichnen Verschwiegenheitserklärungen, in denen sie sich verpflichten, nicht über die Unregelmäßigkeiten in der Behörde zu sprechen. Dann nehmen sie das Geld und ziehen woandershin.«

Molly war schockiert. »Na, denen habe ich anscheinend ja richtig viel bedeutet.«

Julian blickte auf. »Im Gegenteil, wahrscheinlich waren sie am Boden zerstört«, sagte er. »Man hat ihnen gesagt, dass du dich nicht mehr an sie erinnerst. Dass du weggelaufen bist. Du kannst ihnen keinen Vorwurf machen.«

Molly schüttelte den Kopf. »Ich kann mich ja auch nicht mehr an sie erinnern.«

Julian seufzte. Sein Leben lang hatte man ihm eingetrichtert, dass der Tod … verwaltet wurde. Aber in Wahrheit war der Tod überall um sie herum: in jedem vergangenen Augenblick. In jedem vergessenen Gesicht, jeder vergessenen Unterhaltung.

Robbie stand mit finsterer Miene und verschränkten Armen in der Ecke und lehnte den Sojakakao ab, den Glen ihm anbot. Während sich die anderen unterhielten, brütete er vor sich hin.

Nach ein paar Minuten kam Cody mit einer Schachtel aus ihrem Zimmer, die sie vor ihm auf den Boden warf. Die Fotos fielen heraus.

»Das war Jake«, sagte sie und deutete auf die Bilder. »Nicht du.«

Robbie starrte sie wütend an. Glen stand auf, um im Notfall dazwischenzugehen.

»Jake hat das Quartier mit mir und Glen und Callum aufgebaut. Aber du bist nicht Jake.«

Robbie spannte die Kiefermuskeln an. »Du hast mich zu dem gemacht, was ich bin«, sagte er.

»Jake hat gewusst, worauf er sich einlässt.«

»Du hast mich am See im Stich gelassen.«

»Nein«, sagte Cody. »Jake …« Ihre Stimme brach. Sie schluckte und rang um Fassung.

»Jake hat sich nicht an den Plan gehalten. Er hat die Wächter abgelenkt. Er hat sich geopfert, damit ich fliehen konnte. Ich habe ihn wochenlang in der Row gesucht. Dann habe ich dich gefunden und wollte unbedingt glauben, dass er noch in dir war. Ich habe dich hierhergebracht, weil ich dachte, dass man das, was man dir angetan hat, wieder ungeschehen machen kann. Aber das ist unmöglich. Dein Zustand hat sich immer weiter verschlechtert. Dann hast du unser Auto gestohlen und bist mit ein paar Kindern runter in die Row gefahren, um ihnen das Stehlen beizubringen. Du hättest die Wächter um ein Haar zu uns geführt. Ich musste dich rauswerfen, ich hatte keine andere Wahl.«

Robbie bedachte sie mit einem zornigen Blick.

»Ich habe Jake geliebt«, sagte Cody. »Aber du bist nicht länger Jake. Und um die Wahrheit zu sagen« – sie ließ den Kopf hängen – »… war ich erleichtert, als du uns endlich vergessen hattest.«

Sie stürmte mit Tränen in den Augen aus dem Raum.

Robbie sammelte mit geistesabwesender Miene die auf dem Boden verstreuten Fotos auf. Dann fiel sein Blick auf ein Bild, und er kicherte leise. »Ich dachte, dass der weiße Fleck ein Wiedergeburtsfehler ist«, sagte er. »Aber anscheinend hatte ich ihn schon immer.« Er gab ein trauriges kurzes Lachen von sich und ging nach draußen auf die Veranda.

Molly folgte ihm und ließ Glen und Julian allein am Tisch sitzen.

»Jetzt kenne ich Cody schon so lange«, sagte Glen nach längerem unbehaglichem Schweigen. »Und in all den Jahren hat sie nie die Hoffnung verloren.«

»Hast du sie schon in Florida gekannt?«, fragte Julian.

Glen blinzelte verwirrt. »Florida?«

Julian wiederholte, was ihm Cody über den 6/12-Vorfall und ihre Eltern, die Wissenschaftler bei der Wiedergeburtsbehörde und den künstlichen See erzählt hatte, den sie irgendwo westlich von St. Augustine hatten anlegen wollen.

Glen lachte. »Manchmal vergesse ich, dass du vor ein paar Monaten noch eine Eins warst«, sagte er.

»Was soll das heißen?«, fragte Julian verwirrt.

»Cody hat ihr ganzes Leben in Lakeshore verbracht. Wer ihre Eltern waren, weiß niemand. Vielleicht haben sie für die Wiedergeburtsbehörde gearbeitet oder so. Oder für die Army. Auch das hat sie mir mal erzählt. Eine Zeit lang waren sie sogar für den Militärberaterstab des Präsidenten tätig.« Er schüttelte den Kopf.

Julian war wie vor den Kopf gestoßen. »Sie … denkt sich das alles aus?«

Glen zuckte mit den Schultern. »Sie stammt aus der Row, wie wir alle. Ihre Eltern waren wahrscheinlich Retrograde. Oder sie haben sie dort ausgesetzt. Ist ja ein beliebter Platz dafür.« Er fuhr mit dem Finger an der Innenseite seiner Tasse entlang, damit er auch nichts von der süßen Flüssigkeit verschwendete. »Aber Eltern, die beim 6/12-Vorfall dabei waren – das ist eine viel bessere Geschichte, oder nicht?«

Also war Cody nur ein weiteres Kind aus der Row, das versuchte, seine Situation zu verstehen und seine Welt einigermaßen unter Kontrolle zu bekommen.

Julian schüttelte den Kopf. Jetzt war er noch niedergeschlagener als vorher. Wusste sie überhaupt irgendetwas über ihre angeblichen Spezialgebiete? Doch sobald er sich das fragte, begriff er, dass es keine Rolle spielte. Jetzt zählte nur noch, Rocky aus dem Camp zu befreien, und ohne Cody würde er das niemals schaffen.

In diesem Augenblick verließ Cody ihr Zimmer. Sie hatte sich frischgemacht, das Haar zu einem Pferdeschwanz zusammengebunden und wirkte einigermaßen gefasst. Cody stellte sich in die Eingangstür und klopfte gegen den Rahmen. Robbie und Molly kamen zu ihr herüber.

»Ihr dürft bleiben«, sagte Cody. »Wenn ihr versprecht, keinen Unsinn anzustellen.«

»Danke«, sagte Molly. Robbie sah sie nur mit versteinerter Miene an.

»Also?«, fragte Cody.

Robbie nickte.

»Sobald mir irgendwas verdächtig vorkommt, schmeiße ich euch hochkant raus«, sagte sie und drehte sich zu Glen um. »Zeigst du ihnen bitte das Gästezimmer im Keller?«

Glen nickte. »Und wir lassen sie bleiben, weil …?«

»Weil wir gemeinsam einen Einbruch planen, oder irre ich mich da?«

Sie sah Julian an.

Der nickte.

Da hatte sie verdammt recht.

»Übrigens bin ich froh, dass du dabei bist«, sagte Cody und holte Glens Computer aus dem Standby-Modus. »Falls es dich interessiert.«

Julian nickte. Cody holte einen Grundriss des Gebäudekomplexes am See auf den Bildschirm.

»Seit unserem Besuch bei Callum waren wir nicht untätig. Glen hat ein Script erstellt, das einen Abbruchbefehl der Behördenleitung imitiert und zur Einstellung aller Tilgungsaktivitäten führt. Außerdem hat er ein Programm geschrieben, das die Datenbanken nach den Spoof-Ordnern durchsucht, die die Dateien über das Attison-Projekt enthalten, und sie auf einen Speicherstick kopiert.«

»Wir werden meinen Bruder finden«, sagte Julian. »Und ihn verdammt noch mal da rausholen.«

»Klar«, sagte Cody. »Das auch.«

Sie zoomte näher an den Gebäudekomplex heran.

»Siehst du hier irgendwo ein Attison-Camp?«, fragte er.

Cody legte die Stirn in Falten.

»Nein. Aber der Plan ist nicht auf dem neuesten Stand. Wir haben auch nach Spuren dieser Spoof-Etage Ausschau gehalten, wie zum Beispiel Aufzugsschächte und Heizrohre oder Treppen, die ins Nichts führen. Leider ist auf diesem alten Grundriss nichts zu erkennen.«

»Cody«, sagte Julian, »das wird doch klappen? Es ist nicht völlig unmöglich, oder?«

Cody nickte entschlossen. »Ja, wir können es schaffen. Beim letzten Mal habe ich viel gelernt. Zum Beispiel, dass ein Frontalangriff kaum zum Erfolg führt. Wir haben ein Loch in den Zaun geschnitten und uns vom Ufer her genähert. Genau das erwarten sie. Also sollten wir diesmal etwas tun, womit sie garantiert nicht rechnen.«

»Indem wir durch den See eindringen?«, fragte Julian.

»Ganz genau«, sagte Cody. »Wir werden uns auslöschen, um hineinzugelangen.«

»Und wenn uns die Wächter schnappen?«, fragte Julian. »Dann machen sie Retrograde aus uns. Wie aus Molly und Robbie.«

»Nicht, wenn wir uns als Wächter verkleidet einschleichen.«

Julian war noch nicht ganz überzeugt. »Und wenn wir nicht mehr aufwachen? Wir könnten permatot sein.«

»Ich weiß«, sagte Cody. »Aber unsere Namen waren nicht auf der Liste, die wir gefunden haben. Also sind unsere Nummern höchstwahrscheinlich echt. Ein gewisses Risiko ist natürlich immer dabei. Das müssen wir wohl eingehen.«

Mussten sie das wirklich beide eingehen?, fragte sich Julian.

»Ich muss meinen Bruder befreien, Cody«, sagte er. »Ich habe keine andere Wahl. Du schon.«

»Es ist meine Bestimmung«, sagte Cody entschieden.

Julian dachte daran, was ihm Glen über ihre Eltern erzählt hatte. Dass sie sie vielleicht gar nicht gekannt hatte, dass sie ganz gewöhnliche Retrograde waren wie so viele, die mit ihrer Erinnerung auch ihre Kinder verloren hatten.

»Du musst dich um die Kinder hier kümmern«, sagte Julian.

»Ich werde dich begleiten«, sagte Cody mit harter, unnachgiebiger Stimme. »Zu Ehren meiner Eltern.«

Julian nickte. Er konnte es nachvollziehen – das war genau wie sein Traum von einem Leben auf Mauritius, weit weg von der Welt. Cody brauchte eine Wirklichkeit, mit der sie fertigwurde, die sie verkraftete. Wenn ihre Eltern Helden sein mussten, damit sie weitermachen konnte, dann sollte es eben so sein.

»Okay«, sagte Julian.

Sie atmete scharf durch die Nase ein, dann entspannte sich ihre Miene.

»Das alles wird sowieso nur klappen, wenn wir jemanden ins Empfangszentrum einschleusen können, damit er uns Roben klaut, den Stick mit Glens Programmen einschmuggelt und uns ins Gebäude lässt. Das ist im Augenblick die größte Schwierigkeit.«

Plötzlich strahlte Julian übers ganze Gesicht.

Er hatte noch ein Ass im Ärmel.

Und das würde er jetzt ausspielen.

»Da fällt mir genau der Richtige ein«, sagte er.

KAPITEL 40

Es war unübersehbar, dass Nicholas Hawksley – der Gold Star der Auslöscher, der unnahbare Todesengel, der Jäger, der seine sorgfältig ausgesuchten Opfer so zielstrebig verfolgte – nicht länger den weißen Blazer trug.

Er war auch nicht mehr der Erste, der morgens die Lakeshore Academy betrat. Früher war er der einzige Schüler gewesen, der um halb sieben durch die Aula zum Orchesterraum gegangen war, eine Thermoskanne mit dampfendem Kaffee in der Hand – was die Lehrer, die gerade aus ihren Morgenbesprechungen gekommen waren, nicht gerne gesehen hatten. Immerhin war es nicht gesund für jemanden in seinem Alter, so viel Kaffee zu trinken. Doch wahrscheinlich waren sie nur neidisch auf ihn gewesen, da die Menge an echten Kaffeebohnen, die sie zugeteilt bekamen, viel geringer war.

Damit war es vorbei.

Jetzt war Nicholas nur ein weiterer junger Mann in einem marineblauen Blazer, der so spät wie möglich zum Unterrichtsbeginn um halb acht kam.

Mittlerweile leitete Franklin die Auslöschertreffen. Man respektierte und fürchtete ihn – nicht zuletzt, weil immer mehr Schüler spurlos verschwanden.

Erst Molly und Anastasia, dann Clayton und erst gestern Amit Sandoval …

Julian wartete vor Nicholas' Spind auf den gefallenen Engel.

»Ich muss mit dir reden«, sagte Julian.

»Schön für dich.« Schmollend öffnete Nicholas seinen Spind. »Leider will ich nichts mehr mit dir zu tun haben.«

Julian legte seine Hand auf Nicholas' Brust und versperrte ihm den Weg.

»Weißt du, was das Problem mit Leuten wie dir ist?«, sagte er. »Sie hören nicht auf zu reden. Sie halten die anderen lediglich für ihr Publikum, dem sie entweder Anweisungen oder gute Ratschläge geben können. Du glaubst, es wäre dein naturgegebenes Recht, das große Wort führen zu können. Dass es dein *Recht* wäre, anderen Befehle zu erteilen. Das ist genau wie mit dem Lebensplan, den wir befolgen *müssen*. Aber damit ist es jetzt vorbei.« Julian schüttelte den Kopf. »Jetzt hörst du mir zu.«

Nicholas seufzte. Er hatte Ringe unter den Augen und wirkte erschöpft. »Dann raus damit«, sagte er.

Julian nahm ein gefaltetes Blatt Papier aus der Jacke und gab es ihm. Während Nicholas es las, wurde sein Gesicht immer blasser und schließlich kreideweiß.

»Du bist ein Lügner«, sagte Julian. »Ein Betrüger. Eine Eins.«

»Woher hast du das?«, zischte Nicholas.

»Ich habe eben an der richtigen Stelle gesucht«, sagte Julian.

Nicholas funkelte ihn an und machte einen vergeblichen Versuch, seine Wut hinunterzuschlucken.

»Was weißt du über das Attison-Projekt?«, fragte Julian.

Nicholas schüttelte kraftlos den Kopf. »Keine Ahnung, wovon du sprichst.«

»Warum hast du dann deine Nummer gefälscht?«

»Glaubst du wirklich, dass ich da eine Wahl hatte?«, sagte Nicholas und schluckte das eklige Ding hinunter, das in seiner Kehle steckte. »Glaubst du, das hat mir *Spaß gemacht*? Alle um mich herum haben sich ausgelöscht … nur ich nicht.«

»Und weshalb?« Julian blieb hartnäckig.

Nicholas blinzelte schnell und sah sich dann um, ob jemand in der Nähe war.

»Seit ich etwa acht war, hat mich mein Vater jedes zweite Jahr in einen speziellen Raum im Empfangszentrum gebracht. Dort haben sie mein altes Tattoo entfernt und ein neues gestochen. Das hat weh getan, und ich habe es gehasst. Natürlich habe ich mich gefragt, was das Ganze soll, aber ich durfte nichts davon verraten. Sobald ich für ihn arbeite, hat mein Dad gesagt, würde ich schon verstehen, warum … aber bis dahin sollte ich schweigen.« Er schüttelte den Kopf. »Und jetzt werde ich es wohl nie erfahren.«

Julian fehlten die Worte. Wenn schon dieser Klugscheißer keine Antworten parat hatte …

»Was ist mit dem Attison-Projekt?«, sagte Julian. »Damit befördert die Behörde die Menschen viel schneller zum Permatod, als sie erwarten.«

Nicholas sah ihn an. »Das klingt wie eine durchgeknallte Verschwörungstheorie.«

»Sagt der Typ mit der falschen Nummer«, gab Julian zurück.

Nicholas schüttelte ungläubig den Kopf.

Julian erzählte ihm von Callums Geständnis. Und dass die Akte über seine Mutter, die Nicholas ihm gegeben hatte, der Anfang von allem gewesen war. »Das kannst du alles gerne selbst nachprüfen, wenn du mir nicht glaubst.«

Nicholas war über diese Neuigkeiten so verblüfft, als hätte er plötzlich einen Anfall von Retrogression bekommen. »Ich will ehrlich mit dir sein, Julian: Ich hatte davon keine Ahnung, ob du mir glaubst oder nicht. Mein Vater hat mich zu den neuen Nummern gezwungen und mir verboten, Fragen zu stellen. Du kennst meinen Vater nicht. Er duldet keinen Widerspruch.«

»Na schön«, sagte Julian. Diese Spur endete in einer Sackgasse. »Ist ja auch egal, was du weißt. Es zählt einzig und allein, dass ich dich damit *in der Hand* habe.«

Nicholas sah ihn böse an. »Aha. Du willst also etwas von mir. Deshalb bist du doch überhaupt hier, oder?«

»Du musst uns dabei helfen, in das Empfangszentrum einzubrechen.«

»Der ach so clevere Julian«, sagte Nicholas und lachte leise, »kommt mit so einer bescheuerten Idee an.«

»Mein Vater ist verschwunden. Permatod oder Regression, ich weiß es nicht.«

Nicholas runzelte die Stirn. »Wahrscheinlich wollte er eure Lebensbilanz aufbessern. Ich hab's dir gesagt, Julian. Aber du wolltest ja nicht auf mich hören.«

Julian brachte ihn mit einem vernichtenden Blick zum Schweigen.

»Man hat mich und meinen kleinen Bruder in ein Waisenhaus gebracht, und dann haben sie *ihn* ins Attison-Camp verschleppt, weil er noch eine Eins ist. Ich wusste ja nicht, worum es sich bei diesem Projekt handelt.«

Nicholas spannte die Kiefermuskeln an – begriff er endlich, worum es hier überhaupt ging? Hatte er verstanden, wie diese kranke Welt funktionierte?

»Ich werde meinen Bruder da rausholen, und du wirst mir dabei helfen«, sagte Julian. »Sonst weiß bald jeder, dass du noch eine Eins bist, und was willst du dann machen? Dich fünfmal hintereinander auslöschen, um aufzuholen? Ohne dir dabei die Retrogression einzufangen? Viel Glück.«

Nicholas sah ihn streng an.

»Hör mal«, sagte Nicholas, der versuchte, das Blatt zu seinen Gunsten zu wenden. »Diese Macchiavelli-Nummer, die du hier abziehst« – er machte eine dramatische Geste – »die passt nicht so recht zu dir.«

»Ist das ein Nein?«

Nicholas blickte zur Decke und überlegte einen langen und unbehaglichen Moment. Endlich wandte er sich wieder Julian zu, der einen kurzzeitigen Anflug des alten Nicholas zu erkennen glaubte.

»Ich bin dabei«, sagte er.

»Eine weise Entscheidung«, entgegnete Julian.

Die Zeit drängte. Nicholas musste die Schlüsselkarten, die geheimen Dateien aus dem Behördennetzwerk und, wenn möglich, einen aktuellen Lageplan des Empfangszentrums besorgen – und zwar so schnell wie möglich.

Nicholas ermahnte ihn zur Geduld. Er musste sich in das Büro seines Vaters schleichen, und das war nur möglich, wenn die Bediensteten Mittagspause machten. Sie vereinbarten, sich nach der Schule wieder zu treffen und gemeinsam zum Katzenquartier zu fahren. In der Zwischenzeit würde Julian – als Rückversicherung – einen DeadLinks-Post mit Beweisen dafür vorbereiten, dass Nicholas' Nummer gefälscht war.

»Aha«, sagte Nicholas leise, als Julian erklärte, was er vorhatte. »Ich wusste doch, dass du nicht völlig bescheuert bist.«

Sobald sie sich auf diesen Plan geeinigt hatten und sich in ihre jeweiligen Klassenräume begeben wollten, kamen Franklin und Constance aus dem Orchesterraum und eilten auf sie zu. Der goldene Stern auf Franklins und der silberne auf Constances Revers funkelten im Licht.

»Wie schön, dass ihr euch immer noch so gut vertragt«, gurrte Constance.

Nicholas sah sie finster an. »Sollte die beliebteste Goth-Cheerleaderin der Schule nicht auf dem Friedhof sein und eine rauchen oder sonst was furchtbar Nihilistisches tun? Und nimm dein Schoßhündchen mit«, fügte er mit Blick auf Franklin hinzu.

Franklin trat näher und streckte die Brust heraus, damit Nicholas den goldenen Stern auch gut sehen konnte. »Deine Beleidigungen prallen an mir ab, Nick. Ich weiß, du bist sauer«, sagte Franklin. »Aber deshalb gleich alles hinzuwerfen? Du hättest natürlich bleiben dürfen.«

»Um mir jeden Morgen dein unbeholfenes Gestotter anzuhören? *Äh* und *ähm* und so weiter? Vielleicht solltest du mal in der Rhetorikklasse vorbeischauen.«

Franklins Miene verfinsterte sich. Er kam noch näher.

»Außerdem bin ich wohl nicht der Einzige, der sich verabschiedet hat«, sagte Nicholas, ohne zurückzuweichen. »Gestern habe ich Logan ohne weißen Blazer gesehen. *Logan.* Der Typ hat nicht mehr alle Tassen im Schrank. Wenn sogar der hinschmeißt, wird es wohl nicht so einfach werden, die Auslöscher wieder aufzubauen. Da müsst ihr die Leute schon dazu zwingen.«

»Wir stellen unsere Ehre Schritt für Schritt wieder her«, schnaubte Franklin.

»Jungs«, warf Constance ein, »wir wollen uns doch nicht streiten, oder? Was passiert ist, ist passiert.«

»Was wollt ihr überhaupt von uns?«, fragte Nicholas, dessen Geduld allmählich erschöpft war.

Constance grinste. Dann schlang sie die Arme um Julian und drückte ihm einen festen Kuss auf die Wange. Es geschah so plötzlich, dass Julian zuerst wie gelähmt dastand, bevor er sich berappelte und Constance von sich schubste. Sie taumelte zurück.

»Was hast du denn für ein Problem?«, sagte Julian und wischte sich die Wange ab. Auf seinem Handrücken waren rote Lippenstiftspuren.

»Ein Abschiedskuss«, sagte sie.

Nicholas ergriff Julians Arm. »Gehen wir«, sagte er und zog ihn mit sich. »Dieses erbärmliche, leicht zu durchschauende Spielchen müssen wir nicht mitspielen.«

Constance und Franklin grinsten ihnen hinterher, während Julian und Nicholas durch den Gang davoneilten.

»Was für ein schönes Paar«, sagte Nicholas sarkastisch.

»Jetzt siehst du, wie es ist, wenn einen die Auslöscher zur Zielscheibe machen.«

Niedergeschlagenheit hüllte Nicholas wie ein Mantel ein. »Hör mal, Julian …«, fing er an. Julian wartete gespannt, doch Nicholas sagte nichts mehr, sondern schnalzte nur kopfschüttelnd mit der Zunge.

An der nächsten Kreuzung trennten sie sich. »Nach dem Mittagessen am Kaffeeautomaten«, schärfte Julian Nicholas ein, bevor dieser in sein Klassenzimmer ging. »Kurz vor der fünften Stunde. Sei pünktlich.«

Nicholas nickte und betrat, ohne sich noch einmal umzudrehen, das Klassenzimmer. Ein einziges Mal schien Nicholas Hawksley nicht das letzte Wort haben zu müssen.

KAPITEL 41

Nach dem Mittagessen signalisierte die Schulglocke den Beginn der fünften Stunde.

Während sich die anderen Schüler durch die Gänge zum Unterricht drängten, blieb Julian vor dem Kaffeeimitatautomaten stehen und spielte nervös mit seinem Handy herum. Er hoffte wirklich, den DeadLinks-Beitrag nicht posten zu müssen. Das war sein einziger Trumpf. Wenn er ihn ausspielte, hatte er kein Druckmittel mehr, sie verloren ihren Maulwurf bei der Behörde – und wie sollte er dann Rocky befreien?

Als die letzten Schüler die Cafeteria verließen, kam Nicholas über den Parkplatz ins Gebäude gelaufen. Ohne eine Miene zu verziehen, hielt er Julian einen Speicherstick unter die Nase.

Gemeinsam schlichen sie sich an den Sicherheitsleuten vorbei aus dem Hinterausgang und fuhren schweigend in Nicholas' Wagen – seiner privaten Luxuskarosse, da man ihm den Van der Auslöscher weggenommen hatte – zum Katzenquartier. Cody empfing sie auf der Veranda und führte sie in den Computerraum. Dabei behielt sie Nicholas ständig im Auge.

Glen steckte den Stick in seinen Rechner und holte den aktuellen Lageplan des Empfangszentrums auf den Bildschirm. Julian studierte ihn über seine Schulter hinweg. »Da«, sagte er und deutete auf einen umzäunten Bereich mit etwa einem halben Dutzend kleinerer Gebäude in der Nähe des Seeufers neben dem Hauptkomplex. »Das Attison-Camp.«

»Anscheinend haben wir's gefunden, Mr. Julian«, sagte Cody. »Und seht mal hier – ein Lift ausschließlich für Mitarbeiter mit besonderer Autorisierung. Ob der zur Spoof-Etage fährt?«

»Schon möglich«, sagte Nicholas, der zum ersten Mal den Mund aufmachte. »Mein Vater ist ab und zu mit diesem Lift gefahren. Nur die Wächter mit der höchsten Sicherheitsfreigabe können darauf zugreifen.«

Cody drehte sich zu Nicholas um, der mit einem abschätzigen Ausdruck auf dem Gesicht auf dem Sofa saß. Die Frisur saß bis auf die letzte Strähne perfekt, die Fünf auf seinem blassen Hals war scharf gestochen, und er trug einen frisch gebügelten marineblauen Lakeshore-Blazer. Er war hier ganz offensichtlich fehl am Platz.

»Hast du die Zugangskarte zur Spoof-Etage?«, fragte sie.

Nicholas zog eine Karte aus der Brusttasche und wedelte damit herum wie mit einer Trumpfkarte. »Vom Direktor persönlich. Wenn wir damit nicht reinkommen, weiß ich auch nicht.«

Sie nickte ihm anerkennend zu. »Beeindruckend. Ich wusste nicht, was ich von dir halten sollte, nachdem ich dich bei dieser Achterbahnaktion erleben durfte … wie hieß das noch gleich?«

»*Himmelwärts in die Hölle*«, sagte Nicholas trocken. »Und es wäre wirklich spektakulär geworden.«

»Falls du uns in den Rücken fällst, wird Glen hier in Aktion treten«, rief ihm Julian in Erinnerung. »Falls uns etwas zustößt oder er nichts mehr von uns hört, wird er den DeadLinks-Beitrag posten.«

»Da hat er verdammt recht«, sagte Glen, ohne sich vom Bildschirm abzuwenden.

»Und jetzt keine Sticheleien mehr, Cody. Der Plan geht vor, verstanden?«

Cody runzelte die Stirn. »Schon klar.«

»Könntest du dich wenigstens entschuldigen?«, fragte Nicholas mit einem demütigen Lächeln auf dem Gesicht. »Immerhin helfe ich euch ja jetzt.«

Cody schnaubte und sah Julian an. Der verdrehte die Augen und nickte ihr zu.

»Tut mir schrecklich leid, Euer Hochwohlgeboren.« Sie spuckte die Worte aus wie stinkenden Schleim.

»Na bitte, geht doch«, sagte Julian.

Nicholas gab ein leises, ersticktes Lachen von sich und senkte den Blick zum Sofa, auf dem er saß. Er fuhr mit dem Finger über die Armlehne, sah, dass seine Fingerspitze schmutzig war, und nahm ein Taschentuch heraus, um sie abzuwischen.

Glen zog den Stick aus dem Computer und drehte sich zu den anderen um. »Einfach einstecken, dann wird das Programm automatisch ausgeführt«, sagte er. Julian nahm den Stick entgegen und warf ihn Nicholas zu.

»Sobald wir aus dem See gestiegen sind, gibst du ihn mir zurück. Und vergiss die Wächterroben nicht.«

Nicholas steckte den Stick ein. »Wollt ihr mir nicht verraten, was auf diesem Stick ist? Ich finde, ich habe die Wahrheit verdient.«

Von dem Spionageprogramm, das alle Spoof-Dateien, die Glen im Intranet der Wiedergeburtsbehörde gefunden hatte, lokalisieren und herunterladen sollte, durfte Nicholas ruhig wissen. Sie hofften, dass unter diesen Dateien auch welche zum Attison-Projekt waren, die sie anschließend öffentlich machen konnten.

Dass sich auf dem Stick auch ein Virus befand, verschwiegen sie ihm allerdings. Wenn das Programm von einem Administratorenterminal ausgeführt wurde, gab es einen Tilgungsstopp für den ganzen Bezirk aus. Diese Notfallmaßnahme wurde nur selten angewandt, doch jeder kannte sie – die Wiedergeburtsbehörde führte regelmäßig Übungen durch. Jedes Schulkind wusste, was zu tun war, wenn die freundliche und ruhige Frauenstimme in Endlosschleife über das Radio verkündete, dass es am See einen Notfall gegeben hatte und die Sterbevorgänge, so weit möglich, komplett einzustellen waren. Das galt sogar für diejenigen, die bereits in den Tilgungskliniken auf die Liege geschnallt waren.

Das war Codys großer Plan: Die Notfallmaßnahme würde die Leute davon abhalten, sich auszulöschen, und wenn die Wahrheit über das Attison-Projekt ans Licht kam, würde auch niemand mehr damit anfangen.

Zumindest hoffte sie das.

»Also gut«, sagte Nicholas. »Ich bringe euch die Roben und den Stick, dann zeige ich euch den Aufzug zur Spoof-Etage, aber das war's. Danach bin ich raus. Und, Julian«, er drehte sich zu ihm um und blickte zu ihm auf, »du wirst die Beweise für meine richtige Nummer sofort löschen.«

»Geht klar.«

Nicholas sah ihn lange an. Offensichtlich stellte er sich vor, was geschehen würde, wenn Julian nicht Wort hielt. Schließlich seufzte er dramatisch. »Weißt du noch, wie ich dich damals gefragt habe, ob du den Auslöschern beitreten willst? Ich habe an dich geglaubt.«

Julian nickte.

»Und jetzt glaube ich ein weiteres Mal an dich. Enttäusch mich nicht.«

Die Tür zum Computerraum flog auf, und ein kleines Mädchen stürmte herein. Carly, erinnerte Julian sich. Ihr Gesicht war gerötet, und sie keuchte so schwer, dass sie kaum ein Wort herausbrachte.

»Sie kommen!«, krächzte sie. »Archie hat Autos und Mannschaftswagen vom Hügel aus gesehen. Sie kommen die Straße hoch!«

Cody hielt Carly fest, damit sie aufhörte herumzuzappeln. »Wer kommt?«

»Die Wächter«, sagte Carly.

Cody wandte sich mit wutverzerrtem Gesicht zu Julian und Nicholas um. »Ihr habt sie hierhergeführt!«

Nicholas sah sich erschrocken um. »Ich weiß nicht, was du …«

»Egal«, unterbrach sie ihn, lief zum Tisch und zog einen kleinen Safe darunter hervor. »Führ sie den Hügel hinunter und folge den Markierungen zum Treffpunkt«, rief sie Glen über die Schulter hinweg zu, während sie an dem Zahlenknopf drehte.

Glen umrundete den Tisch und steckte die Computer aus.

»Aber mein Rechner, den brauche …«

»Schnell!«

Cody schnappte sich das Mädchen. »Jetzt hör gut zu: Du holst alle aus dem Haus und bringst sie zum Hintereingang, genau wie wir es geübt haben. Und dann lauft ihr alle hinter Glen her. Ihr tut, was er sagt, verstanden?«

Das Mädchen nickte.

»Dann los!«

Das Mädchen lief wieder aus dem Zimmer. Cody wandte sich Julian und Nicholas zu. »Ihr beiden helft dabei, die Kinder zum Hintereingang zu bringen.« Cody nahm etwas aus dem Safe, dann scheuchte sie alle aus dem Raum. Während Glen an ihnen vorbeihastete, stopfte er einen Computer in seinen Rucksack.

Im ganzen Haus wimmelte es von Kindern. Cody rief ihnen zu, zum Hintereingang zu gehen und dort auf Glens Anweisungen zu warten. Julian half, sie zur Tür zu scheuchen. Dabei ließ er Nicholas nicht aus den Augen, damit er sich im Durcheinander nicht aus dem Staub machte.

Sobald alle aus dem Haus waren, zählte Glen durch. Keines der sechzehn Kinder fehlte. Cody lief auf ihn zu. »Du hast den Weg zum Treffpunkt doch im Kopf?«

Glen nickte. »Keine Sorge, Cody. Ich habe alles im Griff. Los geht's!«, rief er den Kindern zu, die ihm im Gänsemarsch den Hügel hinunter folgten. »Bleibt zusammen, und macht keinen Lärm! Niemand spricht«, sagte er noch, dann verschwanden sie zwischen den Bäumen.

Robbie und Molly standen etwas ratlos vor dem Haus. Cody drehte ihn zu sich herum. »Tut mir leid«, sagte sie. »Das alles tut mir schrecklich leid.«

Robbie funkelte sie erst wütend an, doch dann wurde sein Blick etwas sanfter.

»Glen braucht Unterstützung von jemandem, der weiß, wie man da draußen überlebt.«

Robbie packte sie. Unwillkürlich machte Julian einen Schritt nach vorne – doch Robbie wollte sie lediglich umarmen. Zu seiner Überraschung erwiderte Cody die Geste.

Sie fuhr mit der Hand über sein Gesicht. »Danke«, sagte sie. »Pass gut auf die Kinder auf.«

Robbie ergriff Mollys Hand. »Los!«

Molly warf Julian noch einen letzten Blick zu. Ihr Gesicht war ernst und kreidebleich. Mit einem Gefühl der Endgültigkeit begriff Julian, dass dieses Mädchen zwar wie Molly aussah, aber die Molly, die er gekannt und gemocht hatte, damals bei der *Nacht der lästigen Zweien* gestorben war.

»Julian«, begann sie und wollte ganz offensichtlich noch mehr sagen – doch sie brachte es entweder nicht über die Lippen oder konnte es nicht in Worte fassen. Was sie einst empfunden hatte, war unwiederbringlich im Schlamm des Sees versunken. Sie konnte nur noch seinen Namen wiederholen. »Julian.«

Er nickte ihr zu, sie blinzelte, dann folgte sie Robbie den Hügel hinunter zu der Stelle, an der Glen mit den Kindern den Wald betreten hatte.

Cody rannte zu Nicholas hinüber. »Du läufst da lang«, sagte sie und deutete auf den Wald in der entgegengesetzten Richtung. »Der Pfad führt nach Süden zur Lake Road. Geh einfach immer bergab, dann kannst du dich nicht verirren. Der Plan steht noch. Wir werden ins Empfangszentrum einbrechen, und du wirst dort auf uns warten. Na los!«, drängte sie. Misstrauisch bewegte sich Nicholas auf den Wald zu, weg von Glen und den Kindern.

Cody zog Julian zum Haus. »Du kommst mit mir«, sagte sie.

»Sie dürfen uns nicht erwischen«, sagte Julian. »Sonst bringen sie uns nach Attison.«

»Keine Sorge. Wir werden nur für etwas Ablenkung sorgen, damit die Kinder einen Vorsprung haben.«

Sie holte einen Benzinkanister, der neben dem Haus stand, dann liefen sie hinein und in den ersten Stock. Auf dem Weg durch den Flur hämmerten sie laut schreiend gegen alle Türen, damit sie auch keinen Nachzügler vergaßen. Anschließend schüttete Cody Benzin in jeden Raum und jeden Flur.

Gerade als sie im Erdgeschoss angekommen und den letzten Tropfen vergossen hatten, trafen die Wächter ein. Julian sah aus dem Fenster. Der Prälat stieg aus dem vordersten Fahrzeug, gefolgt von … Franklin und Constance? Sie blickten auf ihre Handys und deuteten dann in verschiedene Richtungen.

Julian zog Cody neben sich in die Hocke vor dem Fenster.

»Sie dürfen uns nicht bemerken«, sagte er.

»Alle zusammentreiben!« Die raue Stimme des Prälaten hallte wie eine Fanfare über die lauten Motorengeräusche hinweg.

Cody nahm ein Feuerzeug aus der Tasche und warf es Julian zu. »Brenn alles nieder.«

Sie gingen gebückt durchs Haus und zündeten die Benzinlachen an. Die Flammen fraßen sich ins Holz, schlugen hinter ihnen im Flur zusammen und breiteten sich über die Treppe nach oben aus.

Als sie aus dem Flur traten, befanden sich die mit Schlagstöcken bewaffneten Wächter bereits in der Küche. Constance und Franklin standen ebenfalls im Raum. Sie untersuchten etwas: Julians Jacke.

Constance hatte ihn offenbar mit ihrem Handy geortet. Deshalb also der Kuss heute Morgen.

»Tut mir leid«, flüsterte Julian Cody zu. »Sie müssen mir einen Peilsender untergejubelt haben.«

»Leise«, zischte sie.

Doch es war zu spät. Die Wächter kamen mit erhobenen Schlagstöcken auf sie zu. Cody und Julian verschwanden in den dicken Rauchwolken im Flur. Während Julian durch die Flammen rann, verbarg er sein Gesicht in der Armbeuge. Cody führte ihn durch den Hinterausgang zum Gewächshaus.

Das Feuer hatte inzwischen auch die oberen Stockwerke erreicht. Flammen schlugen aus den Fenstern, brennende Holzstücke landeten auf dem Dach des Gewächshauses. Die Wächter waren Julian und Cody dicht auf den Fersen.

Sobald sie im Gewächshaus waren, rüttelte Cody an den Pflanzen und bedeutete Julian, ihrem Beispiel zu folgen. »Dann sieht es so aus, als hätten sich alle hier versteckt.«

Gemeinsam liefen sie durch die Reihen und schüttelten die Pflanzen. Julian fuhr mit einem Besenstiel durch die Blätter. Sie hörten, wie sich die Wächter draußen versammelten. Dann war die raue Stimme des Prälaten zu hören. »Umstellt das Gewächshaus!«, befahl er.

Ein Teil des brennenden Dachs brach zusammen. Glas und

sengendes Holz regneten herab und setzten die Pflanzen in Brand. Bald stank es durchdringend nach verkohltem Grünzeug.

Cody zog Julian zu sich auf den Boden.

»Tja, Glen«, sagte sie zu sich selbst. »Mehr Zeit können wir dir leider nicht erkaufen, alter Freund.«

Sie zog eine Pistole aus der Tasche. Die hatte sie also aus dem Safe geholt. Sie schob ein Magazin hinein und entsicherte die Waffe.

»Tut mir leid«, sagte Julian noch einmal. »Tut mir leid, dass ich sie hierhergeführt habe.«

Drei Wächter stürmten das Gewächshaus, entdeckten sie und liefen auf sie zu, wobei sie die brennenden Blätter mit den Schlagstöcken zur Seite schoben.

»Wir hätten sowieso nicht ewig hierbleiben können«, sagte Cody.

Dann richtete sie die Waffe auf Julians Kopf.

»Bis dann am Ufer, Mr. Julian.«

Die Wächter hatten sie fast erreicht.

Julian schloss die Augen.

KAPITEL 42

Julian durchbrach die Wasseroberfläche. Das eiskalte Seewasser war wie tausend Nadelstiche auf seiner Haut. Er schnappte verzweifelt nach Luft, doch es fühlte sich an, als wollte sich seine Lunge nicht ausdehnen, als läge sie hart und verkrampft in seiner Brust.

Das Wächterboot kam gemächlich auf ihn zu. Zuerst hielt Julian die Lichter für eine Sinnestäuschung, die bald schwächer werden und schließlich ganz verschwinden würde. Und er würde allein im eiskalten See zurückbleiben, um wieder und wieder zu sterben.

Nein.

Nicht heute.

Rocky.

Er und Cody mussten ihn finden.

Er strampelte verzweifelt, versuchte, sich über Wasser zu halten, atmete hektisch, bis das Boot ihn erreichte.

Die Wächter hoben ihn an Bord und wickelten ihn in eine Wolldecke. Durch tropfende Haarsträhnen hindurch blickte er auf den See hinaus. Die Sonne war schon beinahe hinter dem Horizont verschwunden, und die kühle Nacht senkte sich über das Wasser. Die Wächter hatten mittlerweile die Suchscheinwerfer eingeschaltet und beleuchteten die Seeoberfläche, damit sie jeden Wiedergeborenen sofort bemerkten. In der Entfernung waren die flackernden Lichter weiterer Boote zu erkennen. Hoffentlich hatte es Cody ebenfalls geschafft. In seinem Gedächtnis klaffte eine besorgniserregende Lücke, doch an den Plan konnte er sich noch erinnern.

Sobald er in das Krankenhaushemd geschlüpft und sich ein Handtuch umgewickelt hatte, machte sich Julian auf den Weg vom Pier zur Empfangshalle. Er ging langsam und blickte immer wieder über die Schulter. Die Wächter fuhren wieder auf den See hinaus, um weitere Wiedergeborene aufzunehmen. Julian schloss sich den wenigen anderen an, die zum Eingang taumelten, ließ sich dann aber zurückfallen und huschte in den Schatten des Gebäudes, von wo aus er nach Cody Ausschau hielt. Was, wenn sie sie bereits geschnappt hatten oder …

Wie aus dem Nichts tauchte plötzlich Nicholas an seiner Seite auf. Ohne ein Wort hakte er Julian unter und führte ihn beiseite.

Cody wartete bereits auf sie. Sie hatte die Arme um den Körper geschlungen und zitterte in der kühlen Nachtluft. Nicholas nahm eine Tasche von der Schulter und kramte darin herum.

»Was zum Teufel ist passiert?«, fragte Nicholas. »Der Prälat kam vor ein paar Minuten hier durch. Er hat nach Rauch gestunken und war stinksauer.«

Cody verzog das Gesicht und wartete, bis sich die Wiedergeburtsverwirrung etwas gelegt hatte.

»Wir haben mit Glen über den Plan gesprochen«, sagte sie. »Das ist das Letzte, woran ich mich erinnere.«

Julian nickte. »Ein kleines Mädchen kam in den Raum gerannt. Sie kommen, hat sie gesagt.«

Cody schüttelte den Kopf. »Hatte der Prälat die Kinder dabei?«, fragte sie Nicholas.

»Ich habe keine gesehen. Nur ein paar Wächter, die sich beschwert haben, weil sie keine Gefahrenzulage bekommen«, sagte er. »Ihr habt wirklich für Aufruhr in der Wiedergeburtsbehörde gesorgt.«

Es war ganz offensichtlich, dass Nicholas ihrem Vorhaben immer noch skeptisch gegenüberstand. Obwohl Julian ihm doch begreiflich zu machen versucht hatte, worum es bei dem Attison-Projekt ging.

Doch das spielte momentan keine Rolle.

Jetzt zählte einzig und allein, dass sie sich an den Plan hielten.

»Weiter«, sagte Julian.

Nicholas nickte und holte drei taubenblaue Roben und drei dunkelblaue Overalls, wie sie die Wächter darunter trugen, aus der Tasche. Cody kehrte ihnen den Rücken zu, zog das Krankenhaushemd aus und schlüpfte in den Overall und die Robe. Dann drehte sie sich wieder zu ihnen um. Die Robe war viel zu groß und schlackerte um ihre zierliche Gestalt. Sie sah aus wie ein kleines Mädchen in Erwachsenenklamotten.

»Ist das einigermaßen unauffällig?«, fragte sie.

»Zieh die Kapuze über«, sagte Nicholas.

Sie zog sich die Kapuze über den Kopf, der zur Gänze darin verschwand.

»Wird schon gehen«, sagte Julian.

»Tut mir leid«, sagte Nicholas. »Aber ich hatte keine Zeit, die passende Größe herauszusuchen.« Er ließ den Overall liegen und zog die Robe direkt über die Jacke.

Julian stieg in seinen Overall und knotete die Robe vor der Brust fest, dann machte er ein paar Probeschritte. Die Ärmel waren so weit wie bei einem Kimono und der Stoff ziemlich schwer. Dennoch musste er sich ganz natürlich darin bewegen. Und den Kopf möglichst unten halten.

»Dann mal los«, sagte Cody, als alle ihre Roben trugen.

Nicholas versteckte die verknitterten Krankenhaushemden in der Tasche und führte sie ein kurzes Stück an der im Schatten liegenden Gebäudeseite entlang zu einem Nebeneingang. Dort griff er in die Robe, zog eine Schlüsselkarte aus der Jacke und öffnete die Tür.

Der Flur war so grell beleuchtet, dass Julian schwindlig wurde. Seine Beine drohten nachzugeben, und er hielt sich am Türrahmen fest. Wie bei seiner letzten Wiedergeburt, als er die Fähigkeit verloren hatte, die Farbe Grün wahrzunehmen, tränten ihm auch diesmal die Augen. Wahrscheinlich hatte er erneut einen Wiedergeburtsfehler davongetragen, von dem er noch nichts ahnte. Schnell blendete er diesen Gedanken aus und konzentrierte sich auf die bevorstehende Aufgabe.

Cody fasste ihn an der Schulter.

»Geht schon«, sagte Julian und stellte sich gerade hin.

»Tu einfach so, als wüsstest du, was du tust. Dann denkt jeder, dass du weißt, was du tust«, sagte sie.

»Guter Tipp«, meinte Nicholas und ging den Flur hinunter.

Julian und Cody folgten ihm.

Die anderen Wächter beobachteten sie argwöhnisch, doch Julian beachtete sie gar nicht. Er wandte sich nicht zu ihnen um, sondern hielt den Kopf gesenkt und den Blick auf Nicholas' Rücken vor ihm gerichtet.

Dann erreichten sie einen Aufzug. Nicholas steckte die Schlüsselkarte in das Bedienfeld, woraufhin ein rotes Licht aufblinkte. Die Türen wollten sich nicht öffnen. Nicholas versuchte es noch einmal. Wieder nur das Blinklicht. Julian spürte, wie ihn der Mut verließ.

Die Doppeltür am Ende des Flurs schwang auf, und der Prälat marschierte mit einem kleinen Wächtertrupp auf sie zu – anscheinend wollte er dringend irgendwohin.

»Sie kommen«, flüsterte Cody.

»Wir sind einfach Wächter, die Zugang zur Spoof-Etage haben«, sagte Nicholas. »Völlig unverdächtig. Wenn diese verdammte Karte endlich funktionieren würde.« Er versuchte es noch einmal. Wieder das rote Licht.

»Vielleicht ist Dreck drauf«, murmelte er und wischte sie mit den Händen ab.

Rauchgestank eilte dem Prälaten voraus. Julian sah auf seine Hand hinab. Sie zitterte. War das etwa sein neuer Wiedergeburtsfehler? Sein Herz raste, er war der Panik nahe. Wieder spürte er, wie der Schwindel in ihm aufstieg. Er taumelte.

Cody packte seine zitternde Hand und hielt sie fest. Der Prälat kam immer näher.

»Du weißt genau, was du tust«, flüsterte sie.

Julian schloss die Augen und konzentrierte sich auf die Dunkelheit. Er versuchte, alles auszublenden – die Panik, die Gedanken und Sorgen, alles trudelte nach und nach wie Laubblätter in die tintenschwarze Finsternis. Schließlich spürte er nur noch den Herzschlag in seiner Brust. Dann tauchten aus dem Dunkel zwei Lichter auf.

Die Katze.

Die Katze mit dem weißen Fleck um das Auge.

Sie trat aus dem Dunkel seines Verstandes, setzte sich und starrte ihn mit fremdartigen, durchdringenden Augen an.

Piep.

Julian blinzelte. Die Aufzugtüren öffneten sich zischend, auf dem Bedienfeld leuchtete ein grünes Licht. Sie traten so selbstverständlich ein, als wüssten sie, was sie taten. Während sich die Türen wieder schlossen, stürmte der Prälat mit seinem Gefolge an ihnen vorbei, ohne sie auch nur eines Blickes zu würdigen.

Dann setzte sich der Aufzug in Bewegung. Julian, der die ganze Zeit über die Luft angehalten hatte, atmete tief aus.

Wir haben's geschafft. Wir haben's tatsächlich geschafft.

Auf der Spoof-Etage war die Arbeit für den Tag bereits beendet. Die Bildschirme auf den Schreibtischen waren schwarze, tote Fenster, davor türmte sich das übliche Durcheinander eines geschäftigen Büros: Kaffeetassen, Aktenmappen … Cody ging mit einem Ausdruck ungläubigen Staunens auf dem Gesicht durch die Flure – als könnte sie nicht glauben, dass sie letzten Endes doch noch an diesen geheimen Ort gelangt war.

Julian sah aus dem Fenster. Das abschüssige Ufer führte auf der rechten Seite zum Pier, auf der anderen befand sich ein großer, umzäunter Bereich mit Fertigbauten, zwischen denen sich Kinder tummelten. Er konnte die dürre, kantige Gestalt von Dr. Tazia erkennen. Sie betrat eines der Gebäude.

Das Attison-Camp.

»Hey«, sagte Cody. »Seht euch das mal an.«

In der Mitte des Raumes stand ein Würfel mit einer Kantenlänge von etwas über zwei Metern, der mit einem dunklen Laken bedeckt war. Unter dem Laken schimmerte schwaches blaues Licht. Cody riss das Laken herunter.

Es war ein Kind.

Nicht älter als zehn oder elf Jahre.

Es schwebte in einem Wassertank. Seine Haut war von einem leblosen Blaugrau. Schläuche schlängelten sich von seinem Körper aus dem Tank und zu einem Bedienterminal daneben, auf dem ein kleines grünes Licht träge blinkte.

Julian rannte zum Tank und umrundete ihn, bis er das Gesicht des Kindes erkennen konnte.

Es war nicht Rocky.

Seine überwältigende Erleichterung mischte sich mit Gewissensbissen – immerhin hatte er hier ein menschliches Wesen vor sich, dem die Wächter Gott weiß was angetan hatten.

»Was zum Teufel soll das sein?«, fragte Nicholas.

Julian und Cody antworteten nicht. Sie hatten Wichtigeres zu tun. Cody entdeckte ein Administratorenterminal im hinteren Teil des Raumes und fuhr es hoch.

»Gib mir den Stick«, sagte sie.

Nicholas stand mit offenem Mund vor dem Tank.

Julian packte ihn am Kragen seiner Robe. »Der Stick.«

Das brachte Nicholas in die Gegenwart zurück, und er holte den Stick aus der Tasche. Julian riss ihn ihm aus der Hand und lief zu Cody hinüber. Nicholas taumelte hinter ihm her. Er konnte den Blick nicht von dem toten Kind im Tank abwenden.

Cody steckte den Stick ins Terminal. Auf dem Bildschirm wurde der Fortschritt angezeigt, den Glens Programm beim Durchforsten des Archivs nach allen Dateien machte, die im Zusammenhang mit Spoof oder Attison standen.

Eine Datei nach der anderen erschien auf dem Bildschirm: Ordner, Tabellen, Fotos von toten Katzen, toten Kindern, »Ausschuss«-Listen von Testpersonen, die an der Retrogression erkrankt waren und busweise in die Row gefahren worden waren, Videos …

»Moment«, sagte Julian, dem etwas ins Auge gefallen war. »Spiel mal das Video ab.«

»Wir sollten einfach alles runterladen und verschwinden«, sagte Cody.

»Na los«, beharrte Julian.

Cody vergrößerte das niedrigauflösende Video, das mit einer schlechten Handkamera aufgenommen worden war. Auf dem Bildschirm erschien ein Titel:

BEFRAGUNG NR. 2

LEITER DER VERNEHMUNG: DIREKTOR DAVID HAWKSLEY

VERNOMMENE PERSON: LUCY DEX, PROJEKTLEITERIN ATTISON

Julian schlug das Herz bis zum Hals. Alles drehte sich, und er bekam keine Luft mehr.

»Das ist meine Mom«, sagte er mit leiser, schwacher Stimme.

»Und mein Vater«, sagte Nicholas und blickte über Julians Schulter. »Was in Gottes Namen ist das?«

»Willst du dir das wirklich ansehen?«, fragte Cody Julian. Nicholas beachtete sie gar nicht.

Julian hatte keine andere Wahl.

Er musste es mit eigenen Augen sehen – wie immer.

Er nahm ihr die Maus aus der Hand und klickte auf »Play«. Laut Timecode am Bildschirmrand war das Video vor neun Jahren aufgenommen worden. Im Video blickte Julians Mutter auf, während Direktor Hawksley ein Blatt Papier vor sich studierte.

Direktor Hawksley: Warum haben Sie sich überhaupt für die Leitung des Attison-Projekts beworben?

Lucy Dex: Die Forschungen im Zusammenhang mit Projekt Attison sollten dazu dienen, die Retrogression rückgängig zu machen und ein Gegenmittel gegen die Wiedergeburtsfehler zu entwickeln. Dazu wollte ich mit meinem Fachwissen als Biologin beitragen. Und wir haben auch tatsächlich Fortschritte gemacht – bis Sie die Zielsetzung geändert haben.

Direktor Hawksley: Mrs. Dex, mit allem gebotenen Respekt, aber beim Attison-Projekt ging es doch um die Wiedergeburt als Ganzes, nicht um die Heilung bestimmter Defekte. Es gab Hinweise darauf, dass die Wiedergeburt nicht in allen Fällen erfolgte – ein Problem, das wichtiger war als Wiedergeburtsfehler oder Retrogression, würden Sie mir da nicht zustimmen?

Lucy Dex: Selbstverständlich. Aber diese neue Richtung, die Sie eingeschlagen haben, die Experimente an Retrograden, das alles führt doch zu nichts. Das Ganze ist ethisch mehr als zweifelhaft, um es einmal vorsichtig auszudrücken. Eigentlich ist es … unsäglich. Ich könnte unmöglich mit meinem Gewissen vereinbaren, dass …

Direktor Hawksley: Der See wird von viel zu vielen Menschen viel zu oft benutzt, Mrs. Dex. Seine Wirkung lässt nach.

Lucy Dex: Was bisher nur eine Theorie ist, Direktor Hawksley. Wenn wir ungestört untersuchen könnten, was hier vor sich geht, anstatt vorschnelle Schlussfolgerungen …

Direktor Hawksley: Mrs. Dex, man erwartet von Ihnen, dass Sie Ihren Anweisungen Folge leisten. Ich erwarte das von Ihnen.

Lucy Dex: Tut mir leid, aber ich werde nicht dazu beitragen, Nummern zu fälschen. Ich habe Ihre Berichte dazu gelesen. Diese Grenze werde ich nicht überschreiten, und ich werde auch nicht zulassen, dass Sie meinen guten Namen in den Schmutz ziehen. Ich will mit diesem Teil des Projekts nichts zu tun haben. Ich werde die Öffentlichkeit davon in Kenntnis setzen müssen.

Hawksley griff nach der Kamera, und das Video endete abrupt.

Julian saß wie vom Donner gerührt im blauen Licht des Bildschirms. Nicholas starrte ihn schockiert an.

Julian startete das nächste Video.

Es zeigte die tonlosen Aufnahmen von der Überwachungskamera eines Bootes, wie sie auf dem See eingesetzt wurden. Eine Frau mit dunklem Haar schwamm darauf zu. Der Prälat persönlich stand im Boot, doch anstatt die Frau mit seiner Stange an Bord zu ziehen, drückte er sie unter Wasser. Eine Welle schwappte über sie hinweg, dann konnte Julian ihr Gesicht sehen.

Es war seine Mutter.

»Er bringt sie um«, flüsterte Julian.

»Sieh dir den Timecode an«, sagte Cody. »Das war etwa eine halbe Stunde nach dem Verhör, das wir gerade gesehen haben.«

Julian biss die Zähne zusammen. Er war kurz davor, die Bedeutung dessen, was er gerade gesehen hatte, zu begreifen. Gleich würde er die schreckliche Wahrheit erfahren. Er startete das nächste Video.

Er musste es einfach mit eigenen Augen sehen.

Wieder saß Julians Mutter an dem Tisch, diesmal jedoch war sie weiter nach vorne gebeugt und hatte den Kopf gesenkt. Sie war auch keine Sechs mehr, sondern eine Sieben. Neben Direktor Hawksley saß Dr. Tazia.

Direktor Hawksley: Versuchen wir es noch einmal. Warum haben Sie sich für die Leitung des Attison-Projekts beworben?

Lucy Dex: Wenn sich das Phänomen der Wiedergeburt … seinem Ende zuneigt, müssen wir die Menschen warnen. Wir müssen sie davon abhalten, sich auszulöschen.

Direktor Hawksley: Das ist keine Antwort auf meine Frage.

Lucy Dex: Ich habe Kinder. Mein Sohn ist bald alt genug für seine erste Tilgung. Ich muss ihn warnen. Das verstehen Sie doch, Sie haben doch auch einen Sohn. Sie doch auch!

Direktor Hawksley: So einfach ist das nicht, Mrs. Dex. Wenn unsere Kinder eine Zukunft mit einem funktionsfähigen See haben wollen, dann müssen wir dem Lebensplan folgen, damit wir eine ordentliche Lebensbilanz vorweisen können. Wir müssen den Prozess sogar noch beschleunigen. Dr. Tazia wird mit sofortiger Wirkung die Leitung des Attison-Projekts von Ihnen übernehmen.

»Das ist der Beweis, nach dem wir gesucht haben«, sagte Cody mit unüberhörbarer Erregung. »Julian, du musst alles auf den Stick kopieren. Und dann verschwinden wir so schnell wie möglich.«

Doch Julian starrte wie gebannt auf den Bildschirm. Er öffnete das nächste Video.

Wieder die Bootskamera. Einmal mehr drückte der Prälat Julians Mutter mit seinem Stock unter Wasser.

Julian wählte das nächste Video an. Wieder eine Überwachungskamera, doch Monate später. Seine Mutter lief durch einen Flur des Empfangszentrums. Mehrere Wächter folgten ihr. Sie schrie und fluchte. Julian verstand zwar nicht, was sie da brüllte, doch auf einem Bild war ihr Hals ganz deutlich zu sehen – sie war in ihrem neunten Leben.

Auch das Krankenhaushemd, das sie trug, erkannte er wieder. Dasselbe hatte sie angehabt, als sie in jener Nacht bei ihnen zu Hause aufgekreuzt war. In jener Nacht, in der er sie zum letzten Mal gesehen hatte.

Auf dem Video stürmte sie aus der Eingangstür und rannte zur Bushaltestelle. Die Wächter waren ihr dicht auf den Fersen.

Sie wollte zu ihm, begriff er jetzt.

Um ihn zu warnen.

Das Video war zu Ende. Wieder war der blaue Bildschirm zu sehen.

Sie hatte von Anfang an versucht, ihn vom Auslöschen abzuhalten.

Sie hatte ihn retten wollen.

Julians Kehle war wie zugeschnürt, Tränen traten ihm in die Augen, tiefe Trauer breitete sich in seiner Brust aus. Doch aus diesen heftigen Emotionen stieg ein neues Gefühl auf: Erleichterung. Selige Erleichterung, die ihn beflügelte und mit neuer Kraft erfüllte.

Sie hatte ihn retten wollen …

Und er würde Rocky retten.

Julian schloss die Videos und fügte sie Glens Programm hinzu. Sobald die Dateien auf den Stick kopiert waren, erschien eine Meldung auf dem Bildschirm: »Tilgungsstopp einleiten?«

Er klickte auf »Ja«, und das Programm war beendet. Unmittelbar darauf ertönte eine Sirene, danach eine weitere, lauter und viel näher. Kleine weiße Alarmlichter blinkten über ihren Köpfen.

Nicholas sah sich um. »Okay, könnte mir bitte mal jemand verraten, was das soll?«

Über Lautsprecher war die Bestätigung des Tilgungsstopps zu hören: »Der See ist geschlossen. Stellen Sie jegliche Tilgungsaktivität ein, und warten Sie auf weitere Anweisungen. Der See ist geschlossen. Stellen Sie jegliche Tilgungsaktivität ein …«

»Das gilt für ganz Lakeshore«, sagte Cody über die endlos wiederholte Ansage hinweg. »Wir ziehen den Stecker.«

»Und wir holen meinen Bruder. Und zwar jetzt.« Julian lief zum Fenster hinüber. »Nicholas, wie kommen wir auf dem schnellsten Weg hier raus?«

Keine Antwort. Nicholas stand wie erstarrt zwischen dem Terminal und dem toten Kind im Tank.

»Nicholas!«, rief Julian. »Du musst uns hier rausbringen!«

Er schüttelte den Kopf. Langsam erwachte er aus seiner Trance.

»Klar«, sagte er. »Aber leider können wir den Aufzug nicht mehr nehmen, wegen dem, was … was auch immer ihr da gerade getan habt und … keine Ahnung.« Eine Haarsträhne löste sich und fiel in seine Stirn. »Keine Ahnung!«, schrie er.

Die Aufzugglocke ertönte, dann öffneten sich die Türen, und zwei Wächter traten aus der Kabine.

»Keine Bewegung!«, rief einer.

Sie liefen auf sie zu. Julian schnappte sich einen Stuhl und warf ihn durch das Fenster.

»Es sind nur zwei Stockwerke, und der Boden ist mit Sand bedeckt«, sagte er. »Wir müssen springen.«

Julian stieg in den Fensterrahmen.

»Na los!«, rief er.

Nicholas stand einfach nur wie zur Salzsäule erstarrt da. Die Wächter kamen immer näher. Cody griff ebenfalls einen Stuhl und warf ihn einem Wächter gegen die Brust. Dann lief sie zum Fenster hinüber und kletterte hindurch.

»Ich komme!«, rief Nicholas, der sich wieder berappelt hatte, und folgte ihr.

Sie sprangen einer nach dem anderen hinaus.

Nicholas war der Letzte. Wie ein bleiches, blau gekleidetes Gespenst segelte er durch die Luft und landete im Sand.

KAPITEL 43

Eigentlich hatten sie direkt ins Attison-Camp marschieren wollen. Cody hatte vorgehabt, die auf den Tilgungsstopp folgende Verwirrung zu nutzen und sich, unerkannt unter den Kapuzen, ins Camp zu schleichen und Rocky zu holen – und dabei immer so zu tun, als wüssten sie, was sie taten.

Doch jetzt hatte man sie entdeckt. Sie mussten improvisieren.

Julian rappelte sich aus dem Sand auf. Bei jedem Atemzug spürte er einen stechenden Schmerz in der Seite. Cody war bereits aufgestanden und stolperte auf wackligen Beinen aufs Attison Camp zu.

»Kannst du gehen? Dann los«, sagte sie über ihre Schulter hinweg.

Nicholas versuchte stöhnend, auf die Beine zu kommen. Sobald er das Gewicht aufs linke Bein verlagerte, gab es nach, und er fiel aufs Knie. Sein Knöchel war verstaucht oder gebrochen. Er ließ den Kopf hängen und gab einen langen, dünnen Jammerlaut von sich.

Einen Augenblick lang überlegte Julian, Nicholas einfach zurückzulassen. Vielleicht hätte das sogar die Wächter abgelenkt – sie hätten sich zuerst auf ihn gestürzt, während er mit Cody zum Camp lief.

Doch Nicholas heulte wie ein verwundetes Tier.

Und …

Vielleicht brauchten sie ihn noch, um von hier zu entkommen.

»Wir müssen ihn mitnehmen«, sagte Julian und kehrte um.

Während Cody im Schatten des Gebäudes wartete, zog Julian Nicholas auf die Beine und schlang sich seinen Arm um die Schulter. Gemeinsam humpelten sie auf Cody zu und dann weiter am Empfangszentrum entlang. Nach wie vor dröhnte die sich ständig wiederholende Ansage aus den Lautsprechern. Wieder und wieder bat die merkwürdig beruhigende Frauenstimme darum, die Tilgungsaktivitäten bitte einzustellen.

»Warum schalten sie das nicht ab?«, keuchte Nicholas.

»Würden sie sicher gerne, aber es geht nicht. Es ist ein Computervirus«, sagte Cody.

Zu ihrer Rechten erstreckte sich eine weite, schimmernde, dunkle Fläche. Der See. Die Boote waren – wahrscheinlich aufgrund des Tilgungsstopps – auf dem Weg zum Pier. Ihre kleinen Positionslichter kamen dem Ufer immer näher.

Im Camp, einem großen, umzäunten Bereich mit etwa einem halben Dutzend Gebäuden direkt vor ihnen, herrschte hektischer Betrieb. Wächter liefen hin und her und trieben die Kinder vor dem Eingangstor zusammen. Anscheinend hatte es einen Evakuierungsbefehl gegeben.

Die Wächter konzentrierten sich auf den Vordereingang, daher war ein weiteres Tor an der Uferseite der Anlage unbewacht. Cody lief darauf zu und riss es auf. Julian, der sich immer noch Nicholas' Arm über die Schulter gelegt hatte, humpelte darauf zu. Sobald sie im Camp waren, ließ Nicholas Julian los und versuchte, aus eigener Kraft zu stehen.

»Wird schon gehen«, sagte er mit leiser, krächzender Stimme. »Ich komme klar. Hol deinen verdammten Bruder, ich finde schon irgendwie hier raus.« Er lehnte sich gegen ein Gebäude, griff in seine Robe und zog den ausgedruckten Plan der Anlage hervor.

Die Kinder waren alle am Vordereingang versammelt. Cody und Julian schlichen unbemerkt auf sie zu, indem sie, wenn möglich, Picknicktische als Deckung benutzten. Immer, wenn er Luft holte, spürte Julian den scharfen Schmerz in der Brust. Sein Kopf dröhnte, und er fühlte sich, als würde sein Körper jeden Augenblick aus dem Leim gehen – und gleichzeitig platzte er förmlich vor Energie, Entschlossenheit und Konzentration.

»Da!«, flüsterte Julian.

Rocky stand am Rande der Gruppe von insgesamt etwa dreißig Kindern. Die Wächter sorgten mit drohend erhobenen Schlagstöcken dafür, dass niemand aus der Reihe tanzte, während Dr. Tazia Befehle über den Lärm hinweg brüllte.

»So viele Kinder«, sagte Cody entsetzt. »Wir müssen sie befreien.«

»Bleib hier«, sagte Julian. »Ich mache das.«

Er stand auf, holte tief und schmerzhaft Luft und streckte die Brust heraus, als hätte er alles Selbstvertrauen der Welt. Trotz der Schmerzen marschierte er auf Rocky zu, als wäre er einer der Wächter, die bei der Evakuierung halfen.

»Rock, ich bin's. Sei still, und komm mit«, flüsterte er.

Rockys Augen funkelten, und er lächelte breit.

»Nicht lächeln. Du befolgst nur meine Befehle.«

Rocky versuchte vergeblich, seine Freude zu verbergen, während Julian ihn aus der Menge holte und mit sich nahm. Hoffnung machte sich ihn ihm breit und verdrängte den Schmerz – sein Plan schien tatsächlich aufzugehen.

»Neue Befehle«, rief eine Stimme. »Bringt sie zum Ufer. Wir warten dort auf die Entwarnung.«

Das war Cody.

Mist.

Mist Mist Mist Mist Mist.

Was hatte sie nur vor?

Dr. Tazia wandte sich ihr zu. »Und wer sind Sie?«, fragte sie. »Ich habe keine derartigen Befehle erhalten.«

Cody scheuchte die Gruppe einfach weiter.

»Sie hätten sie eigentlich erhalten müssen«, rief sie. Dabei senkte sie die Stimme, um älter zu klingen. Die anderen Wächter sahen erst sie und dann Dr. Tazia verwirrt an. Sie wirkte ebenso ratlos.

»Äh …«, sagte sie und griff nach ihrem Walkie-Talkie. »Das muss ich klären.«

In diesem Augenblick stürmten der Prälat und sein Gefolge aus dem Hauptgebäude hinter Dr. Tazia. »Festnehmen!«, befahl er mit lauter, rauer Stimme.

Julian packte Rocky. Gemeinsam liefen sie auf den See zu.

Dann traf ihn etwas im Rücken. Ein heftiger, stechender Schmerz zwang ihn auf die Knie. Die Kapuze rutschte von seinem Kopf, eine Hand packte sein Haar und zerrte ihn nach hinten. Ein Wächter nahm ihn in den Schwitzkasten, und das letzte bisschen Luft wurde aus seiner Lunge gedrückt. Rocky rannte auf ihn zu und trat den Wächter. »Lauf!«, wollte er schreien, doch er brachte kein Wort heraus. Nun stieß auch Dr. Tazia hinzu, packte Rocky und schleifte ihn davon.

Nein!

Ein weiterer Wächter warf Cody zu Boden, rollte sie auf den Bauch, drückte ihr Gesicht in den Sand und drehte ihr den Arm auf den Rücken.

Dann kam der Prälat auf sie zu.

»Ich hätte einfach hier auf euch warten sollen«, sagte er. »Das hätte mir viel Ärger erspart.«

Julian wollte etwas entgegnen, doch der Arm des Wächters, ein pythondicker Muskelstrang, legte sich immer enger um seine

Kehle. Winzige Lichtpunkte tanzten vor Julians Augen. Die Welt wurde immer kleiner und die nicht enden wollende Ansage und das grässliche Krächzen des Prälaten immer leiser, bis er schließlich nur noch das Blut hörte, das in seinen Ohren rauschte.

Dann schien alles wie in Zeitlupe abzulaufen. Dr. Tazia zog an Rockys Arm, sodass er vor Schmerzen aufschrie. Cody wehrte sich nach Kräften, bis sie den Kopf heben konnte. Sie spuckte Sand aus, und Julian verfolgte die Flugbahn jedes einzelnen Sandkorns. Der Prälat, der drohend hinter ihr aufragte, griff in die Robe und zog eine Pistole daraus hervor.

Und dann sah er die Katze.

Die schwarze Katze mit dem weißen Fleck. Geradezu unheimlich ruhig saß sie mitten im Chaos.

Was um sie herum geschah, schien sie nicht im Mindesten zu beeindrucken.

Sie starrte Julian an. Ihr Schwanz pendelte in der plötzlichen Stille hin und her.

Dann hörte er eine Stimme.

Eine tiefe, dröhnende, knurrende Stimme.

Ruf sie

War das die Katze, die da zu ihm sprach?

Dann, lauter:

RUF SIE

Julian drehte den Kopf zu Rocky um. Sobald er seinen heulenden Bruder erblickte, spürte Julian, wie etwas in ihm zu Bruch ging. Etwas löste sich, befreite sich – schwärzester, tiefster Hass. Hass auf den See, auf die Auslöschung, auf die Welt. Er spürte, wie er aus seinem Innersten hervorsprudelte und seine Adern flutete, bis er bis in die letzte Faser davon erfüllt war.

Er packte den Arm, der ihn würgte, zog mit aller Macht daran und schrie. Er schrie in die Nacht. Es war ein fürchterlicher, markerschütternder Schrei. Einen solchen Schrei hatte er noch nie ausgestoßen, er hatte noch nicht einmal gewusst, dass er in der Lage dazu war. Und doch klang er irgendwie vertraut. Die Katze schrie mit ihm, ihre Krallen blitzten in der Nacht.

Und dann setzte das Summen ein.

Die Zikaden krochen aus dem Wald.

Zuerst waren es nur wenige. Sie flogen durch das Attison-Camp, prallten gegen Türen und Wächter. Doch dann wurden es immer mehr und mehr, bis eine bedrohliche schwarze Wolke die Luft erfüllte, sich auf die Wächter stürzte, auf Dr. Tazias Gesicht legte und wie Geschosse auf den Mann einprasselten, der Julian festhielt. Endlich konnte sich Julian losreißen.

Er kroch zu Rocky hinüber, während die Zikaden an ihm vorbeischossen, und befreite ihn von der schreienden Dr. Tazia, deren Kopf Zielscheibe der Insekten geworden zu sein schien. Anschließend half Julian Cody auf die Beine und warf einen Blick in das Auge des Sturms. Die Kinder kauerten sich ängstlich zusammen und versteckten sich schreiend hinter umgeworfenen Tischen, doch sie hatten nichts zu befürchten – trotz ihrer blinden Wut machten die Zikaden einen großen Bogen um sie und krümmten ihnen kein Haar.

»Cody, hol die Kinder!«, rief er. Sie rannte in den Zikadensturm, versammelte die Kinder um sich und führte sie wie der Rattenfänger von Hameln zu Julian und Rocky hinüber.

Sie liefen hinter Julian her und gingen hinter dem nächsten Gebäude in Deckung. Unablässig attackierte der Schwarm das Camp. Julian zog Rocky fest an sich und spähte um die Ecke.

Mit einem grässlichen Kreischen schlug der Schwarm in einen Strommast ein. Weiße Funken sprühten, der Mast zerbrach und fiel um. Stromführende Drähte schlängelten sich durch den Sand wie die Tentakel eines Seeungeheuers.

Sofort gingen alle Lichter im Camp aus. Die Lautsprecheransage brach mitten im Satz ab. Auch im Empfangszentrum wurde es dunkel, und bis auf den weiß-blauen elektrischen Schimmer der Kabel war nichts mehr zu sehen.

»Lauft!«, rief Julian.

Sie rannten los. Rocky und Cody führten die Gruppe aus dem Tor, durch das sie gekommen waren, als plötzlich …

Blam!

… eine Kugel den Sand neben Julian aufspritzen ließ. Er drehte sich um.

Eine Gestalt trat aus dem Zikadenschwarm. Sie hielt eine Pistole in der Hand.

Es war der Prälat. Seine Robe war völlig mit Insekteneingeweiden beschmiert.

»Wir sehen uns im nächsten Leben!«, rief er.

Dann richtete er die Pistole auf Julian.

»Hey, Georgie«, ertönte eine Stimme hinter ihm.

Der Prälat wirbelte herum. Jemand humpelte von hinter einem Gebäude auf ihn zu.

Nicholas.

Das Stromkabel, das er mit beiden Händen festhielt, zuckte wie eine Schlange hin und her.

»Banzai«, sagte er und warf das Kabel auf den Prälaten. Es traf ihn genau an der Brust. Blaue Blitze umhüllten ihn wie Spinnenbeine eine Fliege. Der Prälat fiel mit dem Gesicht voraus in den Sand. Rauch stieg aus dem Zeremonialtuch um seinen Kopf auf.

Er zuckte noch eine Weile, dann lag er still da. Sobald er sich nicht mehr bewegte, hob Nicholas vorsichtig mit Daumen und Zeigefinger die Waffe vom Boden auf.

»Die nehme ich«, sagte er, wischte die Pistole an der Robe ab und packte sie fester.

Mit einem irren Grinsen auf dem Gesicht wandte er sich zu Julian, Cody und den Kindern um.

»Ich weiß, wie wir hier rauskommen«, sagte er.

KAPITEL 44

Nicholas führte sie zum Pier am Ufer. Die Wächter waren vollauf damit beschäftigt, das nun im Dunkel liegende Attison-Camp und das Empfangszentrum zu sichern, sodass es die Gruppe unbehelligt bis zum Wasser hinunter schaffte.

»Wo kam denn dieses Viehzeug plötzlich her?«, fragte Nicholas.

»Ich … das weiß ich nicht«, keuchte Julian. Er verstand es ja selbst kaum. Hatte er die Zikaden wirklich gerufen? War das sein neuer Wiedergeburtsfehler? Egal – darüber konnte er sich später Gedanken machen.

Nicholas hatte einen kleinen Seiteneingang zum Busbahnhof entdeckt. Mit seiner Codekarte konnten sie in das Büro einbrechen, an die Fahrzeugschlüssel gelangen und einfach davonfahren. In einen Bus passten sie alle hinein. Doch sie durften keine Zeit verlieren – jetzt hatte das Chaos seinen Höhepunkt erreicht.

Cody führte die Gruppe an, Julian bildete das Schlusslicht und half Nicholas, der sich nach wie vor nur humpelnd fortbewegen konnte. Rockys Hand umklammerte Julians Arm so fest wie ein Schraubstock. Als sie am Pier vorbeikamen, bemerkte Julian, dass alle Boote vor Anker lagen. Nicholas hob den Kopf und hielt nach irgendetwas auf dem Wasser Ausschau.

»Was suchst du?«, fragte Julian.

»Da.« Nicholas deutete auf etwas.

Julian konnte eine kleine weiße Gestalt auf der mondbeschienenen Seeoberfläche erkennen. Sie versuchte eine Weile, sich über Wasser zu halten, dann verschwand sie in der Tiefe. Nach ein paar Minuten – sie hatten den Pier längst hinter sich gelassen – tauchte die Gestalt ein weiteres Mal auf, diesmal am gegenüberliegenden Ende des Sees. Wieder zappelte sie im Wasser und wurde erneut von den Fluten verschlungen.

»Das muss Georgie sein«, sagte Nicholas mit einem bösartigen, schiefen Grinsen im Gesicht. »Das war ja eine schnelle Wiedergeburt. Oha, leider ist niemand da, der ihn aus dem eiskalten Wasser ziehen könnte. Zu schade aber auch.«

Nicholas presste die Pistole des Prälaten mit irrem Blick gegen seinen Bauch und zog sein linkes Bein hinter sich her.

Etwa ein Dutzend Busse standen nebeneinander am Ufer. Am Ende des Parkplatzes befand sich ein kleiner Bürocontainer.

»Da«, sagte Nicholas und zog die Schlüsselkarte aus der Robe.

Er öffnete die Tür und nahm die Schlüssel für Bus Nr. 6 vom Haken. Der Bus war gleich in der Nähe geparkt. Sie sperrten ihn auf und ließen die Kinder hinein. Julian, Rocky und Nicholas passten auf, dass auch wirklich alle einstiegen.

Cody sprang auf den Fahrersitz und drehte den Schlüssel. Der Motor heulte auf.

»Rein mit euch«, rief sie Julian, Nicholas und Rocky zu.

Als Julian gerade in den Bus steigen wollte, packte Nicholas seine Schulter und hielt ihn zurück.

»Warte mal«, sagte er. »Wir haben noch ein Hühnchen miteinander zu rupfen.«

Julian gefror das Blut in den Adern.

»Bitte, Nicholas, nicht jetzt. Wir haben es doch beinahe geschafft.«

»Eben«, sagte er. »Mehr Zeit haben wir nicht.«

Rocky umklammerte mit sorgenvoller Miene Julians Arm.

Cody sah sie entgeistert an. »Na los, worauf wartet ihr denn noch?«

Nicholas richtete die Waffe auf Cody. »Das geht dich nichts an«, sagte er mit plötzlich harter, kalter und tonloser Stimme.

Cody hob abwehrend die Hände und lehnte sich zurück. »Hey, hey, immer schön mit der Ruhe, ja? Ich will nur die Kinder hier rausbringen.«

Nicholas nickte. »Das will ich auch, und weil du nichts mit dieser Angelegenheit zu tun hast, kannst du fahren. Also los. Jetzt sofort. Und sei froh, dass ich dich einfach so ziehen lasse.«

»Was ist mit Rocky?«, fragte sie.

»Den brauche ich hier. Und jetzt fahr los«, wiederholte er laut und deutlich.

»Julian, gib mir den Speicherstick«, sagte sie.

Erneut richtete Nicholas die Waffe auf sie. »Fahr los, hab ich gesagt! Sofort!«

Julian sah Cody an. Er wollte ihr mit Blicken erklären, dass er alles unter Kontrolle hatte. Sie konnten auf den Stick unmöglich verzichten, daher würde er ihn auch nicht hergeben.

Cody nickte ihm traurig zu und schloss die Bustür.

Sie gab Gas und steuerte den brummenden Bus vom Parkplatz auf die Lake Road.

Julian konnte nur untätig zusehen, wie der Bus hinter der nächsten Kurve verschwand. Rocky hing an seinem Arm. Lange stand er schweigend da und versuchte, die Situation zu verstehen.

Dann durchbrach Nicholas' grunzendes Lachen die Stille. Julian drehte sich zu ihm um.

»Hey, sieht ganz so aus, als ob ich der Böse wäre«, sagte Nicholas kichernd.

»Was willst du?«, fragte Julian mit leiser, tonloser Stimme –

als wäre der glühende Zorn, der ihn vor ein paar Minuten noch beherrscht hatte, einfach verraucht.

Natürlich hatte die Sache einen Haken.

Da konnte er schreien, bis die Zikadenschwärme den See erfüllten und die Wächter auffraßen, einen Haken gab es immer.

»Weißt du noch, wie ich dich damals gebeten habe, den Auslöschern beizutreten?«, fragte Nicholas mit einer merkwürdigen, völlig unpassenden Unbekümmertheit. »Ich habe gesagt, dass du größer als ich werden kannst.« Er grinste. »Tja, und jetzt sieh dich an. Selbst ich hätte mir nicht vorstellen können, dass du etwas *so Großes* vollbringen würdest. Ins Empfangszentrum einbrechen, dieses kranke Experiment ans Licht bringen, die Kinder befreien ...« Er schnalzte mit der Zunge. »Sehr beeindruckend.«

»Was *willst* du?«, fragte Julian.

»Den Speicherstick«, sagte Nicholas. »Alle Dateien über das Attison-Projekt.«

»Weshalb? Die Welt muss davon erfahren«, sagte Julian.

Nicholas nickte. »Da bin ich ganz deiner Meinung. Die Welt muss es erfahren, aber wer wird es ihr sagen? Du? Diese *Cody?* Und was dann? Was, wenn sie dich fertigmachen, wie deine Mutter. Schon vergessen, was mit ihr passiert ist, als sie an die Öffentlichkeit gehen wollte?« Nicholas schüttelte bedauernd den Kopf. »Außerdem – glaubst du, die Leute werden auf ein paar dahergelaufene Retrograde und Waisen hören?«, fragte er. »Niemand wird euch glauben.«

»Was, *du* willst es allen sagen?«, fragte Julian ungläubig.

Nicholas grinste. »Ich habe einen Plan, den behalte ich aber vorerst für mich. Aber ja, ich habe vor, der Presse alle Informationen hier auf diesem Stick auszuhändigen.«

Julian schüttelte den Kopf. »Tut mir leid, Nicholas.«

»Was? Vertraust du mir etwa nicht?«

Julian funkelte ihn böse an. »Willst du darauf wirklich eine Antwort?«

Nicholas lachte. »Also schön. Du hast mich dazu gezwungen, euch heute hier zu helfen, und ich habe mitgemacht. Du kannst nicht leugnen, dass ich mich wirklich schwer ins Zeug gelegt habe.«

Julian nickte.

Nicholas nahm ein kleines schwarzes Gerät von der Größe seiner Handfläche aus der Tasche.

»Apropos ins Zeug legen: Anstatt dich auf der Stelle zu erschießen, biete ich dir einen fairen Tausch an. Das hier ist eine Nummerierungspistole. Ich habe sie aus der Spoof-Etage mitgehen lassen. Ich kann dir und deinem kleinen Bruder jede Nummer verpassen, die ihr wollt. Im Gegenzug gibst du mir den Stick, und wir gehen unserer Wege. »

Julian wollte schlucken, doch seine Kehle war wie zugeschnürt.

Jede Nummer, die er wollte…

Er konnte eine Neun sein. Rocky konnte eine Neun sein. Sie müssten sich nie wieder auslöschen und bekamen jede nur vorstellbare staatliche Unterstützung. Sie konnten ein Leben außerhalb des Systems leben.

Und das alles zum Preis eines kleinen Speichersticks.

Nicholas grinste geradezu tierisch, wie ein Wolf, der gerade ein Beutetier gerissen hat. »Mann, also ich würde mir sofort eine von den netten Wohnungen unten im Neuner-Bezirk unter den Nagel reißen.«

Julian schüttelte den Kopf. »Vielleicht… vielleicht erledigt sich das mit der Lebensbilanz ganz von selbst, wenn die Öffentlichkeit vom Attison-Projekt erfährt.«

Nicholas nickte. »Vielleicht«, sagte er. »Vielleicht stellen sie das Projekt aber auch einfach ein, löschen alle Akten, lassen ein paar Sündenböcke über die Klinge springen und machen weiter wie bisher. Sicher ist nur eins: Wenn ich euch jetzt eine offiziell bestätigte Neun verpasse, kann euch egal sein, was aus dem Attison-Projekt wird. Dann habt ihr so oder so nichts mehr mit dem System zu tun.«

Julian schluckte.

»Warum? Wieso interessierst du dich so für meine Nummer?«

Nicholas gab ein Ts-Ts von sich und schüttelte den Kopf. »Weißt du, ich kann dir immer noch nicht so richtig vertrauen. Du weißt, dass meine Nummer gefälscht ist. Und damit kann ich nur leben, wenn ich weiß, dass deine auch gefälscht ist. Das macht uns beide zu Betrügern.«

»Das ist doch krank«, sagte Julian.

Nicholas ließ die Nummerierungspistole um den Finger wirbeln. »Habe ich dir eigentlich schon mal erzählt, wie mein Motto lautet? Du musst das Leben am Kragen packen und ihm den Hals umdrehen.«

»Ja, ich weiß«, sagte Julian knapp.

»Ach«, sagte Nicholas. »Manchmal neige ich dazu, mich zu wiederholen. Wie peinlich.«

Rocky drückte Julians Arm, woraufhin dieser in die großen, angsterfüllten Augen seines kleinen Bruders blickte. Wenn sie diesen gottverlassenen Parkplatz endlich verließen, welche Welt würden sie betreten? Eine Welt ohne ihre Mutter und ihren Vater? Eine Welt, in der sie ganz unten in der Hackordnung standen und lediglich darauf hoffen konnten, dass die Menschen vielleicht irgendwann die Wahrheit erfuhren und sich dann vielleicht dazu durchrangen, das Richtige zu tun?

Julian nahm den Speicherstick aus der Tasche.

Du musst das Leben am Kragen packen …

Und gab ihn Nicholas, der ihn ihm mit einem wilden Grinsen förmlich aus der Hand riss.

… und ihm den Hals umdrehen.

»Du hast gewonnen, Nicholas. Wie immer.«

Nicholas steckte Stick und Waffe ein, dann drückte er auf einen Schalter auf der Nummerierungspistole, die daraufhin brummend zum Leben erwachte.

Julian konnte keinen schwarzen Hass mehr aufbringen. Er hatte ihn völlig erschöpft, als er den Zikadenschwarm über das Attison-Camp gebracht hatte.

Jetzt gab es nichts mehr, was er sehen wollte.

Unbedingt sehen musste.

Nicholas hielt die vibrierende, heiße Nummerierungspistole an Julians Hals.

»Na los«, sagte Julian.

Er spürte ein heißes Stechen, als der neue Chip implantiert wurde. Nicholas zog die Pistole zurück und berührte vorsichtig das neue Tattoo auf Julians Hals.

»Sieht gut aus.«

»Jetzt Rocky«, sagte Julian.

Rocky verzog das Gesicht, als Nicholas die Pistole ansetzte – gegenüber der Stelle, an der sich bereits die Eins befand.

»Lass die Eins entfernen, sobald ihr wieder in der Stadt seid«, sagte Nicholas. »Ich kenne da einen Typen, der das für euch machen kann.«

Wortlos ging Julian neben seinem Bruder in die Hocke und sah ihm in die Augen. »Alles wird gut«, sagte er und versuchte, auch selbst daran zu glauben.

»Oder sucht euch selbst jemanden, mir egal«, sagte Nicholas und betätigte den Abzug.

Rocky zuckte zusammen, als die Nummer auf seinen Hals

gebrannt und der Chip implantiert wurde. Julian zog ihn zu sich und umarmte ihn fest. »Alles wird gut«, wiederholte er.

»Es war die richtige Entscheidung«, sagte Nicholas. Er zog die Robe aus und warf sie auf den Boden. Darunter trug er seinen Schulblazer. Den marineblauen. Er steckte die Nummerierungspistole in die Innentasche, betrachtete sein Spiegelbild in einem Busfenster und richtete seine Frisur.

»Ich werde jetzt einfach ins Empfangszentrum spazieren und dann nach Hause gehen«, sagte er. »Den Sohn des Direktors wird wohl niemand verdächtigen. Der arme Junge musste diesen terroristischen Angriff miterleben, bringen wir ihn lieber ganz schnell nach Hause.« Er musterte Julian und Rocky von oben bis unten. »Und ihr beiden?«

Julian nahm Rockys Hand. »Wir finden selbst raus«, sagte er.

»Viel Glück.«

Julian führte Rocky über den Parkplatz zum Waldrand. Dabei spürte er Nicholas' Blick auf sich ruhen.

»Julian«, rief Nicholas, bevor sie zwischen den Bäumen verschwinden konnten. »Eins noch.«

Doch Julian drehte sich nicht mehr um. Nichts von dem, was ihm Nicholas sagen wollte, interessierte ihn noch.

Hand in Hand betraten die beiden den Wald.

Julian und Rocky marschierten die Nacht durch. Als sie endlich die Lake Road erreichten, zog Julian die Robe aus und stopfte sie in einen Baumstumpf. Gottlob war der Overall darunter dunkel, sodass er sich leichter im Schatten verstecken konnte. Sie hielten sich nach Möglichkeit am Waldrand und gingen in Deckung, wenn ein Einsatzfahrzeug mit plärrenden Sirenen an ihnen vorbeifuhr. Als Rocky müde wurde, hob ihn Julian auf die Schultern und trug ihn.

Schließlich kamen sie in Poplar Heights an. Als die Sonne aufging, waren sie gerade auf dem Weg in die Seitenstraße hinter Bardo Books. Als sie die Gasse betraten, huschten mehrere Seekatzen davon.

Julian blickte auf der Suche nach der Katze mit dem weißen Augenfleck die Feuerleiter hinauf, doch sie war unter den vielen fremdartigen Augen, die ihn aus dem Dunkel anstarrten, nicht zu erkennen.

Dann führte er seinen kleinen Bruder die Kellertreppe hinunter und klopfte so lange gegen die Tür, bis sie die Frau mit der rechteckigen Brille einen Spalt weit öffnete und hinausblickte.

»Ihr habt hier nichts mehr zu suchen«, sagte sie, sobald sie die beiden zerzausten Waisenkinder erblickte. »Geht woandershin.«

»Tut mir leid«, sagte Julian. »Aber ich weiß nicht, wo wir sonst hinsollen.«

Sie sah die beiden lange an, dann öffnete sie die Tür und ließ sie ein.

KAPITEL 45

Ah, diese köstliche Bitterkeit.

Zwei Bedienstete trugen ein Tablett herein, auf dem eine Kanne mit frisch aufgebrühtem Kaffee stand. Sie stellten sie vor Nicholas ab, der im Sessel seines Vaters lümmelte und die Beine auf den Tisch gelegt hatte. Nachdem sie ihm eine Tasse eingeschenkt hatten, hielt er sich den dampfenden Kaffee unter die Nase und genoss das Aroma, während sich die beiden Bediensteten ängstliche Blicke zuwarfen und schnell entfernten.

Ob sie sich Sorgen darüber machten, morgen ohne Job dazustehen?

Vielleicht machte sie auch die Anwesenheit der Ratsmitglieder nervös.

Zwei der höchsten Mitglieder des Rats der Weisen saßen im Hinterzimmer an einem Tisch und sichteten die Dokumente seines Vaters. Ihre beiden Leibwächter standen mit hinter dem Rücken verschränkten Händen neben ihnen.

»Möchten die Herren einen Kaffee?«, fragte Nicholas.

Sie lehnten ab.

Die Ratsmitglieder trugen einfache dunkle Anzüge. Sie waren rein geschäftlich hier, und sie hofften, diese Angelegenheit schnell und ohne größere Komplikationen abschließen zu können.

Nicholas trank einen Schluck Kaffee und scrollte durch die Artikelüberschriften der Nachrichtenseite auf dem Bildschirm. Einzelheiten über das Attison-Projekt, das in Lakeshore stattgefunden hatte, waren ans Licht gedrungen, und seitdem wurde über nichts anderes berichtet. Blinkende Banner auf den Nachrichtenseiten und in den sozialen Medien erinnerten die Nutzer daran, dass die Lebensbilanzen landesweit außer Kraft gesetzt worden waren. Nach und nach wurden alle Tilgungskliniken geschlossen. »Vermeiden Sie es zu sterben«, stand auf den Bannern. »Die Wahrscheinlichkeit, nicht wiedergeboren zu werden, ist zwar gering, aber vorhanden.«

Die Nachricht hatte die ganze Welt erschüttert.

Überall in Europa wurden Seen geschlossen und vom Militär besetzt, da der Kontinent noch stärker von Unruhen gebeutelt wurde. In mehreren Ländern drohten Staatsstreiche, es war sogar vom nächsten Weltkrieg die Rede.

Einige Kommentatoren spekulierten, dass die »See-Affäre« bald vorbei sein und dann wieder Normalität einkehren würde. Andere sprachen sich dafür aus, dass der Rat umgehend die offensichtlich völlig korrupte Wiedergeburtsbehörde entmachten und die Kontrolle über die Seen übernehmen sollte. Dann wiederum wurden Bedenken geäußert, dass eine Einmischung des Rates in Verwaltungsangelegenheiten die Unabhängigkeit der Wissenschaftler gefährden könnte, die das Problem der zunehmend unzuverlässig arbeitenden Seen untersuchen und beheben sollten. Immerhin waren die Ratsmitglieder Politiker und keine Wissenschaftler. Und schließlich stellten viele die Frage nach den wirtschaftlichen Konsequenzen: Wie viele Wächter, Busfahrer und Statistiker würde man wohl entlassen?

Wichtige und ernste Fragen, gewiss, aber …

Er scrollte weiter, bis er gefunden hatte, wonach er suchte.

Ein Artikel stellte die in dieser Angelegenheit wohl wichtigste Frage: »Wer ist Nicholas Hawksley, der tapfere junge Mann, der das Attison-Projekt an die Öffentlichkeit gezerrt und so das ganze System an den Rand des Zusammenbruchs gebracht hat?«

Als Nicholas sah, dass sie das vorteilhafte Schulfoto mit dem akkurat gezogenen Seitenscheitel hergenommen hatten, musste er grinsen.

Wer ist Nicholas Hawksley?

Plötzlich herrschte Unruhe im Flur. Die Ratsmitglieder erhoben sich, ihre Leibwächter gingen zur Tür.

Nicholas' Vater betrat mit den Bediensteten im Schlepptau das Büro.

Sobald er die Ratsmitglieder erblickte, seufzte er und stellte seinen Koffer auf dem Boden ab.

»Jetzt bin ich wohl fällig«, sagte David.

Das dünnere Ratsmitglied, ein Mann namens Rousseau, gab seinem Leibwächter ein Zeichen. Dieser ging daraufhin auf David zu, nahm seine Arme hinter den Rücken und legte ihm Handschellen an.

»Verzeihung, Direktor Hawksley, aber wir konnten Ihre Maßnahmen unmöglich gutheißen.«

David schüttelte verächtlich den Kopf. »Ihr habt es gewusst. Ihr habt es doch alle gewusst.«

Die Ratsmitglieder bedachten ihn wortlos mit einem eisigen Blick.

»Sie haben mich damit beauftragt, das Problem der Überbeanspruchung der Seen zu lösen. Ich habe eine Lösung gefunden«, sagte David. »Und das ist der Dank?«

Ratsmitglied Rousseau runzelte die Stirn. »Wir hatten an eine in politischer Hinsicht etwas … leichter zu vermittelnde Lösung gedacht.«

David wandte sich zu Nicholas um, und einen langen, schmerzhaften Moment sahen sie sich in die Augen.

»Nicholas«, sagte er. »Wie konntest du nur? Du bist mein Sohn. Ich habe dich beschützt.«

»Ja«, sagte Nicholas und stellte die Tasse ab. »Aber das war immer allein deine Entscheidung. Du hast mir meine Ziele und Hoffnungen vorgegeben, Druck ausgeübt … meine Güte, der Druck war wirklich groß.« Er schüttelte den Kopf und schnalzte mit der Zunge. »Aber du hast mich nie gefragt, wie es mir dabei geht. Ich wollte nie in deine Fußstapfen treten. Ich wollte dich nur beeindrucken. Und als ich dann von deinem Projekt erfahren habe … begriff ich plötzlich, dass der Nicholas, der dich ständig so unbedingt beeindrucken wollte … tot war.«

David starrte Nicholas an. »Und daran gibst du mir die Schuld?«

Nicholas' Auge zuckte, doch die Wut war schnell wieder verflogen. »Ich gebe dir an allem die Schuld.«

Nun traten die Ratsmitglieder dazwischen.

»Lassen wir das Gericht darüber entscheiden«, sagte das andere Ratsmitglied, ein gewisser Gerson.

»Wie konntest du mir das antun?«, brüllte David, während ihn die Leibwächter aus dem Raum führten. »Deinem eigenen Vater!«

Nicholas nahm noch einen Schluck Kaffee.

Die Ratsmitglieder packten die Akten zusammen und folgten David und ihren Leibwächtern aus dem Raum.

Ah.

Bitter und schwarz.

Nicholas legte seine Füße wieder auf den Schreibtisch seines Vaters.

Großartig.

Am nächsten Tag fiel der Nachmittagsunterricht aus. An der Academy wurde eine außerplanmäßige Schülervollversammlung einberufen.

Nicholas saß in der Turnhalle auf der Bühne. Direktor Denton stand am Podium. Neben ihm hatte eine dicke Frau mit kurzem Haar und finsterer Miene Platz genommen. In den ersten Reihen, wo früher die Auslöscher gesessen hatten, waren nun mehrere Reporter versammelt. Die Schüler drängten sich auf den Bänken dahinter.

Zwei prominente Mitschüler fehlten, wie Nicholas auffiel.

»Ich habe heute mehrere wichtige Mitteilungen zu verkünden«, sagte Denton mit belegter Stimme. Seine Lippen waren trocken und rissig.

»Erstens: Die Academy wird gemäß den Anweisungen des Rats der Weisen ihre Lebensbilanz auf unbestimmte Zeit aussetzen. Künftig wird die Schulleitung Auslöschungen weder billigen noch gutheißen.«

Er hustete laut und räusperte sich.

»Zweitens wurde die nicht genehmigte Schülervereinigung der sogenannten Auslöscher aufgelöst. Franklin Overton und Constance Zandt, die Anführer der Vereinigung, wurden zu gemeinnütziger Arbeit im Problemviertel Retro Row verurteilt. Ihre Aufgabe besteht darin, bei der Umsiedlung der armen Seelen dort zu helfen. Eine gerechte und angemessene Bestrafung.«

Denton blickte in die Menge und seufzte.

»Und schließlich trete ich mit sofortiger Wirkung von meinem Posten als Schuldirektor zurück. Es war mir eine Ehre, so viele von euch in euren vielen Leben wachsen und gedeihen zu sehen.«

Überraschtes und auch erleichtertes Gemurmel erhob sich.

»Wenn ich vorstellen darf: Schuldirektorin Perigree.«

Er trat beiseite. Die dicke Frau trat auf das Podium.

Sie stellte sich vor und versicherte den Schülern, dass der Unterricht weitergeführt werden würde, selbstverständlich ohne Beachtung der Lebensbilanz. Dann wandte sie sich Nicholas zu.

»Wir sollten uns einen Augenblick Zeit nehmen, um die selbstlosen Handlungen eines Mitschülers zu würdigen. Dieser brave junge Mann hatte den Mut, für Recht und Gerechtigkeit einzustehen. Er hat ganz allein die Welt verändert und sollte uns allen ein Vorbild sein.«

Sie bedeutete ihm aufzustehen. »Nicholas Hawksley.«

Sie wandte sich wieder dem Publikum zu. »Applaus, bitte.«

Die Menge klatschte langsam und zögerlich.

»Wo wären wir heute ohne Nicholas Hawksley?«

Nicholas stand auf und badete im Licht der Kamerablitze. Doch inmitten des allgemeinen Jubels schlich sich eine einsame Gestalt auf den Ausgang zu.

Julian.

Als er in der Tür stand, drehte er sich noch einmal um.

Nicholas nickte ihm zu.

Julian, wirst du eines Tages größer sein als ich?

Er grinste und winkte in die Kameras.

Wohl kaum, Sportsfreund.

KAPITEL 46

Julian blickte vom Schreibtisch auf und sah aus dem Fenster seiner neuen Wohnung. Dicke Schneeflocken tanzten durch die Luft. Er hatte sich noch immer nicht an den Ausblick auf die Skyline von Lakeshore gewöhnt, aus der der Lake Tower herausragte wie ein großes Ausrufezeichen.

Beim Anblick des Towers hatte er auch wieder Nicholas' schmieriges Grinsen vor Augen.

Und Nicholas' wilden und krankhaft morbiden Blick in jener Nacht im Lieferwagen, als sie zum Tower gefahren waren … das waren die Augen und das Grinsen des *Helden* von Lakeshore.

Und jetzt saß Julian in seiner Wohnung. Mit seinem neuen Leben und seiner neuen Nummer – der Neun.

Er musste sich vom Fenster abwenden.

Für heute hatte er sowieso genug gelernt. Er schloss das Notizbuch. Jetzt war er bereit für die Abschlussprüfung und seine Bewerbung an der Azura University. Die Studienberater an seiner neuen Schule, der Perennial Prep, hatten ihm versichert, dass er eine echte Chance hatte – insbesondere, weil er höchstwahrscheinlich der einzige Bewerber im neunten Leben war.

Er ging zu Rockys Hälfte des Tisches hinüber. Sein Bruder, um den er sich mit Hingabe kümmerte, war in seine Matheaufgaben vertieft. Julian half ihm damit, dann war es Zeit fürs Bett. Er sah zu, wie sich Rocky die Zähne putzte. Dann blieb er im Türrahmen stehen, während Rocky ins Bett kroch.

»Morgen ist Samstag«, sagte Julian. »Du weißt doch, was das heißt?«

Wie jeden Samstag würde ihr großes wöchentliches Videospielturnier stattfinden.

»Dass ich dich plattmache?«, sagte Rocky und lachte.

»Wohl kaum«, sagte Julian und warf einen verstohlenen Blick auf Rockys Neun – die Zahl war ein dunkler Fleck auf dem Hals seines Bruders, der sich zusammenzog und ausdehnte, als Rocky unter die Decke schlüpfte.

Nach Rockys Nummer zu sehen war eine relativ neue Angewohnheit – Julian musste sich ständig vergewissern, dass sie auch wirklich da war.

Der kleine Rocky würde niemals – *niemals* – erfahren müssen, wie es war, orientierungslos aus dem See und in ein neues Leben zu kriechen.

»Gute Nacht, Kleiner«, sagte Julian.

»Gute Nacht«, antwortete Rocky.

Julian schaltete das Licht aus und kehrte an den Schreibtisch zurück.

Sie hatten insgesamt drei Zimmer, eine große Küche und eine tolle Aussicht. Hin und wieder fuhr Julian mit der Hand über die gefliesten Flächen, als müsste er sich vergewissern, dass die Wohnung – genau wie Rockys Lebensnummer – wirklich existierte.

Sie existierte.

Und sie gehörte ihnen.

Unendlich viele Möglichkeiten.

Hätten das seine Eltern nur sehen können.

Sein Vater blieb verschwunden, obwohl sein Permatod nirgends vermerkt worden war. In den letzten Wochen hatte der Rat in einem seltenen Anfall von Barmherzigkeit die Auflösung der Row verfügt, und die Retros waren in Wohnheimen untergebracht worden. Dort hatte man sie identifiziert, doch Julians Vater war nicht darunter gewesen. Entweder war er nach seiner letzten, verhängnisvollen Tilgung nicht mehr aus dem See aufgetaucht – ein weiteres Opfer seiner Unbeständigkeit –, oder die Wächter hatten seinen Permatod ebenso zu verantworten wie den seiner Mutter. Dann gab es selbstverständlich auch keine Aufzeichnungen des Vorfalls.

So oder so, er war verschwunden. Genau wie seine Mutter.

Aber trotzdem waren sie auf gewisse Weise noch da.

Sie erwachten jedes Mal zum Leben, wenn Julian die Neun seines Bruders sah: Ihre Mutter lebte in dieser Nummer weiter, und ihr Vater auch: Gemeinsam hatten sie Julian und Rocky gezeugt und versucht, sie vor dem Bösen in der Welt zu beschützen. Doch erst Julian hatte vollendet, was sie angefangen hatten. Und er sorgte dafür, dass sie blieben.

Auch wenn er in den Spiegel sah und seine Augen betrachtete, war seine Mutter bei ihm. Dann dachte er an ihre verständnisvollen, unergründlichen Augen, die in seiner Erinnerung die Farbe wechselten, aber nie verblassten.

Sie blieben.

Bei dieser Vorstellung verspürte er eine reine und unverfälschte Freude, wie er sie seit Jahren nicht gefühlt hatte. Das Erinnerungsvermögen war ein Geschenk. Er konnte lange vergangene Momente erneut durchleben, an Menschen zurückdenken, die schon seit Langem aus seinem Leben verschwunden waren. Eine solche »Wiedergeburt« kam ihm richtig und natürlich vor. Eine solche Wiedergeburt hatte ihren Platz in der Welt.

Johanna – die Inhaberin von Bardo Books – hatte ihm einen Anwalt vermittelt, einen großen, freundlichen Mann mit feuchten Augen, einer Sieben auf dem Hals und einem gut geheizten Büro in der Innenstadt. Mit seiner Hilfe hatte er alle Zuschüsse und staatlichen Förderungen beantragt, die ihm als Neun zustanden. Außerdem hatte sie Rocky dabei geholfen, sein Einsertattoo loszuwerden, und mit ihnen eine Wohnung im Neuner-Bezirk gesucht. Und – was am wichtigsten war – sie hatte Julian das Sorgerecht für Rocky erkämpft – was leichter gewesen war als erwartet, weil die Gerichte vollauf mit den Prozessen rund um das Attison-Projekt beschäftigt waren.

Neben dem Vorlesungsverzeichnis lag ein Brief von Johanna auf dem Tisch vor ihm. Julian öffnete ihn. Die Nachricht war kurz und knapp: Jemand wollte ihn heute Nacht treffen.

Sobald Rocky eingeschlafen war, schlich sich Julian aus der Wohnung.

Er fuhr durch Lakeshore und nach Poplar Heights.

Dort stellte er den Wagen vor Bardo Books ab und ging durch die kurze Gasse zur Seitenstraße hinter dem Buchladen. Eine dünne Schneedecke lag auf dem Asphalt.

Heute waren keine Katzen zu sehen.

Nur Cody.

Sie hatte sich die Haare abgeschnitten und den Pony gekürzt, sodass ihre schwarz gefärbten Haare ein Rechteck um ihr Gesicht bildeten. Obwohl er seit dem Einbruch ins Empfangszentrum nichts mehr von ihr gehört hatte, erkannte er sie sofort an den Sommersprossen auf ihrer von der Kälte geröteten Haut. Sie trug einen dunklen Schal um den Hals, der ihre Nummer verdeckte.

Sie sah viel älter aus, und Julian kam es vor, als erblickte er sie zum ersten Mal – die echte Cody, die Cody, die dem Universum ihren Willen aufzwang, selbstbewusst und trotzig und bereit, Verantwortung zu übernehmen. Die Rebellentochter. Er spürte, wie er rot wurde. Er gehörte nicht hierher und nicht zu ihr.

Als er näher kam, winkte sie ihm kurz zu.

»Weißt du, wieso der Laden Bardo Books heißt?«, fragte sie.

Julian schüttelte den Kopf.

»Ein Bardo ist das tibetanische Pendant zum Fegefeuer«, sagte sie. »Ganz passend für ein paar Leute, die die Auslöschungen aufhalten und so leben wollten, wie sie es für richtig hielten.« Sie kicherte leise. »Aber je länger ich drüber nachdenke, desto negativer kommt mir diese Bedeutung vor. Sollte das etwa andeuten, dass wir uns in einer Art ewiger Vorhölle befinden?« Sie schüttelte den Kopf. »Jeder Mensch sollte nur ein Leben haben«, sagte sie. »So war es viele Tausend Jahre lang.«

Julian nickte. »Hübsche Frisur«, sagte er.

Sie lächelte – ganz offensichtlich gegen ihren Willen.

»Ich wollte dir nur sagen, dass alle in Sicherheit sind. Die Kinder aus dem Katzenquartier und die aus dem Attison-Camp. Sogar Robbie und Cassie sind bei uns geblieben«, sagte sie. »Entschuldige – du kennst sie als Molly.«

»Wo sind sie?«, fragte Julian.

Die leichte Andeutung eines Lächelns verschwand von ihren Lippen. »Das kann ich dir nicht sagen.«

Sie warf einen Blick auf die Neun auf seinem Hals und wandte sich schnell ab.

»Ich verstehe, warum du das getan hast, aber …«

Julian nickte. »Schon klar.«

»Außerdem wollte ich dich sehen«, fuhr sie fort, ohne ihn anzublicken, »um mich von dir zu verabschieden.«

Julian atmete tief aus. Eine tiefe Traurigkeit kroch wie der bitterkalte Lakeshore-Winter in seine Knochen. Schneeflocken fielen um sie herum.

»Der Rat sucht nach uns«, sagte sie. »Selbst wenn die offizielle Version lautet, dass Nicholas Hawksley alles allein aufgedeckt hat, wissen sie, dass noch andere am Einbruch im Empfangszentrum beteiligt waren. Und Widerstand können sie unmöglich dulden.«

»Also zieht ihr weiter«, sagte Julian.

Sie nickte und blickte finster. Grübchen erschienen auf ihren Wangen.

»Wir haben gehört, dass die Tilgungen fortgesetzt werden. Noch aggressiver als zuvor. Es sieht zwar nicht danach aus, aber es wird bald viel schlimmer. Die Nahrungsmittelknappheit ist nicht vorbei, es gab Dürren und Missernten. Nichts hat sich geändert, und auch der Rat wird sich wie früher lediglich um den eigenen Machterhalt kümmern.«

Julian nickte. »Ihr passt gut auf euch auf, ja?«

Sie trat auf ihn zu, legte die Hände um sein Gesicht und gab ihm einen Kuss auf die Wange.

»Klar doch«, sagte sie.

Julian legte die Arme um sie. Sie erwiderte die Umarmung, drückte seinen Kopf gegen ihr warmes Gesicht. Dabei sah Julian etwas aus den Augenwinkeln …

Es war die Katze.

Sie saß im Schnee und sah ihn an. Ihr Schwanz pendelte hin und her.

Sein Herz setzte den üblichen Schlag aus.

»Cody …«, sagte er und löste sich von ihr.

Plötzlich fühlte er sich wieder so merkwürdig schwerelos. Wie damals bei seinem Sprung vom Lake Tower.

»Siehst du die Katze?«

»Katze?« Cody drehte sich um. »Ich sehe gar nichts«, sagte sie und trat von ihm zurück.

Julian kniff die Augen zusammen und rieb sie, bis der Schwindel vorüber war. Bis er wieder festen Boden unter den Füßen hatte. Bis er wieder er selbst war.

Dann öffnete er die Augen. Er sah nur verschwommen und blinzelte. Als er wieder klar sehen konnte, hatte sich Cody bereits auf den Weg gemacht.

»Auf Wiedersehen, Mr. Julian«, sagte sie noch.

Julian stand einen Augenblick lang im fallenden Schnee und sah ihr hinterher.

Dann drehte er sich um und hielt Ausschau nach der Katze.

Sie war verschwunden.

Er sah auch keine Pfotenspuren.

Nur den unberührten, im Mondlicht glänzenden Schnee.

DANK

Mein Dank gilt meinem Agenten Jim McCarthy für seine Weisheit, Geduld und den Glauben an dieses Projekt. Ich kann mich glücklich schätzen, dich an meiner Seite zu wissen.

Ohne meine Lektorin Kristen Pettit gäbe es dieses Buch nicht. Danke, dass du das Beste aus der Geschichte herausgeholt hast. Deine messerscharfe Redaktion und dein narratives Verständnis waren eine große Inspiration für mich. Wenn ich mein nächstes Buch auch nur mit einem Bruchteil deines Talents schreibe, bin ich schon zufrieden.

Außerdem danke ich allen bei HarperCollins, die dafür gesorgt haben, dass das Buch Wirklichkeit wird. Ich danke Sarah Kaufman und Craig Shields für die tolle Covergestaltung und Elizabeth Lynch für die Geduld beim Klappentextschreiben (entschuldige, dass du meine Handschrift entziffern musstest).

Mein tiefster Dank gebührt Philippa Donovan. Dein Verständnis für Bücher und für dieses Buch im Besonderen, fürs Schreiben (und das Leben) im Allgemeinen ist unbezahlbar. Sagen wir mal so: Ich bin dir einiges schuldig.

Ich danke Zach Cox, einem der ersten Leser, für seine Ermutigung; David Alpert, der schon vor vielen Jahren an mich geglaubt hat; Elizabeth Lo für das erhellende Feedback (und die endlose Geduld) selbst nach der millionsten Neufassung; Yalun Tu für die anregenden Gespräche über die Schriftstellerei, die für mehrere Leben reichen; Isabel Marden, die mir bei den

Lehren des Tempels der Neun geholfen hat: Brenda Hsueh für die Diskussion über die Malthusianische Katastrophe; meinen Eltern, dass sie dafür gesorgt haben, dass immer Bücher im Haus waren, als ich noch klein war; Eric Puestow und Katie Doering für ihre Gastfreundschaft und das Obdach; Travis Hines, Sarah Fung, Adam White, Evan Greenspoon, Wendy Park, Jon Stocking und Tim Szetela für den Rat, die Hilfe und die vielen Jahre der Freundschaft.

Seit Jahrhunderten hat kein Mensch mehr einen Fuß auf die Erde gesetzt – bis jetzt

ISBN 978-3-453-26949-1

ISBN 978-3-453-26950-7

ISBN 978-3-453-27071-8

ISBN 978-3-453-27140-1

100 Jugendliche, eine gefährliche Mission und ein Abenteuer mit ungewissem Ausgang

heyne-fliegt.de

heyne>fliegt